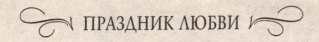 ПРАЗДНИК ЛЮБВИ

Барбара ДЕЛИНСКИ

Сладкое вино любви

издательство
москва
2002

УДК 821.111(73)
ББК 84(7США)
Д29

Серия основана в 2001 году

Barbara Delinsky
THE VINEYARD
2000

Перевод с английского В.В. Комаровой

Серийное оформление А.А. Кудрявцева

Печатается с разрешения автора, Writers House LLC
и литературного агентства Synopsis.

Подписано в печать 08.08.02. Формат 84×108 $^1/_{32}$.
Усл. печ. л. 18,48. Тираж 5 000 экз. Заказ № 550.

Делински Б.
Д29 Сладкое вино любви: Роман / Б. Делински; Пер. с англ. В.В. Комаровой. — М.: ООО «Издательство АСТ», 2002. — 350, [2] с. — (Праздник любви).

ISBN 5-17-014477-6

Своенравная миллионерша, всегда считавшаяся образцом истинной леди, внезапно совершает странный, экстравагантный поступок.
Молодая очаровательная художница, отчаянно нуждающаяся в деньгах, принимает предложение щедрой работодательницы и отправляется в далекий путь.
Две женщины, очень-очень разные...
Две судьбы, внезапно слившиеся в одну...
Две подруги, помогающие друг другу обрести и понять не только мужчин, которых они ждали всю свою жизнь, но и — себя.

УДК 821.111(73)
ББК 84(7США)

© Barbara Delinsky, 2000
© Перевод. В.В. Комарова, 2002
© ООО «Издательство АСТ», 2002

Собирать материал для будущей книги — занятие само по себе весьма увлекательное. К тому же мне повезло: в период работы над романом у меня не было недостатка в информации и поддержке. Без этого мне бы никогда не написать «Виноградник».

Спасибо Энн Сэмсон Селандер, Сьюзен и Эрлу Сэмсон и Джоэтте Керк с виноградника Саконнет, что в Литтл-Комптоне, штат Род-Айленд, — от них я узнала, как выращивают виноград на южном побережье Новой Англии. О трудностях, с которыми сталкиваются виноградари, мне рассказал Боб Рассел из Уэстпорт-Риверз штата Массачусетс.

Сесил Селуин поведала мне о такой болезни, как дислексия (нарушение визуального восприятия текста), и путях ее излечения; Кэрол Бэггели сообщила массу ценных сведений о котятах; Дейзи Старлинг — о Португалии и португальцах, а Джек Уильямс — об ураганах.

Все они истинные знатоки, каждый в своей области. Если в этой книге вы найдете какие-то неточности, то за них несу ответственность только я сама.

За помощь и поддержку я благодарю Эми Беркоуэр, Джоди Ример, Майкла Корду, Чака Адамса и Уэнди Пейдж.

И как всегда, самые теплые слова любви и благодарности моей семье.

Глава 1

На Верхнем Манхэттене стояло теплое июньское утро. Вернувшись домой после ленча с друзьями, Сюзанна Сибринг Мэллой обнаружила в почтовом ящике желтый конверт. От мамы, догадалась она, едва взглянув на виньетку в виде виноградной грозди, изящный почерк, почтовую марку и штемпель «Асконсет. Род-Айленд». От конверта исходил слабый аромат знакомых духов.

Сюзанна скинула туфли. Письмо от мамы — только этого не хватало. Она еще успеет прочитать его. А сейчас ей и без того тяжело.

Но кто виноват, спросила она себя с глухим раздражением. Натали, кто же еще. Натали с ее книжными представлениями о жизни, верная и преданная супруга, пример для Сюзанны. Пришла пора, и Сюзанна в точности повторила судьбу матери. Когда женское движение набирало силу, она настолько погрязла в домашних делах и заботах о Марке и детях, что на карьеру просто не оставалось времени. И вот дети выросли, больше не нуждаются в ее опеке, а Марк вполне может обойтись и без ее помощи. Она по-прежнему иногда сопровождает его в поездках, и хотя он говорит, что ее присутствие необходимо, это неправда. От нее проку не больше, чем от красивой безделушки на полке.

Теперь у нее есть время и силы для карьеры. Но ведь ей уже пятьдесят шесть — не поздновато ли начинать все сначала?

А дальше что? — уныло думала она, вытаскивая из почтового ящика пачку новых каталогов и усаживаясь в кресло у окна. Итог — покупки в фешенебельных магазинах «Нейман-Маркус», «Блумингдейл» и «Хаммакер-Шлеммер» и растущее недовольство судьбой.

Надо бы спросить об этом маму, усмехнулась про себя Сюзанна. Впрочем, вряд ли она посочувствует дочери и поймет, что происходит у нее в душе. А если и поймет, вряд ли станет говорить о проблемах. Это дурной тон. Она будет беседовать с дочерью о нарядах, обоях, поздравительных открытках. Натали — знаток правил этикета.

Как и Сюзанна. Правда, ее уже тошнит от всей этой мелочной, пустой суеты. Этикет и манеры — это так же скучно и неуместно, как роскошный ужин, который она приготовила вчера, совсем позабыв, что у Марка деловая встреча. Кстати, о еде: если Натали снова прислала ей меню праздника осеннего урожая, Сюзанна завоет с тоски.

Собравшись с духом, она встала с кресла и взяла со стола желтый конверт. Мамины письма не отличаются разнообразием. Натали постоянно присылает копии описаний различных вин Асконсета, а то и восторженных отзывов покупателей из Калифорнии или Франции. Можно подумать, Сюзанну это интересует! Виноградники — предмет гордости родителей, а Сюзанна равнодушна к семейному бизнесу. Она всю жизнь пыталась убедить в этом отца и мать, но безуспешно.

А этот конверт не похож на прочие. Да, он тоже из плотной бумаги, но его темно-желтый цвет и темно-синие чернила — непозволительная вольность после классических кремовых конвертов, получаемых из Асконсета. Кроме того, письмо было адресовано не только Сюзанне, а «мистеру и миссис Марк Мэллой», причем адрес представлял собой образец каллиграфии, что тоже нехарактерно для корреспонденции Асконсета.

Сюзанна не на шутку встревожилась. В последнее время Натали сильно изменилась. Она бодро рассказывала дочери по телефону, как идут дела в Асконсете после смерти отца, но в ее голосе, несмотря на кажущийся оптимизм, чувствовалась затаенная тревога. Натали о чем-то умалчивала, но Сюзанна и не допытывалась, уверенная, что состояние матери — следствие пережитого горя. И сейчас она невольно подумала о том, что между странным поведением матери и этим письмом есть несомненная связь.

Вскрыв конверт, она вынула желтую карточку с надписью: «Приглашаем вас принять участие в свадебном торжестве, которое состоится в День труда в 16.00 в Большом доме. Виноградник и винный завод «Асконсет». Натали Сибринг и Карл Берк».

Сюзанна нахмурилась и снова пробежала глазами строчки. Свадебное торжество?

Она в третий раз перечитала приглашение, но смысл его от этого не изменился. Натали выходит замуж? Здесь какое-то недоразумение. Замуж за Карла? Вздор, бессмыслица! Карл Берк — вот уже тридцать пять лет управляющий виноградником. Скромный, непритязательный служащий. Его и сравнивать нельзя с Александром Сибрингом, отцом Сюзанны. Он прожил вместе с Натали пятьдесят восемь лет и умер всего полгода назад.

Карл, чье имя Натали часто упоминала, был ее единственной опорой все эти месяцы после смерти мужа. Но разговоры разговорами, а брак — дело ответственное.

Может, мать пошутила? Не похоже. Натали никогда не отличалась чувством юмора и в любом случае не стала бы шутить так бестактно.

Сюзанна перевернула карточку, надеясь найти хоть какое-то объяснение, но тщетно.

Остается принять это как данность, с горечью подумала Сюзанна. Мать не должна так поступать с дочерью. Почему она сообщила эту новость в такой холодной, официальной форме? Сюзанна и Натали в хороших отношениях, раз в неделю говорят по телефону и видятся раз в месяц. Они никогда не делились друг с другом своими секретами и проблемами, но это и к лучшему. И все же странно, что Натали ничего не сказала ей о своих отношениях с Карлом.

Наверное, Сюзанна не обратила внимания на осторожные намеки, но о свадьбе речь точно не шла. Натали до сих пор была в трауре.

Сюзанна в последний раз перечитала приглашение и, расстроенная, взялась за телефонную трубку.

Когда Грег вошел в холл своего небольшого кирпичного особняка в Вашингтоне, он увидел на полу поверх груды бумаг желтый конверт, как две капли воды похожий на тот, что получила его сестра. За три дня накопилось довольно много корреспонденции. Но где жена?

— Джилл! — позвал он, обходя комнаты. Он не нашел ее ни в гостиной, ни в кухне, ни в кабинете. Грег поднялся наверх, но обе спальни также были пусты. Он в замешательстве остановился на лестничной площадке. Жена ничего не сообщала ему о своих планах, а он не звонил ей, пока был в отъезде. Приходилось рано вставать и возвращаться в отель поздно вечером. После тяжелого, напряженного дня не оставалось сил на телефонные разговоры. Зато он постарался прилететь как можно скорее в надежде ее порадовать.

Как же, порадовал! Ее и дома-то нет.

Надо было позвонить.

Но, черт возьми, почему она сама ни разу не позвонила ему в отель?

Усталый и понурый, он спустился в холл за чемоданом, вынул из него только портативный «лаптоп» и подобрал с пола пачку писем. Все-таки странно, как за три дня могло накопиться столько корреспонденции.

Может, Джилл уехала к матери? Она что-то говорила об этом перед его отъездом.

Вывалив пачку бумаг на кухонный столик, Грег подключил «лаптоп» к сети и принялся перебирать почту, раскладывая отдельно счета и письма. На большинстве конвертов значился обратный адрес. К примеру, письмо из избирательного комитета от Майкла Боннера — старому другу нужны деньги. А вот письмо от однокурсника Джилл и конверт со штемпелем Акрона, штат Огайо, где живет мать Джилл. Наверное, письмо было отправлено до того, как Джилл сообщила матери о своем приезде. И наконец, конверт с таким знакомым штемпелем и запахом.

Взяв в руки желтый конверт, он сразу представил маму. Стройная, элегантная, чуточку высокомерная.

Традиционные цвета «Асконсета» — слоновой кости и темно-красный, мамина визитная карточка.

В конверте, вероятно, приглашение. Неудивительно — Натали частенько устраивала праздники, в этом ей не было равных. Но ведь и Александр Сибринг любил шумные вечеринки, и никто не посмел бы его в этом упрекнуть. Изо дня в день вместе с управляющим он обходил виноградник в джинсах и рабочей рубашке или ездил по стране, рекламируя вина торговой марки «Асконсет». И его усилия принесли свои плоды. После многих лет упорной борьбы «Асконсет» стал приносить неплохую прибыль. Так что Александр имел полное право праздновать победу.

Натали знала толк в празднествах. Она нанимала поставщиков продуктов, флористов, музыкантов. В Асконсете два раза в год устраивались фестивали: праздник весны и праздник урожая. В этом году праздник весны отменили — умер Эл. Натали никогда не любила черное. Ей для похорон мужа пришлось специально покупать траурное платье.

И вот всего полгода спустя она вновь возвращается к обычной жизни. Грега покоробил короткий траур матери. Как можно устраивать праздник всего через полгода после смерти мужа, с которым вместе прожили много лет? И будущее «Асконсета» не ясно.

Натали хотела, чтобы виноградником занимался Грег. Она осторожно намекнула ему об этом, но Грег решительно отказался: «Нет, это исключено».

А что, если она нашла покупателя и теперь устраивает вечеринку, на которой представит его семье? Нет, его бы предупредили. Впрочем, он дал понять матери, что семейный бизнес его мало интересует. У него свое дело — политика, избирательная кампания и клиенты отнимают все время. В конце концов, он занимается делом по душе и добился в этом значительных успехов. Виноградарство было страстью отца, но не его, Грега.

Конечно, судьба «Асконсета» ему не безразлична. Если Натали продаст виноградник, часть вырученных денег должна по праву принадлежать ему. Поэтому нелишним было бы познакомиться с возможным покупателем. Нельзя допустить, чтобы мать продала виноградник за бесценок.

Швырнув конверт на стол, Грег вытащил портативный компьютер и набрал пароль.

Но любопытство оказалось сильнее. Что на уме у Натали? Грег снова взял в руки конверт, вскрыл его и вытащил карточку: «Приглашаем вас принять участие в свадебном торжестве, которое состоится в День труда в 16.00 в Большом доме. Виноградник и винный завод «Асконсет». Натали Сибринг и Карл Берк».

Он тупо уставился на листок.

Свадебное торжество? Его мать и Карл? Возможно ли это?

Натали уже семьдесят шесть. Да она из ума выжила! А Карл еще старше — о чем он только думает?

Карл был неотъемлемой частью «Асконсета». Александр считал его своим другом. Но настоящий друг не стал бы жениться на вдове, когда не прошло и полугода после смерти ее мужа. Да и вдове не пристало выскакивать замуж за первого встречного.

Понятное дело, Натали теперь нуждается в поддержке и опоре. Грег вспомнил, что мать в последнее время все чаще упоминала имя Карла, отзываясь о нем с благодарностью и уважением. И как он мог не заметить!

Что же это? Роман? Секс? Староваты они для подобных утех. Вот ему, Грегу, еще только сорок, а он уже постепенно теряет интерес к этим играм. Хороший, качественный секс требует больших усилий. Впрочем, в их возрасте все по-другому. Черт, ему противно даже представить, что мать может заниматься этим... Но с Карлом? С этим старым недотепой?

А что, если он не так прост, как кажется? Что, если давно положил глаз на виноградник? «Асконсет» — детище Александра, но Карл так давно работает у них, что вполне имеет право участвовать в разделе. Может быть, он втайне надеется, что управляющим станет его сын Саймон, и поэтому женится на Натали?

Надо позвонить матери, но Боже, как не хочется! И что он ей скажет? «Мне наплевать на семейный бизнес, но я не хочу, чтобы виноградник достался Саймону»?

Лучше сначала позвонить Сюзанне. Она чаще видится с Натали и должна знать, что происходит.

Черт, все не так просто, как кажется! Сюзанна на шестнадцать лет его старше, она его родная сестра, но их отношения вряд ли назовешь теплыми и дружескими.

Бормоча проклятия, он расстегнул воротник рубашки. Как все не вовремя! Он ведь только собрался отдохнуть, а вместо этого придется ехать в Асконсет. Нет, он отправится на север, в Онтарио, порыбачить, как и планировал. И билет уже заказан.

Джилл не в восторге от его затеи. Она бы предпочла Асконсет — ей там нравилось. По крайней мере раньше. В последнее время она какая-то странная. Может, у нее кризис среднего возраста? Это в тридцать восемь-то лет!

Нет, сейчас он не будет думать об этом — известие о свадьбе матери и Карла выбило его из колеи. Грег прошел через кухню и открыл дверь в гараж. Машины Джилл не было — наверное, она припарковала ее в аэропорту. Уехала к матери — это ясно, решил было Грег, но, вспомнив странное поведение жены, потянулся за письмом от тещи. Потом он что-нибудь придумает — скажет, что случайно вскрыл его вместе с другими письмами. Вытащив тоненький листок бумаги, Грег прочел: «Дорогой Грег...»

Нет, это пишет не теща. Письмо обращено к нему. Грег пробежал глазами адрес. Да, письмо предназначено ему. Письмо от Джилл.

Предчувствуя недоброе, он принялся читать.

В гаражной мастерской за старинным белым особняком в викторианском стиле на узкой улочке Кеймбриджа, штат Массачусетс, Оливия Джонс, сидя за работой, предавалась размышлениям. Ее деятельность предоставляла ей массу времени для мечтаний.

Оливия реставрировала старые фотографии. Это занятие требовало терпения, аккуратности и твердой руки. Оливия обладала всеми вышеперечисленными качествами и вдобавок воображением, способным переносить ее в мир, запечатленный на фотографии. И вот сейчас, осторожно нанося мазки серого на поблекший снимок, она незаметно для себя очутилась в Калифорнии тридцатых годов, рядом с семьей рабочих. Великая депрессия неумолимо перемалывала людские судьбы. Дети трудились наравне со взрослыми, хватаясь за любую работу. Грустные детские личики, впалые щечки, глаза огромные, печальные.

Они устроились на веранде обветшалой лачуги. Оливия мысленно заглянула в дом. Тесная комната: вдоль стен стоят кровати, посредине стол и несколько стульев. Запах пыли и пота смешался с ароматом горячего хлеба. В духовке — жаркое. На полках расставлены щербатые глиняные горшки, оловянные тарелки и чашки. Наверное, когда семья садится за стол, комната наполняется звяканьем посуды.

Вернувшись на веранду, она присоединилась к группе на снимке. Девять человек — три поколения одной семьи. Как трогательно они обнимают друг друга — щека к щеке, плечо к плечу. Их маленький семейный мирок отважно противостоит суровой жизни. У них нет никого, кроме друг друга.

Оливии тридцать пять. У нее десятилетняя дочь, работа, квартира с телевизором и видеомагнитофоном, компьютер, стиральная и посудомоечная машины. Автомобиль тоже есть. А с помощью старого доброго «Никона» она всегда заработает неплохие деньги.

Но Боже правый, как она втайне завидует этой семье наемных рабочих!

— Тяжелые были времена, — раздался низкий голос у нее над ухом.

Она подняла голову. Ее босс Отис Турман, нахмурившись, разглядывал фотографию. По мнению экспертов, ее автором могла быть Дороти Лэнг. Музей «Метрополитен» в Нью-Йорке поручил ему реставрировать снимок, и вот теперь Оливия занималась этим ответственным делом.

— Жизнь была гораздо проще, — возразила она.

Он презрительно хмыкнул:

— Ты так думаешь? Я ухожу. Закрой дверь, когда пойдешь домой. — И Отис направился к двери легкой походкой, необычной для семидесятипятилетнего мужчины. Сегодня он был не в духе, но Оливия достаточно хорошо изучила босса за пять лет работы, чтобы не принимать на свой счет перепады его настроения. Отис, неудавшийся Пикассо, не состоялся как художник и вынужден был заниматься реставрацией. Но надежда на признание не покидала его. После выхода на пенсию он собирался вновь заняться живописью.

Отис с нетерпением ждал этого дня и считал часы и минуты до пенсии. Но не Оливия. «Мы ведь с тобой отличная команда», — возражала она. «Я слишком стар», — отвечал он.

Именно это и поразило ее в семейном портрете наемных рабочих. Старик на фотографии выглядел гораздо дряхлее Отиса, но все еще трудился наравне со всеми.

Теперь все по-другому. Люди рано теряют энергию и силы, и это неудивительно. Они потеряли свои корни.

Оливия всерьез тревожилась за Отиса. Каково ему будет на пенсии? Тоскливо, наверное. И мастерство свое он уже растерял, и картины его вряд ли будут хорошо продаваться.

«Нет, Оливия, ты не права. У него много друзей среди художников и денег достаточно. На пенсии он будет отдыхать в свое удовольствие. А вот тебе придется несладко».

Оливия только-только нашла свою стезю. Реставрация старых фотоснимков — как раз для тех, кто умеет обращаться с фотоаппаратом и обладает художественными способностями. Оливия неожиданно открыла в себе и то и другое. Вся ее предыдущая карьера представляла собой нескончаемую цепь проб и ошибок. Кем она только не работала! Ей довелось побывать официанткой, работать в сфере телемаркетинга, продавать одежду и фотоаппараты (после чего она обнаружила, что ей нравится фотографировать). Потом появилась Тесс. Затем учеба в мастерской профессионального фотографа и работа по контракту с музеем. И вот теперь Отис.

Впервые в жизни Оливия получала удовольствие от работы. Реставрация фотографий давалась ей лучше, чем что-либо другое, и она могла проводить по нескольку часов над поблекшими снимками, погружаясь в неповторимую атмосферу старины. Прошлое казалось Оливии гораздо более романтичным, чем настоящее. Иногда она ловила себя на мысли, что ей хочется жить в том, давно ушедшем мире.

Впрочем, мечты мечтами, но ей нравилось работать у Отиса, и, надо думать, его она тоже устраивала. Ей редко удавалось надолго задержаться на одном месте. В знак благодарности за столь снисходительное отношение она прощала ему приступы хандры и вечное брюзжание, и даже сам он не раз признавал, что она справляется с работой гораздо лучше своих предшественниц.

Кроме того, он испытывал к ней искреннюю симпатию, и доказательство тому — небольшая фотография, висевшая над ее рабочим столом. Он сфотографировал ее на прошлой неделе, когда она появилась в мастерской с неудачной короткой стрижкой. Душный зной вконец ее измучил, и Оливия решила распрощаться с пышной гривой длинных волос, но тут же пожалела о своем решении. Парикмахер перестарался, и пришлось прикрыть дело его рук соломенной шляпой. Но босс заставил Оливию снять головной убор.

Отис, добрая душа, сказал, что короткая стрижка ей очень к лицу, что с ней она помолодела и похорошела, и тут же вызвался запечатлеть на пленку ее в новом облике. Оливия в длинном узком платье и босоножках встала перед камерой, прислонившись к голой бетонной стене. Чувствуя себя беззащитной по другую сторону объектива и стесняясь своих коротких волос, она чуть отвернула лицо и обхватила себя руками за плечи.

Отис направил свет под определенным углом, настроил фокус так, что она превратилась в тоненькую гибкую тростинку. Ее смущение куда-то исчезло, лицо оживилось, сияющие короткие пряди песочного цвета превратились в стильную прическу, выгодно подчеркивая большие карие глаза. Одним словом, ему каким-то чудом удалось сделать из нее красавицу.

Переведя взгляд на другую фотографию, Оливия невольно улыбнулась. Она сфотографировалась вместе с девятилетней Тесс прошлым летом. Мать с дочкой переоделись в костюмы танцовщиц салуна эпохи Дикого Запада. Отису снимок не нравился — он считал его коммерческой безвкусицей, но ведь это костюмированный бал. Они с Тесс собирались и в этом году отправиться на праздник, а еще одну недельку провести на побережье. Но денег теперь значительно убавилось — платить за ребенка ей перестали. Суровая реальность немедленно напомнила о себе.

Джаред Старк предал ее. Она надеялась, что он будет любить ее и ее ребенка или хотя бы оказывать им материальную поддержку. А что он сделал? Взял да и умер.

Зазвонил таймер. Оливия выключила его, отбросив печальные мысли. Тесс — смысл и свет ее жизни. Занятия в школе скоро закончатся. Закрыв баночки с чернилами, Оливия вымыла кисточки и убрала приписываемые Ланг фотоснимки в ящик стола. Захватив бумаги, с которыми надо было поработать дома, Оливия направилась к выходу и столкнулась в дверях с почтальоном.

Личная корреспонденция Отиса и письма, адресованные его мастерской, лежали отдельно. Среди последних Оливия обнаружила объемистый сверток.

Она прочитала обратный адрес, и сердце ее радостно забилось. Знакомый темно-красный логотип на кремовой бумаге, изображающий виноградную гроздь, свесившуюся с бокала, а ниже изящным почерком выведено: «Виноградник и винный завод «Асконсет», Асконсет, Род-Айленд». Нет сомнений — пакет от Натали Сибринг.

Оливия поднесла сверток к лицу и вдохнула сладкий аромат фрезии — изысканный, тонкий, воплощенный вкус и изящество. Она положила сверток на стол рядом с уже отреставрированными фотографиями Сибрингов. И вот новая пачка фотоснимков. Вовремя она успела закончить работу.

Оливия никогда не встречалась с этой женщиной, но у нее было такое чувство, что она знает ее очень давно. Семейные фотографии рассказали о ней целую повесть, а то, о чем они умолчали, Оливия с легкостью додумала сама. В двадцатых Натали была очаровательной малышкой, в тридцатых — угловатой девочкой-подростком, в сороковых — юной красавицей, невестой бравого военного, в пятидесятых — счастливой матерью двух милых крошек. Она одевалась со вкусом и жила в роскоши, если верить фотоснимкам. Ее дом ломился от произведений искусства и дорогой мебели, в саду цвели пышные кусты роз. Все это составляло картину вполне преуспевающей семьи виноделов.

Да, это не нищая семья рабочих. Конечно, снимки не сравнить с высокохудожественными фотографиями Дороти Лэнг, но Оливия уже успела проникнуться симпатией к этой состоятельной семье. Она не раз воображала себя родственницей Натали.

Ее собственная история так непохожа на фотографии Сибрингов! Она никогда не видела своего отца. Даже мать не знала, кто он. Появление Оливии — последствие пьяной новогодней ночи на Манхэттен-Таймс-сквер. Кэрол Джонс, матери Оливии, было тогда всего семнадцать лет.

Феминистки сказали бы, что ее изнасиловали, но несколько месяцев спустя Кэрол дерзко заявила родителям, что все вышло по любви и обоюдному согласию. Консервативные родители отвергли собственную дочь, и та покинула родной дом, взяв с собой только фамилию — Джонс.

Нечего сказать, удружила она своему ребенку! В любом телефонном справочнике Джонсов по нескольку страниц, а в Нью-Йорке и того больше. Теперь ей не только дедушку и бабушку не найти, но и собственную мать. Переезжая из города в город, Оливия везде оставляла свой адрес, но до сих пор никто ее не разыскивал. Очевидно, родственникам до нее нет никакого дела — что ж, тем хуже для них. Сама Оливия, конечно, не подарок, но Тесс — чудный ребенок.

К сожалению, так случилось, что у них с Тесс отсутствовали семейные корни. Их всего двое в огромном неприветливом мире. Впрочем, двое — уже неплохо. Оливия постепенно свыклась с этой мыслью.

Но мечтать о семье она по-прежнему продолжала. В мечтах она видела себя одной из Сибрингов. Внучкой Натали? Нет, это было бы слишком неправдоподобно. Но на ранних фотографиях семейства Сибрингов часто появлялась женщина, внешне чем-то напоминавшая Кэрол. Она могла бы быть бабушкой Оливии. На послевоенных снимках из Асконсета этой женщины не было. Что, если она служила в армии и вышла замуж за военного? Он вполне мог оказаться самодуром или ревнивцем, запрещавшим ей поддерживать отношения с родственниками. Вот потому-то ее и нет на снимках сороковых — пятидесятых.

Однако если это была сестра Натали, то Натали приходилась бы двоюродной бабушкой самой Оливии. В любом случае родство было бы несомненно.

Оливия взглянула на часы. Пора забирать Тесс из школы. Времени осталось совсем мало.

Но не раскрыть пакет она не могла. Аромат фрезии усилился. Внутри свертка оказалось письмо, несколько десятков черно-белых фотографий и желтый конверт.

Оливия с любопытством осмотрела его — адрес выведен каллиграфическим почерком. Все ясно, это приглашение на праздник, решила Оливия. Она поедет с Отисом — пусть в качестве подружки, ей все равно. Окружающие будут хихикать у нее за спиной, но для Оливии главное — побывать в Асконсете и познакомиться с Натали.

Она положила приглашение на стол Отиса, но тут же снова схватила его и быстро сунула в сумочку вместе с фотографиями. Он вернется не раньше завтрашнего утра, а письмо пока побудет у нее дома, хотя бы одну ночь.

Проверив напоследок, все ли в порядке в мастерской, Оливия наконец вышла и закрыла входную дверь. Фотографии Натали она будет рассматривать сегодня вечером, когда управится с домашними делами.

В предвкушении этой минуты она почти спешила по узким улочкам, забитым припаркованными автомобилями. Знойный июньский воздух обдавал ее жаром. Она вся взмокла, пока дошла до школы, опоздав почти на десять минут.

Дети уже разошлись, и только несколько школьников играли на площадке во дворе. Тесс одиноко стояла в углу — плечи ее поникли под тяжестью рюкзачка, очки сползли на нос, и вид у ребенка был самый что ни на есть заброшенный и печальный.

Глава 2

Сердце Оливии болезненно сжалось при виде понурившейся фигурки дочери.

— Привет, малышка! — нарочито весело окликнула она ее и обняла, пригладив непослушные каштановые кудри.

— Ты опоздала, — обиженно пробормотала Тесс.

— Я знаю. Прости, мне пришлось задержаться на работе. Как прошел день?

Девочка неопределенно пожала плечами и быстро зашагала по тротуару. Оливия едва поспевала за ней.

— Тесс, что случилось?

Молчание.

— У тебя неприятности в школе?

— Я ужасно тупая.

— Это не так, поверь мне.

— Нет, так! Я самая тупая в классе.

— Нет, ты в классе самая умненькая, а твой ай-кью самый высокий. Просто у тебя дислексия, только и всего.

— Только и всего? — Тесс остановилась посреди улицы. На бледненьком личике ярче выступили рыжие веснушки, а карие глаза за стеклами очков наполнились слезами. — Мама, она снова заставила меня просидеть в классе всю перемену, потому что у меня грязь в тетрадке. И пишу я коряво, и правописание у меня хромает. И задание я не сделала, потому что не слышу, что она говорит!

Оливия порывисто обняла дочь.

— Ты все прекрасно слышишь! Ты слышишь порой даже то, что тебе слышать не следует.

Тесс вырвалась из ее объятий и быстро засеменила по дорожке. Оливия нагнала ее у перекрестка и положила руку на плечо. На этот раз Тесс не сопротивлялась. Они свернули на другую улицу, потом свернули еще раз.

— Похоже на лабиринт в подземелье, — заметила Оливия, надеясь вызвать улыбку у дочери.

Но Тесс хмуро пробурчала:

— Да, а мы — крысы.

— Интересно, а что нас ждет в конце?

Тесс не ответила. Тем временем они подошли к дому. Оливия и Тесс жили в кирпичном особнячке, который когда-то принадлежал так называемой элите кеймбриджского общества. Впрочем, для элитного домик был слишком маленьким, а от соседних коттеджей его отделяли разросшиеся деревья в саду. Сквозь густую листву соседи не могли видеть, что хозяева застеклили веранду, оборудовали там маленькую спальню и ванную и сдали эту площадь внаем.

Оливия была далеко не первой квартиросъемщицей. Обшитая досками кухня образца пятидесятых, ванная чуть поновее. Но ей здесь сразу понравилось: она любила старину, покой и уют.

Переехав сюда, Оливия обнаружила, что домик маловат и за такие деньги можно было бы присмотреть комнату попросторнее. Но что сделано, то сделано. Кроме того, здесь она действительно обрела покой и уют. Оливия поселила Тесс в маленькой спальне, стены которой раскрасила небесно-голубой краской и разрисовала деревьями от пола до потолка. Сама же устроилась в гостиной на диване с двумя затейливыми лампами по бокам. Старый деревянный сундук на колесиках, выкрашенный в цвет морской волны, служил для хранения одежды и откатывался на ночь к стене. Рядом стояло широкое мягкое кресло, в котором Оливия и Тесс уютно устраивались по вечерам и читали вслух. Старинные стол и стулья (подарок самой себе на прошлогодний день рождения) Оливия поставила в противоположном конце комнаты, занятом под кухню.

Едва они переступили порог, как раздался телефонный звонок. Мать и дочь понимающе переглянулись.

— Это Тед, — сказала Тесс.

— Да.

— Мы опоздали на десять минут. Он все это время звонил.

— Да.

— Наверняка рвет и мечет, — хмуро пробурчала дочь, и Оливия мысленно с ней согласилась.

Тед нервничал и поднимал панику по всякому поводу. Оливия познакомилась с ним в книжном магазине. С самого начала он показался ей немного странным, поскольку ни разу не улыбнулся за все время разговора. Но он смотрел ей в глаза, чего нельзя было сказать о других мужчинах, и охотно отвечал на вопросы. И даже поинтересовался, какие книги она читает и почему.

Разумеется, его настойчивость она объясняла тем, что он без памяти в нее влюбился. Он дарил ей цветы, ходил с ней в кино и ресторан. Звонил так часто, что пришлось попросить его не беспокоиться во время ее работы. К тому моменту Оливия уже успела понять, что он вовсе не влюблен в нее, а всего лишь со свойственной ему нервной суетливостью пытается поскорее довести их отношения до желанной развязки: они ведь встречались уже пять месяцев.

Что ж, виновата в этом только она сама. Ей просто везет на неудачников, вот и все. Как правило, в мужчинах ее привлекает одна какая-нибудь черта — выразительные глаза или голос, и необязательно это связано с внешностью. Ее предыдущее увлечение, Пит Фицджеральд, например, прекрасно готовил ирландские, итальянские и еврейские блюда. Он был знатоком греческой кухни и пек нежнейшие русские блины. Но вне кухни оставался полным ничтожеством.

Телефон продолжал надрываться, и Оливия сняла трубку.
— Алло?
— Привет, — послышался голос Теда. — Я уже начал беспокоиться... У меня был жуткий день — сплошные деловые встречи... Можно подумать, судьба всего мира зависит от пятилетнего плана работы маленькой компании, которая скорее всего прогорит уже через год... Почему ты так поздно вернулась домой?
— Дела задержали, — ответила Оливия, возведя глаза к потолку, отчего Тесс тихо прыснула в кулак. — Послушай, мне сейчас некогда с тобой разговаривать.
— Я все понял... Конечно, у тебя никогда нет времени для меня. Наверное, ты считаешь, что я недостаточно хорош для тебя... Перезвоню тебе через десять минут.

— Нет. Нам с Тесс надо поговорить. Я перезвоню тебе позже.

— Ну хорошо... Я пока буду дома, затем пойду на час в тренажерный зал... Но только если там будут свободные тренажеры... А то ведь мне всегда приходится ждать... Так что я могу не уложиться за час... Позвони мне в восемь вечера.

— Постараюсь. А сейчас я занята. — Она повесила трубку и перевела дух. После разговора с Тедом она была как выжатый лимон.

— Миссис Райт передала тебе записку, — пробурчала Тесс.

— О Господи! — Тед был тут же забыт. Оставалось только надеяться, что письмо было в запечатанном конверте.

— Я ее разорвала.

— Как ты могла!

— Разорвала и выбросила!

— Тесс, я должна ее прочесть.

— Не надо ее читать. Миссис Райт ничего не понимает! Ну конечно, дочь знает, о чем говорится в письме.

— Где записка? — Тесс сердито отвернулась. Оливия осторожно повернула к себе личико дочери и мягко повторила: — Где письмо?

Тесс уставилась в потолок, упрямо поджав губки.

Оливия со вздохом выпрямилась и тут заметила, что передний карман джинсов Тесс подозрительно оттопырился. Она вытащила три клочка бумаги, оказавшиеся частями злополучного послания. Сложив их на столе, Оливия прочла: «Уважаемая мисс Джонс. Нам необходимо поговорить. Дело касается перевода Тесс в следующий класс. Я понимаю, что жестоко оставлять ее на второй год, но если Вы и дальше будете игнорировать мои письма, это не приведет ни к чему хорошему...»

«Какие письма?» — в ужасе подумала Оливия.

«...Мы должны встретиться и все обсудить. Окончательное решение о переводе Вашей дочери в следующий класс будет принято в понедельник. Если Вы не откликнетесь на мое письмо, я буду вынуждена оставить ее на второй год в четвертом классе. Искренне Ваша Нэнси Райт».

Оливия тяжело вздохнула. Тесс давно уже протестировали и поставили диагноз. Она занималась с репетитором три раза в неделю. И учительница, и репетитор уверяли Оливию, что у девочки явные успехи в правописании. Но Тесс по-прежнему не справлялась с контрольными работами — то ли потому, что не понимала всех требований, то ли потому, что не могла правильно написать ответ. Она не могла читать — в этом-то и был весь ужас.

По мнению репетитора, со временем все должно было наладиться. Оливия хотела знать, сколько еще ждать. Тесс все больше отставала от одноклассников. Ей нравилось учиться, она хорошо запоминала пройденное. Когда Оливия читала ей урок, она понимала все и могла разобраться в довольно сложных вещах. Но самостоятельно девочка была не в состоянии прочесть даже условие задания.

Оливия считала, что трех получасовых занятий с репетитором в неделю явно недостаточно. Тесс могла бы заниматься в два раза чаще. Ее бы следовало перевести в специальную школу, но это вряд ли возможно в ближайшем будущем. Оливия пыталась убедить учительницу быть с Тесс поласковее, но дочь прятала записки, что отнюдь не способствовало установлению доверительных отношений.

— Не кричи на меня, — жалобно сказала Тесс. — Я не отдавала тебе записки, потому что знаю, о чем она думает. Я вижу это по ее лицу, когда она просматривает мои тетрадки. Я решила, что буду стараться и она меня похвалит, но все стало еще хуже.

Оливия обняла дочь и крепко прижала к себе. С самого начала она была против того, чтобы отдавать Тесс в класс Нэнси Райт. Эта женщина слишком строга, а для дочери самое сложное — выполнять указания. Она торопится и в спешке делает еще больше ошибок. Учительница из параллельного четвертого класса гораздо мягче относится к отстающим детям, однако директор категорически отказался переводить всех слабых учеников в ее класс.

Одного Оливия не могла понять: почему Нэнси Райт сразу не позвонила ей по поводу успеваемости дочери? Что ни говори, а посылать ребенка домой с запиской к родителям жестоко.

За последний год самооценке дочери был нанесен значительный удар. Впрочем, учительница, может, и не виновата — у Тесс сейчас трудный возраст. Кроме того, ей нужен не только репетитор, но и врач-педиатр.

Что же делать? Оливия знала хорошего репетитора, который согласился бы позаниматься с Тесс летом, но денежные переводы на Тесс, регулярно поступавшие в течение нескольких месяцев после смерти Джареда, внезапно прекратились: его родители заявили, что Тесс не его дочь.

И как только они могли подумать такое!

— Она его дочь, — пыталась Оливия убедить адвоката, приславшего ей уведомление о решении семьи.

— Вы можете это доказать?

Ну конечно! Достаточно взглянуть на Тесс!

Но Оливия, насмотревшись фильмов о судебных процессах, знала, что адвокат потребует тест на ДНК.

— Мой клиент был кремирован, — возразил юрист. — Его пепел развеян над Большими Дымными горами. Если тест на ДНК не был проведен ранее, вам вряд ли удастся что-либо доказать. Его семья наверняка будет против подобного теста, и вам придется разбираться с ними через суд.

В первую секунду Оливия готова была так и сделать, но потом, придя в себя, решила все же не связываться с судом, не желая причинять дочери страданий. Да и денег потребуется немало.

Итак, семья Старк отказалась от нее и от ребенка. Печально. Ведь поначалу речь шла вовсе не о деньгах, а о любви. Оливия любила Джареда. Это был человек незаурядный — ученый, работавший над совершенно непонятными Оливии темами, как, например, связь между употреблением в пищу моркови и способностью различать голоса ночных птиц. Он искренне полагал, что его труд имеет судьбоносное значение для всего человечества, и Оливия продолжала в это верить, даже когда он потерял к ней интерес. Ей казалось, что Джаред останется с ней, узнав о ее беременности, но он ушел.

Это случилось задолго до рождения Тесс, но все девять лет он без просьб и напоминаний выплачивал ей денежное пособие.

Напрасно Оливия надеялась, что его родители учтут это и примут в свою семью частичку погибшего сына, но, видимо, она ошибалась.

Тесс необходима помощь. Конечно, Оливия займет денег и оплатит услуги репетитора, но это еще не все. Тесс хочет отправиться в теннисный спортивный лагерь — туда едут две девочки из ее класса, и, разумеется, она возьмет реванш за все свои поражения. Она никогда раньше не играла в теннис, однако у нее хорошая спортивная подготовка и при должном старании она вполне способна достичь хороших результатов.

У Оливии не хватит денег не только на теннисный лагерь, но даже и на еду, если она в скором времени не подыщет себе высокооплачиваемую работу. Она разослала свои резюме в десятки музеев в надежде найти место реставратора. На сегодняшний день она получила уже шесть отказов. Можно было бы вновь заняться продажей фотоаппаратов, но эта работа ей уже успела порядком надоесть. Одно дело фотографировать, но обучать кого-то — совсем другое. Оливия не обладала для этого достаточным терпением и умением. Она воспринимала мир по-своему, и дислексия Тесс далеко не случайность.

Господи, что же делать?

Она знала, что делать. Приподняв за подбородок печальное личико дочери, обрамленное каштановыми кудряшками (точная копия отца, не желавшего ее знать), Оливия спросила:

— Хочешь, пойдем в китайский ресторанчик?

Девочка оживилась:

— «Большой Чжао»?

— Но только после того, как сделаешь уроки.

— Я умираю от голода.

Оливия открыла холодильник и налила стакан молока.

— Вот, возьми. Чем скорее ты приступишь к урокам, тем скорее мы пойдем обедать.

Тесс нехотя взяла стакан.

— Мне задали прочитать двадцать страниц из учебника.

— Двадцать? — Это уж слишком для десятилетнего ребенка, страдающего дислексией. — А по какому предмету? — Тесс молча протянула матери учебник по географии. — Понятно. — Оливия старалась казаться спокойной. — Может, начнешь, пока я переодеваюсь, а потом вместе дочитаем остальное?

Взяв со стола пачку нераспечатанных писем, она принялась их просматривать. Вытащив конверт без обратного адреса со штемпелем Чикаго, она опустилась на диван.

Сердце ее отчаянно заколотилось. Это не почерк ее матери, но ведь она не писала ей много лет. За столько времени всякое могло случиться — может, мать сломала руку, а может, потеряла кисть в результате несчастного случая. Еще хуже — ее мог разбить паралич. Да мало ли что... В конце концов, она, возможно, просто разволновалась, когда писала письмо дочери, и руки ее дрожали.

Оливия вскрыла конверт и разочарованно вздохнула. Внутри оказалось ее собственное нераспечатанное письмо и записка, в которой значилось: «Не присылайте больше писем на этот адрес — Кэрол Джонс здесь не живет».

Оливия уронила голову на руки. Этот адрес она списала с последнего письма, полученного от матери. Следовательно, либо мать переехала, либо ошиблась. Если ошиблась, конечно. Оливии не хотелось думать, что Кэрол намеренно указала неправильный адрес, дабы прекратить переписку. Ее последнее письмо было коротким и сдержанным, но в нем не было ни малейшего намека на разрыв отношений. В свое время она уехала сразу после окончания Оливией школы, видимо, решив, что полностью выполнила свои материнские обязанности. Что ж, многие родители считают так же.

Но поскольку Кэрол не получала писем Оливии уже несколько лет, то ей, вероятно, не известен нынешний адрес дочери и она точно так же получает обратно собственные письма. Оливия попросила на почте, чтобы ей пересылали корреспонденцию со старой квартиры, но все возможные сроки уже вышли. Что же предпринять теперь?

Зазвонил телефон. Тесс с готовностью вскочила с кресла, радуясь поводу прервать чтение, но Оливия молча усадила ее обратно и сама взяла трубку.

— Алло?

— Это снова я... Скоро пойду в тренажерный зал... вернусь домой около восьми... а там еще новости по Си-эн-эн, после которых будет уже поздно... Как насчет завтрашнего вечера?

Оливия откинула короткую челку со лба.

— Завтрашнего вечера?

— Мы могли бы пойти в «Норт-энд-бистро». — Этот ресторан открылся совсем недавно, и Тед так спешил туда попасть, словно тот должен вот-вот закрыться.

Оливия же считала, что, если ресторан скоро прогорит, не стоит туда и ходить.

— Я не могу, Тед. По вечерам я обычно занята, ты же знаешь. — Тесс надо помочь с уроками, а после свиданий с Тедом Оливия возвращалась как выжатый лимон. С ним не так-то просто общаться.

— В субботу все столики уже заказаны на три недели вперед... этот ресторан пользуется популярностью... Оливия, идем сегодня.

С трудом подавив глухое раздражение, она сказала как можно спокойнее:

— Если он так популярен, то вряд ли закроется через месяц. Закажи столик на свободную субботу. Завтра я не смогу пойти.

— Хорошо, хорошо... Я заказал на завтра на всякий случай, если ты передумаешь... Позвони мне потом, договорились?

— Через день или два, не раньше.

— Так как насчет «Норт-энд-бистро»?

Оливия вскипела:

— Я же сказала: нет!

— Ты сказала, что можешь передумать.

— Это ты сказал. Я говорила, что не смогу.

— Ты что-то не в духе... Отис, наверное, тебя довел... Вот сукин сын! Хорошо, что он выходит на пенсию. Если ты проработаешь с ним еще год-другой, то вконец испортишь себе нервы... Послушай, перезвони мне попозже.

Оливия мысленно сосчитала до десяти.

— Нет, Тед! Дай мне немного передохнуть!

— Эй, не надо так расстраиваться... Господи, времени-то сколько... Мне пора идти... иначе эти тупоголовые качки займут все тренажеры... Поднятие тяжестей — вот их представление о культурном досуге... Я позвоню тебе завтра. — И тут же повесил трубку.

Оливия в замешательстве уставилась на телефон, а Тесс ехидно заметила:

— Может, у него тоже дислексия? И со слухом неважно.

— Ты подслушивала! — нахмурилась Оливия. Ее внезапно захлестнула волна жалости к самой себе. У Тесс нелады с учебой, мать не пишет, Тед замучил своим занудством. Ни минуты покоя!

Пройдя в коридор, она вернулась оттуда со своей сумкой. Едва Оливия открыла ее, слабый аромат фрезии напомнил о письме.

«Ты моя последняя соломинка, Натали», — подумала она, второй раз вскрывая пакет. Отложив пригласительное письмо и записку, адресованные Отису, она вынула пачку фотографий и неторопливо принялась их рассматривать.

Оливия заочно познакомилась с Сибрингами по фотографиям. Она уже реставрировала снимки Натали с мужем, Натали с мужем и двумя детьми. На некоторых присутствовал и третий малыш, а на более поздних снимках ни разу не встречался старший сын. Странно.

Да нет, все объяснимо. Просто этот третий ребенок явился сюрпризом для немолодых родителей, а старший сын уже учился в высшей школе или колледже — к примеру, в Гарварде. Оливия ожидала увидеть его на каком-нибудь снимке в футболке с эмблемой колледжа.

Такой фотографии она не нашла, зато были свадебные фотографии дочери Сибрингов, снимки мужа Натали вместе с виноградарями. Судя по удлиненным бачкам у мужчин, это конец шестидесятых — начало семидесятых. А вот фотографии строительства нового винного завода, как гласит надпись. Интересно, как выглядит здание сейчас?

Оливия никогда не была в Асконсете, но снимки говорили сами за себя: процветание, безмятежная жизнь на лоне природы под теплыми лучами солнца. Ей хотелось поскорее посмотреть фото восьмидесятых и девяностых — наверняка она увидит на них внуков четы Сибрингов.

Последние фотографии почти не нуждаются в реставрации. Несколько пятнышек, загнутые уголки, заломы — ничего серьезного. Снимки немного поблекли от времени, но и эта проблема легко разрешима: снимок копируется на бумагу с высокой чувствительностью, а необходимая контрастность достигается различными фильтрами. Ретуширование используется лишь в крайних случаях, как для работ Дороти Лэнг. Для снимков Натали этого не требуется. С ними надо всего лишь аккуратно обращаться, а Натали наверняка хранит их как зеницу ока.

Оливия развернула письмо, чтобы узнать пожелания Натали. Бумага оттенка слоновой кости, темно-красный логотип «Асконсета» в левом верхнем углу. Как и адрес на конверте, письмо писала сама Натали.

«Дорогой Отис.

Посылаю Вам еще несколько фотографий. Вы не перестаете меня удивлять — Вам удалось сотворить поистине чудо со старыми снимками. Те, что Вы получите, гораздо новее. На свадебной фотографии моей дочери винное пятно. К сожалению, это не то вино, что мы пили на свадьбе, а то бы я оставила все как есть, поддавшись сентиментальности. Нет, это пятно появилась недавно по моей вине. Просматривая фотографии, я дегустировала наше новое эстейт-каберне, а рука у меня уже не такая твердая, как раньше. Впрочем, лучше капнуть вина, чем виски...»

Оливия улыбнулась — ей нравился мягкий юмор Натали.

«...Вы получили почти все снимки из моей семейной коллекции. Последние несколько штук я перешлю на следующей неделе. Начиная работу над этим проектом, я рассчитывала получить все снимки к первому августа. У меня будет еще целый месяц, чтобы расставить их в альбоме в соответствии с моим замыслом.

Хотелось бы попросить Вас кое о чем. Времени осталось не так уж и много, и мне, вероятно, потребуется помощь, иначе моя часть работы проиграет по сравнению с Вашей.

Фотографии будут сопровождаться текстом. Я уже составила подписи, но за полгода воссоздать историю жизни невозможно. Мои наброски и записи требуют редакции и систематизации, а я еще не сделала и половины. Итак, мне требуется помощница на лето. Она должна уметь работать с компьютером и обладать художественным вкусом».

Оливия встрепенулась. «Я обладаю художественным вкусом», — подумала она.

«Мне нужен человек организованный, аккуратный и приятный в общении, а кроме того, любопытный: пусть вытягивает из меня побольше сведений».

«Я организованная и аккуратная и приятная в общении. Любопытная ли? Да у меня миллион вопросов к ее фотографиям!»

«Я подумала было предложить эту работу студентке колледжа, но, боюсь, все они уже разъехались на лето. Я поместила объявление в воскресном еженедельнике, но, сказать по правде, предпочла бы кандидатуру с рекомендацией знакомых. Вы профессионал высокого класса, Отис, и прекрасно поработали с фотографиями. Надеюсь, у Вас есть друзья с творческой жилкой и даром слова».

Вот тебе и раз! Нет, конечно, Оливия дружит со словами, хотя дается ей это с трудом. Дислексия? В школе она не так быстро усваивала материал, но училась неплохо. Времени затрачивала больше, чем другие, но результат был не хуже, а порой и лучше.

Предложение Натали казалось фантастикой.

«...В нашем доме в Асконсете довольно просторно, и я с удовольствием предоставлю своей помощнице комнату, питание и приличное вознаграждение. Времени осталось совсем мало, так что я приму любую рекомендацию с Вашей стороны.

С благодарностью и наилучшими пожеланиями

Натали».

Отложив письмо, Оливия задумалась. Провести лето в Род-Айленде — ее заветная мечта. И она осуществима! Да, писательница из нее не очень, но она будет работать ночами и по выходным. Она справится. Ведь Отис доволен ее работой — и Натали останется довольна.

Отис! Господи, у него придется работать до конца июля. Нельзя же так просто уйти и все бросить. Он ее друг.

Но Отис выходит на пенсию. Едва закончится июль, как он уже не будет ее боссом. Он покидает ее на произвол судьбы. Нет, не так. Он отпускает ее в свободное плавание. А если она уйдет на месяц раньше? Он больше не берет новых заказов. Осталось только завершить начатое. Она постарается успеть.

Тесс понравится в Асконсете. Виноградник расположен между рекой Асконсет и Атлантическим побережьем. Ей понравится теннисный корт рядом с домом — тот, на фотографиях. Тесс полюбит и большой дом, и Натали. Натали — идеал бабушки.

Комната и стол в большом доме. Об этом можно только мечтать!

И приличное вознаграждение. Интересно, что имела в виду Натали? Если Оливии и правда хорошо заплатят, она сможет нанять репетиторов для дочки.

Джаред отошел в мир иной, а мать Оливии пропала — но приглашение Натали Сибринг смягчило эти потери.

Правда, пока ее еще никто не приглашал. Но она добьется своего во что бы то ни стало.

«Мне нужна эта работа», — твердо решила Оливия.

Глава 3

Ночью не спалось. Оливии так хотелось получить работу в Асконсете, что ни о чем другом она и думать не могла. Надеяться в общем-то было не на что: наверняка найдутся претенденты, профессионально владеющие словом. Нет, она ни секунды не сомневалась, что справится. А уверенность в своих силах — уже полдела. Кроме того, у нее есть одно преимущество: она давно влюблена в Асконсет. Благодаря фотографиям она знает его обитателей и историю их семьи.

Но вот выберет ли ее Натали?

Когда сон наконец одолел ее, Оливии приснилось, что работу она получила. Утром, собирая Тесс в школу, она продолжала мечтать, уносясь мыслями в далекий Род-Айленд. Взяв сумку с драгоценными фотоснимками, Оливия вышла из дома, ведя дочь за руку.

Подходя к зданию школы, она все еще грезила о бескрайних долинах и легком бризе с океана.

— Мама! — Расстроенная Тесс смущенно потянула ее за рукав. Ангельское личико омрачилось. — Что мне сказать миссис Райт?

Миссис Райт? О Господи! Оливия совершенно об этом забыла, замечтавшись, и теперь школьные проблемы Тесс вновь грозно предстали перед ней, требуя незамедлительного решения.

«Сказать, что мы что-нибудь придумаем? — лихорадочно соображала Оливия. — Что летом у Тесс будет репетитор пять раз в неделю? Я хочу, чтобы ее перевели в пятый класс, и в следующий раз, когда миссис Райт захочет переговорить со мной, пусть соблаговолит подойти к телефону и набрать мой номер».

— Скажи учительнице, — вслух проговорила Оливия, — что я позвоню ей сегодня утром и договорюсь о встрече. Пусть выбирает, когда ей удобно.

— Не хочу оставаться на второй год.

Оливия чмокнула ее в щеку.

— Я знаю.

— Пусть говорят, что я глупая. Но если я останусь на второй год, значит, так и есть.

У Оливии сжалось сердце. За что ее ребенку такие страдания?

— Сейчас они над тобой смеются, а когда-нибудь будут обращаться за советом.

— Когда?

— Когда винтики и болтики чтения отойдут на второй план и главным станет понимание материала.
— Что значит «винтики» и «болтики»?
— Просто составные части — слова, запятые.
— И грамматика? Ненавижу грамматику! Я и так могу составлять предложения из частей речи — зачем мне еще знать, как они называются?
— Это необходимо, чтобы перейти в пятый класс. — Зазвонил звонок. — Иди же.
— Ой, у меня живот болит!

Ну конечно — ей ведь придется идти одной через весь школьный двор. Подруги у дочери нет, и Оливия очень переживала по этому поводу. Тесс — прелестная девчушка, добрая, ласковая. Но она носит очки с толстыми стеклами и отстает в учебе, а потому ей часто достается от своих товарищей.

— Ну, смелее. Осталось еще две недели, — подбодрила ее Оливия.

И что потом? Асконсет? Асконсет может помочь — ежедневные занятия с репетитором, морской воздух. Тесс будет играть с детьми, которые не знают, что она не может читать. Если они примут ее в свою компанию, если у нее появятся друзья, все изменится и дела пойдут гораздо лучше.

— А я буду брать уроки тенниса? — спросила Тесс.
— Я постараюсь все устроить.
— С репетитором заниматься не хочу.
— Если не будешь заниматься с репетитором, не будет тебе никакого тенниса, — отрезала Оливия.
— А если буду заниматься, поеду в лагерь?
— Посмотрим, — последовал уклончивый ответ.

Тесс нахмурилась и, поправив рюкзачок, побрела к дверям школы.

— Эй! — окликнула ее Оливия.

Девочка обернулась, бросилась к матери со всех ног, крепко обняла и побежала обратно к школе.

С чувством глубокой нежности Оливия смотрела дочери вслед, пока Тесс не смешалась с толпой школьников, поднимавшихся по ступенькам. Но едва за ними закрылась дверь, как мысли ее полетели к югу. Она представила дверь, много раз виденную на фотографиях. Эта дверь вела из большого дома в Асконсете во внутренний дворик, из которого открывался вид на шпалеры виноградников.

Она должна получить эту работу. Видит Бог, как это ей сейчас необходимо. С Тесс совсем измучилась — все эти тесты, репетиторы, беседы с учителями, домашние задания отнимают массу времени и сил. А иначе просто невозможно. Девочка старается, как может. Она самое дорогое в жизни Оливии.

Да, они обе заслужили летние каникулы. Работать с Натали — совсем другое дело. Работа в Асконсете — отдых.

Оливия нашла Отиса в реставрационной. Он пребывал в довольно скверном расположении духа.

— У нас кончился фиксаж, — недовольно пробурчал он вместо приветствия. — Я же просил тебя купить еще.

Оливия прижала пакет от Натали к груди.

— Я купила. Вон там, на полке.

— Нужен фиксаж для снимков Брэди. Их сегодня же надо скопировать.

— Все готово. Отис, я должна тебе кое-что показать. — Ну и момент улучила! Отис не в духе. Но ждать нельзя.

Отис прошел мимо нее к столу в углу комнаты и принялся разбирать вчерашнюю почту.

Оливия протянула боссу пакет.

— Это тоже пришло вчера.

Он нахмурился:

— От кого?

— От Натали Сибринг. Она прислала фотографии и письмо. Вот, прочти.

— Если ей не нравится то, что мы делаем, пускай выбросит на помойку, — пробурчал он. — Давай сюда скорее. У меня много работы.

Она протянула ему письмо и с опаской следила за выражением его лица. Как все это не вовремя! Но если она решила обогнать конкурентов и заполучить работу в Асконсете, необходимо использовать быстроту и натиск.

Отис с мрачным видом прочел письмо, затем снова пробежал его глазами. Под его тяжелым взглядом у Оливии все похолодело внутри, а он продолжал изучать послание Натали. Лицо его заметно потеплело.

— Я знаю, о чем ты думаешь, — сказал он с оттенком грусти в голосе, и Оливия тут же почувствовала себя предательницей.

— Но ты же выходишь на пенсию, — оправдывалась она. — Еще несколько недель — и я стану безработной. Да и ты перестал брать новые заказы. Мы успеем закончить дела за две недели. — Отис молчал, и она с жаром продолжила: — Если тебе потребуется моя помощь, я приеду на несколько дней.

— Не в этом дело. — Он протянул ей письмо. — Это же работа на одно лето. А тебе нужно постоянное место.

— Но пока у меня нет других предложений. Я ищу, даю объявления в газетах и в Асконсете тоже буду заниматься поиском. Эта работа поможет мне выиграть время.

Он задумался.

— Да нет, тут другое. Я видел, как ты работала с фотографиями Сибрингов. Они захватили тебя.

— Я просто люблю старые снимки. На них запечатлено прошлое — тогда жизнь была более простой и романтичной.

— Но снимки Сибрингов нравятся тебе больше других. Почему?

— Не знаю, — смутилась она.

— Нет, знаешь. Натали тебя приворожила.

— Это не так. Я никогда с ней не встречалась.

— Я тебя не осуждаю, — продолжал Отис. — Она и меня приворожила, было дело. Я знаю, как это бывает.

Оливия удивленно вскинула брови.

— Так ты с ней знаком? — А она-то думала, что Натали — всего лишь богатая клиентка, обратившаяся в его студию по рекомендации знакомых. Потом Оливия вспомнила желтый конверт с приглашением для Отиса. — Прости, я забыла о конверте среди фотографий.

Отис вскрыл конверт и вынул желтую карточку. Прочитав текст, он широко улыбнулся.

— Очко в ее пользу.
— Что?
— Она снова выходит замуж. Когда-то я хотел быть этим счастливцем.

Оливия ошеломленно молчала. Итак, Натали и Отис — старые знакомые. Но последняя новость ее потрясла.
— Выходит замуж? А как же Александр? — Оливия не видела последних фотографий, но ей и в голову не могло прийти, что Натали и Александр разошлись.
— Он умер.
— Когда? Как? — воскликнула Оливия.
— Полгода назад. Сердечный приступ.

Оливия порывисто прижала руку к груди.
— О Господи!

Смерть человека, с которым она никогда не встречалась, Оливия восприняла как смерть самого близкого друга. Он был героем ее вымышленных историй о жизни Натали Сибринг. И вот теперь этот человек мертв и в судьбе Натали появился новый мужчина.
— Когда вы с ней встречались? — спросила она Отиса.
— Давным-давно.

Оливия никак не могла привыкнуть к новому образу своего идеала. Она пыталась представить себе лицо жениха Натали, но тщетно.
— Когда же свадьба?
— На День труда. И это крайний срок окончания нашей работы.
— Ей потребуется помощь в подготовке праздника. Я бы тоже могла помочь.

Отис вздохнул.
— И все-таки что тебя так привлекает в ней? Когда-то я сам попался в ее сети. Натали считала меня настоящим художником, ей нравились мои работы. Но у тебя другое.
— Она такая приятная женщина — идеал доброй, заботливой бабушки.
— Она тебе не бабушка, Оливия, — с упреком заметил он.
— Конечно, нет.

— «Конечно, нет», — передразнил он, хитро прищурившись. — Ты гонишься за несбыточной мечтой, девочка моя. Надеешься провести лето в старинном доме под крылышком у любящей бабушки? Но Натали не такая. Она заботится только о себе.

Ну да, что он еще может сказать? Натали нанесла ему удар — вполне естественно, застарелая обида.

Оливия же видела в Натали исключительно щедрую натуру. Выходит она замуж или нет, ее предложение остается в силе.

— Она предлагает комнату, питание и вознаграждение. И приличное вознаграждение, по ее словам.

— Ее определение может не совпадать с твоими ожиданиями.

— Может, ты и прав, — ответила Оливия. — Но мне нужны деньги, Отис.

— На этом карьеру не сделаешь, — возразил он. — Сезонная подработка, не более того.

— Знаю, знаю. И меня это вполне устраивает. Я все продумала, Отис, правда. Закончу здесь свои дела, и ты отпустишь меня с легким сердцем, поскольку после твоего ухода у меня будет работа. Я и с квартиры съезжать не стану, передам ее в субаренду на лето, а осенью вновь сюда вернусь. Занятия у Тесс заканчиваются через две недели. Мы отправимся в Род-Айленд на следующий день.

— А ты уверена, что Натали обрадуется Тесс?

— Почему бы и нет? Она же сама пишет в письме, что в Асконсете для всех хватит места. Тесс — ребенок, ее никто и не заметит. Я найму ей репетитора. Она будет учиться играть в теннис. Пока я работаю, за ней присмотрит кто-нибудь из детей постарше. Думаю, она не будет скучать. А Натали привыкла к внукам. Они, наверное, целое лето у нее гостят. А может, и правнуки тоже. — Оливия подумала и добавила: — Тесс может бесплатно посидеть с малышами.

Отис безразлично пожал плечами:

-- Вряд ли у нее есть правнуки. А внуки уже большие, редко навещают бабушку. У них своя жизнь. Почему ты решила, что в доме хватит места для тебя и дочери?

— Но дом такой огромный, — сказала Оливия. — И внуки непременно приедут к бабушке на лето. Асконсет — чудесное место для летнего отдыха.

— Откуда ты все это знаешь, Оливия?

— Знаю, и все. — Так подсказывала ей интуиция. Правда, та же интуиция вечно ошибалась в отношении мужчин.

— Ты просто устала от Кеймбриджа.

— Нет.

— Ты жила здесь дольше, чем где-либо.

— Просто здесь у меня была работа по душе, — возразила Оливия. — Но мой босс уходит на пенсию, и я остаюсь ни с чем.

— И ты решила покинуть его первой?

Оливия виновато потупилась.

— А как же Тед? — спросил он.

— Тед тут ни при чем.

— Ты ему уже рассказала о своих планах?

— Нет. Я еще не получила приглашения.

— Но ты хочешь его получить?

— Да.

— Ради денег?

— Ради Тесс.

— А если тебе заплатят меньше, чем ты рассчитываешь?

Но Оливию это не тревожило. «Приличное вознаграждение» — наверняка неплохие деньги, а даже если и нет, то комната и питание, а тем более близость к океану и теннисный корт чего-нибудь да стоят. Да и просто быть там — уже счастье.

Отис придвинул к ней блокнот и ручку:

— Пиши, сколько ты хочешь получить.

— Сколько она мне заплатит?

— Сколько тебе необходимо.

У Оливии не поднялась рука. Что бы она ни написала, все будет слишком.

— Хорошо, — Отис взял блокнот, — я сам напишу. — И он вывел на бумаге сумму, вдвое большую той, что сам заплатил бы ей за все лето работы, если бы не уходил на пенсию. Пока Оливия приходила в себя, босс набрал номер Натали.

— Что ты делаешь? — в ужасе воскликнула Оливия. Он же сейчас все испортит!

— Не волнуйся.

Она хотела остановить Отиса, но он уже разговаривал с Натали, как старый друг. Они поговорили о фотографиях, которые уже отреставрированы, о новых снимках, о предстоящей свадьбе. Оливия снова попыталась представить рядом с Натали ее жениха, но, кроме Кэри Гранта, никого не могла вообразить, а он, как известно, давно умер.

Отис попросил Натали перечислить свои требования.

Оливия с бьющимся сердцем смотрела, как он записывает ответы на свои вопросы в блокноте. «Уметь печатать и редактировать текст. Обработка записей. Утром работа, после обеда — свободное время. С понедельника по пятницу. Выходные — свободные. Жилье в отдельном флигеле дома. Питание включено. Животные? Нет. Дети? Не возражает. Вознаграждение?..»

Оливия затаила дыхание, пока Отис не вывел на бумаге заветное число. Натали предложила в два раза больше того, что он ожидал. Для Оливии это целое состояние. Она зажала рот рукой, чтобы не вскрикнуть от радости.

Отис был изумлен не меньше. Он попросил Натали повторить сумму и только после этого сделал знак Оливии, что все верно.

До нее долетали обрывки разговора: «Очень щедро... да... история семьи... упорядочить записи», — но она не вслушивалась. Мысли ее уже понеслись дальше. Она размышляла, где бы нанять репетитора. С такими деньгами нет ничего невозможного.

Когда Отис положил трубку, Оливия вытащила из нижнего ящика стола буклет и протянула ему. Это был каталог из Кеймбридж-Хит, частной школы для проблемных детей местных преподавателей.

Оливия не была преподавателем. Не довелось ей быть и студенткой колледжа. Сразу после школы она пошла работать, а теперь, по определению Отиса, стала художницей. То же самое она писала в графе «профессия», заполняя многочисленные анкеты и резюме. Но в Кеймбридже подобных ей родителей не так уж и мало.

Кстати, Тесс — дочка преподавателя колледжа. Джаред работал на одном из факультетов незадолго до смерти. Это что-нибудь да значит.

А если нет, то есть и другие школы. В Провиденсе, например, куда Оливия уже посылала свои резюме. Это неподалеку от Асконсета. Они будут рядом с Натали, когда закончится лето.

А может быть, летняя подработка выльется во что-то более серьезное — работу секретаря, к примеру.

Она не рассчитывала на это, но хотелось помечтать.

Отис пролистал буклет и прочел то, что Оливия уже успела выучить наизусть. Пусть он считает ее фантазеркой — она все равно мечтала об этом еще до письма Натали.

— Ну что ж, прекрасно, — сухо заметил Отис. — Ты сможешь оплатить один год обучения в этой школе. А что потом?

— Потом либо Тесс получит стипендию, либо я возьму заем, но она должна быть первой, лучшей. Иначе я никто. У меня нет связей. По закону Тесс имеет право учиться в обычной школе, но ей там не нравится. В следующем году будет хорошая учительница, но я не могу гарантировать, что она попадет в ее класс. А в этом году преподавательница настолько внушила ей комплекс неполноценности, что исправить положение будет нелегко. — Она решительно сжала в руке каталог. — Тесс должна учиться в спецшколе. Разве ты не понимаешь, Отис? Мне нужна эта работа. Это наш с ней шанс.

Одно препятствие — Натали еще не согласилась ее принять.

— Я тебе помогу, — сказал Отис, словно прочитав ее мысли.

Она кивнула и выжидательно умолкла.

— Деньги ты заработаешь, — сказал он. — Но меня волнует другое — твоя мечтательность.

— Я не мечтательница. У меня трезвый взгляд на вещи.

— И ты не хотела бы стать частью этой семьи?

— Конечно, хотела бы. А кто не хочет? Но я не Сибринг и никогда не буду одной из них.

— Хорошо, что ты хоть это понимаешь.

— Понимаю, Отис, понимаю. Это летняя подработка и мост между моей работой и... будущим. Если все сложится удачно, со мной останутся прекрасные воспоминания, но не это главное. Главное, что я смогу помочь дочери. Я делаю это ради нее, Отис. Ведь ты сделал бы то же самое для своего ребенка, правда?..

Глава 4

Две недели спустя, облачившись в новые белые шорты, кроссовки и зеленую и голубую блузки, Оливия и Тесс отправились в Род-Айленд. В Кеймбридже остались счастливая студентка юридического колледжа, которой Оливия сдала квартиру в субаренду, фотореставратор, собравшийся на пенсию, и обескураженный, возмущенный Тед.

— Он страшно зол, — заметила Тесс, бросив взгляд в зеркальце заднего вида. — И чего он рассердился?

Оливия не оглянулась. Этого правила она твердо придерживалась в жизни. Решение принято, цель ясна, и смотреть надо только вперед. Как бы то ни было, она с грустью попрощалась с Отисом и с сожалением покинула свою квартиру. Но расставание с Тедом доставило ей несказанное облегчение.

— Просто он обиделся, — сказала она Тесс. — Ему хотелось провести вместе с нами лето в Кеймбридже.

— И что бы мы делали? Катались на каруселях? Тед, наверное, думает, что мне это безумно нравится. А я люблю ходить по магазинам.

Для Оливии это тоже было новостью. Походы за покупками в их маленькой семье всегда носили сугубо деловой характер. Но перед поездкой Оливия всерьез задумалась о своем гардеробе. Что можно надеть летнем вечером? Таких вещей у нее нет. Не хотелось ставить Натали в неловкое положение своим затрапезным видом, да и ее жених наверняка эталон элегантности. Кто он, Оливия до сих пор не знала. Поначалу она представляла его богатым виноделом из Франции, но Отис назвал его имя — Карл Берк. Имя было ирландским. Поскольку Оливия ничего не слышала об ирландских винных магнатах, она мысленно произвела его в хозяева калифорнийских виноградников. Он представлялся ей благородным, импозантным мужчиной — такие вращаются только в изысканном обществе.

Это высшее общество на время будет включать и ее с дочерью, поэтому Оливия решила раскошелиться и повела Тесс в магазин. Вот тут-то и произошли метаморфозы: ее дочь, которая в жизни не носила ничего, кроме футболок и джинсов, совершенно преобразилась. Она примеряла цветастые шортики и топики, короткие юбочки и легкие платьица и с упоением вертелась перед зеркалом. Она выглядела прелестно, и улыбка сияла на ее лице. В яркой праздничной одежде она из замкнутой девочки превратилась в очаровательную маленькую модницу.

Асконсет стал для них началом новой жизни, и за это следовало благодарить Отиса. Оливии не пришлось проходить собеседование — Натали взяла ее на работу, полагаясь только на его рекомендацию.

Тед был в растерянности.

— Ты хоть знаешь, куда едешь? Да, ты видела фотографии, но они не скажут тебе всей правды. Она посылала наиболее выигрышные снимки — в этом весь фокус.

Оливия не спорила. Тед — известный пессимист и зануда. Он не желал мириться с тем, что их роман подошел к концу, и заявлял, что будет звонить ей каждый вечер, предлагал даже заехать к ней. Сначала намеками она пыталась дать ему понять, что новая работа будет отнимать у нее все время и ей некогда с ним встречаться. Намеков он не понял, и Оливия высказалась более откровенно: она устала от его опеки, ей нужна свобода.

И снова он не воспринял всерьез ее слова. Тед никогда не слышал того, чего не хотел услышать. Но нельзя позволить, чтобы он омрачил ее радость своим пессимизмом. Она не даст в обиду Асконсет.

— Эти фотографии не рекламные проспекты, — холодно заметила Оливия. — Их сделали задолго до того, как слово «маркетинг» появилось в обиходе. И подделкой их не назовешь — они настоящие.

Отис неохотно сознался, что сам несколько раз бывал в Асконсете и что в реальности он еще красивее, чем на снимках. Карла Берка он не помнил, но Большой дом, по его мнению, поражает своим великолепием. Если так говорит известный прагматик Отис, значит, это правда.

У Оливии состоялся телефонный разговор с Натали. Хозяйку виноградника совершенно не волновало отсутствие у Оливии диплома колледжа. Ей понравились отреставрированные фотографии Асконсета, а в письмах, которые Оливия писала от имени Отиса, Натали усмотрела умение грамотно излагать мысли. Оливия задавала ей много вопросов, и Натали это тоже нравилось. Она подчеркнула, что организованность, любознательность и увлеченность будущей помощницы гораздо важнее, чем ее аттестаты и дипломы. В конце концов она заявила, что полагается на свою интуицию и надеется, что у нее с Оливией будет полное взаимопонимание.

Оливия могла бы сказать о себе то же самое. После трех телефонных бесед она утвердилась во мнении, что Натали так же стремится поскорее взять ее на работу, как сама Оливия стремится эту работу заполучить. Положа руку на сердце, она не могла с уверенностью сказать, что же все-таки повлияло на решение Натали: то ли интуиция и заочная симпатия, то ли чувство вины перед Отисом, чьи ухаживания Натали в свое время отвергла, и желание прислушаться к его мнению. Во всяком случае, разговаривать с Натали было приятно. Именно такой она представляла себе добродушную бабушку, милую и добросердечную.

А когда Натали искренне обрадовалась, узнав, что с Оливией приедет дочь, Оливия была покорена.

— И ты ей поверила? — скептически хмыкнул Тед.

Эта фраза окончательно поставила крест на их отношениях. Тесс — ее гордость и единственная радость в жизни. Она никому не может быть обузой.

— Да, поверила. Натали собирается все подготовить к нашему приезду и даже нашла для Тесс репетитора, тренера по теннису и записала ее в яхт-клуб.

— А ты беседовала с репетитором? Это может оказаться старшеклассница, желающая подработать. То же касается и тренера по теннису. И если твоей дочери не терпится научиться управлять яхтой, она могла бы сделать это у моих родителей в Рокпорте.

«Хорошо, что мы туда не едем», — подумала Оливия. Она уже раз гостила у родителей Теда. Каждый поход в ресторан превращался в пытку — их жалобы и нытье могли кого угодно вывести из себя: и обслуживание ужасное, и еда отвратительно приготовлена, недожарена, пережарена и т.д. С ними было так же неуютно, как и с их сыном. Тесс больше туда не заманишь.

— И подумай о своих материнских обязанностях, — продолжал пилить ее Тед, не подозревая, что забивает последний гвоздь в собственный гроб. — Как ты можешь переводить дочь в школу, о которой еще ничего не знаешь? И более того, не имея работы на осень? Я бы на твоем месте остался в Кеймбридже и обивал пороги фотомастерских. Если не ради себя, то ради ребенка. Настоящая мать никогда не пустилась бы в такую авантюру — это глупо в конце концов.

Глупо? Оливия и так неуютно чувствовала себя без диплома, особенно в городе, где все имеют по две-три ученые степени. Слова Теда обидели ее.

— Кто бы говорил! Вот будут у тебя дети, тогда и поучай других. А я делаю для своего ребенка все необходимое.

Никакие доводы Теда не заставят ее изменить решение. Она была твердо уверена в своей правоте — с той самой минуты, как развернула письмо Натали.

Кроме того, взаимное доверие тоже что-нибудь да значит. Натали наняла ее без предварительного знакомства. Так почему бы Оливии не принять ее предложение без лишних вопросов?

...Ей приснился сон. Во сне ей вспомнилось детство, проведенное в Вермонте. Ее мать — почти ребенок. За Оливией присматривали соседи, пока она не подросла и не стала носить ключик на шее. К тому времени Кэрол Джонс работала с местным агентом по продаже недвижимости. Оливии заново пришлось пережить одинокие ночи в пустой квартире, прислушиваясь к сердитым голосам соседей с нижнего этажа. В темноте у маленькой девочки от страха замирало сердце: а вдруг мама вовсе не вернется?

А однажды утром Кэрол Джонс вернулась не с очередным любовником, а со своей матерью.

Оливия никогда раньше не видела бабушку. Девочка не верила словам матери, что бабушка умерла. По ночам, забившись в платяной шкаф (единственное место в квартире, где она чувствовала себя в безопасности), она придумывала десятки историй, объясняющих бабушкино отсутствие, и столько же воображаемых встреч.

В этом сне бабушка оказалась решительной, волевой женщиной. Она в течение многих лет пыталась разыскать свою упрямую дочь, которая беременной убежала от родителей, чтобы им насолить, а потом побоялась вернуться. Бабушка нанимала частных детективов, но все безуспешно. И вот наконец ее упорство вознаграждено. Благодаря старой фотографии Кэрол, тщательно отреставрированной и очень похожей на Оливию, старушка нашла свою дочь.

У вновь обретенной бабушки было лицо Натали Сибринг.

Конечно, это всего лишь сон, но, ведя старенькую «тойоту» на юг, Оливия решила, что сон этот вещий. Ей не терпелось поскорее добраться до Асконсета.

Тесс заметно нервничала, вопросы сыпались один за другим.

— А где мы будем жить?

— В Большом доме. Там есть флигель, где никто не живет, я же тебе рассказывала.

— Никто не живет? Там привидения?
— Они добрые.
— Мама!
— Да нет там призраков, Тесс.
— А сколько лет ее жениху?
— Не знаю.
— А вдруг там все старые? Старики не любят детей.
— Любят, если дети хорошо себя ведут.
— А если они будут сердиться просто так? Кто еще живет в доме Натали?
— Тесс, пожалуйста, называй ее миссис Сибринг.
— Ты зовешь ее Натали.
— Только за глаза. Кроме того, мне можно, я взрослая.
— А Карл тоже там живет?
Оливия вздохнула.
— Его зовут мистер Берк, и мне не известно, живет он там или нет.
— А повар у них есть? А горничная? А дворецкий?
— Не знаю.
— Вряд ли я научусь кататься на яхте.
— Научишься, не бойся.
— Ты уже обращалась в Кеймбридж-Хит?
— Да, они рассматривают наше заявление.
Оливия разговаривала с работником приемной комиссии утром. С ней было заявление Тесс и медицинская карта, а также буклеты из Провиденса и других близлежащих городов с адресами школ и музеев, где существовала вероятность найти работу. Она везла с собой и копии резюме и писем, которые она уже успела разослать работодателям. Она собиралась сообщить им свой летний адрес, что было бы удобным поводом напомнить о своем существовании.

— А если я не поступлю? — спросила Тесс.
— Если не поступишь, — рассудительно повторяла Оливия в сотый раз, — значит, в пятом классе нет мест. Класс уже сейчас полностью укомплектован. Ожидается, что за лето уйдут двое, не больше.
— А почему они уйдут?

— Переедут вместе с родителями, которые нашли новую работу.

— А если не переедут?

— Тогда мы будем поступать на следующий год.

— Что же я буду делать весь этот год?

Если они уедут из Кеймбриджа, в другом городе школа может оказаться лучше, учительница — более терпимой. Иначе Оливия просто не знала, что предпринять. Ее встреча с Нэнси Райт ни к чему не привела. «Поймите, — высокомерно заявила та, — мы не вправе уделять столько внимания нескольким отстающим в ущерб успевающим ученикам». Оливии с трудом удалось убедить директора школы и педсовет перевести Тесс в пятый класс. Они согласились с такой неохотой, что ей стало ясно: в случае неудачи во всем будут винить только ее.

Ни о каком взаимном сотрудничестве с учителями не могло быть и речи. Оливия окончательно убедилась, что Тесс необходимо перевести в другую школу.

Она продолжала размышлять об этом, сворачивая с автострады в соответствии с указаниями Натали. Думала она и о том, что может не справиться с работой. Писать письма проще, чем книгу. Компьютер проверит правописание и грамматику, но содержание и стилистика — полностью на Оливии. Сказать по правде, от того, сумеет ли она справиться, зависит все. В противном случае не будет ни лета на побережье, ни чая со льдом на веранде, ни пикников, ни катаний на яхте. И путешествий в прошлое по фотографиям тоже не будет. Не будет восторженных рекомендаций от Натали и Карла, а значит, вряд ли за нее замолвят словечко влиятельному знакомому, который мог бы представить ее директору музея, где требуется опытный реставратор. «Приличного вознаграждения» тоже не будет, и тогда можно распрощаться с мечтой определить Тесс в Кеймбридж-Хит.

Наверное, она напрасно поддерживает в Тесс надежду, но как же иначе? Тесс придется проходить собеседование и тестирование. Оливия подала заявление в надежде, что девочка его пройдет.

В полном молчании они проехали вывеску с названием города Асконсет. Оливия испытывала тайный страх и восторг; по-видимому, Тесс чувствовала то же самое.

Окрестный пейзаж производил впечатление заброшенности: за низкими кустиками, кленами и дубами виднелись невзрачные домики. Вдалеке на поле — ржавеющая сельскохозяйственная техника. Похоже на умирающий город.

Но Оливия знала, что это не так. Там, за полями, скошенные луга, на которых пасутся породистые лошади. Согласно веб-сайту «Асконсета», виноградарство здесь процветает. В прошлом году в «Асконсете» продали шестьдесят тысяч ящиков вина вместо пятидесяти пяти позапрошлогодних, и по качеству вино последнего урожая гораздо выше. Вина «Асконсета» вообще признаны лучшими на Восточном побережье. Марочные сорта подаются в дорогих ресторанах, более дешевые — в магазинах. Если Натали выгодно выйдет замуж, дела тем более пойдут в гору. А это всего лишь пригород.

Не стоит судить о содержании по оболочке. Слишком много ошибок она успела совершить. В свое время ее обворожили ум Джареда, упорство Теда, прекрасный голос Дэмиена и кулинарные способности Питера. Но ни с кем из четверых она не испытала счастья.

Теперь у Оливии новые наряды, новая работа и новое место жительства. Так открывается новая страница в ее жизни.

Центр Асконсета возник перед ними в полном соответствии с описанием Натали: закусочная, магазин, коттедж, где, по-видимому, разместились юрист, психиатр и ветеринар, и частный дом. Все четыре здания старинной застройки; деревянные балки выкрашены в желтый цвет. Некоторая старомодность показалась Оливии не случайной — похоже, здесь любят старину. Из офиса юриста вышла хорошо одетая семейная пара, на ступеньках магазина сидели беззаботные мальчишки, на веранде закусочной под тентами расположились горожане. К магазину подъехал пикап с продуктами.

Все дышит спокойствием и процветанием, подумала Оливия. Центр городка сохранил аромат старины. Наверное, горожане много смогут рассказать о том, что раньше размещалось в магазине или закусочной. Надо будет вернуться сюда с фотокамерой.

Дорога стала подниматься вверх по склону. Они проехали мимо кирпичного здания с вывеской «Таун-Холл» и огромного гаража пожарной службы. На вершине холма стояла беленькая чистенькая церковь. Ее колокольня сияла на фоне бледно-голубого неба. С холма открывался вид на океанский простор. У Оливии захватило дух от такой красоты.

— Смотри! — воскликнула она.

— Я хочу есть, — буркнула Тесс. — Здесь есть ресторан?

— Это же океан! — Но вид уже заслонили заросли, и дорога снова спускалась к подножию холма. — Как чудесно! — восхищалась Оливия, открыв боковое окошко и вдыхая теплый солоноватый воздух.

— А я хочу принять ванну, — заявила Тесс.

— Потерпи. Мы в двух милях от виноградников.

— Но здесь ничего не видно, — возразила Тесс и была права. Перед ними расстилались луга и заросли кустарников.

И вот показался виноградник — не плантация, всего лишь указатель, но эффект был потрясающим: виноградная гроздь, свисающая с края бокала, и рельефная золотая надпись «Асконсет».

С бьющимся сердцем Оливия повернула налево, на проселочную дорогу, покрытую гравием, и камешки зашуршали под колесами. Дорога то поднималась, то ныряла вниз по склонам. По обеим сторонам расстилались поля кукурузы, кедровые и березовые леса.

— А где дом? — допытывалась Тесс.

Оливия не ответила, напряженно вглядываясь вперед. Ей тоже не терпелось увидеть Большой дом. Они поднялись на очередной холм, и пейзаж изменился. По обеим сторонам дороги потянулась стена из камней, а на ровных грядках вместо высоких стеблей кукурузы виднелись приземистые курчавые кустики.

Оливия сразу их узнала.

— Это картофель, — сказала она Тесс. — Сибринги выращивают и кукурузу, и картофель.

— Я думала, они выращивают виноград.

— Сейчас да, но так было не всегда. Сперва они выращивали картофель. Им приходилось это делать во времена «сухого закона».

— А что это такое?

— Во времена «сухого закона» не разрешалось продавать вино. И в Асконсете были вынуждены продавать картофель и кукурузу.

— Но они выращивали виноград и продавали вино?

— Меньше, чем сейчас.

— Значит, они были преступниками?

Оливия не могла допустить, чтобы Тесс так думала о Натали или, что еще хуже, стала бы ее об этом расспрашивать.

— «Сухой закон» был весьма непопулярен в стране. Многие выступали против. Поэтому он не продержался долго. Опусти стекло, Тесс. Чувствуешь?

Тесс потянула воздух носом.

— Пахнет грязью.

— Пахнет землей — плодородной, влажной землей.

— Если здесь растет ядовитый плющ, у меня будет сыпь.

— Я взяла с собой лекарства. Ничего у тебя не будет.

Тесс не ответила. Вся подавшись вперед, насколько позволял ремень, она напряженно вглядывалась.

— Где же виноградник?..

Глава 5

Оливия проехала поворот, и перед ними раскинулась плантация, засаженная низкорослыми кустами. Подъезжая ближе, она смогла различить столбики, протянутую между ними проволоку и отдельные кустики.

— Вот и виноградник! — воскликнула она.

Шишковатые гибкие стебли и ветви с бледно-зеленой шапкой листьев, аккуратно подстриженные и открытые жаркому солнцу, выстроились рядами на пологих холмах. Некоторые ряды были помечены табличками: «Шардонне», «Пино нуар».

Виноград только-только завязался и был совсем не похож на сочные, спелые грозди, но плантация произвела на Оливию огромное впечатление. После нескольких месяцев, проведенных за проспектами «Асконсета», она чувствовала себя так, словно попала на праздник солнца и зелени.

Ее охватило почти религиозное благоговение. Медленно ведя машину по дороге, посыпанной гравием, она молчала. Ей казалось, что виноградник расступается, пропуская их в зачарованный мир, куда могут попасть только избранные.

— Мама, а что означают эти таблички?

— Это названия сортов винограда. Вон там, справа от тебя, пино нуар. Где у тебя правая сторона?

Тесс постоянно путала право и лево, но сейчас она без раздумий повернулась в правую сторону.

— А там что? — спросила она, показывая налево.

— «Рислинг», — прочитала Оливия и испуганно ахнула.

Между рядами виноградных кустов стоял мужчина.

— Кто это? — спросила Тесс.

— Работник, наверное.

— А откуда он взялся?

— Осматривал виноградник.

Незнакомец был выше самой высокой решетки, поддерживающей гибкие ветви. Золотисто-каштановые волосы, загорелое лицо, широкие плечи, темно-бордовая рабочая рубашка с закатанными до локтей рукавами. Он был в темных очках, но смотрел явно в их сторону.

— А зачем?

— Это его работа.

— Почему он уставился на нас?

— Он не уставился — просто смотрит. Мы ведь приезжие.

— Мама, поехали быстрее. Что-то он мне не нравится, — пробормотала Тесс.

Оливия и сама не заметила, как уменьшила скорость, разглядывая незнакомца. Осторожно прибавив газу, она двинулась вперед.

— Надеюсь, они не все тут такие хмурые, — заметила Тесс, когда они проехали мимо. — Он не рад нашему приезду.

— Почему ты так считаешь?

— По его лицу видно.

Оливия отчасти согласилась — уж слишком мрачным было его лицо.

— Так где же дом? — спросила Тесс.

— Сейчас увидим.

— Скоро будет речка, — проворчала дочь. Она тщательно изучила карту виноградника и хорошо запомнила рассказы Оливии. Если океан остался сзади, то речка — впереди. Да, девочка неплохо соображает. Правда, расстояние еще не чувствует, и дело тут не в дислексии, а просто в отсутствии опыта. Она не понимает, что они проехали не более четверти полуострова, принадлежащего Сибрингам, поскольку дорога шла по склонам холмов.

И вот показался Большой дом. Он вырос неожиданно, хотя на самом деле просто скрывался за раскидистыми деревьями. А может, Оливия просто не заметила его раньше, завороженная виноградником. Большой дом разительно отличался от своих многочисленных фотоснимков. В действительности он оказался гораздо ниже и не таким новеньким. Первый этаж сложен из огромных камней, второй обшит деревом, потемневшим от влажного морского воздуха.

На фотографиях фасад выглядел менее строгим. Наверное, Оливия сама выдумала внешний облик дома, в действительности не существовавшего.

Ну хорошо, попыталась она успокоить себя. На фотографиях ощущение перспективы теряется. Благодаря окружавшим Большой дом деревьям он казался огромным.

Да еще время — его тоже необходимо учитывать. Снимки Асконсета, с которыми она работала, были сделаны много лет назад. Многое переменилось с тех пор. Но окна все те же —

большие, с решетчатым переплетением рам, распахнутые настежь. И фронтоны те же, и черепичная крыша.

Лицо дома покрылось морщинами и потемнело, но глаза его по-прежнему распахнуты и с любопытством взирают на мир. Над крышей плывут облака, вдалеке зеленеют виноградники — потрясающий вид!

Подъезжая к парадному входу, Оливия в последний раз позволила себе немного помечтать. Вот сейчас раскроется дверь, и навстречу к ним выйдет сияющая Натали, а за ней и остальные домочадцы, чтобы поприветствовать гостей.

Оливия остановила автомобиль у каменного бордюра. Вымощенная камнем дорожка изогнулась дугой, ограждённая с одной стороны низкой каменной стеной. На флагштоке развевались американский флаг и флаг Род-Айленда.

Она подождала несколько секунд, но застеклённая входная дверь не открывалась, за ней было темно и пусто. Тогда Оливия вышла из машины и, взяв Тесс за руку, направилась к дому. Сердце её отчаянно колотилось в груди, в горле пересохло.

Поднявшись по широким ступеням парадной лестницы, они прошли по затенённой веранде и заглянули через стекло внутрь.

— Есть кто-нибудь дома? — прошептала Тесс.

Оливия приложила ухо к стеклу.

— Я слышу голоса.

— Они говорят о нас?

— Сомневаюсь.

Кажется, они не вовремя. Судя по всему, там ссора. Она негромко постучала в дверь. Голоса зазвучали громче, зазвонил телефон.

Была бы её воля, Оливия сейчас же посадила Тесс обратно в машину, вернулась к въезду на территорию виноградника, потеряв пять — десять минут, и снова проделала бы путь до Большого дома. Конечно, это глупо. Поздно поворачивать назад. Более того, их уже заметил тот работник с виноградника.

Набравшись храбрости, Оливия нажала кнопку звонка. Голоса внутри дома разом смолкли. Несколько секунд спустя в коридоре послышались легкие шаги, дверь распахнулась, и на пороге появилась Натали Сибринг.

Увидев их, она улыбнулась, и у Оливии отлегло от сердца. Все будет хорошо — теперь она знала точно. Натали здесь. Она на тридцать лет старше, чем на последней фотографии, но по-прежнему мила и обаятельна. Среднего роста, стройная, в узких джинсах и рубашке-поло с эмблемой виноградника на кармашке. В первую очередь поражало ее лицо — свежее, чуть тронутое косметикой, и морщин совсем немного. Густые седые волосы, подстриженные «каре», слегка взъерошены ветерком. Весь ее женственный, но отнюдь не чопорный облик говорил о том, что она с гордостью и изяществом несет груз прожитых лет.

Оливия невольно прониклась к хозяйке благоговейным восхищением.

Натали с улыбкой пригласила их в дом. Просторный холл в зеленых тонах был выдержан в стиле Старого света: темное дерево, фресковая живопись на стенах, широкая парадная лестница. На нижней площадке сидел огромный рыжий кот, чуть выше на ступеньках развалился черно-белый кот поменьше.

Тесс еле слышно ахнула — она заметила кошек.

— Вы как нельзя более кстати, — произнесла Натали. — У нас тут маленькая война, и мне требуется подкрепление.

Едва она это сказала, как в холл вошла женщина лет шестидесяти в сером платье — по-видимому, горничная.

— Миссис Сибринг, вас к телефону. Дочь.

— Оливия, Тесс, это Мария, — сказала Натали, слегка грассируя. — Она работает в этом доме уже тридцать пять лет. А теперь вдруг решила сменить место! Что-то не верится...

— Да уж решила! — отрезала Мария, протягивая Натали лист бумаги с заявлением об уходе.

Натали заложила руки за спину.

— Я это не возьму. Тебя расстроили перемены в нашем доме, но мне нужна твоя помощь, Мария.

Мария отрицательно покачала головой.

— По крайней мере подожди до свадьбы, — попросила Натали.

— Не могу, — сказала Мария и отдала листок Оливии, которая машинально его взяла. — У телефона дочь миссис Сибринг. Она уже несколько раз пыталась дозвониться. Может, вы уговорите мадам снять трубку?

— Мария! — укоризненно промолвила Натали.

— У меня еще посуда немытая.

— Да оставь ты посуду! — крикнула Натали ей вдогонку, потом вздохнула и улыбнулась Тесс: — Полагаю, битва проиграна?

Тесс кивнула.

— Это ваши кошки?

— Да. Вон там на площадке Максвелл, а на ступеньках — Бернар.

— Они мальчики, да? — поинтересовалась Тесс и тихонько ойкнула, прижавшись к Оливии, когда третий кот потерся о ее ноги.

— Это Анри. Не бойся.

Тесс наклонилась и погладила серого полосатого кота.

— А я и не боюсь. Я просто не видела, как он подошел.

— Я тоже, — сказала Натали. — Однажды он появился в моем доме голодный и больной, да так и прижился здесь.

На телефоне на столе рядом с лестницей зажглась красная кнопка.

— Мы подождем здесь, а вы пока поговорите, — предложила Оливия.

— Не буду с ней говорить, — сказала Натали. — Дочь на меня в обиде, как и Мария. Никто не понимает меня. Всем кажется, что я совсем выжила из ума.

— Телефон, миссис Сибринг! — донесся из-за двери голос Марии.

Натали взялась за виски и выразительно взглянула на Оливию.

— Хотите, я возьму трубку? — спросила Оливия.

У Натали вырвался вздох облегчения.

— Да, конечно. Представьтесь и скажите, что я сейчас не могу подойти.

Радуясь, что может быть чем-то полезной, Оливия подошла к телефону.

— Это Оливия Джонс. Я новая помощница миссис Сибринг. К сожалению, сейчас она не сможет с вами переговорить.

— Помощница? — раздался в трубке сердитый голос. — Какая помощница? Я ее дочь и отниму у нее всего несколько минут.

Оливия перевела взгляд на Натали, которая отступила назад и решительно покачала головой.

— По-моему, она вышла, — продолжала Оливия. — Может, она вам перезвонит?

— Да, если захочет. Она избегает разговоров со мной. Оливия Джонс, говорите?

— Да.

— Когда вы начали работать у моей матери?

— Сегодня первый день.

— Вы в курсе того, что происходит?

— Я не совсем понимаю, о чем вы говорите.

— О свадьбе.

— Да, я знаю об этом.

Последовала пауза, затем умоляющий голос:

— Ей надо еще раз все обдумать. Это неразумно, более того, неприлично. Отец умер всего полгода назад.

Оливия не знала, что сказать на это. Она здесь новый, чужой человек.

— Думаю, вам лучше поговорить об этом с вашей матерью.

— Легко сказать. Эта женщина даже не могла предупредить собственную дочь, что собирается выйти замуж. А все потому, что чувствует за собой вину.

Из угла комнаты донесся голос Натали:

— Ей не понять, что у меня есть сердце, которое любит и страдает. Послушать ее, так все чувства во мне давно умерли.

Оливия не успела прикрыть трубку ладонью.

— Я все слышала, — раздался сердитый голос Сюзанны. — Она стоит рядом, а трубку снять боится. Знает, что по отношению к моему отцу совершила предательство. Он столько сделал для нее. Вырастил виноградник, построил винный завод. Если бы не он, ее бы здесь не было. Послушайте, вы сможете ей передать мои слова?

— Да.

— Скажите ей, что дети не приедут на свадьбу. Нам с братом стыдно даже подумать об этом. Все думали, что она по-настоящему любила своего мужа. — Сюзанна помолчала, потом внезапно спросила: — Зачем она вас наняла?

— Помогать в офисе.

— О Господи! Неужели больше никого не осталось? Все разбежались, как крысы с тонущего корабля. Еще бы, кому понравится ее выбор! А вы одна из ее находок?

— Простите? — промолвила Оливия.

— Она набирает всякий сброд. Мария работала у нас, сколько себя помню. Остальные — не более недели. А все ее хваленая интуиция!

— Но я не гонюсь за легким заработком. Последние пять лет я работала фотореставратором у Отиса Турмана. И мне пришлось оставить его мастерскую, чтобы приехать сюда.

— Очень хорошо, но выслушайте меня. Помолчите и просто слушайте. Мы волнуемся за Натали: либо у нее старческое слабоумие, либо она действует по указке Карла. Как иначе объяснить этот брак? Поэтому я прошу — нет, умоляю вас — присматривать за ней. Если вы что-нибудь заметите, позвоните мне, хорошо?

— Постараюсь, — ответила Оливия, хотя инстинктивно приняла сторону Натали.

— Спасибо. И скажите матери, что я позвоню на следующей неделе. Ах да, добро пожаловать в Асконсет.

Оливия положила трубку и повернулась к Натали.

Та смутилась:

— Простите, что я втянула вас во всю эту кутерьму. Наш дом напоминает гнездо злобных шершней.

Но Оливия вовсе не сожалела о том, что всего через пять минут стала своей в Асконсете.

— Она расстроена.

— Да. Она не понимает меня.
— Но если вы ей все объяснили...
Натали виновато опустила глаза.
— Вы этого не сделали? — изумленно воскликнула Оливия. — Но если бы вы попробовали...
Тень беспомощности промелькнула по лицу Натали.
— Проще сказать, чем сделать. Она обожала отца, ее брат Грег тоже. И это замечательно. Я сама этого хотела. Но теперь, чтобы объяснить все детям, придется говорить о покойном нелицеприятные вещи. Семейные отношения — это айсберг. То, что заложено с самого начала, непросто изменить в дальнейшем. Мне всегда трудно было откровенничать с детьми. Порой гораздо проще излить душу чужому человеку.
— Мне, например?
Натали ответила не сразу. Погладив по голове Тесс, на руках которой громко мурлыкал Анри, она проговорила:
— Надеюсь, что да.
— И все из-за свадьбы?
— Нет, конечно. Тут не только свадьба — гораздо больше. Но Карл — главное действующее лицо. — Она повернулась к двери, и лицо ее озарилось улыбкой. — А вот еще два моих мальчика. Того, что слева, зовут Бак. Кота отдал нам прошлой осенью проезжавший мимо турист, не в силах больше слушать его вой в автомобиле. А этот высокий человек — Саймон, управляющий моим виноградником. Саймон, поздоровайся с Оливией и ее дочкой Тесс.
Оливия увидела незнакомца из виноградника. Значит, он не просто работник, а управляющий. Теперь он предстал перед ней во весь рост, в своих рабочих шортах и грязных ботинках. Темные очки подняты на лоб, а облупившийся сгоревший нос — единственный след тепла на суровом, замкнутом лице с холодными темно-синими глазами.
Управляющий Натали. Да, с ним могут возникнуть проблемы, думала Оливия, глядя, как Тесс жмется к Натали, которая ласково погладила ее по голове.
Саймон кивнул сначала Тесс, потом Оливии. «Он не рад нашему приезду», — вспомнились ей слова дочери. Но может, он просто замкнут по натуре?..

— Молчун, как и его отец, — подтвердила Натали, словно прочитав мысли Оливии, но в голосе ее послышалась нежность. — Кстати, а где...

— В ангаре, — сухо отозвался Саймон глубоким, звучным голосом. — У него дела. А я отправляюсь в Провиденс.

Улыбка Натали мгновенно исчезла.

— О Боже, опять что-то не ладится?

— Не знаю пока. На красном винограде заметил нечто похожее на плесень. Надо показать специалисту.

— В этому году у нас была влажная зима и весна, — объяснила хозяйка виноградника Оливии. — Мы надеялись, что солнце и ветер подсушат кору. — И, обращаясь к Саймону, добавила: — Надеюсь, ты пообедаешь с нами?

Он кривовато усмехнулся:

— Нет, сегодня не смогу. — Едва взглянув на Оливию, управляющий вышел. Бак потрусил за ним следом.

Зазвонил телефон.

— Это, вероятно, мой сын. Сюзанна уже успела ему нажаловаться, — вздохнула Натали.

— Я возьму трубку? — спросила Оливия.

— Да, пожалуйста.

— Резиденция Сибрингов.

— Это Оливия Джонс? — послышался уверенный мужской голос, и Оливия на секунду испугалась, не натворила ли она чего-нибудь. Вдруг это ФБР или, что еще хуже, Тед?

Но голос чужой. Хотя на Теда это похоже: вдруг он попросил позвонить ей своего приятеля?

— А кто говорит? — осторожно осведомилась она.

— Грег Сибринг. Это Оливия?

Итак, Сюзанна сообщила брату имя новой помощницы. Оливия свободна — ни ФБР, ни Тед за ней не охотятся.

— Да.

— Я сын Натали, и времени у меня мало, позвольте заметить. У меня своих проблем предостаточно, а тут еще сестра действует мне на нервы своими звонками да наша мать совсем из ума выжила на старости лет. Я вам вот что хочу сказать. Натали ведет себя странно. Эта свадьба неуместна, более того — неприлична. Мне кажется, после смерти отца ей просто требуется поддержка, а Карл всегда был рядом. Может быть, Берки сговорились завладеть виноградником, уж я не знаю. Но у них в любом случае ничего не выйдет.

А Оливия-то думала, что свадьба — объединение двух богатых семей виноделов.

— Вам лучше поговорить об этом с вашей матерью, — предложила она.

— У меня нет времени на душеспасительные беседы. К тому же мы с матерью говорим словно на разных языках. Я хочу, чтобы лично вы были в курсе всех событий. И если вы станете помогать Беркам, мы сочтем вас предательницей. Господи, да вы и так подосланы этой семейкой. Вас нанял Карл?

— Не понимаю, что вы имеете в виду.

— Милочка моя, — процедил Грег с мрачной усмешкой, — я не один год работаю с политиками и понял одно: когда эти мерзавцы заявляют, что им ничего не известно, им известно почти все. Я контролирую ситуацию. Считайте, что я вас предупредил. Передайте привет матери. — В трубке раздались гудки.

Оливия готова была согласиться с Натали, назвавшей свой дом гнездом шершней. Если тут идет борьба за влияние между семьями виноделов, все очень серьезно.

— Злится, — сказала Натали.

— Мне кажется, он не на шутку встревожен, — поправила Оливия. Так звучит гораздо мягче.

— Но не настолько, чтобы сесть на самолет и прилететь сюда, — возразила Натали. — Он говорил вам о заговоре?

— Да... намекал.

Натали помрачнела.

— А ведь это должен быть самый счастливый период в моей жизни, — печально промолвила она, но тут же взяла себя в руки. — И я буду счастлива. Идемте, покажу вам дом. Потом вы познакомитесь с Карлом.

Глава 6

Оливии уже пришлось убедиться, что Большой дом вовсе не такой огромный, как ей представлялось. Теперь настала очередь интерьера. Проведя не один месяц за старыми фотографиями, она мысленно воссоздавала убранство дома: мебель в стиле Людовика XVI, старинные картины... В действительности все оказалось гораздо проще и скромнее. Дом обставлен с изысканным вкусом, с дизайнерской фантазией и современными удобствами, но производит впечатление не напыщенной помпезности, а домашнего уюта.

И таким он ей даже больше понравился. Здесь не будет пышных вечеринок — пригласят только избранных на семейное торжество.

В одном крыле первого этажа располагались столовая и кухня, в другом — гостиная. Рядом с гостиной находились приемная и небольшой кабинет.

— Раньше здесь были спальни, — пояснила Натали, — но семья росла, и мы надстроили второй этаж.

На втором этаже было четыре спальни. Пройдя мимо первой, Натали показала остальные — одна роскошнее другой. Узкая лестница в конце холла вела в просторную комнату с видом на холмы, поросшие виноградом. Это были личные апартаменты Натали, где царствовал кот Ахмед.

— Ахмед? — повторила Тесс, потянувшись к коту.

— Это перс. Мой ветеринар думал, что он станет роскошным дополнением к его офису, но тот перессорился со всеми животными — только клочья шерсти летели. Вот почему я просила вас не привозить сюда собак и кошек. Но к тебе он явно благосклонен, Тесс.

Тесс опустилась на колени перед пуфиком, на котором восседал гордый Ахмед, и стала разглаживать его длинную пушистую шерстку.

— Он предпочитает жить здесь и почти никогда не удостаивает своим присутствием обитателей первого этажа. Это имя ему подходит, как ты считаешь?

— Да! — радостно подхватила Тесс.

— Я зову эту комнату «мой чердачок», — сказала Натали Оливии. — Здесь мы будем с вами работать.

Оливии комната понравилась. Стеклянный потолок и компьютер — единственные современные новшества. Стол черного дерева, два кресла, бархатный диван, на стенах полки со старинными книгами. Латунные лампы с антикварными абажурами, вытертый ковер. Даже Ахмед, казалось, носил на себе отпечаток старины и стиля.

Время застыло в этой комнате. Трудно представить более подходящее место для написания мемуаров. Здесь витал аромат старины и процветания. Оливия готова была остаться в этой комнате на весь день.

Но у Натали были другие планы. Заверив Тесс, что у нее еще будет время пообщаться с кошками, она повела их обратно на второй этаж, потом через холл в новое крыло дома, которое тоже оказалось меньше, чем на фотографии: три маленькие спальни, выходящие окнами во внутренний дворик. Их интерьер, неброский, но тщательно продуманный и уютный, сразу понравился Оливии.

Одна из комнат расположена отдельно, две другие имеют общую ванную. Именно в них Натали и собиралась поселить Оливию и Тесс.

— Я хочу жить в голубой комнате, — шепнула Тесс, умоляюще взглянув на Оливию через толстые стекла очков.

Оливия, обрадованная тем, что Тесс нравится в Асконсете, готова была со всем согласиться. Кроме того, ей самой больше пришлась по душе другая комната, в зеленых тонах. Зеленый — ее любимый цвет. А вид из окна просто чудесный! Роскошные клумбы внутреннего дворика, чуть дальше — виноградник, а на горизонте — голубая полоска океана.

Нет, она останется здесь — о кабинете Натали тут же было забыто.

Но Натали снова внесла свои коррективы в ее планы. Она предложила Тесс погулять и осмотреть окрестности вместе с дочкой одной из служащих. Тринадцатилетняя девчушка с копной золотистых волос, в джинсах и топе приветливо заулыбалась, увидев Тесс, и та тоже расцвела улыбкой. Когда девочки ушли, Натали повела Оливию обратно на «чердачок».

Она взяла со стола фотокарточку, которую Оливия раньше не видела, — черно-белый снимок маленького формата, изображавший подростка, прислонившегося к тележке с бочонками. Мальчик был в поношенных коротких штанах и перепачканной рубашке, на ногах — грязные носки и кожаные стоптанные ботинки.

Оливии пришлось много работать со старыми фотографиями, и она сразу определила, что снимок был сделан во времена Депрессии: та же одежда, бедность и даже хмурое выражение лица подростка. Выглядел он лет на тринадцать, а на самом деле едва ли ему было десять. Дети рано взрослели в то тяжелое время.

Натали заговорила, и при звуке ее голоса, плавной речи и интонации Оливии понемногу становилось ясно, как работать над будущей книгой.

— Пытались ли вы когда-нибудь вспоминать самые ранние годы вашей жизни? Я делала это неоднократно. Иногда мне казалось, что я действительно вижу себя в возрасте четырех лет, снова передо мной родители, в напряженном молчании сидящие за столом друг против друга. Но ссору я не помню, как не помню и других деталей.

Странно, обычно в четыре и даже в три года человек вполне способен запомнить такие подробности. Но после «черного четверга» вся наша жизнь перевернулась и многое из той, прошлой жизни стерлось из памяти.

Я постаралась воссоздать прошлое. Мы были богаты, потом враз обеднели. Мои настоящие, осмысленные воспоминания — вплоть до времени года, одежды — относятся к тому дню, когда мы приехали в Асконсет. Мне было тогда пять лет.

— Вам было пять лет? — переспросила Оливия.

— Да, пять.

— Значит, это ваша семья владеет «Асконсетом»?

Натали улыбнулась:

— Вы думали, наверное, что я вышла замуж за владельца виноградника. Не вы первая — не извиняйтесь, пожалуйста.

Александр представлял «Асконсет», поэтому все думали, что он его хозяин. Итак, это первое заблуждение, которое развеет моя история.

Второе, естественно, касается финансовой стороны. «Мы были богаты, потом враз обеднели». Оливия видела ранние фотографии Асконсета, но даже и подумать не могла, что семья переживала тяжелые времена.

Натали продолжила свое повествование:

— В наши дни стало модно переселяться из города в деревню, но в ноябре 1933-го это был удел неудачников.

Мой отец владел банком, который разорился, как и множество других. Мог ли он спасти свое дело? Да, он пытался — продал наш дом в Ньюпорте, фамильные драгоценности. Но все было тщетно — мы еле сводили концы с концами.

Потери оказались невосполнимыми. Отец продал дом в Нью-Йорке, автомобиль, даже бриллиантовое кольцо моей матери, чтобы покончить с долгами и начать жизнь заново.

Его отчаяние трудно представить. Он подвел людей, доверивших ему свои сбережения. Многие из них были его друзьями. Одни продали свои дома, как мы. Другие встали в очередь за бесплатным хлебом. Остальных ждала еще более жестокая участь. Многие годы спустя родители внезапно замолкали при упоминании имени бывшего друга семьи. Это означало, что он один из тех, кто покончил жизнь самоубийством, не выдержав унижений, стыда и боли.

Мой отец все это испытал. Он привел к краху не только друзей, но и свою семью. Денег больше не было. Ферма — вот все, что у нас осталось. Мы уехали из города, презираемые всеми.

Натали отсутствующим взглядом смотрела в пустоту, на лице ее застыла печаль.

— И вы чувствовали это? — тихо спросила Оливия.

Натали ответила не сразу.

— Презрение? Да, чувствовала. — Она смущенно отвела глаза.

— Люди говорили это вам в лицо?

— Не знаю. Я была слишком мала, чтобы это понять или запомнить. Мой брат никогда не рассказывал мне ни о чем подобном. Может, я просто забыла.

— У вас есть брат?

— Да. Брэд на четыре года старше меня.

— Но виноградник унаследовали вы.

— Брэд сам отказался от наследства, — сказала Натали и снова умолкла.

Оливии хотелось продолжить расспросы, но она боялась показаться бестактной. Да, Натали дала понять, что любознательность — необходимое условие для этой работы. Но только не в такую минуту.

Молчание затянулось, но Оливия понимала, что Натали так легче.

Спустя несколько минут она снова взяла в руки фотографию подростка с тележкой:

— Мои родители были напуганы, раздавлены случившимся. Они поспешно собирали вещи, не говоря ни слова, но теперь-то я понимаю, что они чувствовали. Мир рухнул. И наша жизнь уже больше не была такой, как раньше.

Брэд, которому тогда было девять, рассказал мне о холодном пасмурном ноябрьском дне, когда мы покинули Нью-Йорк и сели на поезд до Провиденса. Мы и раньше часто ездили туда — проводили лето в нашем доме в Ньюпорте, и нас, нарядных и счастливых, встречал на вокзале личный шофер в новеньком автомобиле. Теперь, одетые совсем не так, как прежде, с жалкими чемоданами и скудными пожитками, мы прошли в плацкартный вагон. В Провиденсе нас встречал один из наших служащих.

Его звали Джереми Берк. Отец вызвал его из Ирландии. Берк уже несколько лет выращивал картофель на наших плантациях.

В то время ферма для отца была чем-то вроде развлечения. Он любил там отдыхать и работать и возвращался в Нью-Йорк загорелым, с мозолями на руках, чем ужасно гордился. Отец привык во всем добиваться совершенства и всегда быть первым.

Но вернемся к Джереми Берку. Он не только умел выращивать картофель, но и отлично справлялся с делами на ферме. За несколько месяцев до нашего приезда отец назначил его управляющим.

Джереми привез из Ирландии жену и ребенка. Все трое жили в этом каменном доме.

В тот мрачный ноябрьский день Джереми посадил нас в старый грязный грузовичок, пропахший навозом. Эти запахи земли были новыми и непривычными для нас, городских.

Мы удалялись на юг от Провиденса. Шоссе закончилось, и нас трясло на ухабах, но я этого уже не помню, как не помню и нашего появления в Асконсете. По словам Брэда, это была довольно унылая местность: мы привыкли к роскоши, а в Асконсете все было более чем скромно.

— Поверить не могу, — возразила Оливия.
— Вы говорите так из вежливости.
— Нет, мне Асконсет очень нравится. Здесь так красиво!
— С недавних пор.
— Красота природы не зависит от построек.

Натали улыбнулась:

— Умница. Я выбрала хорошую помощницу. Ваше сердце принадлежит Асконсету. Мне остается только немного подстроить ваше восприятие действительности. Я не помню свою первую встречу с Асконсетом, но то, что я видела в последующие годы, отнюдь не заслуживало названия райского уголка.

Берки переехали в маленький коттедж, оставив нам каменный дом. Отец постарался обставить его нашей мебелью, которая заранее была перевезена сюда. Жена Джереми Берка отмыла полы, и фермерский домик засверкал, как может сверкать дом, построенный еще в 1870 году. Конечно, он разительно отличался от нашей нью-йоркской квартиры. Низкие потолки, чтобы комната скорее прогревалась, тесные комнатки. Но нам повезло — у нас был водопровод.

Одним словом, дом, стоявший на холме, открытом всем ветрам, являл собой воплощение нашей жизни.

Натали умолкла и погладила выцветшую фотографию.

— Кто этот мальчик? — спросила Оливия.

Натали улыбнулась:

— Этот мальчик — мое первое отчетливое воспоминание детства.

Вечером в день нашего приезда в Асконсет я каким-то образом очутилась в полях. Картофель давно уже убрали, накрапывал дождь. Вряд ли родители отправили меня погулять — скорее всего они распаковывали вещи и не заметили, как я потихоньку выскользнула из дома. Наверное, низкие потолки и общее уныние, царившее в доме, давили на меня, и мне захотелось на свободу.

Я шла и шла по бесконечному полю, то и дело оглядываясь, чтобы не потерять из виду дом на холме.

На мне была маленькая шляпка из фетра с загнутыми полями и ленточками, завязанными под подбородком. Но от дождя она не спасала. Волосы мои вымокли и свисали мокрыми сосульками, беленькие башмачки покрылись грязью. Я наклонилась, чтобы их вытереть, а когда выпрямилась, с ужасом увидела, что подол моего платья тоже измазан в грязи.

Пальтишко и платьице были моей лучшей одеждой, из которой я еще не успела вырасти. Я принялась тереть подол, но пятно не исчезало. Я чуть не плакала от досады и горя.

И тут я увидела Карла.

Натали задумчиво разглядывала снимок, бережно держа фотографию.

Оливия не сразу сообразила:

— Так это и есть Карл?

— Да, — мечтательно вздохнула Натали.

— Он сын Джереми?

— Да, а почему это вас так удивило?

Почему? Да весь сценарий, сочиненный Оливией, теперь никуда не годился!

— Я... я просто думала, что Карл — ваш новый знакомый, что он приехал издалека.

— Можно сказать и так: он приехал из Ирландии. Правда, он был тогда совсем крошкой и звали его Шеймус. Это потом он стал Карлом.

Но Оливия имела в виду не только это, но и социальный статус. Она-то думала, что Натали выходит замуж за представителя высшей касты. Нет, Оливии чужд снобизм, но это была ее фантазия, воплощение мечты о прекрасном принце.

— Я считала его известным виноделом, — осторожно заметила она.

Натали тонко усмехнулась:

— Он и есть прекрасный винодел. Лучшего я не встречала никогда. Но в те дни я еще не знала, что́ растет по ту сторону холма. Не забывайте, это был 1930 год и «сухой закон» все еще действовал. В нашей семье держали в строжайшей тайне, что мы выращиваем виноград и производим вино на продажу. Виноделие было запрещено.

Оливия никак не могла смириться с мыслью, что Карл Берк — бывший наемный рабочий отца Натали. Чем дольше она вглядывалась в фотографию, тем более знакомым казалось ей лицо подростка. Да, она его видела на других снимках, которые сама реставрировала, — там он был уже взрослым мужчиной, но отдельные черты показались ей знакомыми. И глаза все те же — спокойные, бесстрастные.

— Так что же было дальше? Что он вам сказал при встрече в поле? — спросила она.

Но Натали отложила фотографию и устремила взгляд мимо Оливии. В дверях показался Карл Берк.

Симпатичный мальчуган вырос в красивого мужчину. Сейчас ему уже под восемьдесят, он постарел, лицо покрыто морщинами, но держится по-прежнему прямо. Его гордая осанка, благородная внешность произвели впечатление на Оливию — она бы сама в него, наверное, влюбилась на месте Натали.

— Карл, познакомься с Оливией, — промолвила Натали, взяв его за руку. — Карл Берк... Оливия Джонс.

— Добро пожаловать, — дружелюбно произнес Карл. Глаза его лучились добротой. — Я только что повстречал вашу дочку. Прелестная девчушка.

— А Оливия встретила твоего сына, — подхватила Натали.

Оливия нахмурилась:

— Сына?

— Да, Саймона, — внизу, в холле.

О Боже, так это Саймон — управляющий виноградником. Мужчина с темно-синими глазами. «Молчун, как и его отец», — сказала о нем Натали.

Оливии почему-то казалось, что Сибринги наняли эту семью позднее. Но теперь все разъяснилось, и ей не составило труда уловить сходство между двумя мужчинами. Стало понятным и замечание Грега Сибринга о «заговоре» Берков.

У отца и сына темно-синие глаза, но во взгляде Карла больше тепла. Чего в них нет — так это хитрости и лукавства.

Да, Оливия считала Теда умным, Джареда — ответственным, а Питера — хозяйственным. И ошибалась. Может, она ошибалась и в случае с Берками.

— Простите, — смущенно сказала она Карлу, — не знала, что Саймон ваш сын. Как я могла не догадаться!

— Он показал вам поместье? — спросил Карл.

— Не было времени — он уехал в Провиденс. Саймона тревожит, уж не напала ли плесень на наш виноград.

Карл тяжело вздохнул:

— Во всем виновата погода. Виноградарство — тяжелый труд, — добавил он, повернувшись к Оливии. — Я перенес ваши сумки в новое крыло. Правда, я не знаю, в какой комнате вы расположились.

Оливия собиралась сама отнести свой багаж.

— Не стоило беспокоиться.

— Нет, стоило. Мы рады, что вы приехали. И я со своей стороны готов сделать все, чтобы вы не передумали и остались у нас. — Посерьезнев, он обратился к Натали: — Ушел Паоло. Вместе с Марией.

Натали со вздохом опустила голову.

— У нас в хозяйстве каждый человек на счету. Паоло не только первый помощник Саймона, но и наш домашний механик — вернее, был нашим механиком. Я не шутила, когда назвала наш дом гнездом шершней. У нас здесь настоящий бунт.

— И все из-за свадьбы? — спросила Оливия.

— Не только, — ответила Натали. — Смерть Александра и свадьба. Александр был ко всем добр и внимателен. Он дарил нашим служащим подарки на Рождество и цветы на день рождения. Я же была в их глазах строгим надсмотрщиком — просила переделать работу, если мне что-то не нравилось, следила, чтобы все было выполнено как следует. К сожалению, это не улучшает отношения. Александр заглаживал шероховатости. Он был «добрый» хозяин, я — «злая» хозяйка. Когда Эл умер, они почувствовали себя осиротевшими.

— А теперь она выходит за меня замуж, — добавил Карл. — И многие из них считают, что их предали.

— Они не понимают нас, — сказала Натали.

— Должны понять! — с жаром возразил Карл. — Эти люди не понаслышке знают, что такое сердечная привязанность. Тот же Паоло двенадцать лет ухаживал за Марией, а Анна-Мари, секретарь в приемной нашего офиса, сразу после развода вышла замуж за одноклассника, в которого была влюблена целых тридцать лет назад.

Натали ахнула:

— Неужели и она уходит?

— Нет, она продержится дольше, как и остальные служащие в офисе.

Натали пояснила Оливии:

— В Асконсете есть виноградник, винный завод и офис корпорации. Служащие офиса развозят вина по ресторанам и магазинам. Поскольку офис расположен далеко от дома, персонал его также изолирован. — Она устало вздохнула. — Наш бухгалтер уволился, чего и следовало ожидать. Старый друг моего покойного мужа, он уже несколько лет собирался на пенсию. Остальные служащие гораздо моложе, наняты недавно. Живут в соседних городках и работают с девяти до пяти. У них оплаченный четырехнедельный отпуск, медицинское обслуживание, пенсионный фонд и прочее. Они не станут увольняться, так же как и работники винного завода. Успех предприятия — залог преданности его служащих. Наш главный винодел заработал себе известность среди знатоков вин отчасти благодаря тому, что мы предоставили ему деньги и свободу. Он-то уж точно нас не покинет.

— Мы очень дорожим служащими, что работают здесь уже несколько десятков лет, — подхватил Карл. — Некоторые из них, в том числе и наш бухгалтер, собираются уходить на пенсию. Другие... Нат права: они любили Александра. С ним связано все хорошее в их жизни. Они наверняка считают, что их нанял Александр.

Натали нахмурилась:

— Но ведь нанимала я! Размещала объявления в газетах, читала их резюме.

Карл ласково коснулся ее щеки и примирительно произнес:
— Мы это знаем. А они — нет.

Натали перевела дух и кротко заметила:

— Да, все объясняется просто. Я не могла им открыться. Мой муж больше всего нуждался в высоком социальном статусе, больше, чем я. Все считали Александра истинным хозяином виноградника. Его любили, ему беспрекословно подчинялись. Как и мои дети, они считают, что я оскорбила его память, собравшись замуж почти сразу после его кончины.

Карл негромко добавил:
— И за человека ниже себя по положению.
— Они ничего не понимают! — отрезала Натали.
— Так или иначе, они уходят.
— А сколько уже уволилось? — спросила Оливия.
— Вместе с Паоло четверо, — ответила Натали.
— А сколько было всего?
— Тринадцать человек. За виноградником ухаживают Саймон, его помощник, главный фермер и Паоло. На винном заводе — винодел с помощником. Четверо в офисе — бухгалтер, директор по маркетингу, администратор по продажам и секретарь. И трое здесь, в доме, — горничная, кухарка, садовник. Первым ушел главный фермер, давно затаивший обиду на Карла. Тот заставил его работать под началом женщины.

— А когда Саймон стал управляющим, а главный фермер не получил повышения, отношения наши вконец испортились, — сказал Карл.

Натали продолжила печальный подсчет:

— Вскоре ушел бухгалтер. Теперь Мария и Паоло. — Она бросила на Карла тревожный взгляд: — Неужели будут еще?

— Жуакин ворчит. — Карл произнес это имя с певучим, непривычным акцентом.

— Жуакин, — повторила Оливия.

Натали улыбнулась:

— У вас хорошо получается. Это португальское имя. У нас всегда работали в основном португальцы из предместий. Жуакин — наш садовник, но он мастер на все руки. Его жена — наша кухарка. Карл, не дай ему уйти! — в отчаянии воскликнула она. — Если уйдет он, уйдет и Мадалена. А я не смогу обойтись без кухарки — ведь скоро свадьба. Впрочем, тем хуже для них. С ними или без них, «Асконсет» процветает и будет процветать. И мы должны благодарить за это Карла.

На щеках Карла вспыхнули алые пятна.

— Прошу тебя, Нат...

— Карла и Саймона, — поправилась она. — Наши вина становятся все лучше с каждым годом. Производство на подъеме. Наши марки получили заслуженное признание. Как ты думаешь, Саймон прав? У нас не все благополучно с «Пино нуар»?

— Да, похоже.

— Значит, он не пытался просто-напросто улизнуть от нас?

— Пытался, — Карл слегка усмехнулся, — но ему нужен был повод.

Оливия не могла понять, от кого или от чего бежит взрослый мужчина. Натали прервала ее размышления:

— Итак, наши служащие покидают нас один за другим, виноград покрывается плесенью, а мои дети затевают семейную ссору. Вы, дорогая, будете не только моим биографом, но и в некотором роде щитом. Готовы ли вы к этой роли, Оливия?..

Готова ли к этому Оливия? Сейчас ей хотелось продолжить разговор с хозяйкой виноградника о ее детстве. Но Натали надо было подыскать новую горничную, а также уговорить Мадалену и Жуакина остаться в Асконсете.

Поэтому Оливия занялась своими делами. Разложила по полочкам и шкафам свои наряды и платьица дочери. Натали подарила ей обновки: футболки и рубашки-поло для нее и Тесс, темно-красные с надписями цвета слоновой кости и наоборот. На всех вещах — эмблема виноградника.

Надев футболку, Оливия закатала рукава и заправила ее в шорты. Подойдя к зеркалу, она поправила прическу и хотела было нанести румяна, но увидела, что щеки ее и так горят. С короткой стрижкой она выглядит очень даже мило.

Последний раз окинув себя взглядом, Оливия отправилась искать Тесс.

Глава 7

Сюзанна проснулась на рассвете, что для июня довольно рано. В половине пятого утра, накинув халат и сунув ноги в тапочки, она отправилась на кухню печь булочки, оставив мужа сладко храпеть в спальне.

Он вернулся вчера после пятидневной напряженной командировки на Западное побережье. Сюзанна надеялась, что они вместе поужинают, и купила гарнир к его любимой телятине. Но самолет опоздал на два часа, и он вернулся домой в одиннадцатом часу вечера. Глядя, как муж вяло ковыряет вилкой в тарелке, Сюзанна сжалилась и отпустила его в кабинет. Там он просидел несколько часов, слушая любимую симфонию и отдыхая после тяжелого перелета.

Сюзанна бодрствовала, пока глаза ее не начали слипаться от усталости. Она не помнила, когда он лег в постель, но, проснувшись среди ночи, обнаружила его рядом.

Подогрев молоко и добавив в него масло, сахар, дрожжи, яйца и муку, Сюзанна замесила тесто и поставила его подниматься; нарезала кусочками мякоть свежего ананаса и выложила ее в шишковатую оболочку, добавив кусочки дыни, киви и бананов. Форму с любимым кофейным кексом Марка она сунула в духовку.

Затем на столе были расставлены тарелки, вилки, чашки, постелены льняные салфетки и в довершение всего водружена ваза с цветами.

Вылепив булочки из теста, Сюзанна выложила их на противень и принялась варить кофе. Окинув придирчивым взглядом стол, она решила поменять льняные салфетки на плетеные и добавила к ним завязочки из пальмовых листьев. К тому времени, когда кухонный стол был тщательно вымыт, а раковина начищена до блеска, Сюзанна достала из печи кофейный кекс и отправила туда противень с булочками.

За чашкой кофе она успела просмотреть утреннюю газету, потом протерла холодильник, причесалась, почистила зубы, умылась, села за стол и стала ждать, когда проснется Марк.

Он появился на кухне в десятом часу утра. Сюзанна уже пять часов была на ногах и заметно устала. Марк же выглядел отдохнувшим и выспавшимся. Он все так же красив, думала она. Ни седеющие волосы, ни наметившееся брюшко его не портят. Сюзанна только сейчас осознала, как ей его не хватало и как она рада его возвращению.

Он нежно обнял ее.

— М-м... Не знаю, что лучше пахнет — ты или твои булочки.

— Скажи лучше — Диор или булочки, — усмехнулась она. — Выбор за тобой.

— Я выбираю Диора и чашку кофе. — Он внимательно вгляделся в ее лицо. — Ты рано поднялась.

— Я старалась тебя не разбудить.

— Ты меня не разбудила. Просто я вижу, что ты успела переделать все домашние дела. Боюсь, я не смогу съесть все, что ты приготовила. Тебе не спалось?

Она неопределенно пожала плечами.

— Мучили кошмары? — спросил он.

— Если бы это был сон!

— Ясно. Все из-за Натали? Я думал, ты с ней уже поговорила.

— Она не станет со мной разговаривать. — Он многозначительно вскинул бровь. — Ну хорошо, — сдалась Сюзанна. — Позвонив ей в первый раз, я много чего наговорила лишнего. Как еще я могла отреагировать на известие о ее новом замужестве?

— Ты говорила мне, что она и раньше упоминала Карла в своих рассказах.

— Да, но ни слова не было сказано ни об их отношениях, ни о свадьбе. А ведь я ее дочь. И мне обидно, что она мне не доверяет.

— Ты ей об этом сказала?

Сюзанна вздохнула:

— Не так, как следовало бы. И теперь она не подходит к телефону, а на звонки отвечает какая-то особа. Она наняла новую помощницу.

— В офис корпорации?

— Нет, для своих личных дел. Очевидно, она ведет предельно насыщенную светскую жизнь, — едко добавила Сюзанна. Марк недовольно поморщился. — Мария уходит. Говорит, что еще несколько человек хотят покинуть Асконсет. В глубине души мне приятно, что не я одна осуждаю этот брак. Но мне жаль, что Асконсета моего детства больше не существует, — с грустью добавила Сюзанна.

— Ты же всегда утверждала, что тебе все равно, — мягко напомнил Марк.

— Это так, но мне больно за отца.

— Он умер, Сюзанна.

— Да, умер. А мать только того и ждала.

— Не думаю. Она верная и преданная жена.

— А что, если нет? Никогда бы не подумала, что она снова выйдет замуж. Вполне возможно, что я ошибалась и насчет ее верности.

— Ты же знаешь, что нет, — укорил ее муж.

Сюзанна понимала, что Марк прав, но была слишком зла на мать.

— Она ждала, когда умрет ее муж, чтобы нарушить свой обет. — Марк не стал этого отрицать, и Сюзанна оживилась.

— А почему бы тебе не поехать к ней? — вдруг спросил он.
— В Асконсет? Нет, не могу. У меня и здесь полно дел.
— Каких еще дел? — спросил он, глядя ей в глаза.

Сюзанна не ответила. Он прав — все, что она делает, не имеет никакого значения, и они оба это знают. Она на жизненном перепутье и никак не может выбрать свою дорогу, но возвращаться в родной дом, то есть назад, уж точно не входит в ее планы.

— Мама не хочет, чтобы я приезжала. Мы будем все время ссориться.
— А может, вам удастся спокойно все обсудить?
— С мамой? Спокойно обсудить?..
— Но вам же придется как-то общаться перед свадьбой.
— Зачем? Я не поеду на эту свадьбу.

Марк налил себе кофе.
— Я думаю, ты делаешь ошибку.
— Грег тоже не едет.
— Ошибка вдвойне. Натали твоя мать. Своим пренебрежением ты только отдалишь ее от себя.
— Ее свадьба — вот что нас разделяет.

Марк ничего не сказал на это и неожиданно спросил:
— Сколько лет Натали?
— Семьдесят шесть.
— И сколько ей еще осталось, как ты думаешь?

Этот вопрос застал Сюзанну врасплох.
— Мне-то откуда знать?
— В ее семье были долгожители? Нет ли среди ее родственников страдающих раком или заболеваниями сердца?
— Зачем ты об этом спрашиваешь?
— Затем, что Натали уже в том возрасте, когда человек невольно начинает задумываться о смерти. Она понимает, что времени у нее мало, и она не может себе позволить поступать так, как это кажется правильным тридцати- или сорокалетним.
— Так ты одобряешь этот брак?
— Нет, но и не берусь осуждать. Просто Натали иначе смотрит на жизнь, чем мы с тобой.

Сюзанна решительно скрестила руки на груди.

— Здоровье у нее прекрасное. Она проживет по крайней мере лет двадцать и даже больше.

— Вот слова истинно любящей дочери. И где тут логика? Ты же хочешь порвать с ней отношения.

— Это Натали хочет вычеркнуть меня из своей жизни. Она уже сделала выбор.

— А мне кажется, что выбрала ты сама. Натали хочет, чтобы с ней рядом были дети и внуки, поэтому и прислала тебе приглашение.

— Но... свадьба, Марк, как же свадьба?

Он тяжело вздохнул:

— Она хотела поговорить с тобой заранее, но не решилась. Что поделаешь — она такая, какая есть. Предпочитает официальный стиль и более старомодна, чем ты. И это нормально — вы принадлежите к разным поколениям, так же как ты и твоя дочь. Словом, у тебя два пути: либо ты окончательно рвешь с ней, либо превозмогаешь обиду и едешь в Асконсет. У тебя еще есть время подумать, Сюзанна...

Грег проснулся так же рано, как и его сестра. Первые лучи солнца позолотили крыши соседних домов. Вашингтон был на пороге еще одного жаркого июньского дня — влажность в воздухе чувствовалась уже сейчас. Жаркий воздух обволакивал, лишая воли к действию.

Во всяком случае, это пытался внушить себе Грег, стоя у раскрытого балконного окна. Обычно в это время он уже собирался на работу. Но жизнь выбилась из привычной колеи. Вот уже три недели, как его электронный адрес завален почтой, автоответчик — телефонными сообщениями, а стол — бумагами, предложениями, просьбами, журналами.

Он мог бы на время переложить свою работу на плечи подчиненных, но кто поможет ему здесь, дома?

Да, он убрал квартиру, а вчера даже устроил стирку. Застелив постель, Грег приготовил завтрак, прочитал газету от корки до корки и рассеянно покосился на портативный компьютер, размышляя о том, что хорошо бы еще умыться и одеться.

Однако вместо этого он по-прежнему слонялся из комнаты в комнату в одних шортах, то и дело поглядывая на часы. В девять позвонил в Акрон. К телефону, как всегда, подошла теща.
— Привет, Сибил. Джилл дома?
Последовала пауза, затем осторожное:
— Она в другой комнате и вряд ли захочет с тобой разговаривать.
— Она моя жена. Нам надо поговорить. — Молчание. — Сибил?
— Да, я слушаю.
Он почесал затылок и вздохнул:
— Ну хорошо, хорошо. В последний раз, когда я звонил, я был очень расстроен. Мне не следовало быть с ней таким...
— Грубым?
— Да.
— И теперь ты настроен по-другому? — скептически осведомилась мать Джилл.
Да, злость и обида прошли. Появилось незнакомое чувство, не поддающееся точному определению.
— Мне тоскливо без Джилл. Я скучаю по ней.
Должно быть, жалобные нотки в его голосе тронули Сибил, потому что она вдруг сказала:
— Подожди, не вешай трубку.
Ждать пришлось долго. За дверью, наверное, идет спор. Джилл не хочет брать трубку.
— Привет, Грег, — послышался наконец ее голос. — Что случилось?
— И ты еще спрашиваешь! — взорвался он, но тут же благоразумно взял себя в руки. — Прости, я хочу извиниться перед тобой. Мне не следовало кричать на тебя в прошлый раз.
— Ты прав.
— Я был вне себя.
— Ты выбрал неверный тон.
— Знаю. — Он плотнее прижал к уху радиотелефон и вновь принялся нервно расхаживать по комнате взад-вперед. Без Джилл квартира опустела. — Я соскучился по тебе. — Сибил эта фраза растрогала — может, и Джилл смягчится?

Но в ответ он услышал нечто прямо противоположное.

— Теперь ты понимаешь, как я чувствовала себя последние пять лет! — выпалила она. — Ты ездил по стране — делал бизнес, так сказать. Но с меня довольно. Брак — это союз двоих, Грег. В браке главное «мы» — ты и я. Правда, о нашей семье этого не скажешь. У нас главное — ты, твоя работа, твои клиенты, твои друзья. Обо мне ты всегда вспоминаешь в последнюю очередь. Зачем ты вообще женился?

Странно, он никогда не задавал себе этот вопрос. За пять лет он ни разу не пожалел, что женился на Джилл. Ее замечание показалось ему несправедливым.

— О том же самом я могу спросить и у тебя, — огрызнулся он. — Что это за жена, которая при первых же трудностях уезжает к маме?

— Иначе тебя не проймешь.

— Ты моя жена и должна быть со мной, дома.

— Только потому, что я твоя жена? А я думала, что мы вместе, потому что любим друг друга.

— Так оно и есть.

— Да ты даже не знаешь, что такое любовь!

Он потер переносицу и негромко выругался.

— Ну же, Джилл, давай не будем начинать все сначала.

— Нет уж, я хочу разобраться. Слова словами, но мне надо знать, что за ними стоит!

Понятное дело, она женщина. Но он мужчина, и его мозг в принципе не способен сосредотачиваться на таких понятиях, как «любовь», «душа» или «вечность».

Как бы там ни было, она его законная жена.

— Прекрасно, — проговорил он вслух. — Возвращайся, тогда и поговорим.

Ответом было молчание.

— Джилл...

— Не хочу возвращаться. Я знаю, что будет: едва увижу тебя, как тут же сдам позиции.

Его губы чуть тронула улыбка.

— Потому что ты любишь меня.

— Да, я никогда этого не отрицала. Но это не значит, что я останусь с тобой. Я не могу так жить, Грег. Мне одиноко.

Одиноко. Знакомое чувство.

— Возвращайся, родная моя, — взмолился он дрогнувшим голосом. — Возвращайся, и мы все обсудим.

Она молчала.

— Джилл?

— Я дам тебе знать.

Глава 8

Оливия проснулась почти одновременно с Сюзанной и Грегом, но если Сюзанне не спалось от тревоги, а Грегу — от одиночества, то Оливию разбудила тишина. Она сидела у окна и встречала свой первый рассвет в Асконсете.

На западе небо цвета баклажана, а на востоке — розовато-лиловое. В низинах — туман. Оливия представила, как просыпаются гроздья винограда — им предстоит целый день греться на солнышке.

Виноградарство и виноделие — вот о чем шел разговор вчера за обедом.

Обедали в столовой, в узком кругу — Натали и Карл, Оливия и Тесс. За столом прислуживал муж кухарки. Подавалась жареная утка; китайский сервиз поражал своей изысканностью.

Оливия и Тесс, конечно же, принарядились к ужину: на обеих были длинные юбки, новые блузки и босоножки. Натали и Карл, в той же одежде, что и днем, сделали им комплимент, но Оливия усвоила первый урок: в Асконсете все просто и без претензий. Главное здесь — работа.

Второй урок — вино. В Асконсете не пьют, а скорее дегустируют. На обед подали рислинг трехлетней выдержки — сладкое белое вино, как нельзя лучше подходящее по вкусу к жареной утке. Вино пили маленькими глотками, вдыхая его аромат и легонько болтая в бокалах. Тесс тоже приняла участие в ритуале дегустации, проделав все манипуляции с виноградным соком, который также производили в Асконсете.

Третий урок касался погоды. Карл сказал, что урожай зависит от погоды, а в этом году погода неважная — поздняя дождливая весна. Правда, виноград обильно цвел, и кисти завязались крупные. Но все изменилось. Солнца сейчас нужно больше чем раз в четыре дня, иначе, по словам Карла, виноград не вызреет и не наберется сладости.

Оливия ловила каждое слово, сжимая ручку Тесс, чтобы та внимательно слушала.

Сегодня утром Натали должна была провести их по винограднику — Оливия заранее зарядила фотокамеру и с нетерпением ждала обещанной экскурсии. Она открыла окно и вдохнула прохладный влажный воздух. Утренняя свежесть прогнала остатки сна. Взяв фотокамеру, Оливия стала фотографировать небо, меняя ракурс так, чтобы получились розовое облако, пелена тумана в низине и виноградники, тронутые первыми лучами рассвета, внутренний дворик под окном и пионы, еще влажные от росы.

Пройдя на цыпочках через общую ванную, она заглянула в соседнюю комнату, где под бледно-голубым одеялом сладко спала Тесс. Оливия и раньше, перед тем как отлучиться из дома, частенько проверяла, крепко ли спит дочка.

Тихонько прикрыв за собой дверь, Оливия прошла через холл и спустилась в сад по узкой лестнице черного хода. «Это на тот случай, если, не дай Бог, вспыхнет пожар», — пояснила вчера Натали, показывая им лестницу, и сейчас Оливия решила ею воспользоваться.

Взявшись за ручку и отворив дверь в сад, Оливия в ужасе приросла к полу: что, если сработает сигнализация и перебудит весь дом? В Кеймбридже все дома оснащены ею, так же как и в других городах, где ей приходилось бывать.

Не хватало только стать причиной всеобщего переполоха — глупее не придумаешь.

Но в доме было по-прежнему тихо. Дверь в сад отворилась беззвучно.

С гулко бьющимся сердцем Оливия скользнула во внутренний дворик. Ее глазам открылся великолепный вид. Добрых десять минут она выбирала подходящий кадр, который бы наиболее удачно отразил прелесть свежего летнего утра.

Взяв в руки фотокамеру, она поняла, что это вряд ли получится: фотография не сможет запечатлеть щебетание птиц, свежесть росы на лепестках цветов, неторопливое движение облаков, аромат лилий и влажной земли, отдаленный вой береговой сирены.

Оливия закрыла объектив фотоаппарата и направилась по вымощенной камнем дорожке в сад. По обе стороны росли низкие кустарники — можжевельник, кипарис, тис. Кое-где они расступались, давая простор газонной травке и виноградным лозам. Виноград должен дышать — об этом много говорилось накануне за обедом.

Расправив плечи, Оливия запрокинула голову и сладко потянулась, наполняя легкие утренним свежим воздухом. В этот миг она чувствовала себя сильной и уверенной. Она справится с работой. Какая же она молодец, что приехала вместе с дочкой в это чудесное место! Здесь она чувствует себя обновленной и отдохнувшей, и прошлые несчастья и разочарования больше не будут ее терзать.

— Ну и наряд у вас.

Оливия резко обернулась. Рядом с ней стоял Саймон с чашкой дымящегося кофе в руках. Влажные после душа волосы, тень щетины на подбородке, мрачный взгляд — вид у него отнюдь не добродушный.

Но Оливию не так-то легко испугать. Ее ведь застали во дворе в довольно скромной ночной рубашке — ничего неприличного в этом нет.

— Что вы здесь делаете? — спросила она.

— Я здесь работаю, — ответил он, слегка усмехнувшись, — и живу.

Она знала, что это не совсем так: у него свой дом неподалеку от Асконсета, хотя, по словам Натали, он все время проводит в Большом доме.

— Я хотела сказать, — поправилась Оливия, — что вы встали очень рано.

Темные глаза смотрели на нее не мигая.

— А я всегда встаю рано. Утром лучше всего работается.

— На винограднике?

— Иногда и там. Сегодня в офисе. Надо отправить письмо по электронной почте — мне нужен совет.

— Насчет плесени?

— Да, плесневый грибок.

— Значит, подтвердилось?

Он кивнул.

— Неудивительно. При такой-то холодной и дождливой весне. Винограду требуется больше солнца.

— Сегодня, похоже, будет солнечный денек, — сказала Оливия, глядя на кроны деревьев, позолоченных утренними лучами.

Он неопределенно пожал плечами и отхлебнул кофе из керамической чашки. Оливии хотелось пройти в дом одеться, но он стоял в проходе, сверля ее взглядом. Ах так! Игра называется «кто кого переглядит». Что ж, сыграем.

Оливия победила — Саймон первым отвел глаза.

— Что-нибудь не так? — смущенно спросила она.

Глядя вдаль, он отпил кофе и снова посмотрел на нее.

— Это зависит от вас. Если вы здесь не только по приглашению Натали, то да.

Оливия и в самом деле приехала сюда не только ради Натали, но и ради денег, солнца, возможности развеяться и обрести друзей. Но Саймону ничего об этом не известно.

— Простите, я не совсем вас понимаю, — сказала она.

— Если вы подыскиваете себе мужа, то обратились не по адресу.

Оливия вскинула бровь и чуть не расхохоталась.

— Мужа? Да если бы я искала мужа, поехала бы в более людное место. Извините, но у меня несколько другие цели.

Ее ответ явно не успокоил его:

— Натали считает себя непревзойденной свахой и мечтает меня женить.

Оливия не сразу уловила намек.

— Так вы думаете, что Натали... — Она указала пальцем на себя, потом на него.

— Да, думаю... — Он повторил ее жест.

— О нет. Конечно, нет. Натали никогда бы этого не сделала! Достаточно взглянуть на меня, чтобы это понять. — Худенькая, бледненькая, с десятилетним ребенком — кому она интересна? Неудачные романы и слишком короткие волосы, торчащие ежиком. Мысленно перечислив все свои недостатки, Оливия продолжала: — Натали действительно пригласила меня, но не за тем, о чем вы подумали. Кроме того, вы не в моем вкусе. — У него неплохая фигура, но что с того? Довольно с нее ошибок. Хорошая фигура еще не гарантия хороших отношений. Саймон Берк — человек суровый. — Совершенно не в моем вкусе. А почему вы сами не можете найти себе спутницу жизни? — Она бы никогда не спросила его об этом, будь он уродлив, но он ведь красив суровой, мужской красотой.

— Меня не интересуют женщины.

Оливия изумленно воскликнула:

— О Боже! — Как же она сразу не догадалась? — Извините. Почему-то такое часто случается с красивыми мужчинами.

Он смерил ее пренебрежительным взглядом и снова надел на лицо маску безразличия.

— Я был женат и любил жену. Они с дочерью погибли — несчастный случай на яхте.

Этого Оливия не ожидала.

— Какое горе! Я сожалею и сочувствую вам.

— Ваши сожаления их не вернут, — холодно заметил он. — Не проходит и дня, чтобы я не думал о них.

— Давно это случилось?

— Четыре года назад.

— Как их звали?

— Жену — Лорой.

— А дочь?

Он болезненно поморщился:

— Это имеет значение?

— Да. — Сочиняя свои истории, Оливия предпочитала основываться на фактах. Имена знать необходимо.

— Лиана.

Оливия печально вздохнула:

— Лора и Лиана. Очень красивые имена.

— Да.

— А сколько лет было Лиане?

— Шесть, — ответил он, взглянув на нее с затаенным укором. — Сейчас ей было бы столько же, сколько вашей дочери.

Оливия и в мыслях не могла представить себе, что значит потерять ребенка. Что стало бы с ней, если бы Тесс погибла? Она бы испытывала жгучую боль, глядя на других детей.

— И это еще раз доказывает, что Натали совсем не собиралась нас знакомить, — сказала она. — Слишком много совпадений. С ее стороны это было бы жестоко.

— Иногда благие намерения бывают жестоки по сути.

— Нам с Натали предстоит работать вместе, — возразила Оливия. Ей хотелось верить, что Натали наняла ее за любовь к прошлому Асконсета и благодаря рекомендации Отиса. Натали не интересовалась ее семейным положением и даже не попросила прислать фотографию. — Разве я похожа на Лору?

— Нисколько.

— Значит, я тем более вне подозрений.

Он усмехнулся:

— Натали не посмела бы привести сюда женщину, похожую на Лору.

Оливия понятия не имела, как выглядела Лора, но от пренебрежительного тона Саймона вдруг показалась себе уродиной и ощетинилась:

— Послушайте, оставим этот разговор. Если вас это не интересует, то меня и подавно. И без того забот хватает.

— Вот и отлично. Надеюсь, мы правильно поняли друг друга.

— Да, все предельно ясно.

— По крайней мере пока.

— Я открыла вам все карты. — Но это была неправда. Она все думала про его жену и дочь, их трагическая гибель ее потрясла. — Вы были с ними, когда это случилось?

Он не стал притворяться, что не понял вопроса.

— Нет.
— Вы смогли бы их спасти, если бы были рядом?
— Нет.
— Лора жила поблизости? Вы выросли вместе? — Оливии вдруг захотелось узнать, кто была эта женщина — подруга детства, любовь всей его жизни? Он добивался ее многие годы, мечтал о ней?

Саймон смерил ее раздраженным взглядом.
— К чему все эти вопросы?
— Простое любопытство. Как вы могли остаться здесь после того, что произошло? Ведь это невыносимо тяжело!

Он мрачно смотрел туда, где шумел океан. Отсюда его не было видно, но они оба знали, что сразу за холмом открывается вид на залив.
— На вашем месте, — продолжала Оливия, — я бы уехала куда-нибудь далеко-далеко.

Она часто поступала так, срываясь с насиженного места и покидая город, где ее больше ничто не удерживало. Семь лет, проведенных в Кеймбридже, оказались своеобразным рекордом. Она вся в мать — это очевидно.

А Саймон характером явно пошел в отца.
— Я прожил здесь всю жизнь, — ответил он. — Уехать отсюда — выше моих сил. Виноградник — мое второе «я».
— Но есть и другие.
— Такого больше нет на всем белом свете. — Он повернулся, чтобы уйти, и смерил ее холодным взглядом. — Надеюсь, за лето вы это поймете.

Саймон вернулся в дом, чтобы приготовить себе завтрак. Лоре тоже нравились тихие утренние часы, и с ней рядом он никогда не чувствовал себя одиноким. Но последние четыре года одиночество стало его верным спутником. И все равно он любил предрассветную тишину.

Сегодня утром ему не хотелось ни есть, ни наслаждаться тишиной. Он налил кофе и в сопровождении лохматого Бака отправился в ангар.

Ангаром называлась довольно внушительная постройка, расположенная на открытой площадке к западу от Большого дома. В далеких двадцатых, когда сюда приехал дед Саймона, здесь помещался один-единственный трактор. Теперь ангар расширился и, кроме трактора, вмещал в себя различные машины и инструменты по уходу за почвой и виноградными лозами. Обшитые деревом стены, ставни на окнах. Второй этаж, который шесть лет назад надстроил Карл — тогда еще главный управляющий виноградника, был превращен в офис Саймона.

Сюда он и направлялся. Поставив чашку с кофе на стол, он покормил кота, включил компьютер и просмотрел электронную почту. Писем оказалось, как всегда, много. Несмотря на свое отшельничество, Саймон продолжал переписываться с виноделами со всего мира. Одни учились с ним вместе в Корнельском университете и теперь преподавали или занимались исследованиями в области виноделия, другие работали в федеральных сельскохозяйственных агентствах. Не проходило и дня, чтобы он не связался с исследовательскими лабораториями Женевы или Нью-Йорка. Ему хотелось быть в курсе всех последних новинок.

Выращивание винограда не относится к точным наукам. Грозди, как снежинки, не похожи друг на друга. Эта непохожесть придает виноделию элемент непредсказуемости, особенно в Род-Айленде. Выращенный здесь виноград отличается от мировых стандартов — другая почва, погодные условия. Да и виноградников мало, и, следовательно, не всегда можно обменяться мнением с немногочисленными коллегами.

Сидя за компьютером и поглаживая Бака, Саймон перечитывал советы друзей по поводу *Botrytis cinerea*. Этот плесневый грибок весьма распространен во влажном микроклимате прибрежных виноградников, таких как Асконсет. Но Саймон получал весьма противоречивые сведения: одни убеждали его сделать опрыскивание, другие — оставить все как есть и ждать.

Откинувшись в кресле, Саймон отпил кофе и посмотрел в окно. Отсюда, со второго этажа ангара, открывался потрясающий вид на виноградник, но глаза его были прикованы к серой полоске океана на горизонте. Сердце его болезненно сжалось. Там погибли его девочки. Воспоминания были как мрачная тень облаков над виноградником. Только облаков сейчас и не хватало. Виноград едва начал подсыхать, но утреннего солнца не достаточно, а судя по облакам, к обеду собирался дождь. Не нужно работать в бюро прогнозов, чтобы это предсказать.

Саймон еще раз все взвесил. Можно снова провести опрыскивание, уже второе за неделю. Нельзя злоупотреблять этим методом, иначе виноград приобретет неприятный запах. С другой стороны, если бездействовать, недолго и потерять весь урожай.

Что, если спросить отца? Карл не получил образования, но опыта ему не занимать. Он прочитал все, что было написано о винограде, и до сих пор участвовал в конференциях виноделов. Джереми Берк был первым виноделом Асконсета, но именно Карл принес Асконсету славу. Он понял, каким сортам лучше подходит местный климат, и стал их культивировать по последнему слову селекции. Ему до сих пор удается получать великолепные урожаи год за годом.

Карл обязательно подскажет, что делать. За советом надо идти только к нему.

Но он, вероятно, еще спит. Спит с Натали. Она не позволяет ему жить в доме до свадьбы, но Саймон не раз видел, как рано поутру Карл осторожно выходит из двери черного хода.

Саймон ни в чем их не винит. Карл заслуживает счастья. Кроме того, если брак с Натали продлит жизнь отцу, Саймон с радостью его благословит. Он не готов к новым потерям.

Четыре года. Боль захлестнула его с новой силой.

Допив кофе, он отставил чашку и встал. «Лежи смирно», — приказал он коту, написав мелом на доске сообщение для Донны Гомес, своей помощницы и единственной на данный момент сотрудницы. Уход Паоло явился для Саймона ударом: парень неплохо разбирался в виноградарстве, за ним не надо было присматривать каждые пять минут.

Но что сделано, то сделано. Переубедить Паоло не удалось.

Теперь судьба урожая полностью в руках Саймона. Не совсем так — все в руках Божьих. Но Бог подчас бывает жесток. Остается делать все, что по силам простому смертному, дабы уберечь виноград от новых напастей.

Дойдя до рядов с каберне, Саймон стал внимательно рассматривать завязь, которая со временем должна превратиться в сочные спелые кисти. Если листья затеняли гроздья, он поднимал их на сетку, а нижние обрывал. Бесполезно следовать правилам — все зависит от внешних условий и интуиции. Мало сорвешь — тень от листвы заслонит солнце, необходимое винограду для созревания, много — виноград не наберет сладости.

Саймон неторопливо обходил ряды винограда. Ему нравилось подстригать кусты — это своего рода искусство. Окончательный результат должен быть выше всех похвал.

Уход за виноградником всегда успокаивал Саймона. Ботинки увязали во влажной почве, ветви тихонько поскрипывали.

Он не смотрел на часы. Время шло, небо заволокло тучами. Откуда-то возник Бак и сел рядом. Когда Саймон перешел к следующему ряду, кот пролез за ним под кустами. Бак — хороший товарищ, молчаливый и нетребовательный.

Саймон решил не делать перерыв и работал не отвлекаясь. Виноградные лозы выросли ему почти по грудь, а к концу лета будут с него ростом.

Он срезал листок, затенявший крупную гроздь, оглядел расположение завязей и остался доволен.

— Что вы делаете? — послышался детский голосок.

Он вскинул голову. Дочка Оливии Джонс стояла рядом в ярко-зеленом плаще. Глаза ее за стеклами очков казались огромными, из-под капюшона выбились кудряшки.

Заметив, что она трет стекла очков, запотевшие от тумана, Саймон сказал:

— Так еще хуже, — и жестом приказал ей отойти. — Ты стоишь слишком близко. Виноград должен дышать.

Она отступила на шаг.

— А вы тоже близко стоите.

— Я работаю, — ответил он и вернулся к своему занятию в надежде, что она поймет намек и оставит его в покое.

— И кот ваш тоже близко.
— Но это же кот — он меньше тебя. И на нем нет плаща.
— Какой он грязный и противный!
Саймон бросил на нее укоризненный взгляд:
— Ты очень любезна, спасибо. — И снова занялся виноградом.
— Что вы делаете? — повторила она.
— Обрезаю листья, — ответил он.
— А зачем?
Он срезал еще один лист.
— Чтобы проредить листву.
— А зачем ее прореживать?
— Когда на винограде много листьев, они закрывают гроздьям солнце. — Он присел, осматривая снизу куст.
— А солнца и так нет. И эти горошинки вовсе не похожи на виноград, — заявила она, капризно выпятив губку.
— Это настоящий виноград.
— А я могу его съесть?
— Не вздумай.
— Почему?
— Потому что он еще незрелый и твердый. Если ты его сейчас съешь, у тебя живот заболит, а я лишусь урожая.
— Да я ведь не съем весь ваш виноград, — хмуро возразила она.
— Даже не прикасайся к нему, — сказал он, смерив ее суровым взглядом. Она насупилась, в точности как мать, и, резко повернувшись, пошла прочь.

Он ей не понравился. Прекрасно. Она тоже не подарок. Он не просил привозить сюда ребенка. Кто позволил ей слоняться по виноградинку? Ему нельзя отвлекаться — урожай под угрозой.

В животе у Саймона заурчало, и он взглянул на часы. Скоро полдень. Мадалена, наверное, готовит сандвичи на кухне в Большом доме. Каждый может подойти и перекусить — это давний обычай в Асконсете.

Но сегодня ему хотелось уехать подальше от дома. Куда — он и сам не знал. Заехать в придорожную кофейню? Или в

«Макдоналдс» в Хаффингтоне? Хаффингтон совсем недалеко, можно и съездить.

Но сперва надо успокоиться. Он углубился в работу. Виноградник всегда оказывал на него целительное действие. Он незыблем и прочен, как ничто другое в целом мире, и послушен его рукам.

Когда за ним заехала Донна, работавшая на плантации шардонне, Саймон сказал ей, что не придет на ленч. Потом позвонила Натали по мобильному телефону и услышала от него то же самое. Он работал, пока волосы и рубашка не взмокли от пота, а шорох листвы и запах свежей земли не восстановили равновесие в его душе.

Тогда он вернулся в ангар, завел пикап и поехал прочь от Асконсета.

Глава 9

Неделю спустя Оливия снова проснулась на рассвете и присела на подоконник, обхватив руками колени. Прошла целая неделя — в это невозможно поверить. Каждый день насыщен событиями, а работа над мемуарами Натали продвигается медленно.

Но Натали это, похоже, совсем не заботит.

— Как вы можете писать мою биографию, не познакомившись с Асконсетом? — говорила она, и далее следовало предложение, отвлекавшее Оливию от записей. Оливия уже начала опасаться, что Саймон прав и Натали действительно пригласила ее сюда отнюдь не ради книги. Но Саймона не было рядом ни во время обзорной экскурсии по винограднику, ни в яхт-клубе, где Натали устроила торжественный ужин в честь их приезда. Всего один раз она видела его пикап, когда они с Натали поехали осмотреть город. Вечером Натали и Карл пригласили ее в кино, а Саймона по-прежнему не было.

В кино в Асконсете ходили по субботам. Натали и Карл свято соблюдали эту несколько старомодную традицию. Конечно, после всего этого Оливия не могла не помечтать. Что, если Натали пригласила ее сюда как свою родственницу, которую наконец-то разыскала после стольких лет разлуки? Во всяком случае, так хотелось думать. К тому же вокруг не было никого из молодого поколения: внуки, племянники, двоюродные братья и сестры Натали ни разу ей не звонили. У Карла нет никого, кроме Саймона, а жена и дочь Саймона погибли.

Но в воскресенье мечты Оливии рассыпались в прах. Натали пригласила их на воскресную службу в миленькую церковь с белой колоколенкой в центре города. Туда собирались жители со всего виноградника. Оливия и Тесс были приглашены как члены семьи в самом широком смысле слова.

Тесс забеспокоилась.

— Мы же не ходим в церковь, — шептала она Оливии, идя после завтрака переодеваться.

— Ходим, только нечасто, — возразила Оливия. — Просто мы пока не нашли церковь, в которой нам было бы хорошо.

— А что я там буду делать?

— Слушать. Петь. Молиться.

— А что я надену?

— Новое платье.

— Я каждый раз надеваю что-нибудь новое — и все невпопад, — разочарованно заметила девочка. — Вот и в яхт-клубе все дети были в теннисных туфлях, а не в белых босоножках, как я. На меня смотрели как на идиотку.

— Хорошо, значит, сейчас ты хочешь пойти в кроссовках и футболке. — Тесс всегда надевала футболку с эмблемой «Асконсета». — Но ведь мы идем в церковь. Ты же слышала, что сказала Натали. В церковь всегда ходят во всем самом лучшем.

Оливия надела новый сарафан, сделала макияж и тщательно причесалась. Ей хотелось хотя бы внешне походить на Натали. Пусть она будет выглядеть как ее ближайшая помощница. Или кузина. Или племянница.

Саймона не было среди прибывших из Асконсета. В церкви Оливия его тоже не видела, но на этот раз ее наряд пришелся как нельзя кстати. Она мысленно поблагодарила Всевышнего, присовокупив молитву о солнечной погоде и о Тесс.

Перебирая в памяти первые дни пребывания в Асконсете, Оливия склонна была думать, что далеко не все ее молитвы Господь услышал. Взять хотя бы Тесс — девочка страшно боялась моря и яхты и не хотела заниматься с репетитором. Впрочем, были и положительные моменты. Тесс подружилась с кошками — обитательницами Большого дома. Они ходили за ней буквально по пятам, поджидали в холле по утрам и наперебой старались завоевать ее расположение, причем хитрый Анри всегда выходил победителем, оставляя позади Максвелла, Бернара и ленивого Ахмеда. Тесс с удовольствием играла с ними, чесала им за ушком, разглаживала шерстку и рисовала их мордочки в блокноте.

Кошки, конечно, не дети, но пока приходилось довольствоваться их компанией.

Вторым положительным моментом оказался теннис. Карл взялся обучать Тесс, и лучшего тренера Оливия не могла бы желать для своей дочери. Кто еще так терпеливо обучал бы Тесс азам мастерства? Девочка не боялась Карла, поскольку уже успела с ним подружиться, а сам он играл просто великолепно.

— Неудивительно, я ведь прожил здесь всю жизнь, — усмехнулся он в ответ на восхищенные замечания Оливии. — Александр любил теннис и всякий раз вытаскивал меня из виноградника поиграть с ним. Потом Саймон тоже захотел учиться, тем более что корт под боком.

— У него получалось лучше, чем у меня? — спросила Тесс, запрокидывая голову и глядя на него из-под козырька бейсболки с эмблемой «Асконсета». Он провел с ней уже два урока, и она пропустила больше половины мячей, которые он ей послал.

Карл сделал вид, что задумался, потом сказал:
— Нет, у тебя получается лучше. Саймон хотел сразу бить быстрее и сильнее, толком не научившись следить за мячом.

Он подражал известным теннисистам, бегал по корту и пропускал почти все мячи.

— Я тоже пропускаю.

— Сегодня уже меньше, чем вчера. Ты понимаешь, что от тебя сейчас требуется, и следишь за мячом, как я тебя учил. Скоро ты почувствуешь расстояние между своей рукой и центром ракетки.

— А Саймон так и не научился?

— Научился, но это заняло у него слишком много времени. — Карл заговорщически наклонился к Тесс: — Только не говори ему об этом.

Итак, положительные моменты: друзья-коты, майки с эмблемой «Асконсета» и Карл. Отрицательные — необходимость занятий с репетитором.

Тесс не хотелось заниматься, не хотелось вспоминать о неудачах в школе. Ее бы воля, она ни разу не открыла бы книжку за все лето, но Оливия не могла этого допустить. Они и приехали-то сюда, чтобы заниматься. Оливия понимала, что перед каждым уроком ее ждет нешуточное сражение, но поклялась не сдаваться.

В этом ее поддерживала и преподавательница. Сэнди Адельсон возглавляла специальную обучающую программу в Бреймонте — в той самой школе Провиденса, куда Оливия мечтала определить Тесс. И это большой плюс — разумеется, в глазах Оливии, которая собиралась подыскать там осенью работу.

Дочь одной из подруг Натали, Сэнди жила в десяти минутах езды от Асконсета. Ее свободолюбивый дух находил выражение в одежде и прическе: густые длинные седые волосы расчесаны на прямой пробор, связанные вручную блузки, джинсы, украшенные вышивкой. Меньше всего напоминая специалиста по проблемному обучению, она тем не менее являлась одним из самых увлеченных и преданных своему делу преподавателей. Перед первой встречей с Тесс Сэнди внимательно изучила ее досье.

Встреча произошла во внутреннем дворике Большого дома за столиком под навесом. Оливия, по просьбе Сэнди, тоже пришла. Вот и первое отличие от предыдущих репетиторов.

Не прошло и пяти минут, как новая учительница снова удивила Оливию.

— Мне кажется, — сказала она, обращаясь к Тесс, — нам с тобой надо попробовать новую методику. Я с успехом применяла ее с учениками, у которых, как и у тебя, проблемы с визуальным восприятием.

— У меня дислексия, — поправила ее Тесс.

— Да, но дислексия тоже бывает разных типов. У одних проблемы со слуховым восприятием, а у тебя — с визуальным. Ты не можешь видеть буквы и слова так, как надо. И пока ты не научишься их воспринимать, ты не сможешь читать и понимать их.

— С очками у меня все в порядке. И я хорошо вижу.

«Перестань, Тесс, — мысленно увещевала ее Оливия. — Ты же прекрасно понимаешь, о чем речь».

Но Сэнди невозмутимо продолжала:

— Физически — да. Твои глаза видят написанное на бумаге, но не способны интерпретировать увиденное. И мы это поправим.

— Как?

— Дадим тебе инструменты, с помощью которых ты научишься правильно видеть текст.

— Инструменты — это винтики и болтики? Или специальные очки? — вяло поинтересовалась Тесс скучающим тоном.

Оливия еле сдержалась, чтобы не одернуть дочь.

И снова Сэнди спокойно пояснила:

— Твой инструмент — это новый способ видеть слова, читать книги, готовиться к тестам и выполнять их.

— Но разве можно сделать это за одно лето?

— Мы постараемся с тобой подойти к нашей цели как можно ближе. — Повернувшись к Оливии, Сэнди добавила: — Для таких детей разработаны специальные программы. Ее обучали по методу SQ3R?

Оливия растерянно заморгала и покачала головой.

— А по методу визуального отображения?

— Нет. Репетиторы повторяли с ней то, что было пройдено в классе.

— И все зря, — вставила Тесс.

Сэнди с улыбкой повернулась к девочке:

— Что ж, может быть, в этом причина твоих неудач. Нам надо не повторять, а опережать. Мы с тобой будем готовиться к успеху, а не к работе над ошибками.

На это Тесс не нашлась, что сказать.

— Итак, первое, что нам предстоит, — это заранее прочесть те книги, которые ты будешь читать осенью.

— Прочесть заранее? — испуганно воскликнула Тесс. — Сейчас, а потом еще и в учебном году? Наверное, это не поможет. Я плохо читаю.

— А будешь читать быстро и хорошо, как только научишься делать это правильно.

— Но я и один-то раз читаю ужас как долго, — сопротивлялась Тесс.

— Все пойдет гораздо быстрее, когда ты увидишь, что тебе так удобнее.

— Но как я узнаю, какие книги мне придется читать осенью? Еще не известно, в какую школу я пойду учиться.

Оливия сочла своим долгом вмешаться и все объяснила Сэнди.

Но у той на все был готов ответ.

— Мы возьмем список необходимых книг в той школе, где она училась раньше, в Кеймбридж-Хит и еще в нескольких частных школах. Будем работать с теми, которые включены во все программы, и оттачивать на них наш новый метод, а потом составим словарь.

— Я не умею составлять словарь! — в отчаянии выпалила Тесс. — И правописание у меня хромает.

— Неужели? — Сэнди открыла сумочку и вынула книгу. — В нашей школе это проходят в пятом классе.

— Я не могу делать то, что делают в пятом классе. Занятия еще не начались.

Сэнди открыла книгу наугад и положила перед Тесс.

— Знаешь, что означает это слово?

— «Knee», — прочитала Тесс.

— Ага, ты узнала начальные буквы «k» и «n» и догадалась. Но это другое слово.

— Видите? У меня не получается.

Сэнди ободряюще похлопала ее по руке и вынула из сумки блокнот. Открыв чистую страницу, она крупными буквами написала слово «knight» и показала его Тесс.

— Вот то слово, которое было в книге. Сравни, то же самое?

Тесс сравнила и кивнула.

— «Knight» — «рыцарь». — Сэнди еще раз написала слово. — Произносится так же, как «ночь», но значение другое.

— Это солдат, — сказала Тесс.

— Правильно. — Сэнди кончиком авторучки указала на крайние буквы. — Посмотри на эти буквы — они как мечи и копья по бокам. Я обведу их — следи за мной. Вот так — вверх и вниз, каждую буковку. Готово — слово в рамочке. Погляди, что получилось.

Тесс наклонилась над столом, внимательно рассматривая слово.

— Проведи пальчиком по линиям, — сказала Сэнди.

Тесс обвела рамку.

— Чувствуешь форму? — спросила Сэнди. — Копья и мечи охраняют королеву.

Тесс кивнула.

Сэнди вырвала листок из блокнота.

— Твоя учительница написала, что ты умеешь рисовать. Это правда?

Тесс заметно приободрилась и снова кивнула.

Сэнди протянула ей блокнот и карандаш:

— Нарисуй мне рыцаря.

— Рыцаря? Любого?

— Какого хочешь, только чтобы он был солдатом с мечом и копьем.

Пока Тесс рисовала, Сэнди отдыхала, наслаждаясь окружающим пейзажем. С таким оптимизмом, подумала Оливия, можно многого добиться.

Тесс отложила карандаш, и Сэнди восхищенно ахнула:

— Да ты и в самом деле неплохо рисуешь, так что нам скучать не придется. А теперь напиши слово под картинкой.

Тесс старательно вывела буквы, срисовывая их с предыдущего листочка.

— Обведи их в рамочку, как я. Не торопись, — продолжала Сэнди.

Тесс нарисовала рамочку — у нее получилось чуть хуже, чем у Сэнди, но в общем неплохо.

Сэнди взяла оба листочка, перевернула их лицом вниз и протянула Тесс чистый лист.

— А теперь снова напиши слово.

Тесс хотела было закапризничать, но, раздумав, взяла карандаш и безошибочно вывела буквы.

— Вот и молодчина! — радостно воскликнула Сэнди. — Завтра мы будем с тобой заниматься целый час вон под тем большим раскидистым деревом.

— Целый час? — переспросила Тесс. — В школе я занималась всего полчаса.

— А мне бы хотелось заниматься с тобой два часа, — возразила неумолимая Сэнди.

— Два часа! — Тесс с мольбой взглянула на мать. — У меня же летние каникулы!

— Хорошо, тогда час, — согласилась Сэнди. — Не бойся, тебе понравится.

У Тесс вырвался вздох облегчения.

На следующее утро, сидя на подоконнике и вспоминая первое знакомство с репетитором, Оливия невольно улыбнулась. Наконец-то к Тесс найден правильный подход. Сэнди знает свое дело и умеет обращаться с детьми. Теперь Оливия была спокойна — Тесс в надежных руках. Борьба с дислексией перестала быть односторонней, в лице Сэнди они обрели союзника.

Оливия уткнулась подбородком в колени. Асконсет творил чудеса. Книга Натали продвигается медленно — и пусть! Хорошо бы побыть здесь подольше.

Внизу, под окном, шевельнулась чья-то тень. Это Саймон — как раз вовремя. Жить не может без своего виноградника. В руке у него неизменная чашка с горячим кофе — впрочем, в предрассветном тумане виден только его силуэт.

Оливия рассматривала его издалека, не боясь, что ее заметят. Встретив его впервые во дворе неделю назад, она решила больше не попадаться ему на глаза в такой ранний час — неправильно ее поймет. К тому же отсюда, со своего насеста, можно было разглядывать его сколько угодно.

Еще пять минут — именно столько он будет стоять под деревом, любуясь своими владениями. Потом направится к ангару через виноградник и исчезнет в тумане. Должно быть, этот ритуал вошел у него в привычку.

Так и есть: прошло пять минут, он сделал движение, чтобы уйти, и неожиданно повернул голову, словно прислушиваясь. Был виден его суровый профиль, прядь, упавшая на лоб. Внезапно он обернулся и посмотрел на нее в упор.

«Он меня не видит», — сказала она себе, застыв как изваяние и почти не дыша. Сердце ее колотилось в груди, как у пойманной птицы. «Вот и попалась», — подумала она, тяжело дыша.

«Он меня не заметил», — мысленно твердила она. Нет, заметил! Но Саймон уже зашагал прочь, следуя своему ежедневному ритуалу.

Глава 10

Дождь барабанил по крыше чердака, где Натали раскладывала старые фотографии. Оливия их сразу узнала — они были в первой посылке, которую Отис получил из Асконсета несколько месяцев назад. Среди них не оказалось снимка той неизвестной женщины. Эти фотографии были сделаны гораздо раньше — простенькие черно-белые снимки, запечатлевшие поля и серые невзрачные постройки, среди которых Оливия признала Большой дом в самом начале строительства.

— А вы наблюдательны, — похвалила ее Натали, продолжая рассматривать снимки. Их поблекший черно-белый мир переносил Оливию назад, во времена Великой депрессии. Мгновение — и она снова вернулась вместе с Натали в холодный дождливый день 1930 года.

Натали взяла со столика фотокарточку Карла — свое первое отчетливое воспоминание детства.

— Он был одет почти так же, как на этом снимке, только в тот дождливый день на нем была шерстяная куртка и коричневая кепка. Он показался мне высоким, рослым, и я не на шутку испугалась. До сих пор не понимаю, почему я не бросилась прочь, едва его увидев. Карл не улыбнулся, но что-то подсказывало, что он... добрый. А в тот день мне так хотелось, чтобы меня кто-нибудь пожалел.

— Ты потерялась? — спросил он.

Я покачала головой.

— Тебя кто-то напугал?

Я снова покачала головой и убрала мокрые пряди с лица.

— Ты чуть не плачешь. Тебе плохо?

Да, я замерзла, промокла, мне было страшно и одиноко.

— Я хочу домой.

Карл бросил взгляд в сторону фермы:

— Да вот же дом.

Но я не считала домом это мрачное каменное здание.

— Мой дом в Нью-Йорке.

— Я был в Нью-Йорке — мне там не понравилось. Здесь лучше.

— Почему?

— Воздух чище, деревья, вода.

— У вас тут только дождь и грязь, — заявила я.

— А ты знаешь, что такое грязь?

— Знаю — мокрая земля! — обиженно выкрикнула я, решив, что он нарочно разговаривает со мной, как с маленькой.

Карл спокойно возразил:

— Только снаружи. А внутри — почва, из которой все растет. Нигде больше нет такой земли. — Он присел на корточки и провел ладонью по мокрой грязи. — Видишь? Она мягкая, рыхлая, хорошо впитывает воду. На ней можно столько всего вырастить.

— А я не хочу ничего выращивать!

Он встал и подставил грязную ладонь под дождь.

— Это потому, что ты хочешь обратно в Нью-Йорк. Но теперь ты живешь здесь, у нас.

— Все мои друзья в Нью-Йорке.

— Заведешь новых.

— И школа в Нью-Йорке.

— Наша школа не хуже.

— Я здесь не останусь! Поеду обратно в Нью-Йорк!

— Это тебе родители сказали?

Нет, ничего они не говорили. Как только это дошло до моего сознания, мои глаза наполнились слезами. Едва сдерживая слезы, я чувствовала себя самым несчастным человеком на свете.

— Такая одежда никуда не годится, — озабоченно нахмурился Карл. — Тебе надо надеть брюки, ботинки потолще и куртку, как у меня. — С этими словами он снял свою куртку и накинул мне на плечи.

Контраст между грубой шерстяной курткой и моим голубеньким пальтишком был слишком велик, но его куртка была гораздо чище и теплее, чем моя промокшая и грязная одежда.

— Идем, я провожу тебя домой. — Он махнул рукой, приглашая следовать за ним. Дождь уже успел смыть грязь с его ладони.

— И вы носили все эти вещи? — спросила Оливия Натали.

— Какие вещи?

— Ну, джинсы, ботинки, куртку, как у Карла.

Натали взяла со стола фотографию, изображавшую группу подростков на уборке картофеля. Реставрируя снимок, Оливия решила, что здесь только мальчики. Но Натали загадочно улыбнулась, и Оливия внимательнее вгляделась в нечеткие лица детей.

— Так это вы и есть? — спросила она, указав на подростка, который, несмотря на джинсы, рубашку и грубые ботинки, выглядел совсем не по-мальчишески.

Натали кивнула.

— Вот это Карл. Это мой брат Брэд. Карл и Брэд были примерно одного возраста. Эти двое — сыновья наших соседей. Мы давали им картофель и кукурузу в обмен на молоко.

Оливия смотрела на девочку в джинсах. Она уже знала, что семья Натали потеряла почти все, прежде чем переехать в Асконсет, но никак не могла в это поверить. В своих фантазиях она рисовала для Натали жизнь роскошную и праздную, и горькая правда поразила ее.

— Сколько вам было лет в ту пору?
— Около семи.
— И вы работали в поле? — недоверчиво спросила Оливия.
— Всем приходилось работать.
— А как же закон, запрещающий детский труд?

Натали улыбнулась:

— Эти законы не распространяются на семью, которая выращивает овощи, чтобы хоть как-то прокормиться. Нам еще повезло — мы не закладывали имущество и ферму. В начале тридцатых фермерские доходы так упали, что многим пришлось продать плантации: цены на фермерскую продукцию были такими низкими, что вырученных денег не хватало на выплату закладной. — Она указала на соседских ребятишек: — Они лишились своей фермы.

— И что с ними было дальше?
— Мой отец выкупил закладные. А мальчишки, когда подросли, работали у нас на маслобойне.
— Я думала, ваш отец остался без гроша.
— По нью-йоркским меркам — да. Но все относительно. Он скупил соседские фермы за бесценок.
— Где же он взял деньги?

Натали показала ей фотографию, запечатлевшую Джереми Берка на тележке, нагруженной теми же бочками, что Оливия видела на снимке с Карлом и лошадкой.

— Вино? — догадалась она.

Натали кивнула.

Оливия осторожно спросила:

— Во время Депрессии вы существовали на средства от продажи вина?

— Мы производили не так уж и много. У нас не было технологии. То, что вы видите на этой фотографии, — весь наш урожай за сезон. Но цены на вино были гораздо выше цен на овощи. Черный рынок и «сухой закон» сделали свое дело.

— А вы не боялись, что попадетесь?

Натали ответила не сразу.

— Мне кажется, отец втайне надеялся, что его поймают. Он так и не смог оправиться от финансового краха. У него была врожденная деловая хватка, но чувство вины и стыд отравляли ему жизнь. Посмотрите на эту фотографию — сколько невысказанной боли в его глазах. Он был сломлен неудачами. Когда-то крепкий и сильный, он похудел, осунулся. А ведь мы не голодали — просто он мало ел. Если бы его наказали за нелегальную продажу вина, ему, наверное, стало бы легче.

Но этого не произошло, — продолжала Натали. — Невозможно наказать всех нарушителей — их было слишком много, гораздо больше, чем агентов-наблюдателей. Мой отец продолжал продавать вино, что позволило нам скопить немного денег на будущее. «Сухой закон» был отменен в 1933 году, и наше вино сразу упало в цене — по правде сказать, качество его оставляло желать лучшего. Но у отца уже созрел новый план. Он выписал из Европы черенки виноградных лоз и стал разводить виноград. — Она печально усмехнулась. — Бедный папа, у него ничего не получалось, сорта не приживались. Земледельца из него не вышло.

— А разве Джереми не помогал ему?

— Джереми выращивал картофель, кукурузу, морковь, свеклу, пастернак. Виноград — совсем другое дело, и неудачи преследовали не только нас. Европейцы — признанные специалисты в области виноделия, но, к сожалению, их методы не подходят для нашего климата. Только в начале шестидесятых американским виноделам удалось разработать собственную технологию выращивания винограда, и вскоре они начали завоевывать мировой рынок. Моего отца к тому времени уже не было в живых.

— Как жаль!

— Да, он был в числе первопроходцев. Печально, что он не дожил до этого счастливого дня, когда все мы...

— Все? Кто именно? — спросила Оливия. — У вас большая семья?

— Не очень. Сюзанна и Грег и их половины. У Сюзанны и Марка двое детей, они уже взрослые, но свои семьи пока не создали. Мелисса — адвокат, Брэд — бизнес-консультант. У Грега и Джилл детей нет. Не понимаю, чего они ждут. В мое время детей заводили гораздо раньше. Но все меняется. Джилл не намного старше вас, так что у них еще все впереди. Признаться, я все же переживаю. Мне бы хотелось побольше внуков. Но увы, это зависит не от меня. — Она вздохнула и добавила: — Скорее Мелисса или Брэд заведут семью и сделают меня прабабушкой, чем Грег и Джилл наконец возьмутся за ум. — Она улыбнулась Оливии. — Ну а вы? Ваши родители еще живы?

Оливия пожала плечами:

— Это не важно.

— Напротив, очень даже важно. Мне хотелось бы больше знать о тех, кто работает в моем доме. Так они живы?

— Да, — сказала Оливия, потому что ей хотелось в это верить. Она даже представляла себе, что они переписываются.

— Где они живут?

Оливия вызвала в памяти одну из своих давних фантазий, которая давно уже стала казаться ей реальностью.

— В Сан-Диего. — Она представила себе отца — кадровый военный, моряк, постоянно в рейсах. Сейчас он уже в возрасте, скоро выйдет на пенсию. У него свой домик на побережье. И мать приезжает к нему время от времени.

— У вас есть братья или сестры? — спросила Натали.

Все еще под воздействием своих мечтаний Оливия кивнула:

— Четверо братьев. Они военные моряки, как и отец.

Натали заметно оживилась.

— Здесь рядом, в Ньюпорте, есть военно-морская база. Может, кто-нибудь из них проходит там службу? У Александра там служил друг при штабе — ему можно позвонить.

Оливия пошла на попятный:

— О нет, не стоит. Большое спасибо, но видите ли, у нас мало общего.

Лицо Натали стало серьезным.

— Вы не поддерживаете с ними отношения?

— Нет, мы видимся, конечно, — возразила Оливия, не желая быть заподозренной в отсутствии родственных чувств. Вдруг она все же приходится Натали дальней родственницей? — Дело в том, что я в семье самая младшая. У вас был один брат, а у меня целых четыре, и все опекали меня. Их забота не давала мне свободно вздохнуть, и в конце концов они согласились отпустить меня на волю.

— Но как же Тесс? Разве они не скучают по ней?

— Скучают. Мы иногда ездим к ним в гости.

— Вот как, — промолвила Натали.

Оливия поспешила сменить тему.

— Расскажите мне об этой фотографии, — попросила она, взяв в руки снимок, на котором те же дети были на несколько лет старше. Брэд сидел на крыле трактора, а Натали и Карл за рулем. На вид Натали было лет девять-десять, и она все еще выглядела как мальчишка, а вот ребята заметно повзрослели. — Вы сказали, что Брэд — ваш единственный брат. А сестры у вас есть? — Из Нью-Йорка родители увезли только Натали и Брэда, но сестры могли жить с другими родственниками.

Натали покачала головой:

— Кроме Брэда, у меня никого не было.

Оливию это не очень расстроило: она давно решила, что неизвестная женщина — кузина или подруга Натали.

Она хотела было спросить об этом, но Натали, помолчав, продолжила свой рассказ:

— У меня все было по-другому. Мой брат с Карлом тоже опекали меня, но я вовсе не страдала от их опеки. Они никогда не сердились, что я хожу за ним хвостиком. Я была подвижная, проворная, сообразительная. И хотя они были сильнее меня, я выигрывала за счет ловкости и хитрости. Мы везде ходили вместе. Они считали меня своим товарищем.

Не знаю, что бы я делала без них. Родители не могли помочь мне приспособиться к новой жизни в Асконсете. Они строго наказывали нам, куда можно ходить, а куда нельзя, но никогда не смеялись и не улыбались. Радость, смех и чувство защищенности остались в Нью-Йорке. К тому же отец постоянно казнил себя за то, что вверг семью в нищету. Отец и мать каждый день ожидали новых бед и несчастий.

Невзгоды их быстро состарили. Как больно было это видеть.

Мы с братом оказались более гибкими, и я приспособилась к обстоятельствам быстрее Брэда, потому что была младше. Нью-Йорк я помнила довольно смутно. А главное, здесь я познакомилась с Карлом.

Он стал моим идеалом. Спокойный, уверенный в себе, невозмутимый, Карл все знал и умел. С ним рядом я чувствовала себя в Асконсете как дома. Его спокойствие и уверенность передались и мне.

Я пошла в школу и быстро подружилась с местными детьми. Они не знали, откуда я. Им было известно только то, что наша семья живет чуть лучше остальных. Мы ели три раза в день, носили старую, но вполне приличную одежду и ботинки. Каждую субботу по вечерам ходили в кино — единственное развлечение, которое мы могли себе позволить. Путешествия нам были не по карману, да нам и не хотелось никуда ехать. Газеты пестрели статьями о голоде и бездомных, грабящих товарные вагоны. Но Асконсет голод обошел стороной.

Все относительно, конечно. Асконсет оказывал на родителей гнетущее действие — здесь было уныло и мрачно. Великая депрессия никого не щадила. Отец и мать сидели у радиоприемника в ожидании плохих вестей и просматривали газеты. Банки закрывались один за другим. Многие наши нью-йоркские друзья разорились, безработица росла с каждым днем. Для бездомных строили целые деревни из бараков. Передвижные кухни стали неотъемлемым атрибутом городских улиц.

Рузвельт провозгласил новый курс на экономические реформы, но мои родители в страхе ожидали прихода бури, которая свирепствовала на побережье. И хотя Асконсет она не затронула, мы сажали деревья и кустарники, чтобы предотвратить распыление почвы И даже после того как экономика страны пошла в гору, мои родные продолжали жить в постоянном страхе перед повторением Великой депрессии.

Брэд стал жертвой этого страха. Когда ему исполнилось шестнадцать, он ушел из дому, бросив школу, и устроился на работу в строительное управление. Он строил мосты, рыл туннели и посылал деньги домой. Но отцу это вряд ли служило утешением: он мечтал, чтобы сын выучился и приобрел престижную профессию, которая была бы востребована в недалеком будущем. Лишившись Брэда, мы потеряли в хозяйстве одного из самых хороших работников.

А я потеряла лучшего друга. И Карл тоже. После ухода Брэда мы еще больше привязались друг к другу. Казалось бы, разница между детьми в четыре года весьма ощутима: разные школы, разные компании. Но тогда мы по-прежнему все делали вместе.

Натали умолкла и улыбнулась.

Оливия, сидя в кресле, делала пометки в блокноте. Ей тоже хотелось вместе с Натали перенестись в то время, и она спросила:

— А чем вы занимались?

— Мы вместе ходили в школу.

— Ездили туда на автобусе?

— О нет, — усмехнулась Натали, — автобусов не было. Ходили пешком.

— И далеко было до школы?

— Три мили. По дороге мы собирали всех наших друзей с окрестных ферм. Карл шел впереди, как Крысолов из сказки. Он был выше всех остальных и, хотя не отличался разговорчивостью, обладал... — она задумалась, подыскивая слово, — обладал харизмой. Карл никогда не искал внимания окружающих, но люди тянулись к нему. Вот вам классический случай — наименее общительный становится душой общества.

Когда Карл проходил мимо, на него оглядывались и замечали нас с Брэдом, его верных спутников. Благодаря ему дети приняли нас в свою компанию.

Оливия невольно улыбнулась, представляя себе их ежедневный поход в школу.

— Вы так точно нарисовали эту картину.
— Точно?
— И с юмором.
— Три мили под дождем — тут уж не до веселья.
— Но какой чудесный образ — дети и Крысолов! Чем вы еще занимались? Как развлекались?
— О, по-разному.
— Например?

Натали неопределенно пожала плечами:

— Мы делали то же, что и все подростки делали и будут делать. — Она вдруг вспыхнула. — Время ничего не изменило.
— Секс? — изумленно воскликнула Оливия. Она-то как раз думала, что подростки тридцатых были менее просвещенными в этом вопросе, чем нынешняя молодежь. — Простите, — тут же поправилась она. — Мне не следовало задавать вам интимные вопросы.
— Я и наняла вас для того, чтобы вы спрашивали меня об интимных вещах. Вы спрашивайте, а я уж решу, отвечать мне или нет. — Она поборола смущение и продолжала: — Возрастной фактор сыграл свою роль. Когда Карлу исполнилось четырнадцать, мне было всего десять. Когда ему пошел шестнадцатый год, мне было всего двенадцать. Мы не целовались на заднем ряду кинотеатра.

Она помолчала.

— Но вам этого хотелось, — заметила Оливия.

Покраснев, Натали кивнула.

— Карл был моим героем, моим идеалом. Я мечтала всегда быть рядом с ним.
— Вы мечтали выйти за него замуж?
— Мы танцевали вместе, — ответила Натали.
— В мечтах?

— Нет, по-настоящему. Танцы — единственное дешевое развлечение, которое было доступно людям во время Депрессии.

Оливия кое-что знала об этом.

— Вы участвовали в танцевальных марафонах?

— Нет, но мы знали тех, кто участвовал. Им даже сулили денежные призы. — Она улыбнулась. — Нет, мы с Карлом ни разу не пробовали соревноваться. Танцевальные па мы учили по кинофильмам. У Карла был маленький радиоприемник. Мы уходили за ангар и танцевали там под музыку.

— То есть как? — переспросила Оливия.

Натали рассмеялась:

— Звучит глупо, я знаю. Но нам так нравилось танцевать.

Оливия засмеялась вместе с ней:

— Вы танцевали в Асконсете?

— Январь, февраль и март — очень важные месяцы для виноградника: в это время решается судьба будущего урожая. Виноградные лозы обрезают, формируя крону. Отец всегда делал это сам, а мы должны были собирать обрезанные ветви. Потом их сжигали, но перед этим из них делали шалашики.

— Шалашики? — повторила Оливия.

— Карл плел их из веток. Решетчатые стенки просвечивали, но от ветра все же спасали. Внутри было так уютно.

— И вы там танцевали?

— Да. Я танцевала, глядя на него снизу вверх, как это делали актрисы в фильмах. Карл танцевал неважно и до сих пор толком не научился. Танцевальные па ему не давались, но он так обнимал меня... — Она глубоко вздохнула и замурлыкала какой-то мотив.

Оливия давно перестала записывать — она видела сцену так отчетливо, словно сама оказалась в шалаше из виноградных веток. В полутьме горит свеча, освещая танцующую парочку, из радиоприемника доносятся звуки оркестра. Как романтично!

Она откинулась в кресле и мечтательно вздохнула:

— Золотые деньки. Как бы я хотела жить в то время!

Натали странно, как недавно Отис, посмотрела на нее:

— Вы не правы. Те годы были тяжелыми, а будущее неясным. В конце тридцатых в воздухе запахло войной. Мы жили как на вулкане.

— Но семьи были крепче. Люди старались поддерживать друг друга.

— Это не значит, что они были счастливы.

— Жизнь была проще, — настаивала Оливия. — Иногда мне кажется, что я все бы отдала, только бы избавиться от груза ответственности.

— Вы думаете, нам было легче?

— Я думаю, что раньше обязанности распределялись более четко. Мужчины работали в поле, дети им помогали, женщины выполняли всю домашнюю работу. В наше время все перемешалось.

Натали улыбнулась:

— Вы идеализируете прошлое. Не стоит все так упрощать. Труд был гораздо тяжелее, чем сегодня. И технология только развивалась.

— Может, и так, — не сдавалась Оливия, — но возможности технологии ограниченны. Специальные порошки придают белью свежесть, и все равно ничто не сравнится с бельем, которое высушили на веревке в саду.

— Не могу с вами не согласиться, — примирительно заметила Натали. — И все же в остальном вы не правы. Мы жили не лучше и не проще, чем нынешнее поколение. Мы жили... по-другому, вот и все.

Оливия не поверила Натали, как не поверила Отису. Может, в тридцатые было тяжелее, но это ничто по сравнению с ежедневными эмоциональными стрессами. Да, тридцатые — золотое время. Жизнь была проще, люди — лучше, добрее. Цель была одна — выжить.

Сегодня все изменилось, и цели стали более расплывчатыми. Люди меняют место жительства, работу, переезжают из города в город. Они все время в поиске и играют одновременно по нескольку ролей. Вот и Оливия совсем запуталась — ведь каждая роль несет с собой долю ответственности.

Она надеялась, что и в Асконсете все будет по-другому. Рядом с Натали она будет путешествовать в старое доброе прошлое. И поначалу все шло, как она и мечтала, — они с Тесс попали в старомодный райский уголок.

Но стала ли их жизнь проще? Нет и еще раз нет — и это доказала прошедшая неделя.

Глава 11

Даже здесь, в Асконсете, Оливии приходилось играть множество ролей.

Прежде всего она мать. Шофер, когда Тесс надо подвезти в яхт-клуб и обратно; учитель, когда у дочери возникают проблемы с заданиями Сэнди; психолог, когда Тесс теряет веру в свои силы и замыкается в себе, а это случается довольно часто. Ради Тесс приходится быть и горничной, и прачкой, и кухаркой.

Кроме того, надо подыскивать работу для себя и частную школу для Тесс.

Если звонил Тед, Оливия превращалась в неуловимую тень.

Быть мемуаристом Натали тоже оказалось непросто. Оливия, конечно, человек организованный и аккуратный, этого у нее не отнимешь. Натали выделила ей укромный уголок в своем кабинете в мансарде с отдельным столом и компьютером. Оливия составила систему файлов для своих записей и соответствующих фотографий. По ночам она перебирала в памяти картины прошлого и выстраивала биографию Натали, воображая себя известной мемуаристкой. Уносясь вслед за мечтой, она представляла, как будет выступать перед своими читателями в кеймбриджских книжных магазинах. Потом ее пригласят писать мемуары какого-нибудь светила, а после она будет вести ток-шоу и станет ведущей программы, посвященной теме ретро.

Действительность была менее радужной. Излагать рассказы Натали на бумаге оказалось гораздо сложнее, чем рисовалось Оливии. Порой она по полчаса мучилась над одним-единственным предложением — слова никак не хотели складываться в фразы. Ей приходилось работать и по ночам, поскольку днем в кабинете постоянно трезвонил телефон. Натали, несмотря на преклонный возраст, вела активную деловую и общественную жизнь. Она возглавляла отдел маркетинга в «Асконсете», местный избирательный комитет и благотворительный церковный базар. Звонили и по поводу предстоящей свадьбы. Натали разослала более сотни приглашений, и хотя в письма были вложены специальные карточки для ответов, многие предпочли позвонить ей лично.

— Некоторым хочется порыться в грязном белье, — сказала Натали Оливии после нескольких звонков подобного рода. — Хотят знать, как долго мы с Карлом скрывали наши отношения и было ли между нами что-нибудь за все эти годы.

Оливия и сама не раз задавала себе этот вопрос.

— И спрашивают об этом напрямую?

— Нет, конечно. Но наверняка думают. Ограничиваются намеками: «Вы с Карлом давно знакомы, не так ли?» Или: «Какой соблазн — быть рядом на протяжении многих лет». Или: «А вы ловкая особа, Натали Сибринг».

— Вам говорят такое?

Натали указала на телефон, по которому звонила ее старая знакомая.

— Эта дама заявила мне: «Мы всегда подозревали, что Карл был ближе вам, чем Александру». Я не согласна. Во-первых, нечего сплетничать за моей спиной. Во-вторых, Карл был правой рукой Александра, его прикрытием.

— Его прикрытием?

Натали сделала рукой неопределенный жест.

— Последние две недели меня просто одолевают любопытные сплетники. У меня нет времени с ними говорить. Мне надо быть в офисе через сорок пять минут. Из Бостона приезжают наши партнеры, которые занимаются рекламой вин Асконсета. — Она бросила беспомощный взгляд на фотографии, разложенные на столе. Оливия просила ее указать примерную дату и назвать имена изображенных на них людей. Но сейчас это отошло на второй план.

— Кого вы пригласили на свадьбу? — спросила Оливия.
— Друзей и деловых партнеров.
— А родственников? Двоюродных братьев или сестер? Может, среди них и та женщина? Оливия была бы счастлива увидеть ту, что чертами лица напомнила бы ей мать, или саму Оливию, или даже Тесс.
— У меня есть кузены, но я не поддерживаю с ними отношений. У Александра есть сестра, и я пригласила ее вместе с семьей, но она прислала мне отказ. Мое приглашение ее оскорбило. Что ж, обойдемся без нее — у нас будет маленький семейный праздник.

Телефон снова зазвонил. Натали взглянула на Оливию.
— Хотите, я подойду? — предложила та с блокнотом в руках. — Буду помечать против фамилии — «да» или «нет».
— Если вас это не затруднит, — искренне обрадовалась Натали.

«Конечно, не затруднит, — подумала Оливия. — В семье принято помогать друг другу».

Улыбнувшись Натали, она сняла трубку.
— Резиденция Сибрингов.
— Здравствуйте. Это Люси Макинрой. — Оливия записала в блокноте имя. — Мне бы хотелось поговорить с Натали.

Натали взглянула в блокнот и отрицательно покачала головой.

— Мне очень жаль, — сказала Оливия, наслаждаясь ролью доверенного лица, — но сегодня она в офисе. С вами говорит ее помощница Оливия Джонс. Что передать Натали?

«У ее мужа ресторан в Нью-Йорке, — записала Натали в блокноте. — Они закупают наши вина».

— Я хотела сказать ей пару слов, — ответила Люси. — Мы с Генри недавно вернулись из Парижа и обнаружили приглашение на свадьбу. Мы так удивились!
— Чудесно, не правда ли? — любезно заметила Оливия, читая на листке название известного ресторана, которое вывела Натали. Не о нем ли она читала в журнале «Пипл»?

— Да, мы рады за Натали, — ответила Люси таким тоном, словно в первый раз задумалась над этим. — Карл был нашим партнером последние несколько лет. Он очень хороший человек.

Оливия ухватилась за последнюю фразу.

— Натали и Карл будут рады, если вы примете их приглашение. Могу я внести вас в список?

— Мы еще не решили окончательно. В День труда у нас всегда много хлопот. Если на свадьбе будет много приглашенных, мы не успеем поговорить с Натали и Карлом.

— Скажу вам по секрету: свадьбу решили отпраздновать скромно, по-семейному, — сообщила Оливия. — Натали и Карл хотели бы видеть и вас, своих старых друзей. Все мы гордимся, что вина Асконсета подаются в вашем ресторане. «Доум» — весьма респектабельное заведение. Насколько я знаю, у вас недавно побывал сам принц Чарльз с сыновьями? — выпалила Оливия и тут же испугалась, что все напутала.

Но Натали ободряюще кивнула.

— Вы не ошиблись, — подтвердила Люси, судя по всему, польщенная. — Это такое событие — и реклама для нашего ресторана. К королевской семье всегда повышенное внимание. А пресса будет освещать свадебное торжество?

— Боюсь, что нет, — ответила Оливия, прочитав фразу Натали в блокноте. — Натали пригласила своих друзей из прессы, но только в качестве гостей. Она не хочет делать свой праздник достоянием общественности. Вопрос только в том, сдержат ли ее друзья свое слово.

— Вы знаете, — наконец сказала Люси, — мы, пожалуй, приедем. Да, обязательно приедем. Я всегда любила Натали, а Карл... он такой представительный мужчина. Это будет замечательный праздник, я уверена. Считайте, что мы согласны. Мы попросим кого-нибудь из друзей заменить нас в ресторане.

«Да», — вывела Оливия в блокноте. Попрощавшись с Люси, как с лучшей подругой, она взглянула на довольную Натали.

— Спасибо вам, — поблагодарила Натали. — Вы прекрасно справились. — Телефон снова зазвонил, и ее улыбка померкла. — О Боже!

Но Оливия жестом успокоила ее и приветливо проговорила в трубку:

— Резиденция Сибрингов. — Закончив разговор, она обратилась к Натали: — Это поставщик продуктов. Он спрашивает, готово ли у вас меню из того списка, что он вам прислал.

Натали потерла рукой лоб:

— Мне следовало позвонить ему на прошлой неделе. — Вынув из стола папку, она подала ее Оливии. — Я отметила, что нам нужно. Пока еще рано составлять меню — все может измениться, но, по правилам этого человека, каждое изменение должно фиксироваться на бумаге. Он лучший поставщик в штате. Честно говоря, я могла бы, закрыв глаза, назвать наугад десять пунктов из списка: каждый из них — деликатес. Не согласитесь ли вы обсудить это с ним, пока я съезжу в офис? Почерк у меня разборчивый.

Оливия без труда разобралась в списке Натали. Взяв на себя роль хозяйки праздника, она прошлась по пунктам, задавая поставщику соответствующие вопросы. Она так часто играла в эту игру, что с легкостью справилась с возложенным на нее поручением.

Едва Оливия положила трубку, как позвонила Анна-Мари из приемной офиса и сообщила, что Натали поручила Оливии переговорить с новой горничной.

Оливии ни разу не приходилось нанимать домработницу, а тем более горничную, но кое-что она вполне могла разузнать. Она задала горничной несколько вопросов, записала ответы на листок и положила его в папку с надписью «Горничная». Едва она приготовилась заняться фотографиями Асконсета, как появился Карл.

— Давайте прогуляемся, — сказал он ей. — Я покажу вам наш винный завод.

***

Они отправились на экскурсию на небольшом грузовичке.

— Асконсет занимает шестьдесят пять акров, — пояснил Карл, умело ведя грузовичок по посыпанной гравием дорожке. Его спокойный, размеренный голос оказывал магическое действие. Теперь Оливии было понятно, почему в детстве Натали чувствовала себя рядом с Карлом как за каменной стеной.

— Пятьдесят акров отведено под виноградник, — продолжал он. — На остальных — кукуруза и картофель, но большую часть занимают производственные корпуса. — Свернув на грунтовую дорогу, петляющую между деревьями, он улыбнулся Оливии. — Вот теперь мы едем через лес, и вы, наверное, спрашиваете себя: какого черта они не построили все рядом?

Оливия улыбнулась в ответ:

— Да, я думала об этом. Но что я знаю о виноделии? Скорее всего на то были серьезные причины.

— Серьезные причины? — усмехнулся он, поворачивая. — Да нет, так было задумано ради красоты. Натали хотелось, чтобы Большой дом царил на холме и никакие постройки не мешали им любоваться. Гости Асконсета должны проникнуться атмосферой старого виноградника. Но двадцать лет назад нам понадобились новые помещения, и Натали решила построить их отдельно от дома. Деловой офис она перенесла в гараж у дороги, а винный завод построили у реки.

— А как же ангар? — спросила Оливия. Он находился в трех минутах ходьбы от дома.

— Ангар — другое дело, — объяснил Карл, глядя перед собой на дорогу. — Он был возведен в то же время, что и Большой дом, потом многократно перестраивался. Натали не стала его переносить: она говорит, что ангар — неотъемлемая часть виноградника и ей нравится смотреть на него из окна своего кабинета. — Он помолчал, потом добавил: — И если уж мы заговорили об этом, я хотел бы извиниться перед вами.

— Извиниться?

— За Саймона. Он вел себя не очень дружелюбно по отношению к вам.

Оливия улыбнулась и покачала головой:

— Он просто переживает за урожай — дожди могут все испортить. Вот и сегодня небо заволокло. А так он был вполне любезен.

— Да ничего подобного! — отрезал Карл. — Мог бы хоть раз пообедать с нами. И виноградник должен был вам показать именно он — теперь он управляющий как-никак. Только не думайте, что это из-за вас. Таков уж мой сын — что поделать.

Оливия как раз склонна была думать, что причина в ней. Саймон знал, что она здесь. Он каждое утро смотрел на нее, пока она сидела на подоконнике. Будь она красивее, умнее, интереснее, непременно бы решила, что ему приятно в ее обществе.

Впрочем, ей все равно, абсолютно все равно. К тому же есть еще одна причина.

— Он рассказал мне о своей жене.

Карл изумленно обернулся к ней, грузовик замедлил ход.

— Когда он успел?

— В первое же утро после моего приезда. Мы гуляли во дворе. Он сказал, что Натали пригласила меня ради него, и дал мне понять, что я его совершенно не интересую как женщина.

Грузовик остановился.

— Так и сказал? — воскликнул Карл.

— Я ответила, что у меня и в мыслях не было ничего подобного, и повторю вам то же самое. — «Надо бы записать на магнитофон и прокручивать всем желающим», — подумала она. — Я не в его вкусе. Я не то, что ему нужно. И я приехала сюда не за тем, чтобы найти себе мужа. Мне и так неплохо. Кроме того, у меня на это совершенно нет времени — Тесс и работа занимают меня целиком и полностью. — Вспомнив, что Карл все-таки отец Саймона, она добавила более миролюбиво: — Поймите, Саймон здесь ни при чем. Все дело во мне.

Карл нахмурился, завел машину, и грузовик двинулся вперед.

Оливия попыталась успокоить его.

— Я уверена, Саймон хороший человек. Он умен, трудолюбив. Каждое утро, едва рассветет, я вижу его во дворе — он уже готов к работе. Саймон заслуживает счастья после всего, что ему пришлось пережить. Я даже представить себе не могу, что значит потерять двоих самых близких людей.

— Троих, — поправил ее Карл.

— Троих?

Карл бросил на нее печальный взгляд.

— Саймон потерял в той катастрофе троих — Лору, Лиану и Ану.

— Ана, — повторила Оливия. — Кто она?

— Моя жена. Мать Саймона.

Оливия прижала руку к груди.

— Так ваша жена тоже была на яхте?

Карл молча кивнул, и этот жест, полный глубокой скорби, открыл перед Оливией неизвестную страницу жизни Асконсета. До сих пор она уделяла внимание только истории Натали, но у Карла тоже была своя семья, своя жизнь. И у Саймона была мать.

— Как это страшно, — тихо произнесла она. — Воспоминания причиняют вам ужасную боль, как и Саймону.

— Я старше и могу относиться к потерям более философски, чем мой сын. Мы с Аной прожили много лет вместе. Она была хорошая, добрая женщина. И все понимала. Но здоровье у нее было неважное. За год до той страшной катастрофы у нее обнаружили рак. Она проходила специальный курс терапии, но врачи говорили, что долго она не проживет. А плавать на яхте ей очень нравилось. Мы все любили парусный спорт. — Он замолчал, грустно улыбнувшись.

— И Саймон?

— Саймон особенно. Он научил и Лору управлять яхтой. Она прекрасно с этим справлялась и все делала правильно.

— Тогда что же произошло?

— Она видела, как тяжело Ане, и думала, что прогулка на яхте по заливу поднимет ей настроение. Лора, Лиана и Ана надели спасательные жилеты, подняли паруса и вышли из дока. Ана была счастлива. Она стояла, прислонившись к мачте, обняв маленькую Лиану. День выдался чудесный: легкий ветерок — как раз для парусной прогулки.

Машина выехала из леса, и перед ними открылся потрясающий вид и простор, совершенно не вязавшийся с мрачной историей Карла.

Грузовичок остановился, и Карл уронил руки на колени, глядя перед собой с отсутствующим видом. Тяжело вздохнув, он продолжал:

— Яхта шла так легко, что Лора решила отплыть подальше от берега. Другие яхты тоже воспользовались благоприятной погодой. — Карл посмотрел на Оливию. — К ним приближался быстроходный катер — длинный, большой. На нем было двое парней — они приплясывали, видно, что-то празднуя. Они заметили яхту Лоры, только когда почти натолкнулись на нее. Их попытка свернуть в сторону не увенчалась успехом — было слишком поздно.

— О Боже!.. — выдохнула Оливия.

— Катер буквально рассек яхту надвое и понесся прочь. Этих двоих так и не поймали.

— Какой ужас!

— По словам полицейского из береговой службы, от яхты остались одни обломки. У них не было ни малейшего шанса даже со спасательными жилетами. Это все равно что пытаться спастись на велосипеде от мчащегося сзади локомотива. — Он помолчал, потом добавил: — Почему я вам все это рассказываю?

— Потому что я вас просила.

— Мы никогда не говорили об этом в семье. Зачем?

— Но когда говоришь, становится легче. Вы не согласны?

Он вздохнул:

— Что по этому поводу думаю я, не важно. Но Натали того же мнения, что и вы. Для этого она вас и наняла. Вы уже знаете, как отнеслись ее родные к предстоящей свадьбе?

— Да.

— Я знаю Сюзанну и Грега с самого их рождения. Дети всегда любили меня. Их не назовешь капризными и избалованными, вы понимаете?

Оливия кивнула.

— Эта новость застала их врасплох, — продолжал он. — Они не были готовы к ней и теперь не знают, как себя вести. Этого я и боялся.

— Вы обсуждали с Натали, как сообщить им о своем решении?

— Да, и не одну неделю. Натали пыталась намеками подготовить их, но так и не смогла сказать всю правду. Она догадывалась, какова будет их реакция. Мы с ней старались найти наиболее подходящий способ: приехать к ним, позвонить, поговорить с каждым — сначала Нат, потом мне. И после долгих раздумий остановились на письменном приглашении. Они могут обижаться на нас за излишнюю официальность, но я не уверен, что форма приглашения что-либо изменила. Дети все еще не оправились после смерти Александра.

Оливия понимала, что он прав.

— Натали относится к их отказу философски.

— Так она говорит при вас. Конечно, Натали не из тех, кто плачет и рвет на себе волосы. Она предпочитает бороться, действовать. Поэтому и наняла вас себе в помощницы. — Он задумчиво посмотрел на Оливию. — Мне бы хотелось, чтобы Сюзанна и Грег приняли меня, но им это нелегко сделать. В течение всей их жизни я был для них управляющим отца, и они не могут так быстро свыкнуться с моей новой ролью. И вы должны им помочь.

— Я постараюсь.

— Я не собираюсь занять место Александра, — продолжал Карл. — Он их отец. Я всего лишь хочу сделать их мать счастливой. И всегда этого хотел.

— Вы любили ее с самого детства?

— Конечно.

— Почему вы не женились на ней?

— Потому что она вышла замуж за Александра.

— Но почему не за вас?

— Она вам не рассказывала?

— Нет.

— Ну так еще расскажет.

Оливия улыбнулась:

— Расскажите мне сами.

Но Карл в ответ только усмехнулся:

— Нет, это не входит в мои обязанности. Натали у нас главный рассказчик. Я всего лишь управляющий на винном заводе. Вот мы и приехали, — добавил он.

— Вот это да! — воскликнула Оливия, взглянув на огромное здание, напоминавшее старинную мельницу. — Это винный завод? — Она представляла его себе по-другому.

— Да, — с гордостью подтвердил Карл, направляя грузовичок с проселочной дороги на вымощенный тротуар. Припарковавшись между двумя автомобилями, он выключил двигатель и вышел из машины. — Мне бы хотелось похвастаться, что я полностью контролирую этот процесс, но я уже стар и нуждаюсь в послеобеденном отдыхе.

— Это не значит, что вы не можете быть управляющим, — возразила Оливия. Для своих лет Карл выглядел бодрым и энергичным. — Вы управляете винным заводом, Натали — отделом продаж и маркетинга, Саймон — виноградником. — Упомянув Саймона, она сразу представила его себе. Рассказ Карла заставил ее по-новому взглянуть на него. — Наверное, Саймон так много работает, чтобы отвлечься от печальных мыслей? — Он трудился от рассвета до заката без выходных.

— Может быть, — ответил Карл, жестом приглашая ее следовать за собой. — Но управляющий виноградником по-другому работать и не имеет права. Виноградные лозы — все равно что дети. Им требуются уход и неусыпная забота.

Они подошли к двери завода, на которой красовалась табличка с эмблемой «Асконсета» — уменьшенной копией той, что Оливия уже видела на въезде в виноградник. Но сейчас она лишь мельком взглянула на нее.

— Саймон должен отдыхать время от времени.

— За четыре года он ни разу не был в отпуске. И куда бы он поехал один?

— Разве он ни с кем не встречается?

— Пока нет.

— Но как же он проводит свободное время?

Карл подумал и ответил:

— Ухаживает за виноградником. — Он открыл перед ней дверь.

Оливия очутилась в полукруглом помещении с каменными стенами, напоминавшими старинный погребок, по обе стороны которого тянулись узкие коридоры высотой в три-четыре этажа.

Карл подвел ее к деревянной двери в центре.

— Ухаживать за виноградом — занятие приятное. Оно помогло мне пережить тяжелые времена.

Оливия хотела было спросить, какие тяжелые времена он имеет в виду, но внезапно ощутила холод и оглянулась вокруг. Они были в просторном помещении с бетонным полом и огромными цистернами из нержавеющей стали, на каждой из которых имелись специальные приборы для регулирования процесса брожения. К некоторым цистернам были приставлены лестницы высотой в двенадцать и более футов.

Карл приступил к обязанностям гида. Он провел Оливию в дальний угол помещения, где располагался пресс для давки и очистки виноградных гроздьев. Он объяснил, что красные вина получаются от брожения виноградин вместе с кожицей, а белые вина — от брожения очищенного виноградного сока. Показал трубы, по которым сок из пресса поступает в цистерны, где и происходит брожение.

Потом он повел ее во второе помещение, с приглушенным светом и запахом дерева, где ярусами располагались дубовые бочки.

— Здесь мы выдерживаем готовые вина, — пояснил он. — Здесь все зависит от бочки — как она сделана, откуда, сколько лет ее использовали. Длительность выдержки также влияет на вкус вина.

На верхнем этаже, в лаборатории, священнодействовал главный винодел Дэвид Сперлинг. Оливия познакомилась с ним и его помощником. Оба охотно вступили в разговор, но Карл вскоре увел Оливию в разливочный цех, где стоял новенький, недавно купленный конвейер. Карл с гордостью объяснил ей, как в стерилизованные бутылки разливают вино, как их запечатывают и наклеивают этикетки.

Экскурсия по винному заводу произвела на Оливию неизгладимое впечатление. Выйдя на улицу, она заявила Карлу, что с удовольствием повторила бы обход. Карл был явно польщен, но ему срочно надо было вызволять невесту из офиса, где проходила встреча с партнерами по рекламе.

— В другой раз, — пообещал он.

Они вернулись на грузовичке к Большому дому. На нижней ступеньке крыльца, сжавшись в комочек, сидела Тесс.

Глава 12

Оливия присела рядом с Тесс на ступеньку.

— Привет, малышка. Как прошло утро?

Тесс слегка поморщилась, уткнув подбородок в колени. Очки ее сползли на нос, и она грустно смотрела вдаль, на виноградник.

Оливия поправила непослушный курчавый локон дочки. Она чем-то расстроена или это просто каприз?

— Как поживает миссис Адельсон?

— Она-то хорошо, да я не очень. Ма, я ничего не понимаю.

Так, все ясно. Новая методика не приживается.

— У тебя все получится. Не сразу — потребуется время.

— Она объясняет совсем не так, как учительница в школе.

— Знаю. Мы с ней это обсуждали. — Оливия при каждом удобном случае старалась поговорить с Сэнди наедине. Она чувствовала себя неловко — предыдущие репетиторы Тесс почти ничего не добились, и ей хотелось помочь дочери. — Все, что она говорит, очень важно. Миссис Адельсон тебя научит правильно читать.

Тесс подняла голову и беспомощно глянула на мать.

— Ты знаешь, что такое визуальное представление? Сначала ищем значение слова, потом даем ему характеристику. Да у меня год уйдет, чтобы все слова так разобрать.

— Это поначалу так кажется. Как только ты поймешь принцип, все пойдет как по маслу. Тебе ведь нравится книга? — Тесс вместе с Сэнди читала книгу Мадлен Лэнгл. Ее повесть попала в три из пяти списков для чтения. По словам Сэнди, книги Мадлен идеально подходили для тренировки визуального восприятия.

— Да, нравится, — буркнула Тесс.

— Только подумай, ты прочитаешь ее раньше всех пятиклассников!

— А потом мне придется читать ее второй раз в школе. Ненавижу чтение!

— Это потому, что оно нелегко тебе дается. Позанимаешься с миссис Адельсон и полюбишь чтение, вот увидишь!

Тесс печально посмотрела на Оливию сквозь очки.

— А что, если я пойду в другую школу, а там эту книгу читать не будут?

Оливия надеялась определить Тесс в школу, где преподавала Сэнди. В Кеймбридж-Хит еще не решили, брать Тесс или нет. А с работой на осень пока ничего не ясно. Можно попробовать разослать резюме в Провиденсе.

— Если это случится, — сказала она, — то ты сможешь применить метод визуального представления и для других книг. — Оливия обняла дочь за плечи. — Ну же, Тесс, тяжело в учении — легко в бою. Со временем будет все легче и легче. Миссис Адельсон говорит, что ты у нее самая способная ученица, а она уже двадцать лет работает с детьми, у которых дислексия.

— Да, но она не поможет мне научиться управлять яхтой. Мама, я заглянула в книжку, которую нам дали. Ничего там не понимаю!

Ну конечно — там же такие слова, как «бушприт», «нос судна», «корма», и прочая терминология.

— Ты пыталась представить себе? — спросила Оливия. — Ну, как отдельные предметы одежды — рубашку, шорты, туфли?

Тесс грустно вздохнула.

— Ну да, части яхты. Но я же не знаю, что они обозначают.
— Но ты же видела их на картинке.
— Это же только картинка!
— Ты расстроилась, а уныние — плохой помощник.
— От этого не легче.
— Просто ты не знакома с устройством яхты, Тесс. Посмотришь, как выглядит яхта на самом деле, и все запомнишь. Сегодня у вас будет первое занятие, так?
— Да, но другие дети уже все знают.

Другие дети выросли на побережье, их родители — члены яхт-клуба, а бабушки и дедушки частенько берут их с собой на прогулку по заливу.

— Хорошо, вот что я придумала. Внимательно слушай инструктора и других детей, задавай вопросы. Учись у них.
— А если меня о чем-нибудь спросят? Что я скажу?
— Если спросят про яхту, скажешь, что ты первый раз на лодке.
— Это неправда. Мы уже катались на лодке — смотрели закат.
— Тесс, не путай. Ты прекрасно знаешь, о чем я говорю. — Оливия взглянула на часы. — Ты уже подкрепилась?
— Да.

Оливия еще не перекусила, но вполне могла обойтись без ленча. Времени полпервого. Надо отвезти Тесс в яхт-клуб к двум часам, потом вернуться и приступить к работе.

Но все по порядку.
— Пойдем немного погреемся на солнышке и порисуем.
— Что?
— Виноград. Я буду фотографировать, а ты рисовать. Идет?
— А можно я тоже буду фотографировать?
— После того как порисуешь.
— Так нечестно. Фотографировать быстрее, чем рисовать. Ты всегда выбираешь что легче.
— Я не умею рисовать с натуры, — оправдывалась Оливия. Обняв Тесс за шею, она чмокнула ее в макушку. — Пойдем.

Когда они наконец собрались, стало совсем жарко. Оливия захватила с собой фотокамеру, а Тесс — блокнот для рисования и кусочек угля. Девочка любила рисовать, однако это не означало, что ее страх перед занятиями в яхт-клубе исчез. Просто матери удалось отвлечь ее на время.

Оливия запрокинула голову, подставляя лицо ласковым солнечным лучам, и вдохнула аромат виноградной листвы и земли. Надо поверить в собственные силы, поверить в то, что Тесс вырастет и станет образованной, начитанной.

— Идем же, — поторопила Тесс.

Оливия открыла глаза и огляделась. После экскурсии с Натали и изучения плана виноградника Оливия четко представляла себе, где какие сорта произрастают. Саймон наверняка сейчас работает с наиболее капризными сортами — каберне совиньон или пино нуар.

Оливия направилась было в противоположную сторону, к плантации рислинга, но, не пройдя и пяти шагов, передумала. Лучше сперва найти Саймона, чтобы знать, где появляться не стоит.

— Так куда мы идем, мама?

— Сюда. — Она пошла по тропинке, ведущей к пино нуар, выбрала дорожку между рядами и стала спускаться по склону. Почву недавно взрыхлили. Ветки кустов достигли первой проволоки, кое-где листья тянулись и выше. Завязь немного увеличилась, хотя по-прежнему выглядела довольно жалкими горошинками. Саймона нигде не было видно.

Тесс забежала вперед.

— Солнце слишком высоко. Фотография не получится. Ты всегда говоришь, что лучше снимать утром или вечером.

— Да, сейчас полдень. Вот видишь, тебе повезло больше. Ты можешь рисовать при любом освещении.

Прямо перед ними на дорожку выпорхнула пташка, за ней другая.

Оливия остановилась и заглянула под куст.

— Там гнездо, — тихо проговорила она. — Смотри!

Тесс на цыпочках подкралась к кусту и остановилась в нескольких шагах от гнездышка.

— Погляди! — сказала она восторженным шепотом.

Из маленького кругленького гнездышка, сплетенного из сухих травинок и прутиков, высунулись крошечные желтые клювики.

— Три птенчика? — шепнула Оливия.

— Четыре, — так же шепотом откликнулась Тесс. Она потихоньку отошла назад, увлекая за собой мать. Усевшись неподалеку от гнездышка, девочка тихонько пояснила: — Если мы подойдем слишком близко, их родители испугаются и не прилетят обратно, тогда птенчики погибнут от голода. — Она открыла блокнот.

Оливия наблюдала за дочерью, удивляясь, как ребенок с затрудненным визуальным восприятием может с легкостью воспроизводить на бумаге образы окружающего мира. Конечно, рисункам Тесс пока не хватало мастерства, она еще не умела накладывать тени, полутона, но это придет со временем. Ее наброски напоминали лаконичные линии эмблемы «Асконсета», а характер и настроение были схвачены верно.

И это ребенок, который в раннем детстве никак не мог научиться играть в конструктор и до сих пор не умел складывать «пазлы». Ребенок, которому нравится учиться, но для которого чтение — сущее наказание.

Тесс была права. Солнце слишком высоко, и фотографии виноградника не получатся, так что Оливия принялась фотографировать Тесс за рисованием. Очаровательная картина — девочка присела на землю и, то и дело поправляя очки, сосредоточенно переводя взгляд с птичек на лист блокнота, уверенно чертит угольком по бумаге.

Оливия снимала Тесс, разглядывавшую птенчиков, обрадованную возвращением их родителей, ужаснувшуюся при виде кота, крадущегося к гнезду.

— Мама, это же Бак! — воскликнула Тесс, вскакивая на ноги. — Как бы он не съел птенчиков. — Она встала между котом и гнездом и протянула руку к Баку. — Хороший котик, хороший. — Кот нагнул голову и потерся о ее ладонь. — Пойдем вон туда, в дальний конец ряда. Покажешь мне дорогу? Идем, Бак, идем, котик.

Кот побежал за ней, и Оливия сфотографировала их обоих. Бак прогнулся и пролез под кустами в следующий ряд, распушив свой грязный хвост. Тесс бросилась за угол и скрылась за стеной листвы.

Оливия с улыбкой повесила фотоаппарат на шею и отправилась вслед за ними. Она не видела Тесс, но по ее возгласам догадывалась, что дочь где-то поблизости.

Она шла, просматривая ряды в поисках Тесс. В последнем ряду она обнаружила ее в обществе кота и его хозяина. Бак сидел у ног Саймона, а Тесс стояла чуть поодаль. Саймон в темных очках прореживал листву.

Оливия подошла к дочери, надеясь потихоньку увести ее, но Тесс словно приросла к месту и совсем не собиралась уходить.

Саймон мельком взглянул на них, всем своим видом показывая, что их присутствие его раздражает и отвлекает от работы.

— Вы снова подрезаете листья? — спросила Тесс.
— Да, — ответил он, не глядя на нее.
— И это все, чем вы занимаетесь?
— Нет.
— Но при мне вы всегда только это и делаете.
— Это потому, что ты играешь, пока я работаю.
— Я не играю, а учусь.

Он срезал листок и угрюмо согласился:
— Ну хорошо, учишься.

Тесс приблизилась к кустам и, наклонившись, стала рассматривать крошечную завязь.

— Какие жалкие. Когда они станут похожи на настоящий виноград?

Саймон бросил сердитый взгляд в сторону Оливии. Она беспомощно развела руками. Он взрослый человек и может сам за себя постоять. Кроме того, ей и самой было любопытно узнать, как созревает виноград.

Саймон внимательно осмотрел куст и срезал еще один лист.
— В августе.
— А почему так нескоро?

— Виноград долго зреет.

Тесс недоверчиво разглядывала гроздь.

— А вы уверены, что это виноград?

Он вытер ладонью пот со лба и сдержанно ответил:

— Да, уверен.

— Мой вопрос закономерный, — с достоинством отпарировала Тесс.

Саймон смерил ее взглядом.

— Это же надо — «закономерный»! Ты еще слишком мала, чтобы употреблять такие слова. Вряд ли ты понимаешь, что они означают.

— А вот и понимаю! Не глупее вас!

Оливия не видела лица Тесс, но хорошо знала ее тон. Они ходят по тонкому льду, но Саймон этого, похоже, не чувствует.

А вот его кот, напротив, весь ощетинился и переводил настороженный взгляд с Тесс на хозяина.

Оливия готова была вмешаться и разрядить обстановку, но Тесс ее опередила:

— А чем еще вы занимаетесь?

Саймон перешел к следующему кусту и заправил верхние листочки под проволоку.

— Рыхлю почву.

— Рыхлите почву?

— С помощью специальной машины, которая вспахивает землю и дает почве дышать.

— А зачем?

Он устало вздохнул:

— Чем больше отверстий в почве, тем ей легче дышится. А там, где ты стоишь, земля не дышит. Ты портишь мою работу.

Тесс постояла немного, потом отступила в сторону, к другому кусту.

— Тесс, — окликнула ее Оливия, но дочь словно не слышала.

— Откуда вы знаете, какие листья надо срезать? — допытывалась она у Саймона.

Саймон покосился на Оливию.

— Знаю, и все! — отрезал он.
— Но как?
— По опыту.
— Вы только так говорите! Нет у вас никаких правил. Срываете листочки где вздумается. — В мгновение ока девочка сорвала с куста несколько листьев.
— Тесс! — Оливия бросилась к дочери.
Но Саймон ее опередил.
— Спасибо, — мрачно произнес он, отобрав у нее листья. — Знаешь, что ты сейчас натворила?

Тесс подняла голову. Личико ее побледнело, но она храбро выдержала его взгляд.
— Проредила виноградный куст.
— Ты погубила этот куст.
— Она не хотела, — попыталась вступиться за дочь Оливия, но Тесс ее перебила:
— Вы сделали то же самое.
— Не так, как ты. Это искусство. Но тебе не понять. Ты считаешь, что знаешь все на свете, а на самом деле ничего не умеешь.
— Саймон, прошу вас... — вмешалась Оливия.
Но он сердито воззрился на Тесс.
— Нет, так ты никогда ничему не научишься. Ты сейчас поступила как злой и глупый человек.

Девочка растерялась. В глазах ее блеснули слезы. Она поняла, что проиграла, и, резко повернувшись, решительно зашагала прочь.
— Сам ты злой и глупый! — выкрикнула она. — Мне на тебя наплевать! И дружить я с тобой не буду!
— Ну и прекрасно! — крикнул он ей вдогонку. — Я с тобой тоже дружить не собираюсь. Если хочешь завести друзей, сначала научись улыбаться. Но ты и этого не умеешь, маленькая зазнайка.
— Саймон! — умоляюще воскликнула Оливия.
— Я-то умею улыбаться! — крикнула Тесс. — Только тебе никогда улыбаться не буду! Ты злой и... и от тебя воняет, и в

теннис ты играешь хуже всех... и кот у тебя жирный! — С этими словами она бросилась бегом по тропинке.

Оливия рванулась было за ней, но тут же остановилась и сказала, обращаясь к Саймону:

— Это просто неслыханно! Ну ладно Тесс — она ребенок. Но вы-то, вы! Пререкаетесь с ней, как мальчишка.

— А вы видели, что она сделала? — гневно засверкал он глазами. — Виноградник — мое детище. Что бы вы сказали, если бы она уничтожила результат вашего трехдневного труда?

— Она понятия не имела о том, что делает. Если бы вы ей объяснили, все было бы по-другому.

— У меня нет времени объяснять всякие мелочи. Как видите, я работаю.

— Вижу, конечно. Вы работаете весь день. Неудивительно, что совершенно не умеете общаться с людьми. — Она умолкла и провела рукой по лицу. — Простите, это к делу не относится. Мы говорим о Тесс.

— Маленькая злючка, — буркнул Саймон и повернулся, чтобы уйти, но Оливия не могла так это оставить.

— Нет, — возразила она. — У нее проблемы, как и у вас, впрочем. Вы страдаете от безутешной скорби, самоизоляции и комплекса мученика. Она — от дислексии. Девочке уже десять лет, а она толком не умеет читать. Тесс только что закончила очередной учебный год — это был какой-то кошмар! Учительница ее унижала, дети смеялись над ней. Да, ей бы надо быть приветливее, но как она может улыбаться, если ей говорят, что она хуже всех? Тесс старается изо всех сил, но у нее самый низкий рейтинг в классе. К тому же приходится носить очки. У Тесс чудовищно низкая самооценка — она считает себя тупой дурнушкой. Я надеялась, что летний отдых хоть как-то поможет ей забыть о своих комплексах, но вы одним словом все разрушили. — Оливия взглянула на Бака, который испуганно таращил на нее желтые глаза. — Тесс права. Ваш кот ужасно растолстел.

С этими словами Оливия отправилась на поиски дочери. Просмотрев ряды виноградных кустов и не обнаружив ее, она пошла обратно к дому. По дороге Оливия оглядывалась, но зеленой футболки и выцветших джинсовых шортиков нигде не было видно. Оливия не на шутку испугалась. Что, если Тесс убежала в лес, заблудилась, упала в речку и утонула?

Оливия остановилась как вкопанная.

— Тесс! — в отчаянии позвала она. — Тесс, где ты?

Надо позвонить в полицию, вызвать пожарных, включить береговую сирену или сигнализацию в Большом доме.

Она готова была исполнить свое намерение, как вдруг заметила в кустах рододендронов перед Большим домом что-то зеленое. Это была Тесс. Она сидела, повернувшись спиной ко всему миру.

Саймон тоже заметил Тесс и быстро нагнал Оливию.

— Я с ней поговорю, — сказал он.

— Неужели вы успели повзрослеть за несколько минут? — съязвила Оливия.

Он заслужил упрек и понимал это. Но раскаяние не исправит ситуацию.

— Позвольте мне поговорить с ней.

Оливия сердито сверкнула глазами.

— Не трудитесь. Ваши извинения ей не нужны. Она уже не раз сталкивалась с бестактностью и безразличием.

— Я не такой, — возразил он.

— Откуда мне знать?

— Поверьте мне на слово. Я ее обидел и должен извиниться.

Говоря это, он смотрел ей в глаза, думая про себя, что со своей короткой стрижкой она напоминает подростка и в то же время выглядит удивительно женственной и беззащитной.

Гнев в ее глазах погас, и в них промелькнуло что-то похожее на смущение и нерешительность.

Она смотрела на него с явным недоверием. Что ж, она права. В мире полно бессердечных людей. Только насчет него она ошибается.

— Пожалуйста, — попросил Саймон.

Ее взгляд лучше всяких слов дал ему понять, что она его растерзает, если он посмеет снова обидеть Тесс.

Саймон приблизился к Тесс. Она оглянулась, увидела его и испуганно взглянула на мать. Сжавшись, как пружина, она готова была вскочить и броситься к Оливии.

Он поспешил ее опередить.

— Прости, — тихо промолвил он. — Я был не прав. Мне не следовало так говорить. — Тесс уставилась на него во все глаза. — Я разозлился на тебя. — Она не шевелилась. — Мне надо было объяснить, как я обрезаю листья. Есть определенные правила.

Тесс поджала губки.

Что ж, так ему и надо. Чего он ожидал? Что она сразу его простит? Но как непросто уговаривать обиженного десятилетнего человечка!

— Я привык работать один, — добавил Саймон, стараясь быть убедительным.

— Нет, все из-за меня, — неожиданно сказала Тесс, и он понял, что имела в виду Оливия, говоря о заниженной самооценке дочери. — Вы меня ненавидите.

Саймон почувствовал себя последним мерзавцем.

— Я вовсе не ненавижу тебя.

— Вы ни разу не сказали мне доброго слова. Ни разу!

— Как я могу тебя ненавидеть? Я тебя не знаю.

— Я вас раздражаю. Вам противно даже смотреть на меня.

— Нет, — сказал он. — Когда я смотрю на тебя, то вспоминаю свою дочку. Она погибла четыре года назад. Мне без нее очень плохо.

Он не хотел этого говорить. Тесс еще ребенок. Она не понимает, что такое смерть. А что, если она спросит, как погибла Лиана? Нельзя упоминать про яхту. Если он это сделает, девочка испугается и откажется заниматься в яхт-клубе.

Оливия никогда ему этого не простит. И Натали тоже.

Но Тесс молча слушала его.

— Конечно, это меня нисколько не оправдывает, — продолжал Саймон. — Я был с тобой груб и несправедлив, потому что ты напомнила мне о безвозвратной потере. Я был не прав. Прости меня, пожалуйста.

Он робко оглянулся на Оливию, как бы спрашивая, все ли сделал правильно, но по ее глазам понял, что она ждет от него еще каких-то слов.

Но каких, черт возьми?

Не умеет он говорить с детьми. Никудышный получился бы из него отец.

Сунув руки в карманы, он снова взглянул в глаза Тесс.

— Ну, вот и все. Я только хотел извиниться. — Чувствуя себя ужасно неловко, он повернулся и пошел прочь.

Он шагал, зная, что Оливия смотрит ему вслед. Он не мог сейчас смотреть ей в глаза. Ее взгляд проникал ему в душу.

Саймон направился в сторону плантации пино нуар и шел не останавливаясь, пока запах виноградной листвы и негромкое поскрипывание ветвей не вернули его в такой знакомый мир виноградника. С растениями проще — он знает, как с ними обращаться. С детьми гораздо сложнее.

Глава 13

— Джиллиан?
— Да, я слушаю.
— Это Оливия Джонс. Как у вас дела?

Джиллиан Роудз, студентка юридического факультета, снимала квартиру у Оливии.

— Спасибо, хорошо. Мне у вас очень нравится.
— Я пыталась позвонить, но никто не отвечал. Много работы?
— Мой начальник так не считает, — ответила девушка. — Но мне грех жаловаться — платят они неплохо. А как вы, как дочка?
— У нас все хорошо. Я хотела узнать, что пришло по почте.
— Сейчас принесу, подождите минутку.

Оливия слышала, как витой телефонный провод тихонько постукивает, ударяясь о стену кухни. Какой сюрприз приготовила ей почта?

— Итак, по порядку, — сказала Джилл. — Счета я вам отослала.

— Да, я их получила.

— Остальное — макулатура. Куча каталогов, рекламных проспектов. Вы ждете важное письмо?

— Есть что-нибудь из школы Кеймбридж-Хит?

— М-м... нет. Ничего.

— А из музея или художественной галереи?

В трубке повисла пауза.

— Есть открытка из художественной галереи в Кармеле. Приглашение на выставку.

— Нет, я жду деловое письмо.

— Такого нет.

Ну вот, неудачи следуют одна за другой. Оливия с трудом скрыла разочарование.

— А нет ли какого-нибудь личного письма из южных или западных штатов, надписанного от руки? — Кого она пытается обмануть? Ей не известно, где ее мать. А вдруг она в Ньюпорте, на другом берегу залива? И такое может быть.

— Нет, — ответила Джиллиан. — Хотя постойте, вот письмо, которое вроде бы написано от руки, но чернила не смазываются. Да, и еще вам тут несколько раз звонил по телефону один мужчина. Такой серьезный, настойчивый. Он спрашивал, как к вам дозвониться, но имени своего не оставил.

Оливия вздохнула:

— Это, должно быть, Тед. Он знает, что я здесь, но у него нет моего номера. Ему приходится звонить в офис «Асконсета», а со мной его не соединяют.

— Что мне ему сказать, если он снова позвонит?

«Чтобы он убирался к черту! — чуть не выпалила Оливия. — Я говорила ему, что между нами все кончено. Жалею ли я о своем решении? Нет. Скучаю ли по нему? Тысячу раз нет!»

Но перекладывать это на Джиллиан как-то неудобно. Придется самой позвонить Теду и еще раз с ним объясниться.

— Продолжайте делать вид, что ничего не знаете, — сказала она. — И ни в коем случае не давайте ему мой номер телефона. Звоните, если будут новости от Кэрол Джонс, из Кеймбридж-Хит, от работодателей из музея или галереи.

— Понятно, — сказала Джиллиан.

— Здравствуйте, это Оливия Джонс. Могу я переговорить с Арнольдом Чиветти?

Арнольд Чиветти был директором маленького музея в Нью-Йорке. Там хранилась большая коллекция фотографий. По словам Отиса, Чиветти собирался взять к себе в штат фотореставратора. Оливия послала ему свое резюме и получила официальное письмо, содержание которого сводилось к следующему: «Спасибо, мы сообщим вам о своем решении». С тех пор прошло три месяца. Оливия устала ждать.

— Сожалею, но мистер Чиветти в деловой поездке, — ответил мужской голос с легким британским акцентом.

— А вы не могли бы сказать, когда он вернется?

— Скорее всего не раньше четвертого июля. Чем могу вам помочь?

Если бы все шло как надо, он бы сказал: «Мне известно ваше имя, мисс Джонс. Мистер Чиветти как раз говорил мне о вас на прошлой неделе. Он уехал на три месяца в Европу и не смог вам позвонить, но желал бы с вами побеседовать по возвращении. Нам нужен квалифицированный специалист вашего профиля. Я нашел ваше имя в записной книжке мистера Чиветти. Давайте назначим время собеседования».

— Я занимаюсь фотореставрацией, — сказала Оливия. — Работала у Отиса Турмана. — Она сделала паузу, но в трубке молчали. — Мистер Турман уходит на пенсию, и я подыскиваю себе другое место. Весной я послала мистеру Чиветти резюме. Меня интересует, принял ли он решение.

— Мы передаем работу в фотолаборатории.

— Да, я знаю. Мне уже приходилось реставрировать ваши фотографии у Отиса. По его словам, мистер Чиветти хотел бы взять постоянного сотрудника.

Секретарь усмехнулся:

— Сомневаюсь. К сожалению, наше финансовое положение сейчас не совсем стабильно.

— В таком случае я смогла бы работать у вас по контракту. — Это, конечно, совсем не то. Кто оплатит ей медицинскую страховку? Впрочем, если она получит несколько контрактов, можно будет оплатить страховку и самой.

— У вас есть мастерская? — спросил секретарь.

— Да. — Отис наверняка согласится предоставить ей свою мастерскую.

— И как она называется?

— «Джонс и Берк», — сказала она первое, что пришло ей в голову. Только «Джонс» — как-то несолидно, к тому же «Джонс» — очень распространенная фамилия и плохо запоминается. «Джонс и Берк» гораздо лучше и звучит, как британская фирма. Очень знакомое название. Может, она видела такое на корешке записной книжки?

— Знаете, — продолжал «англичанин», — пока мы разговаривали, я просмотрел файлы и не нашел вашего резюме. Может быть, вы пришлете его снова? И не забудьте приложить к нему портфолио. Я передам все это мистеру Чиветти, и он сообщит вам о своем решении.

— Большое спасибо.

— Не стоит благодарности. Мы сами свяжемся с вами, если ваша кандидатура нам подойдет.

— Здравствуйте, это Оливия Джонс. Могу я поговорить с Лорой Гудерл?

Лора Гудерл заведовала новыми поступлениями в музее Монпелье. Подбором кадров она не занималась, но была знакома с Отисом. Лоре наверняка известно, есть ли работа для фотореставратора.

— Лора у телефона.

— Здравствуйте. Месяц назад я отослала вам письмо. Я помощница Отиса Турмана.

— Отис. — Лора произнесла это имя с улыбкой. — Прекрасный человек. Мой отец — художник. Они с Отисом были друзьями. Как он поживает?

— Собирается на пенсию.

— И вы ищете новую работу? У нас кое-что планируется, но не раньше октября. Не могли бы вы прислать мне свое резюме?

Оливия уже его посылала вместе с уведомлением об изменении адреса.

— Конечно, пришлю, — откликнулась она, стараясь скрыть досаду. — Сегодня же.

— И позвоните мне в конце сентября, чтобы я не забыла про вас.

Оливия повесила трубку со смешанным чувством. Кое-что — это не бог весть что. Если здесь и будет работа, то только по контракту. Из Асконсета она уедет после Дня труда. «Приличное вознаграждение» Натали пойдет на оплату обучения Тесс. А жить на что?..

— Можно попросить Оливию Джонс?
— Я слушаю.
— Привет, это Джиллиан Родс. Я только хотела сообщить вам, что тот же самый мужчина снова звонил вчера вечером. Он говорит, что ему необходимо сказать вам что-то очень-очень важное.

Да, это похоже на Теда.

— Простите, мне очень неловко, что он вам надоедает, — сказала Оливия Джиллиан. — Похоже, он понял, что у вас он скорее узнает мой телефон, чем у секретаря в «Асконсете». Я ему позвоню. — Она помолчала и спросила: — Ничего нового?
— Ничего.
— Что ж... Спасибо, Джиллиан.

— Тед.
— Оливия, это ты! Как ты... ты почувствовала, что я думаю о тебе... какое совпадение... вот как раз в эту самую минуту... я только что пришел с работы... разогреваю обед в микроволновке... он будет готов через сорок две, нет, через сорок секунд... как будто мы обедаем вдвоем.

Оливия стиснула зубы.

— Тед, — осторожно начала она. — Перестань сюда звонить.

— Я позвонил всего один раз.

— О, не лги мне, прошу тебя.

— Я не лгу, — упорствовал он. — Я всего лишь хотел поздороваться с тобой. Почему ты мне не звонила?

Оливии надоело с ним препираться.

— Потому что это бессмысленно. Мы больше не встречаемся.

— Вот об этом-то я и хотел с тобой поговорить... четвертого июля выходной... покатаемся?

— Тед, слушай меня внимательно. Между нами все кончено, ты понял?

— Но мы с тобой друзья... ничего не изменилось... я твой лучший друг... мы должны поговорить.

— Это нужно тебе, но не мне. Тед, не звони мне больше.

Он помолчал, потом испуганно спросил:

— Ты серьезно?

Оливия лишилась дара речи. Ну как ему еще объяснить? Но Тед словно очнулся и злобно выпалил в трубку:

— Черт подери, у тебя другой мужчина... Вот так всегда — стоит встретить женщину, которая мне нравится... Чем он лучше меня, скажи?

— У меня никого нет, — вздохнула Оливия. — Я ни с кем не встречаюсь. Мы с дочерью живем здесь — она учится, я работаю. На рандеву у меня попросту не остается времени.

— Тогда я подожду до осени... ты отдохнешь и вернешься ко мне.

— Нет, Тед. Все кончено. Я не стану больше встречаться с тобой — ни сейчас, ни потом. — Чего он еще ждет?

— Ты отдохнешь и изменишь свое решение... сейчас я не стану с тобой спорить... Так приятно вновь услышать твой голос... я так соскучился по тебе, Ливи.

— Оливия. Терпеть не могу, когда меня называют Ливи, и ты это знаешь. — Оливия — звучит благородно, а Ливия — домохозяйка, которая торчит на кухне или смотрит бесконечные сериалы.

— Я знаю, что нравлюсь тебе, даже когда ты пытаешься убедить меня в обратном.

Оливия готова была рвать на себе волосы.

— Нет, Тед! Я тебя терпеть не могу! И если ты еще раз мне позвонишь, я обращусь в телефонную компанию. У них теперь есть отдел по пресечению надоедливых звонков.

— Я позвонил тебе всего один раз... и не собирался надоедать... ты хоть понимаешь, как обижаешь меня, называя надоедливым?

— Я-то понимаю. Но и ты пойми. Подумай об этом, прежде чем снова набрать мой номер. — И она повесила трубку.

Оливия по-прежнему любовалась рассветом, сидя по утрам на подоконнике. Она перенесла в свою комнату кофеварку и начинала свой день, вдыхая аромат кофе и запахи виноградника.

И наблюдая за Саймоном. Он стал неотъемлемой частью ее утреннего натюрморта. Каждый день появлялся во дворе в одно и то же время, словно сошедший с рекламы «Мальборо» — не хватало только ковбойской шляпы, лошади, Скалистых гор и сигареты. Сходство ограничивалось суровой, мужественной внешностью.

Днем Оливия всячески избегала его. Он ни разу не пришел к обеду — и слава Богу, а то она не знала бы, куда деваться от смущения. И все же утренняя идиллия была бы без него неполной.

Он привносил в утренний пейзаж человеческую нотку. До истории с Тесс Оливия вряд ли употребила бы это слово, но теперь все было по-другому.

Раньше Саймон бросал на нее взгляд через плечо, стоя к ней спиной и как бы давая понять, что знает о ее присутствии. Но сегодня он повернулся к ней и встретился с ней глазами.

— Ну вот, — прошептала она, обхватив внезапно онемевшие колени.

Затаив дыхание, она ждала, не подаст ли он ей какой-нибудь знак. Но он продолжал стоять, прислонившись к дереву, и молча смотрел на нее.

Пусть не надеется, что она первая отведет взгляд. Она имеет такое же право наслаждаться утренней свежестью, как и он. И кто бы упрекал Тесс за угрюмый вид! Оливия еще не видела хоть какого-то подобия улыбки на его лице. У Саймона просто не хватает духу поприветствовать ее. Тем хуже для него.

Но тогда почему во всем ее теле разлилась сладкая истома? А чего она ожидала, день за днем красуясь перед ним по утрам в окошке и не имея при этом никакой другой одежды, кроме ночной рубашки?

И все равно она не сдвинется с места — из принципа. Отхлебнув кофе из кружки, Оливия покрепче обхватила руками колени, стараясь унять дрожь. Неужели он чувствует то же, что и она?

— Когда я росла, о желании и влечении говорить было не принято. Произнести слово «секс» для меня было бы то же самое, что ограбить банк. Конечно, я знала, что родители делают это, но в нашей семье никогда не говорили ни о чем таком.

Теперь все не так. Секс перестал быть тайной за семью печатями. Но мне кажется, вы, современная молодежь, вместе с тайной утратили и нечто большее. Интимным отношениям уделяется слишком много внимания, и они потеряли свою исключительность.

Мы с Карлом никогда не говорили на эту тему, но чувствовали многое. Первые месячные начались у меня в двенадцать лет, и я готова поклясться, что Карл сразу заметил произошедшую со мной перемену. Никогда не забуду тот день. Была зима, и, хотя снега выпало мало, дул промозглый ветер с побережья. Нас закутали с ног до головы и отправили в школу. Я натянула шерстяную шапочку и замоталась шарфом. Карл то и дело посматривал на меня, хмуря брови.

— Что такое? — спросила я наконец.

— Ничего. Ты какая-то другая.

— Не понимаю, — пожала я плечами, но мои щеки вспыхнули, и не от мороза.

Бесполезно было пытаться обмануть его. У нас с Карлом не было тайн друг от друга. И то, что я отказалась говорить с ним на эту тему, и мои пылающие щеки, и по-женски смущенный взгляд подсказали ему ответ.

В эти дни он был со мной особенно внимателен и заботлив. Он не спрашивал меня, как я себя чувствую, не мучают ли меня спазмы, но, мне кажется, отныне он всегда точно знал, когда мое тело выполняет свои женские функции. Голос его становился мягче, а взгляд — нежнее.

А я? Я была влюблена в него без памяти. Он по-прежнему оставался героем моих детских грез — старше на четыре года, умнее и опытнее. Но теперь я уже мечтала о будущем. У меня был готов план нашей с ним жизни. Мы поженимся, как только я закончу школу, у нас будет много-много детей — по ребенку в год. Мы построим на холме дом с видом на океан и будем выращивать овощи и виноград, а в свободное время танцевать в шалашике из виноградных веток.

Я больше не стремилась обратно в Нью-Йорк. Та прошлая жизнь постепенно поблекла в моей памяти. Здесь, на ферме, было хорошо. Запахи оттаявшей земли по весне сменялись благоуханием лета и ореховым ароматом осени. Зимой голая пустынная земля отдыхала, набираясь сил, но я знала, что за ней обязательно наступит весна, а как же иначе? И Карл будет со мной. И я стану на год старше и на год ближе к тому моменту, когда мы соединим наши судьбы.

— А Карл знал о ваших планах? — спросила Оливия.
— Я не совсем вас понимаю.
— Вы говорили с ним о доме и детях?
Натали задумалась.
— Нет. Я считала это само собой разумеющимся.
— Почему вы так решили?
— Я поняла это по тому, как он смотрел на меня, как обнимал меня.
— Обнимал?
— Это были вполне невинные, но нежные объятия.
— Может, мне не стоит расспрашивать вас дальше? — робко заметила Оливия.

— Может, и нет, — ответила Натали, не глядя на нее. Помолчав и, по-видимому, собравшись с духом, Натали поспешно добавила: — Мы обнимались, как обнимаются влюбленные.

— И целовались в кино?

Натали помедлила, потом тихо сказала:

— Мне было шестнадцать, а ему уже двадцать. Потом мне исполнилось семнадцать, а ему — двадцать один. — Она приложила руку к груди, и глаза ее наполнились слезами. — Я была от него без ума.

Оливия смутилась, почувствовав себя так, словно подглядывает в замочную скважину.

— Мне не следовало заводить этот разговор.

Натали вздохнула:

— Нет, это ваша обязанность.

— Но это личные отношения. Я... мне становится неловко, когда вы о них рассказываете.

— Потому что мне семьдесят шесть лет? И вам неприятно думать о своей матери или о бабушке как о чувственной женщине?

— Я никогда не видела свою бабушку, — сказала Оливия, — однако моя мама — женщина весьма раскрепощенная в этом отношении. — Пока Оливия росла, мать меняла мужчин как перчатки. — Но вы — другое дело. Вы настоящая леди.

Натали неожиданно рассердилась:

— А почему леди не может испытывать страсть? Почему не может любить не только душой, но и телом? — Она покачала головой. — Я не прошу вас подробно описывать интимный акт, но цель моей книги — дать понять моим родным, что я чувствовала в то время. Прежде чем осуждать меня, они должны знать, что Карл был моим богом. Я просыпалась утром и засыпала вечером с мыслью о нем. Кроме тех часов, что я была в школе, мы все время были вместе. Он пытался освободить меня от тяжелого труда и нарочно поручал работу попроще, но я все равно была там, где он.

— Так что же случилось? — спросила Оливия. — Почему вы не вышли за него замуж?

— Вы любили когда-нибудь?
— Не так сильно, как вы.
— Вы любили отца Тесс?

Оливия познакомилась с Джаредом в магазине Атланты, где в то время жила и работала. Он приехал туда на научный симпозиум. Вид у него был представительный — очки, костюм, но он оказался застенчивым, робким человеком. Оливии это и понравилось в нем.

— Я думала, что люблю его, — сказала она Натали. — Но, слушая вас, я уже в этом не уверена. Он мне нравился, поскольку был добрым человеком. Да, я была влюблена. — Но Джаред ушел от нее еще до рождения Тесс, и хотя Оливия тосковала по нему, после рождения дочери и думать о нем забыла.

Так любила ли она его? Или же просто внушила себе, что любит?

Натали с нежностью смотрела на нее, и Оливии захотелось рассказать ей все... или почти все.

— Джаред был из тех людей, которые ничего вокруг не замечают, кроме своей работы. А я хотела стать для него главной, но мне это не удалось. — Она улыбнулась. — Он подарил мне Тесс. Она — моя единственная любовь.

Натали ответила с улыбкой:

— Она полностью принадлежит вам и никуда от вас не денется.

— Да, вы правы.

— Тогда вы поймете, что я чувствовала по отношению к Карлу. Я знала, что он меня любит. У меня и мысли не было, что он когда-нибудь покинет меня. Он всегда был рядом, а мне так хотелось любви и ласки.

— Но у вас же были родители. И брат.

— У вас тоже.

Оливия мысленно ругала себя последними словами. Ну зачем она солгала?

— Я сказала вам неправду. У меня было не четверо братьев, а всего один.

— Один?..

Ну, это не такая уж большая ложь.

— Но он опекал меня, как и родители. Ему позволялось все, а мою свободу ограничивали только потому, что я девочка, а он мальчик. Мне пришлось уйти из дома, чтобы доказать всем, что я чего-то стою. — Она поспешила переменить тему. — Вы не ответили на мой вопрос.

— Какой вопрос?

— Что произошло с Карлом? Если вы так его любили, почему не вышли за него замуж?

— Дела у моего отца шли все хуже и хуже. Когда отменили «сухой закон», исчез и черный рынок, а с ним и источник наших доходов. Но Депрессия не закончилась. Благодаря программе нового курса фермерские хозяйства стали возрождаться, в том числе и наш местный рынок. Мы обошлись без федеральных дотаций, кормили и одевали себя на свои средства. Но не могли развивать наше хозяйство, не могли вырваться вперед, чего так желал отец. Ведь он, как бизнесмен, понимал, что в любом деле необходим рост. Поэтому-то и скупил все фермы в округе. Отец мечтал восстановить их, продать и возместить потери, а потом вернуться в Нью-Йорк.

Поразительно, как быстро человек теряет связь с реальностью. То, что он задумал, было в принципе неосуществимо. Земли у нас было не так уж много, да и урожаи не такие, как в южных или западных штатах. Асконсет никогда не помог бы отцу вернуться к прежней нью-йоркской жизни. Мало-помалу это дошло до его сознания. Он работал с рассвета до заката, изнуряя себя непосильным трудом, но так ничего и не добился.

У отца часто случалась депрессия. Порой он совершенно уходил в себя, и тогда Джереми с Карлом выполняли за него работу.

Отец по-прежнему выращивал виноград. Поскольку местных сортов было немного, он выписывал дорогостоящие саженцы из Франции. Французские сорта держались не больше года, потом погибали. Но отец не сдавался. Когда он понял, что выращивание картофеля, кукурузы и моркови не принесет нам богатства, то все силы бросил на виноградник. Он с поразительным упорством держался за эту убыточную идею.

Это как в азартных играх. Когда ты много проиграл, то вынужден продолжать — ведь тебе вот-вот повезет. И остановиться уже не можешь.

Виноградарство превратилось для моего отца в своего рода спорт. Он убедил себя, что главное — правильно подобрать сорт. Это стало манией.

Попытайтесь представить, в каком положении мы тогда находились. Отец, истощенный, сгорбленный старик, все больше молчал и никогда не улыбался. Он просиживал ночи над листком бумаги и пытался вычислить хоть какую-то выгоду от нашей фермы. Его надежды разбивались одна за другой.

А тем временем тучи сгущались. Гитлер шагал по Европе, завоевывая одну страну за другой. Первой стала Австрия, потом Чехословакия и Польша. Он с самого начала твердил, что его цель — мировое господство, но его пока не воспринимали всерьез. Нам он виделся неуклюжим человечком с черной щеткой усов над верхней губой, которому почему-то вздумалось присоединить к Германии соседние страны. В этом не было ничего необычного поначалу — в истории полно таких примеров.

Но потом мы узнали, что он творил в порабощенных странах. Это было ужасно.

Он вторгся в Польшу, потом в Данию, Норвегию, Бельгию, Голландию, Францию. И наконец, в Россию. Мы просиживали у радиоприемников ночи напролет, слушая сводки новостей.

Но Гитлер свирепствовал в Европе, а мы были здесь. Нас разделял Атлантический океан. Мы чувствовали себя в безопасности. К тому же у нас и так забот хватало. Страна едва-едва стала приходить в себя после Депрессии.

Когда пал Париж и Гитлер стал бомбить Англию, мы поняли, что война идет совсем рядом. Эдвард Р. Мюрроу буквально поселился в наших домах, его голос звучал у нас в ушах: «Говорит Лондон». Мы слышали вой воздушных сирен и взрывы бомб. Вы, нынешнее поколение, привыкли к прямым репортажам с места событий, и вам не понять, что мы тогда чувствовали.

Рузвельт принял решение снабжать союзников оружием и боеприпасами, но в войну мы вступили только после того, как японцы разбомбили Перл-Харбор.

Ваше поколение помнит, кто где находился и что делал, когда погибла Диана, принцесса Уэльская. Моя дочь помнит тот день, когда убили президента Кеннеди. А мы, я и мои друзья, навсегда запомнили день нападения на Перл-Харбор.

Это было воскресенье. После обязательного посещения церкви мы пообедали, и я пошла к Карлу. В доме у его родителей было гораздо уютнее, чем у нас. Не забывайте, что мне исполнилось семнадцать и я любила его без памяти.

Джереми и Брида старались не пропускать новости из Англии — у них были друзья в Ирландии. Ленд-лиз они встретили с энтузиазмом.

В тот день мы слушали выступление Рузвельта, сидя в гостиной: родители Карла на стульях, а мы с ним на полу, чтобы быть поближе к радио и друг к другу. По голосу президента мы с Карлом сразу поняли, что что-то стряслось. Глаза наши встретились, и в тот момент мы поняли, что это событие перевернет нашу жизнь.

Оливия попыталась сама догадаться.

— Он ушел в армию? — спросила она.

— В военно-морской флот.

— Но у него же не было американского гражданства.

— Почему же? Он вместе с родителями получил гражданство за несколько лет до войны. Они очень гордились, что стали американцами.

— Он же их единственный сын, и на ферме было полно работы. Неужели его не могли оставить?

Натали усмехнулась:

— Разве я говорила, что его забрали силой? Он сам записался добровольцем. Не смотрите на меня такими глазами, Оливия. Это не делает чести вашему поколению.

— Но... если он любил вас...

— Таких, как мы с Карлом, были тысячи и тысячи. Но как можно думать о любви, когда твоей семье и дому угрожает диктатор, который сажает людей в концентрационные лагеря и сжигает в печах, или страна, уничтожившая за день бомбежки две с половиной тысячи наших военных?

Вам повезло — вы не знали войн. По крайней мере таких, какие угрожали бы вашей стране. Нас уверяли, что Гитлер не выйдет за пределы Европы, но он начал бомбить Англию. Мы были на очереди. Сторонники изоляции Америки сразу прикусили язык. У нас был теперь общий враг.

Что касается Карла, — продолжала Натали, — то он не колебался ни секунды. Здоровый, сильный, он был полон решимости сражаться за свою страну. И не только он. Мужчины записывались в армию, потому что это считалось долгом чести. Никто не придумывал себе отговорок, чтобы остаться. Один парень из нашего города — я говорю об отце Сэнди Адельсон — был ровесником Карла, но из-за глухоты не прошел медкомиссию. Когда ему отказали, он чувствовал себя несчастным. Бороться за правое дело можно не только в армии, но отец Сэнди до самой смерти жалел, что глухота помешала ему сражаться за свою страну.

— А ваш брат тоже записался добровольцем?
— Да, еще до нападения на Перл-Харбор. Он был в армии с самого начала войны. — Глаза Натали стали печальными, и Оливия все поняла.

— Он погиб? — спросила она, хотя знала ответ.

Натали поднялась с кресла и подошла к окну. Оттуда открывался вид на виноградник и океан. Еще один пасмурный туманный день в Асконсете. Под угрозой не только будущий урожай, но и праздник, посвященный Дню независимости.

Отойдя от окна, Натали оперлась о спинку кресла, в котором только что сидела, и тихо проговорила:

— Перл-Харбор был первым. Узнав о бомбежках, мы ужаснулись, но и успокоились немного. Брэд служил на Мидуэе. — Оливия попыталась припомнить что-нибудь из военной истории, но Натали опередила ее: — Пока мы слушали про Перл-Харбор, японцы нанесли бомбовые удары и по другим базам.

— И Мидуэй был в их числе?
— Да. Страшную весть сообщили нам только через несколько дней. Внезапное нападение внесло хаос и сумятицу в

ряды военных. В первую очередь оказывали помощь раненым. Мертвым уже ничем нельзя было помочь.

Оливия с трудом могла себе представить ужас тех дней. Она была еще ребенком, когда шла война во Вьетнаме. Никто из ее знакомых и друзей там не служил. И, сочиняя истории про воображаемых отца и братьев — морских офицеров, она и в мыслях не допускала, что они могут погибнуть.

Но у нее есть дочь. Если, не дай Бог, случится война, Тесс могут забрать в армию — ведь у женщин теперь равные права с мужчинами. Да Оливия с ума бы сошла от тревоги!

— Ваши родители, наверное, очень горевали.

— Горевали, — сказала Натали. — Брэд ушел из дома за несколько лет до войны. Каждый год он приезжал в Асконсет на несколько недель, но мой отец продолжал надеяться, что он вернется насовсем. Эти надежды рухнули. — Натали тяжело вздохнула. — Карл же не мог не пойти в армию — и не только из патриотических побуждений. Он должен был отомстить за Брэда.

— Патриотизм, — повторила Оливия. Ей вспомнился фильм «Музыкант», где Роберт Престон и музыканты его оркестра одеты в парадные военные мундиры, но боль в глазах Натали оказалась сильнее. Война не парад. Потеря близких, смерть — в этом нет ничего романтичного.

Натали грустно улыбнулась:

— Патриотизм ваше поколение тоже понимает по-другому.

— Я понимаю вас, — возразила Оливия.

— Нет. Когда я говорю «патриотизм», вы думаете о Джордже Скотте в роли генерала Паттона или о Мэри Лу Реттон — олимпийской чемпионке. Для вас патриотизм — это шоу. Для нас — образ жизни. Когда мы вешаем на доме американский флаг, мы гордимся тем, что мы американцы. Вот и завтра, четвертого июля, мы будем праздновать День независимости. Наша страна завоевала свободу, но вы воспринимаете ее как должное. А наше поколение, прошедшее через Депрессию, научилось ценить ее. Пусть у нас не было денег, но свобода была. И за нее мы сражались во время Второй мировой.

— И вы тоже?

— Нет, я не служила в армии. Осталась в Асконсете. Но это не значит, что я ничего не делала. Каждый из нас трудился ради общей победы.

— И что делали вы? — спросила Оливия, представляя, как Натали работает на военном заводе, собирая бомбардировщики.

— Многое.

— А именно?

Натали вздохнула:

— Служила в гражданской обороне наблюдателем. Поскольку мы жили на Восточном побережье, я думала, что первой встречу в небе «люфтваффе». К счастью, немецкие самолеты так и не появились.

— А что еще вы делали? — спросила Оливия. На этот раз она вообразила, как Натали скатывает бинты для Красного Креста и ухаживает за ранеными. Конечно, это не так впечатляюще, как работа на военном заводе, но зато более трогательно.

Натали выбрала одну из фотографий и показала Оливии. На снимке в поле трудились несколько человек.

— Асконсет превратился в настоящую овощную плантацию. Крупные хозяйства снабжали продуктами армию, мелкие же, вроде нашего, заполняли местный рынок.

— Здесь одни женщины.

— Больше никого и не осталось. Под руководством Джереми мы выполняли всю работу. Одна из женщин присматривала за детьми, а остальные трудились на полях.

Дети. Оливия вытащила из пачки другую фотографию — Натали с младенцем.

— Когда была сделана эта фотография?

— Незадолго до того, — ответила Натали, показывая на снимок женщин в поле. — Это мой сын Брэд. Он родился в сорок втором, ему дали это имя в честь моего брата. Сюзанна родилась в сорок четвертом, Грег — в шестидесятом.

— Брэд ни разу не звонил вам, — заметила Оливия.

— И не позвонит.

Оливия подумала, что Брэд-сын, как в свое время и Брэд-брат, отправился искать свое место в жизни, как вдруг Натали оглянулась на дверь и просияла.

— Вот так сюрприз! — воскликнула она, обнимая светловолосую молодую женщину, ровесницу Оливии. Блондинка в летних брюках и трикотажном топе была чуть выше Натали. Дутые золотые серьги, ожерелье и кольца с бриллиантами довершали ее наряд.

Натали окинула ее взглядом с головы до ног.

— Ты что-то бледна, невестка, но все такая же красавица. Как у вас, все в порядке?

Женщина смутилась.

Натали нахмурилась:

— Что случилось?

— Да так, — ответила та с принужденной улыбкой, — ничего особенного. — И, понизив голос, добавила: — У нас с Грегом возникли кое-какие трудности. Я решила пока переехать к вам.

Натали секунду раздумывала над словами Джилл Сибринг, потом сказала:

— Правильно решила. Занимай свою комнату и оставайся здесь сколько захочешь. Сегодня вечером в яхт-клубе вечеринка, а завтра — обед у нас, в Асконсете. Можешь отдыхать или помогать нам в офисе. Но сначала познакомься с моей помощницей.

Глава 14

Джилл Сибринг Оливии сразу понравилась. Чем именно, она не могла сказать: то ли открытой, приветливой улыбкой, то ли грустными глазами, а может, просто потому, что они ровесницы. На вечеринку Джилл надела почти такой же сарафан, как у Оливии. Как бы то ни было, они разместились в машине Оливии и отправились на вечеринку все вместе.

— Наверное, я зря поехала, — сказала Джилл. — У меня был тяжелый день.

Оливия сидела за рулем. Тесс устроилась на заднем сиденье вместе с новой горничной — девушкой лет восемнадцати. По словам Натали, она оказалась гораздо проворнее и аккуратнее предыдущей. Как пойдут у нее дела дальше, покажет время.

— Кто-нибудь отвезет тебя домой пораньше, — сказала Оливия Джилл. Фуршет был назначен на пять часов. — Интересно, сколько времени продлится вечеринка?

Тесс протиснулась между сиденьями. На ней были белые шортики и голубая футболка с эмблемой «Асконсета», а волосы заплетены в тугую косичку.

— Сегодня будет фейерверк. Значит, до самого вечера.

— Ты уже видела местных детей? — спросила девочку Джилл.

— Да, многие занимаются со мной в одном классе яхт-клуба.

— Тогда ты хорошо повеселишься.

— Не знаю. Я с ними еще толком не познакомилась.

— Все равно будет чудесно, — сказала Джилл, и ее уверенность невольно передалась и Оливии.

— А где вы живете? — спросила Тесс у Джилл.

— В Вашингтоне.

— А почему ваш муж не приехал?

Оливия хотела было вмешаться и отвлечь Тесс, но Джилл спокойно ответила:

— У него много работы. Я всегда провожу здесь больше времени, чем он.

— Ты тоже работаешь? — спросила Оливия. Гладко причесанные светлые волосы, скромные, но элегантные украшения — все говорило о том, что перед ней деловая женщина.

— Не официально.

— Что это означает? — спросила Тесс.

Джилл улыбнулась:

— Мне не платят за работу. — И пояснила, обращаясь к Оливии: — Я занимаюсь рекламой благотворительных организаций.

— А почему вам не платят? — не унималась Тесс.
— У них нет денег.
— А дети у вас есть?
— Пока нет, — ответила Джилл.

Они остановились на стоянке у яхт-клуба сразу за машиной Карла. Еще один автомобиль припарковался рядом.

Саймона нигде не было видно. Значит, он либо не почувствовал ничего в то утро, либо не хотел в этом признаться. Оливия надеялась, что он приедет. Ведь обед в Большом доме — больше семейное торжество, чего не скажешь о вечеринке в клубе. Здесь собралось человек сто.

Напрасно он прячется.

Но Оливия не стала выяснять причины его отсутствия у Натали и Карла. Она решила расспросить других и начала с Донны Гомес, помощницы Саймона. Донна, стройная, черноволосая, загорелая, выглядела не старше Оливии, хотя у нее было двое детей-подростков. Она приехала на праздник вместе с мужем и детьми, что, по ее словам, было в традициях Асконсета.

— Если такова традиция, то где ваш босс? — спросила ее Оливия.

— Саймон? Наверное, дома. Он редко появляется на людях, — ответила Донна.

— С тех пор как погибла его жена?

— Да нет, он вообще очень замкнутый человек. Можно сказать — нелюдимый. Вот жена у него была совсем другая.

Мастер-винодел Дэвид Сперлинг подтвердил это, когда Оливия обратилась к нему с тем же вопросом. Солнце садилось, и они любовались яхтами на водной глади.

— Видите вон ту? — спросил он, указывая на белоснежную красавицу яхту с каютой. — Она принадлежит винограднику. У нас была еще и парусная яхта, но... вы, наверное, слышали о катастрофе.

— Да, и я удивлена, что в Асконсете отважились купить еще одну яхту.

— Так захотел Александр. — Дэвид показал на другую яхту, гораздо длиннее и шире. — Но ему хотелось, чтобы новая яхта была еще больше.

— Понятно, — сказала Оливия. — Чем больше яхта, тем она менее уязвима.

— Нет, Александр просто хотел, чтобы его любимица привлекала всеобщее внимание, — с улыбкой возразил Дэвид.

— Он хорошо управлялся с судном?

— Не особенно. Когда он собирал компанию на яхте, у руля находился Саймон. Ему не было равных в этом деле. Но с того печального дня он ни разу не был ни на яхте, ни в яхт-клубе.

— И чем же он занимается в свободное время?

На этот вопрос ответила Анна-Мари Фриар, секретарь из офиса. Оливия часто с ней беседовала — Анна-Мари отличалась общительным нравом и любила поболтать, а с Оливией, доверенным лицом Натали, — особенно.

— Он много читает, — сказала Анна-Мари. — Покупает книжки — заказывает их по Интернету. Наверное, ему это нравится. Теперь ему не надо даже в магазин ходить — книги присылают к нам в офис, а мы уж передаем ему. Должно быть, у него весь дом завален макулатурой.

— А где его дом? — спросила Оливия. Она знала, что Саймон живет на территории Асконсета неподалеку от виноградника, но его дом не был обозначен ни на одном из планов фермы. Во время вечерних пробежек Оливия пыталась отыскать его, но безуспешно.

— Он на юго-восточной стороне.

— Там нет никаких построек.

— Просто вам не видно — его дом высоко на холме. На дереве висит указатель на узенькую тропинку. Дом в полумиле от поворота. Когда Сибринги сюда переселились, этот участок отец Натали выделил отцу Карла.

Оливия знала, что у Карла есть дом в городе. Она думала, что тот старый домишко давно снесли, а землю распахали.

— Саймон живет в доме родителей?

— Не совсем, — сообщила словоохотливая Анна-Мари. — Он был полностью перестроен дважды.

Оливия хотела расспросить Анну-Мари поподробнее, но заметила Тесс. Дочь шла вместе с детьми из своего яхт-класса, то есть плелась в хвосте с недовольным видом.

153

«Хочешь завести друзей? Сначала научись улыбаться», — сказал ей Саймон.

Он прав. Ее дочь не располагает к общению.

«Улыбнись же», — мысленно приказывала Оливия в надежде, что дочь услышит ее призывы. Невероятно, но Тесс и в самом деле обернулась, однако, заметив мать, еще больше насупилась и нетерпеливо махнула рукой. Потом вслед за другими детьми вошла в клуб.

К тому времени Анна-Мари уже нашла себе другого слушателя, а Натали жестом пригласила Оливию присоединиться к их компании. Там были старые друзья Натали и Карла, старожилы Асконсета. Вдруг среди них и та загадочная женщина с фотографии? Теперь им по семьдесят — восемьдесят лет, и черты угадать сложно. Оливия уже готова была обратиться к Натали с вопросом, но тут открылся буфет.

Оливии никогда раньше не приходилось видеть такого изобилия деликатесов. Янтарная уха из рыбы и моллюсков, салаты из омаров, запеченные креветки, мясные и рыбные стейки, кукурузные лепешки, гамбургеры и хот-доги, капустные и картофельные салаты, фасоль.

Оливия наполнила свою тарелку и отправилась на поиски Тесс. Девочка жевала гамбургер, сидя на палубе чуть поодаль от других детей. Она сидела к ней спиной, и Оливия не видела ее лица. Так даже лучше — наверняка Тесс печально потупилась и опустила уголки губ.

Глядя на дочь, Оливия готова была отдать все на свете, чтобы только повернуть время вспять. Когда Тесс была совсем крохой, развлечь ее не стоило труда. Но теперь девочка вряд ли примет от нее помощь — ей уже десять лет как-никак.

Мучаясь от сознания собственной беспомощности, Оливия присела на палубу вместе с остальными. Ей нравились эти люди — с ними было легко и просто. Натали быстро познакомила ее со всеми.

И все же легкое облачко грусти затуманивало ее радость. На то были свои причины.

Во-первых, Тесс.

Во-вторых, рассказ Натали о войне и гибели старшего брата. Смерть выступила на сцену ее повествования, лишенная романтического ореола.

Натали редко вспоминала о Брэде в рассказах о своей юности, уделяя больше внимания Карлу. И все же его безвременная гибель потрясла Оливию.

Подавленный, скорбный взгляд Натали разбередил ее душу, заставляя сочувствовать чужой утрате.

И наконец, Саймон, потерявший семью в страшной катастрофе и оставшийся в своем доме один, всеми забытый и покинутый.

«Что ж, это его выбор», — попыталась Оливия убедить себя, но легче ей от этого не стало.

Появление Тесс тоже не развеселило. Гости снова потянулись к буфету, но Тесс уселась рядом с матерью, явно не собираясь никуда идти.

— Ну как тебе здесь, малышка? — спросила Оливия.

Тесс неопределенно пожала плечами.

— Ты подкрепилась?

Девочка кивнула.

— А где другие дети?

Дочь неопределенно мотнула головой, но глаза ее были прикованы к Сэнди Адельсон, которая направлялась прямо к ним в платье из струящейся ткани и цветком в волосах. За руку она вела мальчика, которого Оливия еще ни разу не видела. Он был чуть повыше Тесс, черноволосый, с серьезным взглядом темных глаз.

Тесс пробормотала матери на ухо:

— Если она привела его сюда как утешительный приз для меня, я этого ей никогда не прощу.

— Улыбнись, — отозвалась Оливия и поднялась им навстречу, чтобы обнять Сэнди. Окинув взглядом мальчика, она сказала: — Самый красивый паренек на вечеринке. — Его щеки порозовели, и она протянула ему руку. — Меня зовут Оливия.

— Это Сет, мой внук, — с гордостью представила мальчика Сэнди. — Мы благодарим вас за добрые слова. — Она потрепала внука по щеке и продолжила: — Оливия работает в «Асконсете», а это ее дочка Тесс. Они живут в Кеймбридже. А здесь только на одно лето.

Кивнув, мальчик сделал каждой какой-то знак рукой.

— Сет и его родители живут в Конкорде, — продолжала Сэнди. — Это недалеко от Кеймбриджа. Сюда они приехали на праздник. Надеюсь, Сет останется чуть подольше.

Сет робко взглянул на Тесс — он явно хотел сказать ей что-то, но не решался. Он тронул Сэнди за руку и снова сделал странный жест рукой. Оливия поняла, что он глухой.

Она боялась взглянуть в сторону Тесс — вдруг та отпустит какой-нибудь комментарий?

— Сет спрашивает, знаете ли вы кафе «Бордер».
— Я знаю, — сказала Тесс.

Сет изобразил какой-то знак.

— Это его любимое кафе, — перевела Сэнди. Обменявшись с внуком целой серией знаков, она добавила: — Сет ждет, когда подадут десерт. Ради этого он и согласился сюда прийти. Здесь подают мороженое, которое гости сами себе накладывают и украшают. Хочешь, научим тебя? — спросила она Тесс.

Тесс приложила руку к животу.

— Не очень — я и так объелась.

— Ну тогда чуть позже, хорошо? Приглашаем вас на нашу яхту — полюбоваться фейерверком.

Оливия была готова принять приглашение, но на палубе вдруг появился мим. Он балансировал на доске так, словно шел по проволоке над пропастью. Вокруг него тут же собралась толпа.

Сэнди улыбнулась Оливии и повела Сета к импровизированной сцене.

Оливия хотела было последовать за ними, но дочь удержала ее.

— Я с ними не пойду, — сказала она.
— Почему? Там же весело.
— Да? Он же глухой!

Оливия удивленно воззрилась на девочку:

— Ну и что?

— Я не могу с ним говорить. Он глухой.

— Вы будете смотреть фейерверк, а для этого вовсе не нужно разговаривать. Это просто прогулка на яхте, Тесс, а не урок в клубе.

— Да, но она пригласила меня только потому, что другие дети меня не пригласили.

— Не думаю. Она просто хотела сделать нам приятное, развлечь нас.

— Тоже мне развлечение! У меня дислексия, а он глухой. Мне его дружба не нужна.

Оливия в ужасе смотрела на дочь.

— Как ты можешь так говорить? — Тесс упрямо насупилась. Оливия приложила руку к груди и повторила: — Как ты можешь говорить так? — Она не на шутку рассердилась. Сейчас возьмет и отвезет ее домой и никаких праздников! — Мне стыдно за тебя, Тесс. В чем же виноват этот мальчик?

— Он глухой, — повторила Тесс, поправив очки на носу.

— А у тебя дислексия. Я медленно пишу, Сэнди странно одевается, а Натали семьдесят шесть лет. Сет может читать по губам и понимать язык жестов. Но это не делает его хуже других. Это-то я и пыталась тебе внушить столько времени. Ты не хуже других. Ты воспринимаешь текст не так, как другие дети, но в этом нет ничего постыдного. В конце концов ты вырастешь и поступишь в колледж, потом устроишься на работу. Этот мальчик общается не так, как мы. Но он тоже вырастет и будет учиться, работать. Господи, Тесс, тебе ли задаваться и презирать тех, кто не похож на других?

Тесс заметно сникла и опустила голову.

— А сострадание? — продолжала Оливия. — Этот мальчик не может слышать. Он не может слышать музыку, слова, щебет птенцов в гнезде. Он не знает, как мурлычет кот. Он просыпается по ночам и не слышит, есть ли кто-нибудь в его комнате. Ему приходится трудиться вдвое больше, чем тебе, чтобы достичь того же результата в учебе.

Тесс понуро молчала.

— Мне хотелось пойти с другими детьми.

— Потому что с ними все хотят дружить? Но ведь главное не то, что на поверхности, а то, что внутри.

— Только не в моем возрасте, — буркнула Тесс.

— Да в любом возрасте! — взорвалась Оливия. Проведя рукой по волосам, она немного успокоилась и продолжала: — По сравнению с этим мальчиком тебе просто повезло. Разве ты не понимаешь? Нет, потому что только тем и занимаешься, что все время себя жалеешь. — Она решительно выпрямилась. — Слушай меня, Тесс. У тебя есть выбор. Либо ты замыкаешься в своих неудачах, либо пытаешься их преодолеть. В общении с другими людьми тебе мешает не дислексия. Эти ребята понятия не имеют, что у тебя проблемы с чтением. Но они видят твою заносчивость и не хотят с тобой дружить. — Устало вздохнув, она опустила руки. — Я люблю тебя, Тесс. Люблю всем сердцем. Если бы ты сказала мне, что тебе не нравится Сет, потому что он задавака, жадина или... дурак, в конце концов, я бы не стала тебя ругать. Но презирать человека за то, что он глухой, низко.

Вид у дочки был совсем убитый. Оливия поняла, что Тесс раскаивается.

— Итак, ты запомнила мои слова?

Оливия подождала, пока не услышала тихое «да».

Итак, она победила, но чувствовала себя усталой и опустошенной.

— Что ж, пора домой. Пойдем попрощаемся с Натали.

Но у самой двери клуба они столкнулись с Джилл.

— А я уже думала, вы уехали.

— Да вот собираемся. Предупрежу Натали, и можем ехать. Ты устала?

— Немного, — сказала Джилл, опускаясь на скамью. — Я подожду вас здесь.

— Мы скоро.

Оливия пошла искать Натали. Она все еще сердилась на дочь и даже не смотрела в ее сторону. Гости толпились у буфетных стоек в ожидании мороженого. Тесс бы оно понравилось — что ж, пусть это послужит ей уроком.

Натали и Карл сидели с друзьями на палубе. Солнце почти село, сгущались сумерки.

Оливия наклонилась к Натали.

— Мы возвращаемся домой, — тихо сказала она. — Я хотела вас поблагодарить. Это был чудесный вечер.

— И вы не останетесь посмотреть фейерверк?

Оливия улыбнулась и покачала головой:

— Я устала. Отвезу Джилл — у нее был тяжелый день.

— Отвезете ее и снова приезжайте, — предложила Натали.

Ее искреннее дружелюбие почти убедило Оливию изменить свое решение. Но Натали здесь с друзьями, и все друг друга знают, а Оливия все еще чувствовала себя немножко чужой.

— Спасибо, но я не могу, — мягко отказалась она и уже собралась идти, как перед ней появилась Сэнди.

— Вот вы где! Тесс говорит, что вы едете домой. Может, отпустите ее с нами? Я ее потом привезу.

Ну конечно, рядом с Сэнди стояла Тесс. Сет тоже тут.

Первым побуждением Оливии было отказаться от приглашения: Тесс не заслужила фейерверка и прогулки на яхте этих очаровательных гостеприимных людей.

Но у девочки такой сокрушенный, виноватый вид. И Сет с надеждой смотрел на Оливию.

— Я так хочу покататься на яхте, — робко сказала Тесс.

Оливии вдруг пришла в голову циничная мысль: что, если Тесс выбрала из двух зол меньшее? Рассерженная мамаша или яхта? Но Оливия сама убеждала ее принять приглашение Сэнди.

— Вам не трудно будет подбросить ее до дома? — спросила Оливия Сэнди.

— Разумеется, нет. — Улыбаясь, Сэнди обняла детей. — Ну, мы пошли.

Глава 15

— Что ты думаешь о Натали и Карле? — спросила Оливия Джилл по дороге домой.

Джилл устало откинулась головой на спинку сиденья.

— Я думаю, это правильно. Натали чиста перед памятью Эла. Он умер. Она может снова выйти замуж. — Джилл усмехнулась. — Мне легко говорить — он же не мой отец.

— Каким он был?

— Веселым, общительным. Одним словом — душа компании. Ему бы политиком быть. — В ее голосе звучало неподдельное восхищение. — У него была прекрасная память на лица и имена. Он мог забыть про годовщину своей свадьбы, но если встречал человека, с которым случайно познакомился лет пять назад, тут же окликал его по имени и радушно протягивал руку.

— Потрясающе.

— Я сама была тому свидетельницей. Он часто навещал нас с Грегом в Вашингтоне. Мы шли в ресторан, и если он встречал знакомого, тут же направлялся к его столику поздороваться. А если это был ветеран войны, он мог говорить с ним часами. Правда, беседа проходила в форме монолога. Те, кому пришлось сидеть в окопах, не любили об этом вспоминать. Но Эл гордился тем, что воевал, хотя и не на передовой.

— Вот как? — отозвалась Оливия. Натали еще не рассказывала ей о войне, но она видела фотографии Александра в военной форме. Вид у него был бравый.

— Он служил в разведке, — сказала Джилл. — У Эла была страсть к внешней помпезности, эффектным жестам. Будь его воля, он бы возвел замок для винного завода, а не мельницу.

— А кто же решил построить мельницу?

Джилл взглянула на нее и коротко ответила:

— Натали. Она всем и руководила.

— Грег утверждает, что это был Карл.

— С Грега станется, — пробормотала Джилл.

Они коснулись запретной темы. Оливии очень хотелось расспросить Джилл, что же произошло между ними, но она благоразумно решила не задавать лишних вопросов и сменила тему:

— Натали семьдесят шесть лет. Кто займет ее место, когда она постепенно отойдет от дел?

Джилл усмехнулась:

— Вряд ли это когда-нибудь случится. В винограднике вся ее жизнь. В любом случае Грег не собирается заниматься виноградарством.

— Он звонил несколько раз, — осторожно заметила Оливия. — Предстоящая свадьбы Натали и Карла очень его расстроила.

— Это потому, что ситуация вышла из-под его контроля. Он страшно злится, когда люди делают то, что им хочется, не считаясь с его желаниями.

И снова скользкая тема. Оливия поспешила ее обойти:

— Может, виноградником займется Сюзанна? Что ты на это скажешь?

— Мне Сюзанна нравится. Грег считает, что из-за большой разницы в возрасте они не могут быть друзьями, но ко мне она всегда относилась очень хорошо. Мне кажется, она искренне рада, что я вошла в их семью.

— Наверное, она надеется, что ты станешь во главе семейного дела.

— Сомневаюсь. — Джилл внимательно посмотрела на Оливию. — Почему тебя так интересует, кто займет место Натали? Разве она нездорова?

— Да нет, она чувствует себя прекрасно. Энергии и сил ей не занимать. Просто сейчас она рассказывает мне о тридцатых годах и я невольно вспоминаю, что ей не сорок, а семьдесят шесть.

— Грег убежден, что у нее старческий маразм. А ты как думаешь? Она в здравом уме?

— Без сомнения! — Почему же она, Оливия, так тревожится за Натали? Да потому, что Натали одинока, несмотря на то что у нее много родных. Она делится с Оливией своими мыслями и переживаниями, потому что соскучилась по общению. Но ведь у нее есть Сюзанна и Марк, Грег и Джилл, двое внуков. — Сегодня в яхт-клубе я видела ее с друзьями и их семьями. Рядом с Натали не было родственников — такое впечатление, что прервалась связь поколений.

— Ну да, ведь Саймона не было, — сказала Джилл. — Ты уже познакомилась с Саймоном?

Оливия свернула на посыпанную гравием дорожку.

— Да.

— Как ты думаешь, у него есть планы насчет Асконсета?

— Нет, конечно. — Она готова была биться об заклад, что нет. — Мне кажется, ему просто здесь нравится. Он был бы рад прожить в Асконсете всю жизнь. Хотел бы он завладеть виноградником? — Она покачала головой. — Он хотел бы выращивать виноград — вот и все.

Само собой, поскольку перед тем как разойтись по своим комнатам, они с Джилл говорили о Саймоне, Оливия продолжала думать о нем и потом, представляя, как он сидит один в своем доме, пока все остальные празднуют День независимости в клубе. Нет, человек не должен быть один.

Накинув спортивную майку и шорты, Оливия надела кроссовки и, сделав разминку во дворе, побежала в сторону заката, свернув с главной дороги влево. С океана подул легкий вечерний бриз, обвевая прохладой ее разгоряченное бегом тело.

Она уже не раз устраивала пробежки в этом направлении и даже обежала всю территорию Асконсета по периметру, но нигде так и не заметила указателя к дому Саймона. Надо будет смотреть внимательнее.

На этот раз она замедляла бег перед поворотами и даже свернула на одну такую дорожку, но убедилась, что это всего лишь тропинка к стоянке.

И вдруг взгляд ее поймал яркую вспышку — лучи заходящего солнца отразились от зеркальной поверхности рефлектора, прикрепленного к дереву и указывающего на поворот. Тропинка представляла собой две колеи, разделенные полоской травы, — такой след оставляет трактор. Чуть дальше за деревьями виднелась мощеная дорожка, по-видимому, ведущая к жилищу отшельника.

С бьющимся сердцем Оливия свернула на дорожку, однако, побоявшись нарушить покой хозяина, остановилась. Но, подумав о том, что ему там одиноко, решительно побежала вверх по тропинке.

Дорожка шла в гору, и с непривычки бежать было тяжело. Пришлось немного отдышаться. Сердце готово было выпрыгнуть из груди. Может, у нее сердечный приступ?

Нет, скорее приступ страха. Но она должна посмотреть, где он живет. Уже темнеет, и он вряд ли ее заметит. А если заметит, тоже не беда. Она умеет ладить с людьми и добиваться своего. Так было и с Саймоном, когда он напустился на Тесс. И с Тесс, когда та отвернулась от Сета. Значит, Оливия справится и на этот раз.

Она собралась с силами и снова побежала вверх по тропинке. Но тут дорожка внезапно кончилась. Неподалеку от маленького домика стоял забрызганный грязью серебристый пикап Саймона.

Домик? Скорее крохотная хижина, крытая серым шифером. Судя по числу окон, в ней не больше трех-четырех комнат. Фасад дома обращен в сторону от дорожки.

Итак, это дом Саймона. Оливия остановилась, тяжело дыша.

Впрочем, расположение дома было выбрано удачно. С веранды открывался потрясающий вид на залив. Оливия и не заметила, что поднялась так высоко. Последние отблески заката раскрасили облака над серебристой полоской океана.

Отдышавшись, Оливия стала думать, что же ей теперь делать. Свет в окнах не горит. Вокруг тишина, нарушаемая только стрекотом цикад. Если бы не пикап, она бы решила, что Саймон уехал.

Что-то мягкое и пушистое задело ее ногу. Оливия испуганно вскрикнула и отскочила назад, но вместо ласки, хорька или медвежонка увидела Бака.

Склонившись над котом, она почесала его за ушком. То, что Бак здесь, еще не доказывает, что и его хозяин дома.

Саймона мог пригласить к себе приятель. Или женщина. Ну да, разумеется, он ни с кем не встречается, но мужчины не рассматривают секс как серьезные отношения. Значит, Саймон сейчас развлекается в городе с какой-нибудь красоткой.

А может, Саймон привез подружку к себе домой — вот почему здесь стоит его пикап, а в окнах темно. Кота они выставили за дверь, чтобы не мешал.

И Оливия его еще жалела! Она почувствовала себя оскорбленной в лучших чувствах.

В этот момент со стороны веранды послышались шаги. Оливия затаила дыхание.

— Вы меня искали? — спросил Саймон, показавшись на веранде.

В сгущающихся сумерках трудно было что-либо разобрать. Тень от деревьев опустилась на крыльцо дома. А Оливия стояла освещенная последними лучами заката — бесполезно прятаться.

— Да, — ответила она, — но, как видно, пришла не вовремя. До завтра. — Она повернулась, чтобы уйти.

— Почему вы не в клубе? — спросил он.

Она обернулась. Если он разговаривает с ней, чтобы дать время своей подружке одеться, то бежать поздно. Надо взглянуть на создавшуюся ситуацию с юмором.

— Я была там, — ответила она. — Вечеринка удалась на славу. Мы пожалели, что вас не было.

Он хмыкнул:

— Ну, это вряд ли. Как вы могли заметить, меня нельзя назвать душой компании.

— Я не могу об этом судить. При мне вы общались с другими людьми только в день нашего приезда.

— И с Тесс.

Если она не ошиблась, он хочет знать ее мнение на этот счет. Вряд ли он завел бы разговор о Тесс в присутствии другой женщины.

— У вас неплохо получилось, — сказала Оливия.

— Она меня простила?

— Ну, я не стану говорить за нее, но ваши извинения, несомненно, ей помогли.

Оливия вздрогнула, на этот раз от оглушительного грохота. Обернувшись к океану, она увидела, как на вечернем небе расцвел розовый цветок, а секунду спустя вокруг него вспыхнули желтые звезды.

— Я не знал, что у нее проблемы с чтением, — заметил Саймон, когда фейерверк погас.

— Вам и незачем было это знать, — сказала Оливия, не отрывая взгляда от залива. За первым выстрелом последовал второй, третий, расцвечивая небо в красные, белые, голубые, зеленые, желтые и розовые цвета.

— И насколько это серьезно? — продолжал спрашивать Саймон, не обращая внимания на грохот и вспышки всех цветов радуги.

— Настолько, что у нее возникают трудности с общением. А общение играет большую роль в жизни ребенка ее возраста. Ей сейчас очень тяжело.

— Она не ладит со сверстниками?

— К несчастью, да.

Снова выстрел — и вот уже по небу волнами раскинулись тысячи разноцветных звездочек.

Тесс сейчас любуется фейерверком с палубы яхты. Оливия до сих пор сомневалась, правильно ли сделала, что позволила дочери поехать. Вдруг она обидит Сета? Надо бы вернуться домой.

В этот момент над гаванью вспыхнул фейерверк в виде рога изобилия патриотичной расцветки. Оливия не сдержала восторженного возгласа.

— А когда вы поняли, что она не может читать? — спросил Саймон.

Огни на небе погасли. Оливия решила, что раз он сам вызвал ее на разговор, она вполне может задержаться на минуту-другую. На фоне темнеющего неба вырисовывался его силуэт, освещенный голубыми отблесками очередного чуда пиротехники. Он стоял у края веранды, облокотившись на перила.

Когда Оливия поняла, что у Тесс дислексия? Она помнит этот кошмар вплоть до мельчайших деталей.

— Тесс пошла в школу и никак не хотела делать уроки. То у нее живот болит, то еще что-то. Бесконечные слезы, беседы с учителями. Я должна была раньше это заметить — ей бы с самого начала стали помогать. Но вовремя обнаружить такое отклонение в восприятии очень сложно. Я знала, что она не любит играть в некоторые игры, но ведь я и сама терпеть не могла игрушки-головоломки. Мы с ней играли в те игры, которые ей нравились.

— А вы читали ей, когда она была маленькой?

Прогремел очередной фейерверк, но Оливия больше не смотрела на небо. Что-то в голосе Саймона заставило ее представить себе, как он сам читает своей дочке Лиане. Она хотела было спросить его об этом, но вовремя спохватилась. «Воспоминания причиняют ему боль. Не береди его раны, Оливия Джонс».

— Да, конечно, — ответила она на вопрос. — И до сих пор читаю. Когда дочка была совсем маленькой, я читала ей книжки, которые не смогла прочесть в детстве. Просто не умела читать — и все. Когда же научилась, то эти сказки были мне уже не интересны. Поэтому я заново открывала их для себя вместе с Тесс. Наверное, из них я почерпнула для себя больше, чем моя дочь. Мне надо было научить ее различать буквы, и я бы вскоре узнала о ее беде, но я не стала с ней заниматься. Боялась неправильно научить. Мы часто перечитывали книжки, и понемногу Тесс стала прочитывать страницу за страницей. Мы установили очередность — одну страницу читаю я, другую — она. Я радовалась, что у меня такая способная дочка. Она и вправду способная, но мне было приятно, что она опережает в развитии своих сверстников. Обыкновенное родительское тщеславие, не так ли? Однажды мы читали нашу любимую книжку, и я случайно перелистнула две страницы сразу, но Тесс продолжала читать с той страницы, которую я пролистнула. И я поняла, что читать она так и не научилась, а просто выучила книжку наизусть. Но даже тогда мне и в голову не пришло, что это тревожный сигнал. Я радовалась, что у нее такая хорошая память.

Оливия провела рукой по волосам и улыбнулась:

— Вы получили слишком подробный ответ на свой вопрос.

В небе снова расцвел фейерверк, в доме Саймона было по-прежнему тихо. Очевидно, гостей там не было.

— Но я ведь сам вас об этом спросил, — сказал Саймон.

Бак протяжно мяукнул — его тень мелькнула в траве. На залив спустилась ночь. Оливия понимала, что ей придется возвращаться обратно в темноте, и чем скорее она повернет назад, тем лучше, но нельзя же вот так просто взять и уйти!

— Так это ваш дом? — спросила она. Интересно, как он выглядит внутри?

— С женой и дочерью я жил в другом доме. И сжег его, когда они погибли.

— Сожгли? Но зачем?

— Я построил его для них. Но они погибли.

— И ваш дом сгорел?

— Дотла.

— А деревья? Они так плотно обступают дом.

Послышался звук, похожий на сдавленный смех. Оливия никак не ожидала этого от Саймона. Он покачал головой. Бак снова мяукнул.

— Вы пытаетесь меня напугать? — спросила она.

— А мне это удалось?

— Не вполне.

— Вам все равно, что я могу быть жестоким?

Оливия вспомнила, как несколько часов назад кричала на Тесс у яхт-клуба. Как она была зла! Хорошо еще, что дело не дошло до рукоприкладства. Но горе Саймона не сравнить с ее минутным недовольством собственной дочерью.

— Не знаю, что бы со мной было, если бы я потеряла самых дорогих мне людей. Если нельзя уехать из этих мест, тогда лучше всего уничтожить любое напоминание о прошлом.

Он молчал. Его профиль четко вырисовывался на фоне светлой полоски океана, в котором отражались вспышки фейерверков. Но Саймон, казалось, вернулся в свой мир четырехлетней давности.

«Пора уходить», — подумала Оливия.

Но тут он заговорил, и в голосе его слышалась такая боль, что она не смогла уйти.

— Я не должен был этого делать. Я был вне себя от бессильной ярости. Мне надо было выплеснуть на что-нибудь свой гнев. И я стер с лица земли всякое упоминание о том времени, о нашем счастье в этом доме. Я сжег его — остались одни уголья.

— Как, ничего не осталось? Даже фотографий?

— У Карла есть фотоснимки. И у Натали. Они пытались передать их мне. Но прошло немало времени, прежде чем я смог смотреть на них. И до сих пор мне это нелегко. С одними воспоминаниями живется проще.

И в этом он прав. Саймон отгородился от внешнего мира воспоминаниями, как стеной, удерживая Оливию на расстоянии. Она была здесь, а он — вместе со своей погибшей женой и дочкой.

Хорошо, что он не видит ее сейчас в темноте. Как, должно быть, она смешна со своей короткой стрижкой, в промокшей от пота майке.

— Послушайте, если Тесс снова начнет приставать к вам с расспросами, прогоните ее.

— Не могу, это слишком грубо.

— Тогда скажите, что вы заняты, опрыскиваете виноград ядовитыми химикатами. Я постараюсь не пускать ее на плантацию, пока вы работаете. — Бак опять жалобно мяукнул. — Он не болен?

— Да нет, с ним все в порядке.

— А ничего, что он гуляет по лесу один?

— Он не робкого десятка.

— Но здесь полно других котов-забияк.

— Не думаю. Вы перестали гулять во дворе по утрам.

Оливия моментально ощетинилась:

— Но это ваш дом. Ваш виноградник. Вы здесь хозяин.

— А я думал, дело в другом.

Он посмотрел на нее, и в его голосе ей почудился вызов.

— В чем же? — отпарировала она.

— Вы сидите по утрам на подоконнике. О чем вы думаете?

— О том, как мне повезло, что я здесь живу.
— А еще?
— О чем же еще я могу думать?

Он промолчал, но Оливия поняла, что его не проведешь. Она невольно отступила.

— Если вы думаете, что меня волнует еще что-то, то мне нечего вам сказать. Мы уже как-то говорили, что между нами ничего не может быть. Ничего. — Она перевела дух. — А если бы даже я и мечтала о чем-то, то у меня просто нет времени на себя. С меня хватит Тесс — она сущее наказание. — Оливия зашагала к дорожке. — Я прежде всего мать. Это не значит, что я ничего не чувствую. Я живой человек, я женщина. Но и только. Даже если бы меня влекло к вам, я бы тысячу раз подумала, прежде чем поддаться чувствам. Я же не мазохистка, в конце концов.

Она повернулась и побежала вниз по склону, пристально вглядываясь в ночную тьму, чтобы не сбиться с тропинки.

Но их разговор на этом не закончился. На следующее утро она, как обычно, устроилась на подоконнике в своей комнате. Спала она не больше пяти часов. Вчера вечером Тесс вернулась в половине одиннадцатого. Потом они часа два говорили о сострадании, об уважении к окружающим и материнских чувствах. Оливия заснула не сразу, а открыла глаза с первыми лучами рассвета.

Она решила, что раз сегодня Четвертое июля, то Саймон устроил себе выходной и сейчас спит.

Но он появился точно по расписанию. Первое отличие — в руке у него не было чашки с кофе. Оливия с любопытством следила за ним. Саймон, подбоченившись, смотрел в сторону виноградника. Она поняла — что-то не так.

Он взглянул на нее через плечо и пошел по дорожке, кивком головы пригласив Оливию следовать за ним.

Сердце ее гулко заколотилось в груди. Он хочет с ней поговорить? Или что-то показать?

Она ждала, что он снова обернется и что-нибудь скажет, но он, не оборачиваясь, шел по тропинке, ведущей к винограднику. Оливия проворно стянула с себя ночную рубашку, надела футболку и шорты и, прихватив пляжные шлепанцы, на цыпочках прошла через ванную в комнату Тесс. Убедившись, что дочка спит, она быстро вернулась в свою комнату и сбежала по лестнице во двор.

Ночью прошел дождь, и вымощенные камнем дорожки еще не просохли. Оливия сунула ноги в шлепанцы и решительно зашагала по тропинке.

Июль выдался на редкость жарким и влажным. А тут еще этот дождь. Для созревания винограда погода не слишком подходящая. Наверное, именно это и беспокоит Саймона.

Она уже дошла до виноградника. Влажная земля чавкала под ногами. Оливия всматривалась в ровные ряды кустов, но Саймона нигде не было видно. Ей вдруг пришла в голову мысль, что она ведет себя крайне глупо. Ну зачем она бросилась за ним? Надо было остаться в своей комнате, в постели.

Но не возвращаться же назад. Только у последнего ряда она заметила его. Саймон стоял у старого клена, скрестив руки на груди.

Он ждал ее. Она медленно приблизилась и остановилась в нескольких шагах, сунув руки в карманы шортов.

— Вы меня звали? — спросила она.

Он усмехнулся — почти улыбнулся.

Если от полуулыбки она чувствует слабость в коленях, то его улыбка, наверное, способна свести ее с ума, подумала Оливия. Он поманил ее пальцем.

Она сделала шаг ему навстречу и снова остановилась.

— Вы что-то сказали?

Он подошел к ней и пристально посмотрел прямо в глаза. В следующую секунду взял в ладони ее лицо и поцеловал.

В его поцелуе не было ни капли нежности — он был страстный, жадный, горячий.

Поцелуй обжег Оливию. Слишком часто она наблюдала за Саймоном по утрам, сидя на окне. Ее влекло к нему, как ко всему таинственному, запретному, несбыточному. У нее перехватило дыхание — она никак не ожидала этого.

И ей было все равно, что его объятия причиняют ей боль, — страсть не бывает спокойной и выдержанной. Оливия обвила руками его шею и прижалась губами к его губам. Внезапно она вспомнила о Тесс. Дочь сказала, что от него воняет. Нет, это запах мужского тела. Его волосы еще влажные после душа, теплая кожа, сильные широкие плечи. Она положила ладони ему на грудь, но тут же снова обняла его за шею — иначе не могла устоять на ногах.

Это были объятия мужчины, изголодавшегося по женщине. Может, для него теперь сойдет любая? Оторвавшись от ее губ, Саймон прижал Оливию к себе. Неужели такую страсть способна вызвать любая женщина?

Нет, она не хочет быть любой и не будет. Но ведь это ее имя он прошептал срывающимся хриплым шепотом, это он тревожно заглядывал ей в глаза. На лице его отразилось изумление, смущение, робость. И страсть. Чисто выбритый подбородок, суровая линия чуть приоткрытых губ и глаза — темно-синие, широко открытые.

Невероятно! Она же не секс-бомба и не блондинка с обложки мужского журнала.

Саймон снова поцеловал ее — на этот раз скорее нежно, а не страстно. Его ласкающие движения стали замедленными, возбуждающими. Оливия изнемогала от сладкой истомы.

Она прильнула к нему всем телом, упиваясь поцелуем. Но случайный порыв, как и секс с первым встречным, — не в ее правилах. Это не для нее.

Упираясь ладонями в его плечи, она тихонько оттолкнула его от себя и, тяжело дыша, взглянула ему в глаза.

Он посмотрел на нее, и на этот раз она не выдержала его взгляда. Приложив руку к груди, она несколько раз глубоко вздохнула, стараясь успокоиться, но сердце стучало так, словно она пробежала несколько миль.

Надо было бы еще подождать, но Оливия боялась, что передумает и бросится в его объятия, вместо того чтобы убраться прочь.

Она взрослая женщина, вполне способная управлять своими чувствами, и сама решает, целоваться с мужчиной или нет. И сейчас она целоваться не станет.

Резко повернувшись, она гордо вздернула подбородок и удалилась с достоинством, насколько это было возможно на ослабевших ногах.

Глава 16

— Почему в 1942 году вы не вышли замуж за Карла?
— Потому что вышла замуж за Александра.

Оливия внимательно вглядывалась в лицо Натали, потом с улыбкой покачала головой:

— Ваш ответ меня нисколько не удивил.
— Почему? — тоже улыбнулась Натали.
— Потому что вы не любите говорить о том, что причиняет вам боль.
— Или стыд.
— Стыд? Вам стыдно, что вы вышли замуж за Александра, а не за Карла? — По мнению Оливии, причина могла быть только одна: Натали забеременела от Александра. Но это невозможно — она же любила Карла.
— Да, мне стыдно и неловко говорить об этом.
— Почему?

В глазах Натали блеснули слезы.

— Потому что... — Она не договорила и, встав с шезлонга, принялась собирать со стола бумажные тарелки и стаканчики.

Это был вечер Четвертого июля. От гриля поднимался жар — на нем еще недавно жарились гамбургеры и хотдоги. Мадалена и Жуакин отнесли на кухню остатки пиршества. Гости разъехались. Карл повез Джилл и Тесс в город угостить мороженым.

Саймон так и не появился. Карл спрашивал о нем, но его интересовало не где он сейчас, а как у него вообще дела. Похоже, никто и не ждал его к обеду. Печально, что Саймон избегает общества родных, но сейчас Оливия была этому даже рада. Она до сих пор не могла прийти в себя после утреннего происшествия.

Оливия поднялась, желая помочь Натали убрать со стола, накрытого бумажной скатертью патриотической красно-бело-голубой расцветки.

— Почему вам неловко за себя?

Натали переложила фруктовый салат в отдельную миску и вложила бумажные стаканчики один в другой.

— Неловко — не то слово. Стыдно. — Она бросила смущенный взгляд в сторону Оливии. — Нет, я поступила правильно, и Александр был прекрасным человеком. Я не хочу, чтобы мои дети считали, будто я не уважала его. Он мне очень нравился. Со временем я даже полюбила его. Мы прожили вместе счастливую жизнь. Если бы у меня была возможность выбора, я поступила бы точно так же. — Она стала успокаиваться, перебирая стаканчики.

— И что? — осторожно спросила Оливия. — Как же вы поступили?

— По сегодняшним меркам мой поступок можно назвать мелочным и трусливым. В сущности, это было предательство, хотя многие скажут, что мной руководил трезвый расчет.

— Вы вышли замуж за Александра из-за денег?

— Пожар на военно-морской базе Перл-Харбор был потушен, тела погибших погребены, ущерб оценен, и каждый американец думал только о том, как бы поскорее записаться добровольцем в армию. Карл был одним из первых. Не успела я сказать ему, что нам надо бы пожениться до его отъезда, он уже стоял в форме, готовый к отплытию в Европу.

Шел 1942 год. Восьмого февраля — я навсегда запомнила этот день — Карл пришел попрощаться. Мы с ним решили, что на вокзал мне ехать не стоит — слишком тяжелое это испытание. Ночь накануне его отъезда мы провели в ангаре.

Там было холодно, но мы лежали обнявшись, согревая друг друга. Нам некуда было больше идти.

Взошло солнце, и час настал, неумолимый и жестокий. Нас окружали голые поля, покрытые льдом. В этом хмуром пейзаже было своеобразное очарование, если бы не наша разлука.

Мы молчали. Говорить было не о чем. Карл принял решение, и я его в этом поддерживала. Но куда он едет и что его ждет? Бог знает. Нам еще ни разу не приходилось разлучаться.

Три раза он подходил к двери и три раза возвращался, не в силах уйти от меня. Наконец, собравшись с духом, он взялся за ручку двери и обернулся. Я помню этот момент так же отчетливо, как нашу первую встречу, когда мне было пять лет. Он и одет был почти так же — кепка и куртка, рабочие брюки, ботинки. Прядь волос упала ему на лоб. Мы оба знали, что уже вечером его волосы станут совсем короткими. Он смотрел на меня, и его глаза ласкали, любили, согревали меня. Потом он нагнул голову и вышел из ангара.

Мое сердце рванулось вслед за ним. Я подбежала к двери и долго глядела, как он удаляется, шагая по тропинке, ведущей к его дому, пока совсем не скрылся за поворотом.

Тогда я села на пол и зарыдала. Если бы не его твердая решимость сражаться за правое дело, я бы бросилась за ним и стала бы умолять остаться. Но это было бессмысленно. И мне оставалось только плакать.

Нет, со мной все в порядке... Дайте мне минуту, чтобы собраться с мыслями.

Это был... о Господи... самый горький день в моей жизни.

Ну вот, я готова продолжать. Но вы ведь хотите знать, почему мы не поженились до его отъезда.

Можете мне не верить, но Карл так и не сделал мне предложения. Все произошло так стремительно — за какие-нибудь несколько дней. Я надеялась, что мы поженимся, когда он вернется с войны. Если вернется. Гитлер развязал чудовищную бойню. Тогда мы еще не знали всех подробностей, но понимали, что это самая страшная война за всю историю человечества.

Как мог этому противостоять Карл, добрый, мягкий человек? Я убеждала себя, что он сильный и решительный, что он непременно выберется живым и невредимым из этой мясорубки. Но кто спасет его от бомб и шальной пули?

Мне было семнадцать в то время, и я с ума сходила от тревоги за него. Да, я очень хотела, чтобы он сделал мне предложение перед отъездом. Тогда у меня был бы повод отказать Александру. Еще раз повторяю, это вовсе не означает, что Александр был плохим человеком.

Но я любила Карла.

Обиделась ли я, что он не сделал мне предложения? Нет. Впрочем, зачем лгать? Конечно, обиделась. Дни, последовавшие за его отъездом, явились для меня сущей пыткой, и только злость не давала мне сойти с ума. Но я должна сказать, Оливия, — и это важно, поверьте, — что вышла замуж за Александра вовсе не от отчаяния. У меня были на это более веские причины.

Однако я забегаю вперед. Итак, почему я не вышла замуж за Карла? Как уже говорилось, в спешке сборов я не думала об этом, но потом, оставшись одна, часто спрашивала себя: почему? Почему другие девушки вышли замуж за своих парней? Мы ведь тоже могли пожениться. Но Карл ни разу не заговаривал со мной о свадьбе. И только недавно я отважилась спросить его об этом.

Его ответ удивил меня. Я-то думала, что виноваты во всем мой юный возраст и спешка, с которой он был призван в армию. Но оказывается, у него были и другие причины откладывать помолвку. Он был католиком, мы — протестантами. Его родители — иммигранты, мои — голубой крови. Он не получил образования, не был богат, не владел землей. По сравнению с моим отцом, который в пору своего успеха добился больших высот, Карл чувствовал себя просто нищим. И за все время мои родители ни разу не дали ему понять, что всерьез рассматривают его как будущего жениха.

Он был прав. Мои родители сказали мне то же самое, когда Александр сделал мне предложение.

Но тогда я этого еще не понимала. Я любила Карла и надеялась, что родители с уважением отнесутся к моему выбору. Но я еще даже не закончила школу.

Однако мои родители давно уже обсуждали между собой мое будущее. Незадолго до трагических событий Перл-Харбора, пока я предавалась наивным мечтам о счастье с Карлом, они подыскали мне подходящую, на их взгляд, партию. Александр Сибринг, сын богатого бизнесмена. Его семья отдыхала летом в Ньюпорте, и мы часто встречались там, пока мой отец не разорился. Так что Эла я знала с детства. Мы не были друзьями — он был старше меня на десять лет.

Осенью сорок первого наши родители стали чаще бывать друг у друга. Помню, как мы готовились к их первому визиту — чистили, мыли, украшали наше скромное жилище. Мать часто болела и не могла уделять много внимания дому, а я привыкла к спартанской обстановке. Но когда мы все привели в порядок, наша бедность стала не так заметна.

Визит Сибрингов меня не насторожил, а зря. Они занимались производством обуви, и Эл часто наведывался в Европу. Он также помогал моему отцу покупать саженцы разных сортов винограда.

Я расспрашивала Эла об этих поездках, и он с удовольствием рассказывал мне о своих впечатлениях.

С приходом Сибрингов отец оживлялся. Едва они уходили, он снова погружался в депрессию. После известия о гибели Брэда он совсем замкнулся в себе, забросил работы в поле, переложив все на нас с Джереми.

Моя мать была в отчаянии. Смерть Брэда окончательно сломила ее, а отцу становилось хуже с каждым днем. Да и сама она буквально таяла на глазах. Тогда мы еще не знали, что ее хроническое несварение желудка не что иное, как рак.

Со дня отъезда Карла прошло не более месяца, когда мама вдруг заговорила со мной о браке с Александром. Она даже не попыталась скрыть истинные причины. «Нам нужны деньги», — сказала она. У Александра деньги были. Она сказала, что, если я стану его женой, он вложит огромные средства в развитие Асконсета и отец сможет наконец закупить необходимые сорта винограда. Ему необходим успех, иначе он умрет.

Да, именно так она и сказала. Если я не выйду замуж за Александра, мой отец умрет от отчаяния. Я понимала, что первой умрет мама, и это ее последняя воля. Как я могла не исполнить просьбу умирающей?

Александр записался добровольцем в армию. Он хотел жениться на мне до отплытия в Европу и дал мне неделю на размышления.

— Представляю, что вы пережили за эту неделю, — промолвила Оливия, впервые усомнившись в том, так ли уж прекрасно было прошлое.

Они убрали со стола во дворе и теперь прогуливались по винограднику. Неудивительно, что Натали выбрала именно эту сцену для своего рассказа — виноград играл в ней главную и потрясающе красивую роль. Оливия видела перемены, произошедшие с кустами за июнь: листья стали густо-зелеными, ветви дотянулись до верхней проволоки, и хотя сами виноградные кисти почти не подросли, июльское солнце скоро должно было это исправить.

— Все произошло так быстро, — задумчиво сказала Натали.
— А где был в то время Карл?
— В Европе.
— Он знал о том, что происходит?

Натали ответила не сразу. Она свернула с дорожки на тропинку между рядами виноградных кустов.

— Нет. Он узнал обо всем только после моей свадьбы, — наконец сказала она.

— Вы не пытались связаться с ним?

В глазах Натали застыла печаль.

— Зачем? Он ни разу не упомянул о нашей с ним свадьбе — ни до армии, ни в письмах с фронта. Мать и отец торопили меня. Александр тоже.

Оливия, неисправимый романтик, робко заметила:
— Но вы же любили Карла.

— Мне было семнадцать лет. Я осталась одна. Мой лучший друг — мое сердце — покинул меня в самое тяжелое время. Мама твердила, что, если я не соглашусь стать женой Александра, Асконсет погибнет, а отец умрет с горя. С каждым днем силы ее покидали. Брэд погиб. Я была их единственной надеждой. — В голосе Натали вдруг отразилась вся невысказанная боль и мука, которую ей пришлось испытать в те годы. Она отвела взгляд и продолжала: — Я знала, что мама догадывается о моих терзаниях, но она слишком страдала сама, чтобы меня понять. Я возражала ей, что едва знакома с Элом, что слишком молода, а он гораздо старше меня. Наконец, когда она потребовала от меня окончательного ответа, я в отчаянии выпалила, что люблю Карла. Но на нее это не произвело впечатления. Она лишь спросила, где сейчас Карл, когда мы так нуждаемся в его помощи, и будет ли у него достаточно денег после войны, чтобы спасти Асконсет. Я не могла ответить на эти вопросы. Александр настаивал, чтобы я дала согласие через неделю. Я не знала, что делать.

— А Джереми и Брида? — спросила Оливия. — Неужели они не сказали ни слова?

Печально усмехнувшись, Натали приподняла кисть с незрелыми виноградинками на кусте.

— Я говорила с Бридой, но они оказались в сложном положении. Джереми и Брида работали на моего отца. Он предоставил им кров и еду. И они всегда помнили об этом, были ему благодарны. Брида страдала артритом, обострившимся во влажном климате. Хотя она была еще не старая женщина, работать в поле ей было уже трудно, но никто не попрекал ее за это. Родители Карла были преданны моему отцу.

— А как же их собственный сын? — с упреком заметила Оливия.

— Они желали ему счастья. — Натали помолчала.

— И что же?

— Они любили меня. Но мечтали, что Карл женится на дочке их друзей из Ирландии.

— Он был с ней знаком?

— Нет.

— Тогда все это выдумка, — заявила Оливия.

— Откуда вам знать? — улыбнулась Натали.

— Мне так кажется.

— Да, мне тоже порой казалось, что Брида нарочно придумала эту историю с помолвкой, чтобы облегчить мои страдания. Мудрая женщина, она понимала, что я очутилась между молотом и наковальней. Она любила меня и моих родителей и была уверена, что деньги помогут возродить Асконсет, а это пойдет на пользу и ее семье. Кроме того, ее история не совсем выдумка. В Ирландии действительно жила молодая женщина, дочка их друзей. Прошел не один год, прежде чем Карл наконец женился, но не на ней.

— Итак, вы согласились стать женой Александра, — заключила Оливия.

— Я пыталась выиграть время, — оправдывалась Натали. — Обещала выйти за него замуж, когда он приедет на побывку. Надеялась, что Карл вернется раньше и женится на мне, а отец наконец найдет свой заветный сорт винограда и мы больше не будем нуждаться в деньгах. Но не в моих силах было остановить водоворот событий. Молодые девушки выходили замуж одна за другой. Это считалось демонстрацией патриотизма — наши мальчики будут защищать своих любимых. Не успела я дать согласие Александру, как уже стояла в маленькой городской церкви и клялась перед алтарем любить его и в радости, и в горе.

— Что вы чувствовали к нему? — спросила Оливия.

Натали не ответила. Она шла между рядами кустов, ласково прикасаясь к виноградным веткам и поглаживая листочки. Саймона нигде не было видно. Оливия слышала отдаленный рокот машины — значит, он на другом поле. Настоящий трудяга — работает даже в выходные и праздники.

Нет, на Теда он не похож. Тед — трудоголик. А Саймон просто любит свое дело.

— Натали?

Натали остановилась, разглядывая завязь.

— А из этого винограда особого, пряного сорта производят ароматное легкое вино. С него-то и начались успехи нашего виноградарства. Он любит прохладный, влажный климат. Он растет в Эльзасе, во Франции. Оттуда мой отец и выписал саженцы.

— На деньги Александра?

— Не совсем, — усмехнулась Натали.

— Как же так?

— Поговорим об этом в другой раз. Вы спросили, какие чувства я испытывала к Александру. — Натали нахмурилась. — Сложный вопрос.

Она помолчала, и Оливия решила ей помочь:

— Расскажите про вашу свадьбу.

— Я была как во сне. Представьте, что вас накрывает огромной волной и некуда бежать. Или вас уносит людской поток, а у вас нет сил сопротивляться. Одно мое слово — и меня подхватило течением. Не успев опомниться, я уже стояла перед алтарем в белом подвенечном платье рядом Александром в новеньком мундире. Мы были красивой парой, говорю вам без ложной скромности. В мои годы это простительно.

Вы видели фотографии. Я улыбалась, выглядела счастливой. И я не притворялась. Какая девушка не мечтает о свадьбе? Я выходила замуж за хорошего человека из уважаемой семьи. Мой муж будет заботиться обо мне и обо всех нас, как только вернется с войны. Родители видели в нем нашего спасителя.

Вспоминала ли я Карла в тот день? Нет. Я не могла о нем думать. Я на целую неделю вычеркнула его из памяти, потому что иначе сошла бы с ума.

Что еще мне оставалось? Решение принято. Мы с Александром помолвлены, а теперь и женаты. К чему теперь спрашивать себя, где Карл и что с ним?

Мне горько сознаваться в этом. До сих пор не понимаю, как у меня хватило сил забыть Карла и улыбаться другому мужчине. Карл тоже спрашивал меня об этом потом, четыре года спустя. Но в тот день он был далеко за океаном. Впрочем, я снова забегаю вперед.

Моя свадьба в марте сорок второго была скромной и тихой. Шла война, погиб Брэд, у нас почти не было денег. После церковного обряда мы обедали у нас дома. Мы с Александром поехали в Бостон на два дня — это был наш медовый месяц. Потом он уехал на фронт.

Какие чувства я испытывала к мужу? Те же, что и множество других девушек, вышедших замуж в первые дни войны. Я была молода и считала, что поступаю правильно. Быстро свыкшись с ролью невесты, а потом и жены, я питала надежды на будущее. Я обрела новую фамилию, новую жизнь. «Мой муж сражается за нашу страну», — говорила я себе и гордилась этим. Над крыльцом нашего дома я повесила американский флаг в знак того, что здесь ждут солдата с фронта.

Я осталась жить со своими родителями в Асконсете. Так было принято среди тех жен, чьи мужья ушли на фронт. К тому же Александр хотел поселиться в Асконсете. Его семья владела обувными фабриками в Нью-Бедфорде и Фол-Ривере, в нескольких часах езды от нашей фермы. Он обещал непременно построить для нас дом, когда вернется. А пока мне предстояло еще закончить школу, да и родители нуждались в моей помощи.

Поначалу я писала Александру каждый вечер. И каждый вечер, надписав адрес и запечатав письмо мужу, я пыталась написать Карлу, но никак не могла найти подходящих слов. Наконец, решив, что они вряд ли найдутся, я просто изложила на бумаге свои сумбурные мысли. Получилось сбивчивое, искреннее, безыскусное письмо. Я была страшно зла на Карла. До меня стало доходить, что я связана отныне и до конца жизни узами брака с другим человеком.

Но этим человеком должен был быть Карл.

Поэтому, злясь на судьбу, я вымещала на нем свою обиду. Я убеждала себя, что он не любил меня по-настоящему и свой гражданский долг поставил выше наших отношений. Поспешив стать добровольцем, рассуждала я, он предал меня, так же как и я предала его. И письма, которые я получала от него раз в неделю, только подтверждали это. Он писал о своих товарищах, о сражениях, но ни слова — о своих чувствах ко мне.

На прошлой неделе мы как раз вспоминали с ним об этом. Карл был уверен, что писал мне о любви, потому что только обо мне и думал. Но я показала ему его письма. Он нахмурился и сослался на цензуру, которая могла вычеркнуть из письма все личное.

Не знаю, собирала ли японская разведка персональную информацию об американских военнослужащих, но я не стала его разубеждать.

Вернемся в сорок второй год. Я собралась с духом и отослала свое письмо. За два месяца со дня отъезда Карла я получила от него шесть писем. Шестое оказалось последним.

— Последним? — переспросила Оливия. Они повернули к дому; небо затянуло тучами. — Даже не поздравил со свадьбой?

— Нет. Так Карл наказал меня. Я причинила ему боль, и он в бессильной ярости уничтожил всякое напоминание обо мне — фотографии и письма.

— Как Саймон, который сжег свой дом? — спросила Оливия.

Натали удивленно взглянула на нее.

— Кто вам об этом сказал?

— Саймон. — Натали недоверчиво вскинула бровь, и Оливия пояснила: — Вы же меня знаете, я кого угодно могу замучить вопросами. Наверное, я ему порядком надоела.

— Он трудно сходится с людьми. Не принимайте это близко к сердцу.

— Психологу понадобились бы годы, чтобы разговорить Саймона. Я здесь только на лето, и я не психолог.

— Саймон заслуживает счастья.

— То же можно сказать про всех нас. — Оливия решила переменить тему. — И когда же вы снова встретились с Карлом?

— После войны. Все оказалось проще, чем я думала.

— Вот как?

— Нам была необходима его помощь. Настали тяжелые времена. Джереми не справлялся один.

— А где был ваш отец?

— Дома. Он почти не вставал с постели с тех пор, как умерла мама, — ответила Натали.

— Когда это случилось?

— Через год после моей свадьбы. К тому времени у меня родился первенец. Александр приезжал на побывку, и к концу войны у меня было уже двое детей. Я выполняла всю работу по дому, ухаживала за отцом, работала с Джереми, который тоже заметно сдал за эти годы. — Натали и Оливия вошли во двор и остановились перед домом. — Брида страдала артритом. Она пыталась нам помогать, но смотреть на ее мучения было тяжело. Джереми пришлось стать для нее сиделкой. Он просто не мог со всем справиться один.

— А где был Александр?

— В Англии.

— А после войны?

— В Англии, — повторила Натали. — Потом во Франции. Его не было в общей сложности лет пять. Мне кажется, работа в разведке привлекала его больше всего остального. Отпраздновали победу в Европе, потом победу над Японией, и наши парни стали потихоньку возвращаться домой. Но Александр остался собирать доказательства военных преступлений для судебного процесса.

— Но ведь он был нужен вам здесь, — возразила Оливия.

— Карл вернулся.

Как будто этим все сказано.

— И как вы отнеслись к его возвращению?

— Поначалу нам было страшно неловко, — ответила Натали после минутного раздумья. — Мы не знали, что сказать друг другу. Надо было заново пересмотреть свои отношения.

Оливия попыталась представить, каково было Карлу.

— Странно, что он вернулся в Асконсет. Ему, наверное, было больно видеть вас.

— Он был человеком дела. Для него Асконсет означал больше, чем просто работа. Это была его жизнь. Он верил в то, что когда-нибудь мы станем знаменитыми виноделами, и хотел возродить ферму. К тому же здесь жили его родители.

— Наверное, ему хотелось быть поближе к вам.

— Может быть, и так, — рассеянно проговорила Натали, увидев Жуакина и Мадалену, выходивших из дома. — Мадалена, куда вы собрались с Жуакином? — окликнула она супружескую пару.

Они явно собрались в дальнюю дорогу. У Мадалены был виноватый вид.

— Моя сестра больна, — сказал Жуакин с латинским акцентом. — Мы возвращаемся в Бразилию.

— В Бразилию? — встревожилась Натали и, подойдя к ним, порывисто взяла Мадалену за руку. — В Бразилию? Надолго?

Мадалена робко взглянула на мужа.

— У моей сестры семеро детей и двенадцать внуков.

— Знаю, Жуакин. Я же сама посылала им одежду.

— Сестра больна. Ей нужна помощь.

— Может, наймем кого-нибудь? Я заплачу.

— Ей нужна семья.

— И надолго вы собрались? — спросила Натали. Не дождавшись ответа, она заключила: — Вы покидаете меня. Уезжаете, потому что против моей свадьбы, это так?

Жуакин снова ответил за двоих:

— Нам пора на покой. Мы устали.

— Хорошо, — кивнула Натали. — Я вас понимаю, но подождите хотя бы до свадьбы.

Жуакин покачал головой:

— Сестра нас ждет.

— Тогда съездите на неделю-другую и возвращайтесь в августе. — Они промолчали, и Натали повернулась к Оливии: — Постарайтесь их переубедить.

Оливия старалась как могла. Она сказала, что запеченная утка Мадалены — венец кулинарного искусства и что Жуакин творит с розами чудеса. И Тесс отказывается есть салат без чесночного соуса Мадалены, и старенькая «тойота» Оливии будто заново родилась после того, как над ней поколдовал Жуакин. Они оба как никогда нужны сейчас в Асконсете.

— Может, дело в деньгах? — спросила она.

— Нет, — в один голос заявили они, и Оливия поняла, что уговаривать их бесполезно. Она выразительно посмотрела на Натали.

Но та уже все поняла. Натали провела рукой по лбу, пытаясь собраться с мыслями, потом сказала:

— Идемте со мной. Я заплачу все, что вам должна.

***

Оливия осталась во дворе. Ей было грустно. Она понимала, почему Натали вышла замуж за Александра. В подобной ситуации она поступила бы точно так же. Но отказаться от счастья вот так, без сожалений? Как можно было забыть Карла, забыть такую любовь?

Откинувшись в шезлонге, Оливия закрыла глаза, вспоминая мужчин, с которыми сводила ее судьба. Перебирая в памяти свои отношения с ними, она старалась найти хоть какое-то подобие любви. Но не находила ничего, похожего на чувства Натали и Карла.

За такую любовь можно отдать все на свете. Если бы Оливия так любила, ни за что бы не отпустила возлюбленного.

— Я вас расстроила?

Оливия вздрогнула. Она не слышала, как вернулась Натали.

— Нет, я просто задумалась. Мадалена и Жуакин уехали?

— Уехали.

— Простите, что не смогла их переубедить. Они твердо решили уехать.

— Да, переубеждать их бесполезно. Но если вы думаете, что я с легкостью переживу их уход, как пережила в свое время разрыв с Карлом, то ошибаетесь.

— Я ничего такого не думала.

— Думали, не спорьте. — Натали опустилась на ступеньку рядом с шезлонгом. — Мои дети тоже так считают. По их мнению, я похоронила Александра и устремилась вперед, не оглядываясь. Но это не так, поверьте. То, что я чувствую здесь, — она коснулась груди, — не всегда совпадает с тем, что здесь, — она коснулась лба. — Умом мы все понимаем, что нельзя помешать естественному ходу событий. Я понимаю, что Мадалена и Жуакин должны уехать. Его сестра больна, он должен быть с ней рядом. Время для ухода выбрано несколько неудачно, но, по правде говоря, если им неприятно, что я выхожу замуж за Карла, пусть лучше уезжают. Карл столько сделал для Асконсета, что рядом с ним не должно быть людей, которые питают к нему неприязнь.

— А Сюзанна и Марк? Они-то уж точно попадают под эту категорию.

— Они другое дело. Это родные. Вы же понимаете меня, у вас тоже семья.

Оливии стало стыдно. Натали делится с ней личными переживаниями, превозмогая боль, честно отвечает на самые нелицеприятные вопросы, а она, Оливия, дважды солгала ей.

— По правде сказать, — тихо сказала Оливия, — я не знаю своих родных. Знаю только, что мама у меня была. Мне хотелось, чтобы были и отец, и братья, хотя бы один. Но у меня никого нет.

Натали не рассердилась — напротив, черты ее смягчились, в глазах светилось сочувствие.

— Вы часто видитесь с ней?

Оливия покачала головой.

— Вообще не встречаетесь?

Оливия хотела было снова солгать, но поняла, что устала от лжи, устала лгать Натали и прежде всего самой себе. Она снова покачала головой.

— Где она? — спросила Натали.

— Не знаю.

— Я могу ее разыскать. Люди не исчезают с лица земли бесследно.

— Нет, не делайте этого, — быстро сказала Оливия. — Она не хочет, чтобы ее нашли. Я связывала ее по рукам и ногам. Она заслужила свободу.

— Но вам нужна мать, а Тесс — бабушка.

— Но что, если мы найдем ее, а она откажется от нас? Это хуже всего.

— Вот оно что, — грустно улыбнулась Натали. — Вы отпускаете ее, потому что для вас лучше не знать правду. Правда может причинить боль. Теперь вы понимаете, что чувствовала я. Мне было проще вычеркнуть из сердца любовь Карла, потому что иначе я бы просто не смогла жить.

— Но вы каждый день видели его. Он вернулся сюда после войны. Как вы могли не думать о том, что потеряли его навсегда?

— А зачем думать об этом? — возразила Натали. — Да, я могла бы думать об этом день и ночь, но что толку? Да у меня и не было времени на размышления. На моих руках было двое детей, умирающий отец, дом, кухня, ферма. Попробуйте отыскать здесь романтику, Оливия Джонс. Я вертелась как белка в колесе с утра до вечера и тащила на себе абсолютно все. Это не значит, что я не думала о том, чего лишилась. Думала, конечно. Я же человек. — Она встала и прошла в дальний угол сада, где остановилась, горестно заломив руки.

Оливия последовала за ней, чувствуя себя ужасно неловко.

— Простите, я не должна была так говорить.

— Меня задел не ваш вопрос, а ваш укор.

— Нет, я вас совсем не осуждаю. Как я могу осуждать вас? Вы же не осуждаете меня за то, что я солгала вам про свою семью.

— Я сама казню себя больше, чем кто-либо другой, — сказала Натали. Она обернулась, и в глазах ее блеснули слезы. — Я предала Карла и отказалась от прекрасного, чистого чувства. Да, я страдала, страдала тайно от всех.

Она смахнула слезы трясущейся старческой рукой.

— Простите меня, — прошептала Оливия.

— Не извиняйтесь, — пробормотала Натали, обняв Оливию за плечи. — Вы делаете то, что должны делать. Это ваша работа. Я не люблю говорить о своих переживаниях. Мне кажется, я не заслужила сочувствия. Но я не хочу, чтобы мои дети думали, будто мой жизненный путь был усеян розами.

— Но когда вернулся ваш муж, стало полегче? — спросила Оливия.

— Вот тогда-то и начались настоящие трудности.

Глава 17

Видеть Саймона Оливии не хотелось. Она так и не решила, как себя вести. Физическое влечение без какой-либо привязанности — только этого ей сейчас не хватало! Но Натали права: тело женщины порой ведет себя не так, как того требует разум.

Если точно, то Натали говорила о голосе разума и голосе сердца, но не все ли равно? Оливия не доверяла себе. По утрам она оставалась в постели до тех пор, пока Тесс не приходила в ее комнату в сопровождении своих любимцев котов. К тому времени Саймон уже уезжал на плантацию.

Думала ли она о нем?

У нее не было ни минуты на праздные размышления. Если она не отвечала на телефонные звонки в кабинете Натали, то сидела за компьютером, внимательно перечитывая написанное, проговаривала вслух предложения, чтобы добиться плавности. Но это только полдела. Смысл слов зависит от контекста, и для каждой фразы надо подбирать свою интонацию.

Натали была права. Оливия не имела права на осуждение, но слащавый тон еще хуже. Нельзя превращать историю Натали в слезливую мелодраму, это лишит ее достоверности.

Необходимо найти золотую середину. Ради этого Оливия по нескольку раз переписывала уже готовые главы. Она работала в кабинете на чердаке, когда Тесс засыпала, и брала с собой в постель блокнот, чтобы записывать удачные мысли.

Думала ли она о Саймоне? Конечно. Если бы он сделал шаг навстречу, она бы, наверное, не устояла. Но он отсутствовал день-деньской. А так ей было проще выкинуть его из головы.

К тому же в доме все пошло кувырком. Наняли новую горничную, а ей требовалось время, чтобы наладить работу. Мадалена бы ей помогла, но они с Жуакином давно уехали. Без них в кухне воцарился настоящий хаос. Натали приглашала то одну, то другую кухарку, но никак не могла найти подходящую. А пока что трапеза до предела упростилась и каждый выкручивался как мог. Обедали в городе, на ленч покупали бутерброды в закусочных, а завтрак готовили себе сами. Но тут за дело взялась Оливия. По крайней мере завтрак она готовить умела. Сначала она испекла блинчики, на другой день приготовила омлет, на третий — французские тосты. Она варила кофе и готовила овсяную кашу, покрошив туда бананы и другие фрукты. Она была страшно горда собой, пока на четвертое утро Джилл не попросила у нее чашечку чаю и тост.

Оливия поначалу испугалась, что ее стряпня стоит у всех комом в горле, но тут ей пришла в голову другая мысль.

— О Боже, ты, наверное, говорила с Грегом.

Джилл улыбнулась:

— Почему ты так думаешь?

— Ты немного бледна.

Немного — не то слово. Джилл была бледна как мел, светлые волосы просто зачесаны за уши — видно, у нее не хватило сил даже на то, чтобы сделать прическу.

— Грег — тяжелый человек, — сказала она, опуская пакетик с чаем в чашку. Долив воды, поставила ее в микроволновку.

— Он недоволен, что ты здесь?

— Нет, ему нравится, когда я в Асконсете. — Она выставила время на регуляторе и включила печь. — Хорошо бы он приехал. Я не виделась с ним уже месяц. Это похоже на развод.

— Правда? — осторожно спросила Оливия. Она ни разу в разговоре с Джилл не касалась личной темы, но теперь они подруги.

Джилл, видимо, тоже так думала, потому что ответила без колебаний:

— Не официальный развод, конечно. Я пожила у мамы. Надеялась, что Грег испугается и задумается. Он хочет, чтобы я вернулась к нему в Вашингтон. — Она открыла холодильник. — Но сперва нам надо многое обговорить. И если я поддамся на его уговоры и вернусь, все пойдет по-старому. — Она сунула в тостер кусочек батона с изюмом.

— А он согласен поговорить?

— По его словам — да. — Она скрестила руки на груди. — К сожалению, мы с ним по-разному понимаем, что такое серьезный разговор. Грег в принципе не способен на серьезное общение.

— Наверное, это характерно для всех Сибрингов, — заметила Оливия, подумав о Натали. — Им тяжело говорить о личном.

— Тяжело говорить? Скорее не хочется думать, — сказала Джилл, доставая чашку из микроволновки. — Каков отец, таков и сын. Александр был человек неглубокий.

— А вот Натали — наоборот. Просто она не хочет делиться своими переживаниями.

Выбросив чайный пакетик в мусорное ведро, Джилл обхватила чашку ладонями и вопросительно взглянула на Оливию.

— Она правда любит Карла?

— С пяти лет, — ответила Оливия. Натали позволила ей быть откровенной с Джилл.

— Неужели?

— Именно так.

— Как интересно. — Джилл нахмурилась. — Это многое меняет и ставит под вопрос супружескую верность.

— Натали была верна Александру, — сказала Оливия. Она не знала этого наверняка и ни разу не спрашивала об этом у Натали, но придерживалась того мнения, что женщина считается невиновной, пока ее вина не доказана.

— Все эти годы? — недоверчиво заметила Джилл. — Будучи влюбленной в другого? — Она вынула хлеб из тостера.

— А он был ей верен?

— Не знаю.

— И все же?

— Между нами говоря, — Джилл понизила голос, — я так не думаю. Кажется, у него была подружка на стороне. Он любил общаться с людьми, путешествовать, быть в центре внимания. Александр часто гостил у нас в Вашингтоне. Не исключено, что у него была там женщина.

Оливии стало обидно за Натали.

— А чем его не устраивала собственная жена?

— Спроси ее детей. Они скажут, что с ней было скучно, что она недалекая женщина, что большую часть жизни провела в Род-Айленде, никуда не выезжая.

— Но она же потрясающе интересный человек, — возразила Оливия.

— Мы-то с тобой это понимаем, но мы не Сибринги. Удивительно, как родные порой бывают слепы. Сюзанна и Грег не видят того, что видим мы. Они законченные эгоисты. В детстве им хотелось, чтобы Натали их опекала и ублажала, но она все время была занята. Сюзанна приезжала сюда с детьми в надежде, что Натали будет нянчиться с ними, но у бабушки не было времени на внуков.

Самое смешное, что с Александром она нянчилась как с ребенком. Она исполняла все его прихоти, а он вечно унижал ее и дома, и на людях. К примеру, мог сказать: «Не правда ли, какие прелестные салфетки? Складывать салфетки — любимое занятие Натали». Я, конечно, не против салфеток, но Натали занята не только этим. Стоит мне задержаться здесь хотя бы на неделю, она тотчас привлекает меня к работе. И это не подготовка вечеринки, а рекламная кампания бизнеса с миллионной прибылью. Как ни странно, в мое отсутствие она со всем справляется сама.

— Она все делает сама? — переспросила Оливия. Конечно, она уже поняла, что активность Натали не ограничивается домом, но держать под контролем все предприятие!

— Александр старался ее унизить, потому что никак не мог смириться с тем, что она умная женщина с деловой хваткой. В ее способностях он видел угрозу своему положению. Поэтому взвалил на Натали всю рутину, зарегистрировался как представительное лицо и хозяин «Асконсета» и стал почивать на лаврах. Я вполне допускаю, что он нашел себе женщину на стороне, которая не представляла для него угрозы и не покушалась на его популярность. — Джилл грустно вздохнула. — Почему мужчины боятся сильных женщин? Неужели их самолюбие настолько уязвимо? Мой муж почти никогда не разговаривал со мной по душам, касалось ли это работы, политики, любви или семейных обязанностей. Он говорил, что устает на работе, и до недавнего времени я ему верила. Но это только отговорка. Зачем ему знать мое мнение? А если оно не совпадет с его взглядами или, хуже того, может оказаться верным?

Оливия оторопела. Она не ожидала такой откровенности. А Джилл продолжала:

— Мне тридцать восемь лет. Я работала, пока не вышла замуж за Грега. Мой муж считал, что я должна отдыхать, и поначалу я согласилась. На самом деле это была просто борьба за власть. А вдруг я смогу сделать удачную карьеру? Грег убежден, что мужчина — добытчик, хозяин. Он всегда прав.

Он глава семьи. Таким был и его отец. — Джилл покачала головой. — Для полного сходства не хватает только, чтобы у Грега объявилась подружка на стороне.

— А такое может произойти? — спросила Оливия, готовая заочно осудить неверного мужа.

Джилл возвела глаза к потолку.

— Кто знает. Надеюсь, что нет. — Внезапно она еще больше побледнела и, закрыв глаза, стала глубоко дышать.

Оливия бросилась к ней.

— С тобой все в порядке?

Джилл слабо улыбнулась:

— Как сказать. Если забеременеть от бесчувственного, эгоистичного мужа — нормально, то я в полном порядке.

Оливия вытаращила глаза от изумления:

— Ты беременна? И он ничего не знает?

— Так же как и Натали. Пока я не собираюсь открывать им эту тайну.

Гордая оказанным ей доверием, Оливия приложила палец к губам.

— На устах моих печать.

Саймон хотел видеть Оливию. Нет, не для того, чтобы говорить с ней или даже поцеловать ее. Ну, если совсем честно, от поцелуя он бы не отказался. Но не это главное. Главное, что ему просто необходимо ее видеть. Он должен присмотреться к ней и понять, так ли уж она отличается от остальных.

Прошло три дня, а она ни разу не появилась утром в окне своей комнаты, не вышла во двор, не забрела в виноградник, и Саймон понял, что она избегает его.

Этого нельзя было сказать про Тесс. Что бы он ни делал — прореживал кусты, поправлял сетку, — она тут как тут, стоит неподалеку и смотрит на него.

У него нет времени на игры. Без Паоло приходится теперь обрабатывать площадь в два раза большую, а погода только мешает. Из-за дождей он каждый день должен рыхлить почву под кустами. Он хотел опрыскать и подкормить виноград, но влажность не позволяет. Да еще надо следить, чтобы ветки не переросли сетку. Какие уж тут разговоры!..

Но Тесс стояла, глядя на него через очки, почти сползшие на нос.

«У тебя очки как приспущенный флаг», — говорила ему в детстве мама. Теперь он носит контактные линзы, но то время хорошо помнит.

Мама терпеть не могла собак. У них одно время жил лабрадор. Считается, что собака — лучший друг мужчины, но пес буквально по пятам ходил за матерью. Никто не мог понять почему. Она не кормила его, не чесала, не купала, не ласкала. Но чем больше она отмахивалась от него, тем больше он к ней лез. Наконец она сдалась и позволила ему сопровождать ее. И он моментально потерял к ней всякий интерес.

«Может, и Тесс такая же?» — подумал Саймон. Он как раз рыхлил почву на тракторе, и тут она возникла перед ним из ниоткуда. Остановив машину, он махнул девочке рукой. Она отчаянно затрясла головой и бросилась прочь.

Но на следующий день вернулась. Бак к ней привык. Он уселся рядом и, не мигая, уставился на нее, а она, в свою очередь, на Саймона.

Сегодня Саймон был без трактора.

— Можешь подойти поближе, я не кусаюсь!

— Мама не разрешает! — крикнула она в ответ.

Значит, Оливия запретила дочери даже приближаться к винограднику. Наверное, боится, как бы опять не обидели ее девочку.

Да не собирается он ее обижать. Ему до сих пор стыдно за свой прошлый срыв.

Только он хотел показать Тесс виноград, как она исчезла среди зеленых рядов.

Саймону вдруг пришло в голову, что, если он станет учить Тесс ухаживать за виноградом, Оливия тоже заинтересуется. Но Тесс не подходит близко, а что сказать Оливии? «Идемте, я покажу вам виноград...» «Не правда ли, ровная изгородь?» Хотите подержать личинку жука-вредителя?»

Ухаживать за женщинами у него не очень-то получается. С Лорой все было проще. Они познакомились в Корнеле, и она с самого начала пришла в восхищение от его работы. А до Лоры девушки появлялись как-то сами собой. Ему не надо было бегать за ними и развлекать.

Городской женщине вроде Оливии его работа может показаться смертельно скучной и утомительной. Правда, смена сезонов вносит некоторое разнообразие, но все равно это каждодневный упорный труд. И красота этого труда — в постоянной изменчивости природы. Каждую весну почки набухают и распускаются в разное время, и ожидание этого чуда ни с чем не сравнится. Виноградник заволакивает бледно-зеленой дымкой. То же и с цветением. Но здесь виноградаря подстерегает больше опасностей. Бывали годы, когда погибала целая плантация какого-нибудь сорта из-за весенних заморозков. Урожай зависит от многого: это и погода, и возраст кустов, и величина жука-вредителя. Методы возделывания почвы все время совершенствуются, и он старается следить за новинками. Но в целом картина из года в год почти не меняется. Хорошо наблюдать, как виноградная завязь растет и наливается. Еще ни разу он не упустил момент наиболее подходящего соотношения сахара и кислоты в винограде, и урожай всегда убирали вовремя.

Нет, господа, этот труд никак нельзя назвать скучным. Просто его очарование открывается не каждому.

Как же быть с Оливией? Бродить по двору в ожидании, когда она выйдет? Но у него нет времени слоняться без дела.

Можно позавтракать вместе со всеми или отправиться в город пообедать. Но он не делал этого уже четыре года. И если сделает сейчас, это будет для Натали все равно что белый флаг. Несмотря на заверения Оливии, Натали да и Карл хотят, чтобы он сблизился с ней. Карл ограничился туманными намеками, но Саймон и так все понял.

Пригласить ее куда-нибудь? Но это уже похоже на рандеву.

А он не собирается на рандеву. Просто хочет к ней присмотреться. Она такая забавная.

В конце концов решение было найдено без всяких интеллектуальных усилий с его стороны. Идею подал Бак, причем среди ночи. Саймон едва задремал на диване с книжкой, как вдруг его разбудил странный звук. Он сел, протер глаза и надел очки.

Звук повторился. Это было жалобное мяуканье, какого Бак никогда раньше не издавал. Звук доносился со стороны спальни, но сам источник оказался в коридоре, где стояли три корзины. В одной были посылки с книгами, в другой — грязная одежда. А между ними — корзина с чистой одеждой. Бак выбрал именно эту корзину, чтобы сделать... то, что он сделал.

С минуту Саймон смотрел на кота, не веря своим глазам. Бак снова жалобно взвыл, бросив на Саймона душераздирающий взгляд, который выражал и боль, и страх, и смущение. Бедняга умолял Саймона помочь, но помочь ему нельзя было ничем.

Придя в себя, Саймон усмехнулся и подошел к телефону, но тут же понял, что и это не поможет. Он только перебудит тех, кого не надо.

Взяв фонарик, он побежал кратчайшим путем через лес к Большому дому. Войдя во двор, поднялся по ступенькам в то крыло, где находилась комната Оливии.

Ее дверь заперта, света не видно. Наверное, она уже спит.

Но это событие стоит того, чтобы ее разбудить. Такое раз в жизни случается.

Он тихонько постучал, и спустя несколько секунд Оливия появилась на пороге. Он направил луч фонарика на себя, но отблеск света упал и на нее, выхватив из темноты ночную рубашку, торчащие короткие пряди и изумленно вытаращенные глаза.

— Пойдем, я тебе кое-что покажу, — прошептал он и кивнул в сторону соседней комнаты. — Разбуди Тесс.

Оливия воззрилась на него как на сумасшедшего.
— Уже второй час ночи.
— Знаю. Но случилось невероятное. Бак... рожает.

Она на мгновение лишилась дара речи, потом нерешительно спросила:
— Кого рожает?
— Котят.

Снова молчание, потом изумленное:
— Бак?..

Саймон смущенно потупился:
— Да, похоже, мы ошиблись.
— Мы?
— То есть я. Идем. Хочешь посмотреть или нет?
— Не знала, что ты носишь очки.
— Ношу, когда снимаю линзы. Послушай, я видел, как он... она... родила одного и, похоже, скоро родит второго. Понятия не имею, сколько их будет всего, но это весьма интересное зрелище, и Тесс так любит кошек. Не думаю, что Бак собирается растянуть это шоу на всю ночь. Так что, если хочешь, чтобы Тесс это увидела, поторопись.
— Если я хочу, чтобы она увидела... Бак окотился? Ну конечно, я иду!

Не говоря больше ни слова, она захлопнула дверь перед его носом. Но он слышал, как она мечется по комнате, собираясь. Потом раздались приглушенные голоса — она будила Тесс, — и скрип двери в ванную.

«Бак, ну и сюрприз ты мне преподнес», — с беспокойством подумал Саймон. Он покинул своего друга в тяжелый момент, а ему... то есть ей сейчас так нужна поддержка. Помочь он не сможет, так хоть будет рядом.

Саймон нетерпеливо взглянул на часы. Прошло десять минут с того момента, как он выбежал из дома. Прислонившись к стене, он тщетно старался свыкнуться с мыслью, что его кот окотился.

Глава 18

Оливия собралась в мгновение ока. Саймон ждал ее в коридоре всего пару минут. Долго ли натянуть шорты и футболку? Она открыла дверь. Саймон взглянул на Тесс и чуть не рассмеялся. Если у матери волосы стояли торчком, то у дочки они спутались и упали на лицо.

Но так даже лучше — сонная она такая милашка.

Увидев Саймона, девочка окончательно проснулась и явно заволновалась. Но делать нечего — он же не позволит им идти ночью одним через лес.

Жестом пригласив их следовать за собой, он направил луч фонарика на лестницу. Они спустились во двор, и он повел их по лесной тропинке, то и дело оборачиваясь, чтобы посмотреть, не отстали ли они.

Ночь была безлунной. Дорогу в кромешной тьме освещал только луч его фонарика, пока они не вышли из леса и не увидели свет в окнах его дома.

Он открыл дверь, пропустил их вперед и повел к Баку. В коридоре царил полумрак. Но света из гостиной было достаточно, чтобы видеть, что происходит.

Тесс ахнула и на цыпочках подкралась к корзине. Оливия тоже подошла и склонилась над ней.

А Саймон? Его внимание внезапно привлекла корзина с грязной одеждой, стоявшая рядом. Он постарался как можно незаметнее отодвинуть ее ногой и запихнуть в спальню. Проделав этот маневр, он взглянул на кошку. В корзине лежали три котенка, и, судя по жалобному мяуканью Бака, скоро должен был появиться четвертый.

— Мама, ты только посмотри, — негромко воскликнула Тесс, — какие крошечные! — Она придвинулась поближе. — Они и на котят-то не похожи. Видишь у них эти бугорки? Это, наверное, ушки. А когда у них откроются глазки?

— Дня через три, — сказала Оливия и вопросительно взглянула на Саймона. — Правильно?

Он тоже смотрел, наклонившись над корзиной.

— Это ты меня спрашиваешь? Я ведь принял ее за него.

— Смотри, мама!

— Она их вылизывает, чистит шерстку.

— Да нет, вот здесь. Вот сейчас появится еще один.

— Ты права.

— Какой он скользкий, мокрый!

— Процесс идет в стерильных условиях, — заметил Саймон. — Бак все съедает.

— Фу! — Тесс присела на корточки. — Сколько их у нее будет?

— Понятия не имею, — ответила Оливия. — Подождем.

Тесс перевела взгляд на Саймона.

— А откуда вы узнали, что у нее будут котята?

— Я услышал мяуканье.

— Это вы положили ее сюда?

— Нет, она сама выбрала это место. Одежда из хлопка — уютно, тепло, чисто. Похоже, это будет их гнездо, пока они не подрастут.

— А когда они подрастут?

Он пожал плечами:

— Недели через две-три, а может, четыре.

Оливия усмехнулась:

— Исчерпывающий ответ.

— Ну а ты-то сама знаешь? — спросил он.

— Нет, это же не мой кот, то есть кошка.

— А кто отец котят? — спросила Тесс Саймона.

— Не знаю.

— Спорим, это Бернар? Нет, Максвелл. Он такой же крупный и пушистый. Почему вы сразу не догадались, что это кошка?

— А как я мог догадаться? Он, то есть она, живет здесь меньше года. И не только я ошибся, — добавил он, чтобы не выглядеть совсем уж глупо. — Ведь это Натали назвала его Баком.

— Теперь понятно, почему он был такой толстый, — сказала Тесс.

— Это точно, — кивнул Саймон.

Девочка присела на корточки.

— Можно, я возьму одного подержать?

Саймон хотел было сказать, что этого делать пока нельзя, но сдержался. За него это сделала Оливия.

— Подожди несколько дней, дочка. Они еще очень слабенькие.

Тесс задумалась.

— Помнишь, мы как-то смотрели передачу по телевизору про котят, которых кто-то затолкал в пакет и пытался утопить? — сказала она Оливии и повысила голос. — Как можно быть таким жестоким! Они ведь маленькие детеныши. Дети Бака. Ужасно, если и с ними так поступят.

Саймон понял намек.

— Я ничего плохого им не сделаю.

— А куда вы их денете, когда они подрастут?

— Не знаю. Что-нибудь придумаю.

— Бросите их в лесу, да?

— Нет. Им нужен дом. — Он встал. — Хочется пить. Вам что-нибудь принести?

Тесс, по-видимому, удовлетворилась его ответами, потому что спросила:

— А что у вас есть?

Саймон мысленно перебрал содержимое холодильника. М-да, для детей там почти ничего нет.

— Апельсиновый сок, вода.

— А кока-кола?

— Кока-колы нет.

— Как вы можете столько работать и обходиться без кока-колы?

— Тесс, ты ведешь себя некрасиво, — укорила ее Оливия.

Но Саймон возразил:

— Она права. Просто в этом доме никогда не было детей. Тесс первая.

Тесс изумленно вскинула брови.

— Никогда?

— Никогда.

— А где жила ваша дочка?

— Тесс, — предостерегающе шепнула Оливия.
— Мы жили в другом доме, — ответил он.

Интересно, остановится ли Тесс на этом? Ее любопытство не знает границ — в этом она похожа на свою мать. Поэтому Оливия и молчит сейчас — не могут же они говорить одновременно. Или она просто устала, хочет спать? Наверное, она не ночная пташка.

По утрам Оливия гораздо общительнее — уж он-то знает.

— У вас даже вина нет? — спросила девочка.

Больше вопросов о Лиане не последовало. И то хорошо. Он улыбнулся:

— Есть, но не для тебя. — Саймон взглянул на Оливию. Она смотрела на него во все глаза. — Что случилось? — Оливия встряхнула головой и перевела взгляд на корзину. — Хочешь вина?

— Воды, пожалуйста.

— А я хочу апельсинового сока, — заявила Тесс, — только без мякоти. Терпеть не могу мякоть.

— Без мякоти, — пробормотал Саймон, направляясь на кухню. Он процедил сок через ситечко. В этот момент на кухню вошла Оливия.

— Это совсем необязательно, — заметила она.

Саймон встряхнул ситечко.

— Тесс терпеть не может мякоть.

— Она вообще могла бы обойтись без сока. Наблюдать за Баком — уже развлечение. Ее от корзины теперь не оттащишь.

Он положил ситечко в раковину и обернулся к Оливии. В ее волосах смешались все светлые оттенки, от белесого до медово-золотистого. Похоже, она натуральная блондинка.

— Почему ты так смотрела на меня? — спросил он. Она неопределенно пожала плечами. — Почему?

— Ты улыбнулся. Улыбка совершенно преобразила твое лицо.

Ему показалось, что она смутилась. Да нет, вряд ли. Просто еще не отошла ото сна.

— Спасибо, что привел нас сюда, — сказала она, прислонившись к столу. — У тебя уютно.

Он встал с ней рядом.

— Дом маленький. На хоромы не похож.

— Зато здесь столько книг. Но наверняка нет ни одной о кошках и котятах.

— Дай мне три дня, и она у меня будет. — Он протянул ей стакан с водой и тихо, чтобы не слышала Тесс, сказал: — Я давно тебя не видел.

Она сделала глоток.

— Встаю поздно.
— Нарочно?
— Я работаю по ночам. Иногда засиживаюсь допоздна. — Она помолчала, потом подняла на него глаза. Выражение ее лица внезапно стало взволнованным, открытым, беззащитным. — Не знаю, что с этим делать. Я приехала в Асконсет совсем с другой целью.

Ее искренность обезоружила его.

— Это был всего лишь поцелуй.

Она вскинула бровь и лукаво покосилась на него.

— Да? А мне показалось, это было нечто большее.

Саймон смутился.

— Видишь ли, — прошептала она, бросив взгляд в коридор, — я здесь всего на одно лето, а потом уеду. Для меня этот виноградник... словно оазис.

— Неудачное сравнение. Из-за дождей он скорее напоминает болото.

Она бросила на него тревожный взгляд.

— Урожай пропадет?

— Есть такая опасность. Но это случается не часто. Просто вино получится лучше или хуже, чем в прошлые годы.

Тесс с вытаращенными глазами вбежала на кухню.

— У нее еще один! Теперь их пятеро! Пятеро детей, представляете?

— С трудом, — сказал Саймон.

Оливия засмеялась, но девочка вдруг уставилась на Саймона.

— Зачем вы надели очки?
— Я ношу их по вечерам.

— А днем? У вас контактные линзы?

— Да.

— Я тоже буду носить контактные линзы, когда немного подрасту. А сколько лет вам было, когда вы стали их носить?

— Четырнадцать, — ответил он, протягивая ей стакан с соком.

— Как еще долго ждать! — Она заглянула в стакан.

— Мякоти нет, — предупредительно заметил он. — Я процедил сок.

— Отлично! — Держа стакан в правой руке, она сделала левой какой-то замысловатый жест и пошла в коридор.

— Тесс, а что надо сказать? — крикнула ей вдогонку Оливия.

— Я уже показала, — отозвалась дочь.

— Ах да, — промолвила Оливия и пояснила Саймону: — У Сэнди есть внук. Он глухой. Не уверена, что Тесс правильно изобразила жест, но это должно означать: «Спасибо за сок».

Саймон вышел в гостиную и выглянул в коридор. Тесс сидела у корзинки. Он попытался представить на ее месте Лору — как бы она сейчас сидела у корзинки с Баком, восхищалась котятами, пила сок? Он указал Оливии на кресло, приглашая ее присесть. Может, она хочет наблюдать за котятами?

Оливия покачала головой и уселась в глубокое кресло. Устраиваясь поудобнее, она скинула кроссовки и поджала под себя ноги. В такой позе она казалась ему шестнадцатилетней девочкой.

— Присутствие Тесс тебя не раздражает?

Саймон присел на диван и задумался. Раздражает ли его присутствие Тесс в доме? Подобный вопрос раньше не приходил ему в голову. Он не рассчитывал приводить их обеих сюда. Но Бак предоставила ему возможность, которой было грех не воспользоваться. И вот они здесь.

Приятно ли ему это? Раньше он бы сказал, что нет. В прошлый раз он нарочно не стал приглашать Оливию зайти, когда она здесь была. Это его дом. Здесь не место женщинам и детям.

Забавно. Он не воспринимал Оливию и Тесс как мать и дочь. Каждая из них — самостоятельная личность, со своими взглядами и особенностями.

— Мне не стоило заводить этот разговор? — спросила Оливия.

— Нет, ее присутствие меня не раздражает. Я иногда пытаюсь представить Лиану такой, какой она была бы в возрасте Тесс, но мне это не удается. Она для меня навсегда осталась шестилетней девочкой. Тесс на нее совсем не похожа. Нет, она не хуже. Просто старше, умнее, разговорчивее.

— То есть болтливее? — улыбнулась Оливия.

— Можно сказать и так. Но это естественно. Как ее занятия? Есть прогресс?

Оливия неуверенно кивнула.

— Сэнди молодец. Кажется, Тесс начинает понимать, что от нее требуется. Я постараюсь определить ее в частную школу, где используется этот метод. Мы подавали заявление в подобную школу в Кеймбридже, — добавила она, понизив голос, — но только что прислали ответ, в котором сообщают, что у них нет мест. Не знаю, как сказать ей об этом.

— Ей там понравилось? — шепотом спросил он.

— Ей понравится в любой школе, кроме той, в которой она училась. Я разослала письма еще в несколько школ, но ответа до сих пор не получила. Вот так и живем в постоянном ожидании.

— У нее появились здесь друзья?

— Домой ей не звонят. А это важный показатель, знаешь ли.

Еще бы ему не знать.

— А кто звонит тебе?

— Мне?

Он не хотел спрашивать ее, но как-то само собой получилось.

— Я был на днях в офисе, и при мне туда позвонил какой-то мужчина. Анна-Мари долго убеждала его, что тебя здесь нет.

Оливия хмыкнула:

— Это Тед. Клянется, что не звонит, но кто еще это может быть? Мы встречались в Кеймбридже. Он твердо намерен продолжать встречаться, а я нет.

— Почему?

— У него тяжелый характер. Придумывает себе проблемы на пустом месте. Я так не могу. У меня хватает реальных, а не надуманных проблем. К тому же он почему-то уверен, что я здесь бездельничаю и объедаюсь виноградом. Если бы... — Она вздохнула и откинулась на спинку кресла. — Рукопись книги Натали должна быть готова к первому августа. Она хочет, чтобы родные успели прочитать рукопись до свадьбы, но ее постоянно отвлекают различные дела.

— Да, Натали человек занятой.

— Мне это даже на руку. Я боялась, что не буду успевать прорабатывать материал. Я ведь медленно пишу.

— Но ты успеваешь

Она улыбнулась. И ее улыбка очаровала его — светлая, искренняя, открытая. Она явно гордится собой, но не переоценивает свои способности.

— Да, успеваю. Мне не терпится услышать продолжение. Эта история меня захватила полностью. Но заинтересует ли она Сюзанну и Грега? И станут ли они ее читать?

— Думаю, станут. Они же ее дети.

— В таком случае где они сейчас? Почему не в Асконсете? Здесь так красиво! Будь это моя семейная ферма, я бы поселилась в какой-нибудь из комнат на все лето. — Она снова понизила голос до шепота: — Кстати, если уж мы заговорили о комнатах, как ты узнал, в какой я сплю?

— Очень просто, — поспешно ответил он. Пусть Оливия не думает, что он за ней следит. — Натали всегда размещает гостей в этом крыле. Ты сидела на подоконнике по утрам, а только в одной из этих комнат есть подоконник.

— А как же центральная часть дома? — спросила Оливия, чтобы перевести разговор на другое. — Я знаю, что Натали занимает одну комнату, Джилл — другую. Третья, наверное, для Сюзанны и ее мужа. А что за закрытой дверью?

Саймону не хотелось ее обманывать — в конце концов, Натали сама должна ей все рассказать и показать.

— Всякие сувениры, подарки, старые книги и прочий антиквариат.

— А где Брэд?
— Брат Брэд? — переспросил он.
— Нет, сын Брэд. Он до сих пор не позвонил Натали. Она говорит, что он и не позвонит. Судя по всему, он присоединился к противникам ее свадьбы. Мне трудно это понять. Я бы многое отдала, чтобы обрести родных, семью. А у этих людей есть все, и они этого не ценят. Почему они не любят Асконсет? Неужели во всем виновата свадьба?
— Этим летом — да.
— Но такая любовь редко встречается в жизни. Карл рассказывал тебе?
— Что они с Натали друзья детства? Да.
— И ты всегда это знал?
— Нет. Он любил мою мать и очень хорошо к ней относился. Он работал с Натали, но всегда возвращался домой к матери.
— Значит, он любил ее, — задумчиво произнесла Оливия.
— Да.
— И ты считаешь, что можно любить двух женщин?
— Он любил их неодинаково.

Оливия задумалась, обхватив колени руками. Через некоторое время она переменила положение, явно не собираясь уходить, хотя шел уже второй час ночи. Похоже, ей здесь нравится, это видно.

Саймон был доволен. Хорошо, что он догадался привести их сюда. Да, его дом не для женщин и детей, но в жизни есть моменты, которые лучше с кем-нибудь разделить. К примеру, сегодняшнее событие. Или спокойствие ночи.

Подумав об этом, он встрепенулся. Что-то уж слишком тихо стало в коридоре. Нахмурившись, он выглянул в холл. Тесс сидела, опустив голову на край корзинки.
— С ней все в порядке? — тревожно спросил он.
Оливия улыбнулась:
— Наверное, спит. В это время она, как правило, видит десятый сон.

И в самом деле, Тесс крепко спала. Она чуть приоткрыла глаза, когда Оливия легонько тронула ее за плечо. Оливия попыталась приподнять ее, чтобы нести домой, но Саймон отстранил ее.

— Бери фонарик, — прошептал он, подхватив девочку на руки.

На улице моросил мелкий дождик. Саймон подумал о винограде и негромко выругался.

— Может, поедем на машине? — спросила Оливия, решив, что ему тяжело.

— Нет. Пешком даже быстрее. И она не тяжелая. Дождь нас не успеет промочить — мы пойдем через лес. — Он пропустил вперед Оливию и зашагал следом за ней по тропинке. — Метеорологи предсказывали дождик, но я надеялся, что нас он обойдет стороной.

— Ветра нет, и не холодно.

— Холод нам не нужен, а вот ветер бы не помешал. Так виноградник скорее просохнет. А иначе влага задержится на листве.

Дождик продолжал моросить, но они не чувствовали его, пока не вышли из леса. Саймон прижал к себе Тесс, прикрывая ее телом от дождя. Войдя во двор, он передал ее Оливии и открыл входную дверь.

Никто не сказал ни слова. Оливия с Тесс скрылись в доме.

Он промок на обратном пути и все-таки был доволен.

Глава 19

Сюзанна услышала телефонный звонок, поворачивая ключ в замке. Она торопливо распахнула дверь и отключила сигнализацию. Бросив сумку в кресло, схватила трубку.

— Алло?

— Привет, Сюзанна. Это Саймон.

Это не тот звонок, которого она ждала, тем не менее интересно, что он ей скажет.

— Саймон, мой будущий сводный брат. Как поживаешь?
— Неплохо. А ты?
— Просто здорово. Лучше не бывает. Я не видела тебя с тех пор, как наши родители сообщили о своем решении пожениться. Что скажешь?
— Думаю, это хорошо.

Ну конечно, хорошо. Его отец женится, значит, и положение Саймона укрепится, и статус повысится.

Но нет, она несправедлива к нему. Из всех друзей детства Грега Саймон нравился ей больше всех. Он был предан Грегу, предан ее родителям, если говорить о его самоотверженном труде в Асконсете. Сомнения здесь неуместны.

— Ты был удивлен? — спросила она. — Или предвидел, что так оно и будет? — Он живет в Асконсете и наверняка заметил бы перемену в отношениях между Натали и Карлом, а они могли посвятить его в свою тайну.

— Нет, честно признаюсь, я ничего такого не замечал. Но мне и некогда было. Последние несколько лет я занят совсем другим.

Сюзанна тут же раскаялась в своих подозрениях.

— Понимаю, — мягко проговорила она. Какую бы роль ни играл Саймон в сближении их семей — вольно или невольно, — его постигла ужасная трагедия.

— Натали и Карл выглядят счастливыми, — сказал он. — И это главное.

— А тебя это не радует? — Она и не думала, что ему может что-то не понравиться.

— Нет, я рад за них. Я всегда очень уважал Натали.

— Она души в тебе не чаяла, — заметила Сюзанна с невольной завистью. — Она всегда хотела, чтобы семейное дело унаследовал кто-то из детей. И вот теперь ее желание сбылось.

— Нет, она хочет передать Асконсет тебе или Грегу, — возразил Саймон, — и до сих пор не рассталась с этой идеей. А я шесть лет был управляющим виноградником и не хочу ничего менять.

— Но пройдет время, и все изменится. — Сюзанна понимала, что эти слова должны быть произнесены.

Саймон помолчал, потом спокойно сказал:

— Не надо, Сюзанна.

— Что не надо? Говорить об этом? Или тебе не нужен Асконсет?

— И то и другое. Я работаю в поте лица, чтобы получить хороший урожай, а погода мне не помогает, а только мешает. Я с трудом выкроил минутку, чтобы тебе позвонить.

— Так чего ты от меня хочешь?

— Натали нужна твоя помощь. На нее столько всего навалилось.

— Ты предлагаешь мне приехать в Асконсет? — Марк тоже считает, что ей надо быть с матерью. И дети с ним согласны.

— Думаю, она бы обрадовалась, если бы кто-то из родных ее поддержал.

— Но у нее есть помощница, — возразила Сюзанна. — Разве она ей не помогает?

— Помогает, но это могла бы делать ты.

— У меня столько свободного времени? — оскорбилась Сюзанна. Все почему-то уверены, что ей нечем заняться!

— Я знаю, что у тебя много дел, — вздохнул Саймон. — Но вы с Грегом волнуетесь о судьбе виноградника, а сами никак не выберете время приехать.

— Ты ему звонил? Приглашал в Асконсет?

— Нет. Вряд ли он согласится.

— Понятно, — протянула Сюзанна. — Грег работает, а я, значит, нет? Саймон, у меня хватает дел. А мама всегда поступает, как ей выгодно. Она не советовалась со мной, когда назначала свадьбу. Зачем же ей теперь понадобилась моя помощь? А если так, почему она сама мне не позвонит?

— Не знаю. Наверное, не в ее правилах просить о помощи. Она привыкла сама о себе заботиться.

— Ну да, все для Натали.

— Я не имел это в виду, Сюзанна. Я только хотел сказать, что она скорее будет делать все сама, чем попросит кого-нибудь ей помочь.

— Значит, ты знаешь ее лучше меня? Очень интересно. Скажи, тебе-то какое до всего этого дело?

Саймон долго молчал, прежде чем ответить:

— Мне — никакого. Ты права. Я зря вмешиваюсь. Она твоя мать, а не моя. Моя погибла. И мне ее очень не хватает. Если бы она была жива, я бы сделал все, что в моих силах, чтобы скрасить ее старость.

Спускаясь по ступенькам из офиса, Саймон с трудом сдерживал гнев. Ну почему те, у кого есть все, не ценят своего счастья? Он согласен с Оливией. Красивее Асконсета он не видел ничего, а ведь ему приходилось много путешествовать. Когда-то, учась в колледже, Саймон искал работу в других местах, но с Асконсетом ни одна ферма не шла в сравнение.

Конечно, присутствие Сюзанны и Грега не доставит ему особого удовольствия: они ведь считают их с отцом охотниками за деньгами. Но деньги его не интересуют. Деньги отнюдь не всесильны. Они не могут воскресить мертвых.

В кладовке на первом этаже он взял моток проволоки, перчатки и инструменты. Надо подремонтировать верхнюю секцию у рядов шардонне. Листья ее уже переросли, и надо натянуть поверху еще одну проволоку. Работа монотонная, не требующая особого внимания.

Он надел перчатки и с помощью плоскогубцев отсоединил один конец старой проволоки. Тут-то и появилась Тесс.

Что было вчера — одно дело. Но сегодня ему нисколько не хотелось отвечать на вопросы, особенно после того, как он заметил на некоторых гроздьях подозрительные пятнышки.

Словно почувствовав это, Тесс приблизилась — она все делает наперекор! Но на этот раз она действовала более осторожно.

— Где Бак?

— Бак дома, — ответил он, продолжая работать. — Она вместе с котятами.

— У нее еще кто-нибудь родился, после того как мы ушли?

— Нет. Их всего пять.

— А что вы делаете?

— Обновляю проволоку.

— А для чего она?

— Поддерживает кусты. — Это был односложный ответ. Но, стараясь быть любезнее, чем в прошлый раз, он пояснил: — Она направляет ветви винограда вверх и не дает ему расти вширь. Нужно, чтобы кусты росли в высоту.

— Зачем?

— Если они будут расти вширь, то закроют гроздья от солнца и ветра. А если виноград не получит достаточно солнца, он не созреет. Ветер тоже нужен, иначе виноград покроется гнилью.

— Гниль, — повторила Тесс, словно пробуя слово на вкус.

— Ее еще называют плесневый грибок. Мерзкая штука. — Он взглянул на часы. Похоже, Тесс собирается застрять здесь надолго. У него нет времени ее развлекать. — Как твои занятия?

— Миссис Адельсон приболела. Можно, я пойду проведать Бака?

— Не сейчас. У меня много работы.

— Ну и ладно. Работайте, а я проведаю ее.

— Но мне сейчас некогда тебя отвозить.

— Я пойду пешком. Скажите мне только, как пройти.

— А где твоя мама?

— В кабинете у Натали, но я не буду спрашивать ее, если вы мне разрешите.

Он оглядел ее. Девочка была аккуратно одета и причесана, но ведь еще только утро.

— Разве мама запретила тебе?

— Она сказала, чтобы я вам не мешала. — Выражение личика Тесс несколько смягчилось. Либо она забыла о том, что должна спорить, либо пыталась его упросить. В любом случае она была достаточно убедительна. — Если вы здесь, а я там, то я не буду вам мешать. Бак не должен быть целый день один. Он меня любит. Ему будет приятно показать своих детенышей. Я посмотрю на котят, а потом расскажу о них ребятам в моей яхт-группе.

Ага, она пытается завести знакомства.

— Тебе надо улыбаться.

— Что?

— Улыбайся, когда будешь им рассказывать про котят. Они увидят, что ты рада, а не просто хочешь похвастаться.

— У них-то наверняка котят нет.

— Но и у тебя их нет, — сказал он и сразу же пожалел о своих словах, заметив, как она сникла. — Но ты, конечно, первая заметила, что Бак растолстел, поэтому котята и твои тоже, — добавил он, снимая перчатки. — Идем, я покажу тебе дорогу. Но никуда с нее не сворачивай. Если свернешь, то заблудишься. А в лесу медведи.

— Нету там никаких медведей, — нахмурилась она, недовольная, что он говорит с ней как с маленькой. — Там водятся норки, еноты, олени и фазаны, но они сами меня боятся. — Она вприпрыжку побежала рядом, чтобы не отставать от него. — Правда?

— Правда. Ну вот. Видишь тропинку рядом со старым кленом?

— Да! — Она бросилась бегом по дорожке.

— Постой! — окликнул он ее. — Что мне сказать твоей маме, если она придет тебя искать?

Она обернулась:

— Скажите, что пригласили меня. Вы ведь меня пригласили?

Он не стал спорить.

— И когда ты вернешься?

— Занятия в яхт-клубе начинаются в два.

— А что ты должна сделать, когда будешь рассказывать ребятам о котятах?

Она изобразила широкую улыбку и побежала к лесу.

В течение часа после звонка Саймона Сюзанна мучилась угрызениями совести, потом набрала номер Грега.

— Как ты не вовремя, — сказал он.

Но Сюзанна не собиралась сдаваться. Ее время не менее ценно. А Грегу когда ни позвони — все не вовремя.

— Мне звонил Саймон, — сказала она. — По его словам, маме нужна наша помощь. Ты что-нибудь слышал?

— Какая помощь?

— Не знаю. Он говорил о поддержке.
— У нее есть поддержка. Джилл сейчас там.
— Вот как? Хорошо. Но зачем тогда Саймон звонил мне?
— Послушай, у меня сейчас важная встреча, а мне еще надо просмотреть полсотни страниц текста.
— Ты приедешь в Асконсет?
— Нет.
— Одному из нас надо бы поехать. Посмотрим сами, что там происходит.
— Поезжай. У тебя больше свободного времени, чем у меня.
— Но твоя жена там. У тебя есть повод навестить семейное гнездо.
— А почему бы это не сделать тебе, раз ты так беспокоишься?
— Беспокоишься как раз ты, — возразила она. — Ты уверен, что Берки пытаются завладеть виноградником. Мог бы сам поговорить с Карлом.
— Сюзанна, я занят.
— Я тоже! — сорвалась она. — А если что-нибудь случится? Ты же мужчина и лучше разбираешься в бизнесе.
— Сюзанна, у меня встреча... через восемнадцать минут.
— Перестань! — Ей надоело, что он отмахивается от нее, как от назойливой мухи. — Неужели твоя работа для тебя важнее, чем семья? Я прошу тебя о помощи, Грег.
— В Асконсет я не поеду, и точка! — отрезал он. — Если Джилл хочет поговорить, она знает, где меня найти!
Сюзанна оторопела:
— Так у вас размолвка?
Он хмыкнул:
— Отдохнем друг от друга, и все наладится. Послушай, Сюзанна, не обижайся на меня. Я совсем замотался. Джилл хотела поехать в Асконсет, а я нет. Позвони ей. Узнай, что там происходит. Если почувствуешь неладное, поезжай туда сама. Но меня не зови. Я сейчас не могу туда ехать. Не могу, и все.

Глава 20

— Я часто задумываюсь о семье, — задумчиво промолвила Натали. Она умолкла, явно недоговаривая.
— О чем именно? — спросила Оливия.
Натали смотрела в окно.
— Говорят, голос крови сильнее всего. Я всегда воспринимала это в положительном смысле: семья — главное для человека. Но эти слова можно истолковать иначе. Голос крови заглушает доводы рассудка, и там, где дело касается семьи, разум уступает место чувствам. — Она посмотрела в глаза Оливии. — Меня это очень тревожит.

Оливия тоже задумывалась над этим. Но если ее мать была неизвестно где, то Натали растила детей и все время жила в Асконсете.

— Может, вам попытаться им еще раз позвонить? — предложила Оливия.
— Нет. Они расстроены.
— Но им надо прочитать то, что я написала.
— Вы не написали лучшую часть моей повести, потому что я ее еще не рассказала.

На столе лежали фотографии послевоенных лет. Оливия реставрировала те, на которых изображалась благополучная жизнь зажиточной фермы. Другие, запечатлевшие тяжелый каждодневный труд, Натали не стала подновлять.

Она взяла один из снимков, запечатлевший ее сидящей в кресле с двумя детьми. Александр стоял рядом, обнимая ее за плечи и широко улыбаясь. Больше не улыбался никто.

— Мы с Александром были в разлуке пять лет. К счастью, он приезжал на побывку, но всего на несколько дней. К тому же я толком не знала его до свадьбы, и когда он вернулся, я поняла, что передо мной незнакомец. Дети его дичились, что только усложняло отношения. Но по крайней мере он вернулся. Я верила, что теперь все пойдет гораздо легче. Александр спасет Асконсет. Ради этого я и вышла за него замуж.

«Александр спасет Асконсет. Ради этого я и вышла за него замуж».

Как часто я повторяла эту фразу, когда он был на войне, когда я тосковала по Карлу гораздо больше, чем по собственному мужу! Ужасное время, полное горя и страданий! Как только свадебная лихорадка прошла, я поняла, что мне нужен Карл.

«Но Александр спасет Асконсет. Ради этого я и вышла за него замуж», — повторяла я как заклинание. Только это меня и спасало в те трудные дни.

— Трудные?

— Не то слово. Мы работали в поле с утра до вечера и ждали писем. Почтальоны приносили письма в первую очередь тем, чьи мужья и сыновья были на фронте. Больше всего мы боялись получить страшное известие и просиживали целыми ночами у радиоприемника, ловя военные сводки. Вести о гибели местных ребят заставляли нас вздрагивать от страха.

Я в полной мере ощутила всю горечь одиночества. Мне было не с кем поговорить и поделиться своими тревогами и сомнениями. С двумя маленькими детьми на руках я могла рассчитывать лишь на себя.

«Александр спасет Асконсет. Ради этого я и вышла за него замуж». Но где же деньги?

Я ни разу не задала отцу этот вопрос. Я ведь женщина, дочь и не имею права голоса. Асконсет принадлежит отцу. Кроме того, он сам заключил сделку.

«Будут после войны», — хмуро пробурчал он, когда я в первый и последний раз решилась спросить его об этом. Итак, пришлось довольствоваться таким ответом и надеяться на лучшее. Александр спасет Асконсет, когда закончится война. А вместе с Асконсетом спасет и моего отца. Надо продержаться еще немного.

И мы держались — Джереми и я. Мы вели все дела, пока не вернулся Карл и не взял на себя часть ноши. Я была и рада, и не рада его возвращению. Рада, потому что к нам наконец пришла помощь, и не рада, что помощь пришла в лице Карла. Мне теперь приходилось видеть его каждый день и вспоминать о том, что я утратила безвозвратно.

Александр спасет Асконсет. Когда он вернется с войны, он возродит виноградник и отец воспрянет духом. Асконсет возродится и станет богатой процветающей фермой.

Обещание Александра не было голословным. Его семья владела двумя обувными фабриками, которые, несмотря на Депрессию, приносили немалый доход. С началом войны фабрики Сибрингов вместо обычной обуви стали выпускать армейские ботинки и сапоги для американских солдат и союзных армий. Спрос был очень велик, и фабрики едва успевали выполнять заказы.

Война положила конец Депрессии, как ни ужасно это звучит. Фабрики Сибрингов были не единственными предприятиями, которые от этого выиграли. Солдатам нашей армии требовались одежда, еда, вооружение, транспорт. И производство оказалось на подъеме.

После войны многие из тех, кто в годы Депрессии экономил каждый грош, смотрели в будущее с оптимизмом. Фабрики, выпускавшие военную форму и сапоги, перестроились на выпуск мужских костюмов и платьев для женщин, туфель и другой мирной продукции.

Та же перспектива ожидала и предприятия Сибрингов. Они бы наверняка тоже разбогатели.

Но... Отец Александра умер в разгар войны. Александр перепоручил управление фабрикой до своего возвращения. Сам он был увлечен игрой в шпионов и задержался в Европе дольше, чем я ожидала.

Нет-нет. Я зря так говорю. Не пишите это, Оливия. Александр не играл в шпионов. Он занимался полезным, нужным делом — сбором свидетельств военных преступлений нацистов. Их ожидало справедливое наказание.

Но отсутствие Александра пагубно сказалось на судьбе его фабрик. Если бы он вернулся сразу же после окончания войны, предприятия были бы спасены. Но ко времени его возвращения ничего поправить уже было нельзя. Доверенный управляющий скрылся вместе с огромной суммой денег, оставив фабрики в плачевном состоянии.

Я рассказала вам, как впервые увидела Карла. Рассказала и том, как он ушел на войну, а я вышла замуж за другого. Теперь расскажу о том дне, когда я узнала, что все мои жертвы были напрасны и я потеряла все, не получив взамен ничего.

Это случилось в воскресенье. Александр уже месяц жил дома, но каждый день уезжал к себе на фабрики. Мы думали, что предприятия работают и он всего лишь проверяет, как идут дела. Он не говорил нам ни об управляющем, ни о том, что фабрики закрываются. Спокойная, уверенная улыбка не сходила с его лица.

По правде сказать, о нас он думал в те дни меньше всего. Он потерял семейный бизнес. Целый месяц пытался спасти хоть что-нибудь, но тщетно. Теперь он должен был сообщить нам эту печальную новость. Воскресенье — самый подходящий день для подобных признаний. В этот день посещают церковь, что настраивает на понимание и прощение.

Мы вернулись из церкви и обедали всей семьей. Отец был слишком слаб и в церковь не ходил, но присоединился к нам за столом. Александр подождал, пока с едой покончат. Детей отправили спать. Я вымыла посуду.

Эл и мой отец слушали радио. Как только я вернулась в комнату, Александр выключил приемник.

— Плохие новости, — сказал он, садясь в кресло, и поведал нам о том, что натворил его управляющий. Рассказал и о своих попытках спасти фабрики, и о розысках, предпринятых полицией.

Я внимательно слушала, но страшный смысл его слов дошел до меня не сразу. Ведь Александр спасет Асконсет. Ради этого я и вышла за него замуж, не дождавшись Карла.

Вот только денег у Александра больше нет. И спасти Асконсет он не сможет.

Мой отец побелел как полотно. Трижды пытался он подняться и только с моей помощью смог встать. Дрожь сотрясала его тщедушное старческое тело. Помню, я начала нести какую-то чепуху, только чтобы его отвлечь.

«Мы найдем деньги, — говорила я, — и закупим новые сорта винограда. Не волнуйся, все образуется. Ложись и набирайся сил. Когда прибудут саженцы, ты научишь нас с Джереми за ними ухаживать».

Он молчал, отвернувшись и глядя в окно пустым, безразличным взглядом. Все было кончено — он не выдержал ударов судьбы.

Я любила отца, и видеть, как он на моих глазах теряет веру в свою мечту, было очень больно. Я уложила его в постель и сидела с ним, пока не проснулись дети. К тому времени Александр уже снова был полон энергии и оптимизма.

Но не я. Мне надо было побыть одной и все хорошенько обдумать.

Я попросила его приглядеть за детьми, но он сказал, что поедет в Ньюпорт встретиться с фронтовым другом.

Я взяла детей с собой. Брэду было пять, и он побежал впереди. Я подхватила на руки Сюзанну, которой едва исполнилось два годика.

Мы шли к океану. Сентябрьский день выдался солнечным, но холодным. Добравшись до берега, поднялись на скалу, где нас не могли достать брызги.

Волны с силой разбивались о прибрежные скалы. Я наблюдала за ними как завороженная, на душе у меня было пусто и горько. Отчаяние овладело мной.

В какой-то момент мне захотелось прыгнуть вниз и погрузиться в ледяную пучину.

Но тут Брэд обнял меня за шею. Океан пугал его, и он искал у меня защиты.

Этого было достаточно, чтобы я пришла в чувство.

Подхватив детей, я зашагала домой. Не знаю, где я взяла силы, чтобы донести их обоих, но я это сделала. Вернувшись на ферму, приняла решение, которое оказалось прозорливым.

«Решение, которое оказалось прозорливым», — напечатала Оливия и откинулась в кресле. Она всегда считала Натали оптимисткой. Но оптимист вряд ли станет всерьез подумывать о самоубийстве.

Оливия встала и подошла к окну. Вдалеке между рядами виноградных кустов прохаживалась Натали вместе с дизайнером, которая должна была сделать эскизы новых ярлыков для вин Асконсета. Они гуляли по винограднику уже около часа. Натали считала, что художница должна сначала проникнуться красотой этих мест, прежде чем приняться за наброски.

«Прозорливое». Оливия заглянула в словарь. Прозорливое — значит, проницательное, мудрое, пророческое.

Ей не терпелось услышать продолжение истории. Натали обещала вернуться, но до сих пор была занята с дизайнером.

Тесс захочет перекусить, перед тем как ехать в яхт-клуб. Новая кухарка не проработала и дня, а Натали уже подыскивала ей замену. Оливия, покупавшая готовые завтраки в закусочной у перекрестка, решила наконец, что вполне способна приготовить сандвичи самостоятельно. К примеру, сандвичи с тунцом — Натали и Карл их очень любят.

Она нашла в кладовой банку с тунцом и майонез в холодильнике, смешала их и намазала на хлеб. Добавив кочанный салат, разрезала каждый сандвич пополам. Ничего особенного. Ленч не ее стихия.

В ожидании Тесс она читала газету, как вдруг в комнату вошел Саймон. Он увидел ее и остановился, потом быстро шагнул к холодильнику, достал бутылку с водой и выпил ее.

— Жара страшная, — сказал он, повернувшись к Оливии. — А кто сделал сандвичи?

— Я, — ответила она, отложив газету. — Рискни — съешь кусочек. Я готовить не умею. — Ей хотелось уметь. Мужчины любят домашнюю стряпню. Но им также нравятся длинные белокурые волосы, а этого у нее тоже нет.

Он приподнял слой сандвича.

— Чем же плох тунец?

— Да ничем, но с ним можно приготовить блюда гораздо вкуснее. Мадалена прекрасно готовила сандвичи. Мне так и не удалось добиться от нее, как она это делала.

— Она добавляла лук.

— Лук?

— Крошила в майонез.

— Ах вот оно что! — Оливия скрестила руки на груди. Саймон смотрел на нее, и она чувствовала себя ужасно неловко — ну где ее пышные золотистые волосы? Она просто жалкая мышка по сравнению с ним. — Как поживают котята? — спросила она.

— Ползают — такие крохи. — Он кивнул на сандвич. — Можно?

— Угощайся.

Значит, лук с майонезом. Надо запомнить. Впрочем, Саймону, похоже, и так нравятся ее сандвичи.

— Натали рада, что Бак оказался кошкой, — сказала она после некоторого молчания, чтобы он не подумал, будто она напрашивается на комплимент.

— Да, она мне твердит об этом весь день. Я этого не переживу, — сказал он, усмехнувшись. Его, по-видимому, не сильно расстроил этот факт — скорее позабавил.

Оливия ждала, когда он улыбнется, но его взгляд коснулся ее губ, и она тут же забыла об улыбке.

— Где Натали? — спросила она, чтобы не молчать. — Все еще на винограднике?

— Да. — Он взял еще один сандвич.

Оливия взглянула на часы.

— А где Тесс? — Вопрос был риторический, и она не ожидала ответа.

— У меня дома. Хотела посмотреть на котят. Я показал ей дорогу.

— И напрасно. Она теперь будет у тебя там торчать день и ночь. Тесс только о котятах и говорит.

— А почему бы тебе не взять одного, когда они чуть-чуть подрастут? А еще лучше — возьмите двоих или всех пятерых.

— Вряд ли это возможно. У нас нет своего дома. Я даже не знаю, где мы будем жить осенью. А некоторые домовладельцы терпеть не могут кошек.

— Что ж, у вас пока есть время на раздумья — целых шесть недель. — Он направился к двери, захватив с собой еще один сандвич. — Очень вкусно. По правде сказать, с луком мне не нравилось. Спасибо за ленч.

***

— «Решение, которое оказалось прозорливым», — прочитала вслух Оливия, чтобы напомнить Натали, на чем они остановились. Она сидела в кресле с блокнотом на коленях. К этому времени она уже успела покормить Тесс и отправить ее в яхт-клуб, а Саймона выкинуть из головы. Теперь она готова работать. — Вы правда думали о самоубийстве?

Натали нахмурилась:

— Всего мгновение. Мной овладело отчаяние. Я все потеряла, и мне стало страшно.

— Страшно?

— Страшно за свое будущее. Пока Александр воевал, я представляла себе, как мы заживем, когда он вернется. Картины, которые я себе рисовала, не были безоблачными и идеальными, но только так я могла себя убедить, что поступила правильно, отказавшись от Карла. Спасение Асконсета — превыше всего. Однако моя жертва оказалась напрасной. И картины будущего... рассыпались в прах.

Ее руки беспомощно упали на колени, лицо исказилось болью.

Жизнь Оливии тоже трудно было назвать безоблачной. Ее не обошли потери и разочарования. Но Натали, должно быть, переживала все это гораздо сильнее, если готова была покончить с собой.

Благодаря Карлу Натали успела изведать настоящее счастье. И от его утраты боль разочарования стала еще острее.

— Как бы то ни было, — продолжала она, — это длилось не дольше минуты. Возвращаясь домой с детьми, я пересмотрела свои взгляды на жизнь. До этого дня я всегда надеялась на других. Сначала на отца, потом на Карла, затем на Александра. Я послушалась маму и приняла решение, которое не должна была принимать. Но это было мое решение. И пожалуйста, подчеркните эту фразу. Меня не заставляли выходить замуж за Александра. Я сама согласилась стать его женой. — Натали умолкла.

— А дальше? — осторожно спросила Оливия.

— Настоящее прозрение пришло в тот роковой день. Сидя на скале и глядя вниз на бушующие волны, я выбрала жизнь. Но не просто жизнь, а жизнь богатую и счастливую. Я поклялась сделать для этого все, что в моих силах.

Оливия поняла, что открывается новая глава истории Натали, но ее волновал один вопрос.

— Вы задумывались о разводе?

— Нет. Я вышла замуж за Александра по собственной воле.

— Но вы поверили его ложным обещаниям.

— Когда я выходила за него замуж, его обещания имели под собой твердую почву. Он и в самом деле надеялся возродить виноградник с помощью денег, полученных от доходов своих обувных фабрик. Он не лгал.

— Но он же вас подвел, — возразила Оливия. — Вы не рассердились на него?

— Рассердилась? Да, я была зла, но не на него, а на обстоятельства. Как можно злиться на того, кто действовал из лучших побуждений и сам пострадал от своей доверчивости? Я была разочарована. Мне-то казалось, что он прирожденный бизнесмен, а он таким не был. Но у него было доброе сердце.

— Вы говорили, он слишком задержался в Европе.

— Нет, — возразила Натали. — Я сказала, что все могло бы быть по-другому, вернись он пораньше. Но он выполнял там важную миссию.

— А как же ваш отец? Ведь ваша мать сказала, что он умрет, если не сможет возродить Асконсет. Разве вы не обвиняли Александра в его смерти?

Натали печально улыбнулась:

— Александр не был виноват, что отец потерял все свои сбережения во время Депрессии. Это было начало конца, но виноват в этом был только отец. Как президент банка, он сам принимал решения. Александр не имел никакого отношения к тем ошибкам, которые совершил отец, уже будучи фермером. Александр покупал в Европе те сорта винограда, какие его просили. Не его вина, что сорта не годились для нашего климата. Он никогда не советовал отцу вкладывать в это деньги. Кроме того, отец выдержал этот последний удар и протянул еще несколько лет — может быть, благодаря именно Александру.

— Так он не умер?! — воскликнула Оливия.

— Нет. Александр был к нему очень внимателен. Он подолгу сидел у постели и разговаривал с ним. А когда Александр рассказывал, все слушали его затаив дыхание и верили ему. Он мог сказать, к примеру, что Асконсет возрождается и вскоре его вина будут соперничать на мировом рынке с французскими. Конечно, все это была пустая болтовня, — улыбнулась Натали, — но отец давно не выходил на плантацию. После таких бесед силы возвращались к нему. Александр даже как-то свозил его в город, на что у меня и Карла никогда не хватало времени. А Эл всегда был рад развлечь старика — он нашел в нем благодарного слушателя. С трогательной заботой помогал ему выбраться из машины и усаживал в кресло в какой-нибудь закусочной. Александр давал ему возможность снова ощутить жизнь.

— Рада это слышать.

— Но вы все еще не можете мне простить, что я не развелась с ним ради Карла.

— Нет, вовсе нет, — запротестовала Оливия. — У вас были на то свои причины. Просто на вашем месте я бы поступила иначе.

— Сейчас другие времена. Ваше поколение относится к разводу гораздо легче. О разводах пишут газеты, говорят в теле- и радиопрограммах. Развод стал обычным делом. При первых же трудностях супруги расстаются. В наше время развестись было гораздо сложнее, но я осталась с Александром не поэтому. И не ради детей. Я осталась с ним потому, что он мой муж. Мы уважали институт брака. Это из-за войны — ведь наши мужья сражались за свободу, рисковали жизнью. И мы, жены, должны быть преданны им. Развод — трусливое бегство от трудностей.

— Даже если муж оскорбляет и унижает жену?

— Только не Эл. Он не пил, не играл в азартные игры. Он был хорошим, добрым человеком без практической жилки.

— Но вы хотя бы думали о возможности развода?

— Я не считала его выходом из положения, — ответила Натали. — Я любила Карла. Если бы можно было время повернуть вспять, я бы вышла замуж только за него. Но изменить ничего уже было нельзя. Я жена Александра и должна попытаться построить свое семейное счастье с тем, что у меня есть. Разве вы сами делаете не то же самое?

Оливия оторопела:

— Я?

— Вы хотели, чтобы мать вас любила, но она вас бросила. Вы хотели, чтобы вас любил отец Тесс, но он сделал то же самое. У вас нет опоры в лице родственников и семьи — есть только ребенок, который полностью от вас зависит. Вы ничего не могли изменить и пошли работать, чтобы самой заботиться о Тесс. И я уважаю вас за это.

— Правда? — улыбнулась Оливия.

— Конечно. Именно поэтому я вас и выбрала среди других. У вас независимый, сильный характер.

Оливия помрачнела.

— Быть свободной и независимой не очень-то приятно. Всю жизнь я ищу человека, на которого могла бы опереться в трудную минуту.

— Но вы справитесь и без него.

— Да. У меня есть Тесс. Я ей нужна.

— Вот и у меня был Асконсет. Я тоже была ему нужна. Это и удержало меня от рокового шага. Я любила детей, но понимала, что они смогут вырасти и без меня. Дети становятся взрослыми и самостоятельными, хотят того их родители или нет. Асконсет — другое дело. Он не мог выжить сам по себе. Без нашей заботы ферма погибла бы.

Кто же займется возрождением Асконсета? Отец болен и слаб, Джереми ухаживает за больной Бридой. Александр ничего не сможет сделать без денег, а Карл не станет ему помогать.

Оставалась только я. Во время войны я работала на полях и знала фермерское дело. У меня были знания и цель — выращивать не картофель и кукурузу, а виноград. Ради этого я и выходила замуж за Александра. Что же еще мне оставалось делать?

Но купить новые сорта мы пока не могли. Не было денег.

Однако у нас была недвижимость. Фабрики Сибрингов закрыты, а это оборудованные здания, готовые для работы. Кто-нибудь наверняка захочет их купить.

Александр поначалу встретил мою идею в штыки. Эти заводы — фамильное наследие Сибрингов. Он мечтал, что случится чудо и они снова заработают, как раньше. Понятия не имею, как он это себе представлял, но Александр всегда отличался богатым воображением и отсутствием трезвого взгляда на вещи. Он мечтал о возрождении фабрик — предмета своей гордости.

Я убедила его, что владеть Асконсетом гораздо выгоднее. Я нарисовала перед ним радужные перспективы развития фермы и говорила, что он будет ездить в Европу и закупать новые сорта, только теперь мы будем более осторожны в их выборе. Я показала ему план фермы с размеченными будущими плантациями и объяснила, как мы будем сажать виноград.

Откуда я все это знала? У отца было много книг по виноградарству.

Беда в том, что сам он был и остался банкиром. Как всякий математик, он прекрасно управлялся с цифрами, но не смог извлечь из этих руководств рекомендаций, полезных для нашей фермы. Карл их прочел и все понял. Он передал книги мне, и я тоже все поняла. Вполне объяснимо, что средиземноморские сорта не будут расти в нашем климате. В Италии и южной Франции устойчивый климат с длинным, жарким, сухим летом и дождливой зимой. Наш климат больше похож на континентальный, как в европейских винодельческих регионах — Бургундии, Шампани и Рейне, где воздух прохладнее, а теплый сезон короче. Значит, мы должны сажать сорта, которые плодоносят именно там.

Мне удалось убедить в этом Александра. Он понял, что у нас есть хорошие перспективы. А главное, согласился с ролью, которую я ему отвела в общем деле.

Одним словом, он сдался. Мы встретились с местными банкирами, и Эл расписал им достоинства своих предприятий. Он уверял, что фабрики — просто находка для того, кто захочет воспользоваться экономическим подъемом мирного времени. Александр мог уговорить кого угодно — это был его конек. Он ведь неплохо играл в покер и умел блефовать.

Мы получили от продажи фабрик на пятьдесят процентов больше, чем предполагали. Недостающую сумму заняли в банке.

Мы? Нет, Александр эту часть дела взял полностью в свои руки. Он ведь мужчина, а я женщина. Кому, как не ему, иметь дело с деньгами?

Обиделась ли я? Нет. Мы получили деньги, и это главное. Я все это затеяла не из пустого тщеславия. Я хотела спасти Асконсет.

И мне еще повезло. Большинство моих знакомых женщин остались без работы. Во время войны они заняли места своих мужей, а когда те вернулись, снова были вынуждены сидеть дома. Это было несправедливо. А я всего лишь немного досадовала на то, что Александр отстраняет меня от решения денежных проблем.

Но Александру было необходимо почувствовать себя главным. Теперь закрытие фабрик называлось его дальновидной стратегией. Оказывается, он все это придумал ради того, чтобы заняться виноградником. Да, гордыня его не знала границ.

Оливия, прошу вас, не пишите всего, что я вам сейчас говорю. Это выглядит как критика, а я никого не хочу критиковать. Сюзанна и Грег очень уважают отца, и он заслужил их уважение и любовь. Он делал свое дело хорошо. Он был мощным орудием рекламы Асконсета. Я бы никогда не стала заниматься рекламой. Это неинтересно. Я была счастлива дома.

«Почему? Потому что рядом был Карл?» — спросите вы.

Нет. Потому что рядом был виноградник. Дети подросли, и виноград занимал все большее место в моих каждодневных заботах.

Но вернемся к Александру. Его гордыня не является чем-то из ряда вон выходящим. Многие мужчины любят лесть и поклонение. Главное, чтобы мы, женщины, умели использовать это себе во благо.

Вы смотрите на меня с укоризной. Почему? Наверное, считаете, что я манипулировала близким человеком?

Нет, Оливия. Это всего лишь трезвый расчет. У Александра кое-что получалось лучше других. Он думал, что у него получается абсолютно все. Я не стала его разубеждать, и он преисполнился сознания собственной значимости. Поверив в себя, он стал выполнять свою часть работы еще лучше, чем прежде, и жить с ним стало гораздо проще.

Моя жизнь стала легче. Как только его самолюбие было удовлетворено, он позволил мне делать то, что я хотела. Мы поддерживали друг друга.

— Но это же игра, — заметила Оливия. — Зачем нам, женщинам, играть в такие игры?

— Мы не обязаны этого делать. Но если мы начинаем игру, то у нас есть шанс выиграть. Иначе все останется как есть.

— Значит, женское движение — пустая трата времени?

— Вовсе нет. Оно научило женщин бороться за свои права и открыло им глаза на те возможности, которые предоставляет им жизнь. Но надо быть реалистами. В идеальном мире женщины имели бы одинаковые права с мужчинами. Но наш мир далек от идеального. А быть реалистом — значит работать с тем, что есть, изучать человеческие типы и характеры и учиться использовать их в своих целях. Возьмем, к примеру, Саймона.

Оливия недоуменно улыбнулась:

— А при чем здесь Саймон?

— Он сложный человек. Женщины хотят от него искренности и открытости, но он не может им этого дать. И на то есть свои причины. Если мы поймем причины, то сможем отыскать в его характере эти качества.

— Вы имеете в виду то, что случилось с его женой и дочерью?

— Да, отчасти. Он был вне себя от горя, когда они погибли. Саймон не хочет больше испытывать боль утрат и поэтому воздвиг вокруг себя непроницаемую стену.

Оливия сама видела эту стену. Он воздвиг ее у нее перед носом в первый же день их встречи.

— В чем же кроется другая причина?

— В его детстве. Мать Саймона была милая, тихая провинциальная женщина. Ана поздно вышла замуж, но точно знала, чего хочет. Она хотела иметь семью, мужа, ребенка. Думаю, она догадывалась о том, что Карл меня любит, но тем не менее стала его женой. Муж и ребенок любили ее, но мне кажется, она до конца так в это и не поверила. Такое впечатление, что она всегда что-то скрывала.

— Значит, это от нее Саймон унаследовал скрытный характер?

— Возможно.

— И с Лорой он вел себя так же?

— Да, наверное. Она была такая спокойная, покладистая. — Натали улыбнулась Оливии.

— А меня нельзя назвать покладистой?

— Конечно, нет, — сказала Натали. — Вы все время спорите со мной и подталкиваете меня.

— Я не об этом. Если вы пытаетесь нас сосватать...

— И в мыслях не было! Я просто делюсь своими размышлениями о мужчинах.

— А что вы скажете про женщин?

— Женщины смогут гораздо лучше управлять мужчинами, если найдут к ним подход. Александра, например, надо было хвалить и всячески ублажать. Саймон — другой. Его надо подталкивать.

— Я не собираюсь этим заниматься, — сказала Оливия и взяла карандаш. — Продолжим или мне перепечатать это на компьютере?

Глава 21

Вот и середина лета. Оливия думала об этом весь вечер. Да и как не думать, если Тесс замучила ее вопросами? Они читали ее любимую книгу — «На берегах Плам-Крик» Лоры Инголз Уайлдер, — но Тесс больше интересовали котята. Захлопнув книгу на середине главы, она спросила мать, могут ли они взять котенка. Оливия снова перечислила все доводы против.

— Но если мы переедем, — настаивала Тесс, — то выберем квартиру, где нам позволят держать котенка. Когда мы узнаем, куда переезжать?

— Как только я найду работу.

— И когда ты ее найдешь?

— Скоро.

— А когда я узнаю, где буду учиться?

Оливия не могла ответить на этот вопрос и всерьез забеспокоилась. Поначалу она не волновалась, уверяя себя, что еще успеет и осенью у нее будет работа, а Тесс пойдет в новую школу.

Прошла уже половина лета, а у нее ничего нет. Надо поторопиться.

Как-то она проснулась до рассвета и, стараясь никого не разбудить, поднялась в кабинет на чердак. Там включила свет и компьютер. Через минуту Оливия уже была в Интернете. Теперь она не будет класть все яйца в одну корзину и даже в двенадцать корзин. Она распечатала названия и адреса всех найденных ею музеев, затем проделала то же самое с художественными галереями. Затем распечатала со своего диска соответствующее количество резюме и принялась составлять новое сопроводительное письмо, как вдруг дверь отворилась. Оливия невольно вздрогнула.

Это был Саймон.

— Я сразу поняла, что это ты, — пробормотала она.

— Ну конечно, — сказал он, прикрыв дверь. — Кто еще поднимется в такую рань? Я увидел свет. Что ты делаешь? — Он подошел к ней и взглянул на экран.

Первым ее побуждением было закрыть монитор руками, но она вовремя одумалась — слишком это по-детски.

— Не читай. Это черновик. У меня проблемы с правописанием, я полностью завишу от программы редактора. Если ты это прочтешь, то наверняка спросишь, как я могу писать историю Натали. Но смею тебя заверить, конечный вариант всегда...

— Тише, тише. — Он положил руку ей на плечо.

Она умолкла. Он прочел ее резюме, выпрямился, но руку не убрал.

— Мне нужно найти работу, — сказала она, не отрывая взгляда от экрана. — Натали наняла меня только до осени.

— И после Дня труда ты свободна?

— Да.

— А куда бы ты хотела поехать?

— Где будет работа. Нищим не приходится выбирать.

Он погладил ее по плечу.

— Зачем так говорить? Ты же художница, фотограф.

— Художники всегда живут в бедности. А я должна кормить, одевать и учить Тесс. — Она со вздохом поднялась. — Я найду себе место. Попытаю счастья в других видах деятельности.

— Например?

— Пойду работать в отель.

Он оторопело уставился на нее.

— В отель?

— А почему бы и нет? Я человек общительный. Буду покупать билеты в театр, заказывать лимузины, советовать гостям, какие достопримечательности посмотреть, какие рестораны посетить. — Она улыбнулась. — Представляешь, мне придется самой пообедать во всех ресторанах, чтобы решить, какой рекомендовать моим клиентам.

— Рекомендации продаются и покупаются.

— Ну, это слишком цинично. Я не стану действовать таким образом и прямо заявлю об этом своему боссу.

— А если вкусы посетителей не совпадут с твоими?

Она пожала плечами:

— И такое может случиться. Нельзя же всем сразу угодить. Мы с Тесс будем жить прямо в отеле. Ты только подумай! Тесс будет еще одной Элоизой. Ей ведь так нравятся эти рассказы. После того как она прочла «Элоиза в Париже», она сразу захотела в Париж. Но Нью-Йорк ей тоже понравится. Мы будем жить в «Плазе»...

Саймон закрыл ей рот поцелуем, что не явилось для нее неожиданностью, если учесть, что последние несколько минут он не отрывал взгляда от ее губ. Но ощущения, которые пробудил его поцелуй, ошеломили ее — он был теплым и нежным и странно знакомым.

Оливии всегда нравилось все теплое и нежное, будь то яблочный пирог прямо из печи, чашка горячего шоколада с пеной взбитых сливок или поцелуй, от которого по всему телу разливается сладкое томление. Он долгий, нежный, и ты хочешь, чтобы он никогда не прерывался, и он тебя пугает, потому что ты не можешь понять, что это такое.

Саймон был изумлен не меньше ее.

— Что это? — прошептала она.

— Это сильнее меня, — шепнул он в ответ и, привлекая ее к себе, провел рукой по ее отросшим золотистым волосам.

— Раньше я носила длинные волосы, ниже плеч. Но в мае мне стало жарко, и я их отрезала. Я во всем такая — нетерпеливая и непредсказуемая. Как и то, что происходит сейчас с нами.

Он медленно провел пальцем по ее губам — где тут непредсказуемость и импульсивность? От его прикосновений ее обдало жаром. Ладонь Саймона скользнула по ее шее к груди.

У Оливии перехватило дыхание. Она прижала его руку к груди, закрыла глаза и прислонилась лбом к его плечу.

— Это что еще такое? — раздался голос за их спинами.

Оливия резко обернулась к двери, испугавшись, что их застала Натали. Но на пороге стояла не Натали, хотя сходство было поразительное — те же рост, фигура, осанка, прическа. Вот только волосы незнакомки были теплого каштанового оттенка, а не седые, как у Натали. Оливия готова была поверить, что видит перед собой Натали на двадцать лет моложе.

Сюзанна усмехнулась:

— А я-то думала, что мама составляет список гостей. Саймон, у тебя щеки горят.

— И у тебя, — спокойно отпарировал он, выступив вперед, как будто пытаясь прикрыть собой Оливию. — Я не знал, что ты приехала.

— Мама тоже не знает. Я приехала вчера вечером. Думала, поднимусь сюда, открою дверь — то-то она удивится! — Взглянув на Оливию, она вопросительно вскинула бровь.

Оливия шагнула вперед — не нужна ей ничья защита! — и, беря пример с Саймона, спокойно протянула руку:

— Оливия.

— Я так и поняла, — заметила Сюзанна, ответив рукопожатием. — На вашем месте могла быть новая горничная, бухгалтер или помощница на ферме. Итак, кто еще уволился?

— Мадалена и Жуакин, — ответила Оливия.

Сюзанна вопросительно взглянула на Саймона.

Он снова оттеснил Оливию.

— Натали уже нашла им замену.

— Со второй попытки, — поправила Оливия, выходя из укрытия. — Она приступает к работе на следующей неделе. На этот раз мы имеем хорошие рекомендации — она работала в ресторане. Первая не умела готовить ничего, кроме сандвичей, и наверняка не справилась бы с праздничным ужином.

Но Сюзанна не слушала ее, сердито сверля глазами Саймона.

— Ах ты, негодяй! Так вот зачем ты звонил. Натали нужна моя помощь? Как бы не так! Ей нужна кухарка!

— Ты прекрасно готовишь, — сказал Саймон, — но я звонил не поэтому. Кухарка у нас скоро будет.

— Поверю, только когда увижу ее своими глазами, — буркнула Сюзанна. Сунув руки в карманы — типичный жест Натали, — она перевела взгляд на Оливию. — Итак, вы и Саймон.

— Нет, — поспешила возразить Оливия. — Между нами ничего нет.

— Ничего не произошло, — подтвердил он.

— Я здесь всего на одно лето.

— Я не готов к серьезным отношениям.

— Секс не подразумевает серьезные отношения, — обронила Сюзанна, но Оливия не согласилась.

— Нет, напротив!

Саймон продолжал:

— То, что ты видела...

— Просто дружеские объятия, — подхватила Оливия. — Я расстроилась из-за того, что никак не могу найти работу на осень, и Саймон попытался меня утешить.

— Ну да, конечно, — сказала Сюзанна. — Смею заметить, что вы нашли кабинету новое применение. Впрочем, вполне вероятно, что он служил укромным гнездышком влюбленных в течение многих лет. Пойду сварю кофе. — Она вышла, прикрыв за собой дверь.

Минут пять спустя Оливия нашла Сюзанну на кухне. Та уже поставила варить кофе.

— Простите, — обратилась к ней Оливия. — Сожалею, что вы стали этому свидетелем в собственном доме.

Сюзанна открыла шкаф с кухонной посудой.

— Значит, вы признаете, что это не просто дружеские объятия?

— Признаю, — сказала Оливия, поскольку отрицать это было бессмысленно, — но не могу никак понять, что происходит, и не хочу, чтобы это повторилось. Я приехала сюда вовсе не за этим. Саймон никогда раньше не был со мной в кабинете, и, больше чем уверена, ваша мать тоже не встречалась там с Карлом, а если и встречалась, то отнюдь не ради забавы.

— Но вы ведь не можете этого утверждать, верно? — сказала Сюзанна, придерживая дверцу шкафа, и слегка поморщилась. — «Ради забавы». Как можно так говорить о женщине маминого возраста!

— Вы не правы, — улыбнулась Оливия. — Только представьте, какую свободу получает человек, которому исполнилось семьдесят шесть лет. Конечно, при условии, что он бодр и здоров. Но даже если и нет, все равно возраст многое прощает. Не надо волноваться о том, что подумают о вас другие. Можно делать все, что захочется.

— И это вы считаете преимуществом пожилого возраста? — спросила Сюзанна. — А как же люди, которым вы причиняете боль своим поведением? — Она достала из буфета муку, кукурузные хлопья, сахар и захлопнула дверцу.

— Я не имела в виду Натали, — сказала Оливия. — Я говорила о том, что старость дает человеку свободу — к примеру, носить ярко-розовое платье.

— Это все равно что менять мужей каждые полгода. — Сюзанна осматривала содержимое холодильника. Оливия промолчала, и она заметила: — Вот вам и нечего возразить. — Вынув молоко и яйца, она положила продукты на стол.

Оливия присела на высокий табурет у стойки.

— Вам надо прочитать историю Натали. После этого полгода не покажутся вам таким уж коротким сроком. Если хотите, я дам вам ту часть, что успела перепечатать.

Сюзанна достала миксер из ящика стола.

— Спасибо, но у меня есть что почитать.

— Ее история многое бы вам объяснила.

— Если мама хочет объясниться, пусть поговорит со мной с глазу на глаз.

— Ей нелегко рассказывать о своей жизни. Мне самой приходится постоянно задавать ей наводящие вопросы. — Оливия улыбнулась. — Она очень обрадуется вашему приезду. Ваш муж тоже здесь?

Сюзанна вынула из ящика мерные стаканчики.

— Нет. Он работает.

— А дети?

— Тоже работают. Как вы, наверное, уже догадались, не работаю только я, поскольку труд домохозяйки теперь не считается работой. — Она вытащила из духовки противень и покрыла его бумажным полотенцем.

— Ну, это всего лишь говорит о мужском невежестве, — заявила Оливия. — Домохозяйка — древнейшая из всех профессий.

— Я думала, проституция древнее.

— Нет, именно домохозяйка. Только подумайте об этом. Неандертальцы-мужчины уходили на охоту, а их женщины... оставались в пещере, готовили еду, растили детей. Если бы они этого не делали, мужчины умерли бы с голоду. Конечно, они могли бы есть сырое мясо, но это совсем не то. Кроме того, если бы у них не было детей, то их род вымер бы в первом поколении. Мужчины не могут иметь детей сами по себе — они для этого не приспособлены. А мы? Мы можем делать все, что угодно. Можем убирать, готовить, растить детей, шить одежду и продавать ее. Возвращаясь к своей аналогии, скажу, что мы можем и охотиться. Правда, не знаю, как вы, а я бы расплакалась, если бы застрелила оленя. Конечно, мне никогда не приходилось выбирать между охотой и голодом. А вот вашей маме пришлось.

Сюзанна погрузила мерный стаканчик в пакет с мукой.

— Маме пришлось выбирать между голодом и охотой?

— Ну, не совсем. Но подобный выбор действительно перед ней стоял. Я сама не знала об этом. До приезда сюда я считала, что Асконсет всегда был процветающей фермой, но это далеко не так.

— Знаю, — сказала Сюзанна, просеивая муку. — Виноградник не сразу стал таким, как сейчас, но я не думаю, что маме приходилось бегать по полям и охотиться за куропатками для ужина.

— А здесь водятся куропатки? — спросила Оливия, но в этот момент в дверях появилась Натали.

— Я услышала твой голос, — сказала она дочери, раскрывая объятия и радостно улыбаясь. Сюзанна вытерла испачканные в муке руки о полотенце, и женщины обнялись. — Я так рада тебя видеть! — Натали окинула дочь внимательным взглядом. — Когда же ты приехала? Неужели вела машину ночью?

— Около полуночи. Дверь в твою комнату была закрыта. Я решила тебя не беспокоить.

— Я спала одна, — ответила Натали и лукаво усмехнулась. — Вижу, вы с Оливией уже познакомились.

— О да. Она была в твоем кабинете, когда я зашла туда, собираясь удивить тебя. Она пришла ко мне на кухню, и мы разговорились.

Оливия была благодарна Сюзанне, что та ни словом не обмолвилась о происшедшем в кабинете. Ей не хотелось оправдываться перед Натали.

— Да, Оливия мне очень помогает, — сказала Натали, не спуская глаз с дочери. — Ты прекрасно выглядишь, Сюзанна.

Помолодела, похорошела. И прическу изменила. Как дети? Мелисса, Брэд?

Оливия не стала задерживаться и поспешила удалиться. Она ушла, втайне радуясь тому, что, несмотря на разделяющую мать и дочь стену непонимания, внешне их отношения выглядят достаточно теплыми.

Глава 22

Остаток дня Оливия то и дело возвращалась мыслями к Саймону. Это не давало ей покоя. Она буквально разрывалась между плотским влечением, с одной стороны, и голосом рассудка — с другой.

Рассудок победил. Что бы ни было, нельзя дать увести себя в сторону от главной цели. Об этом она и сообщила Саймону на следующее утро. Как только он появился во дворе, она спустилась к нему и, едва поздоровавшись, выпалила заранее заготовленные фразы.

Он спокойно выслушал ее и вместо ответа спросил:

— А какова твоя цель?

— Не знаю. В этом-то и проблема. Но я должна быть свободна, то есть ничем и никем не связана. Мне надо думать только о Тесс и о себе. Я на распутье — и в жизни, и в карьере. Мне сейчас не так-то легко.

Они шли по тропинке, разделявшей каберне совиньон от шардонне. На безоблачном небосклоне поднялось солнце.

— А о чем ты мечтаешь? — спросил он.

— О чем мечтаю? То есть чем бы я хотела заняться?

— Ну, я не имею в виду работу в «Плазе», — заметил он, явно подтрунивая над ней.

Оливия не сразу ответила. Она не ожидала, что человек, который поначалу казался таким холодным и неразговорчивым, станет интересоваться ее будущим. И это отнюдь не облегчало ее задачу. Будь он грубым, высокомерным, ей было бы проще принять решение.

— О чем я мечтаю? — повторила она, собираясь с духом. — Честно?

Он кивнул.

— Мне бы хотелось сделать фотоэссе о пожилых.

Он слегка улыбнулся:

— О пожилых?

Она кивнула.

— Видишь ли, наше общество ориентировано на молодость и красоту. Старшее поколение выходит за эти рамки, но пожилые люди имеют огромный опыт — это читается в каждой их морщинке. Их лица выразительны и по-своему прекрасны. Я могла бы запечатлеть это на снимках. — Смутившись и испугавшись, что он станет смеяться над ее энтузиазмом, она добавила: — Это всего лишь планы.

Но Саймон не засмеялся.

— Виноградные кусты чем-то похожи на нас, людей. Чем они старше, тем ярче проявляется их характер. Куст должен расти четыре года, прежде чем начнет давать полноценный урожай. С возрастом качество только улучшается. Во время цветения и созревания мы подвязываем виноградные лозы, поэтому они становятся одинаковыми, как солдатики. Но зимой, когда листья опадают, ты видишь, что каждый куст неповторим.

Оливия готова была слушать его до бесконечности. Ей нравилось его воодушевление.

— Но когда листва опадает, плантации выглядят унылыми, разве не так?

— Нет. Зимняя спячка — очень важный период. Виноградник отдыхает и набирается сил для следующего сезона. Мы обрезаем ветки — это тоже очень важный момент. Ошибка может стоить урожая.

— Ты делаешь это сам?

— Донна мне помогает. И Паоло помогал. Осенью я кого-нибудь найму, но мне придется целый год учить этого человека. — Взгляд его стал рассеянным, на губах заиграла улыбка.

— Что такое? — спросила Оливия.
— Столько звуков, и все разные.
— Звуки?
— Да. Зимой виноградник полон звуков. Поскрипывают кусты на ветру, хрустят ветки, когда мы их обрезаем. Воздух морозный, изо рта идет пар. Солнца мало, но виноградным кустам достаточно. Потом приходит весна и распускаются почки. Ты ждешь этого, встаешь по утрам ни свет ни заря, гадаешь, когда же это наконец случится... и вот они распускаются — как всегда неожиданно. Это может произойти на рассвете, или около десяти утра, и даже в два часа дня — почки набухают и показываются зеленые листочки. И на виноградник опускается бледно-зеленая дымка. В этот момент внезапный мороз может погубить весь урожай.
— Весь урожай? — изумленно переспросила Оливия.
— Да, я знаю фермы, где это случалось. Но у нас такого не бывало ни разу. Нам помогает близость к океану. Благодаря влажному воздуху после потепления редко бывают заморозки. Но холод все-таки просачивается. Мы потеряли несколько рядов в низине из-за холодов. Разница даже в несколько градусов уже существенна. Но мы тщательно выбираем места посадки сортов. Одни из них более морозоустойчивы, другие — менее. Поэтому и сажаем одни на вершине холмов, другие — в низине; одним нужно утреннее солнце, другим — дневное.
— И как ты определяешь, что где сажать?
— Методом проб и ошибок.
— О Боже, ведь это, наверное, дорого!
— Не обязательно. Начиная выращивать шардонне, мы посадили несколько кустов в различных местах. Здесь они росли лучше всего. Тогда мы заказали больше и посадили целую плантацию этого сорта. Сейчас этим кустам более десяти лет.
— И вам пришлось выкорчевать старые кусты на этом месте?
— Нет. Мы пытались здесь выращивать каберне, но у нас ничего не получилось. Зато на другой стороне холма он прекрасно плодоносит. Что хорошо для одного сорта, может быть

плохо для другого. Все относительно. Нельзя забывать и о погоде. Микроклимат меняется с годами. Три года кусты плодоносили, и вдруг два года подряд неурожай. Видимо, для их посадки выбрали неподходящее место и время.

Они медленно шли по тропинке между рядами виноградных кустов. Неподходящее место и время.

— Это про нас, — тихо сказала Оливия. — Он остановился и молча взглянул на нее. — Неподходящее место и время, — повторила она вслух.

— Да. — Он посмотрел вдаль, на расстилающиеся впереди холмы, покрытые виноградниками. Глядя на него, она думала о том, что сейчас он красив как никогда.

— Может быть, через пять лет, — произнесла она намеренно беззаботным тоном, чтобы спугнуть облачко грусти, — я буду известна в «Плазе», а моя дочь напишет книгу, за которую будут биться лучшие издательства. Тесс станет еще одной Элоизой. Впрочем, ей будет тогда всего пятнадцать, но это не важно. Сейчас большой спрос на подростковые приключения. Она напишет «Дневник Тессы Джонс», а я буду его редактором. Мы получим огромный аванс за публикацию книги и сможем себе позволить роскошный особняк. Я выйду на пенсию, и мы снова приедем сюда. Тогда мне не нужно будет волноваться, где найти работу и в какую школу определить Тесс...

Она готова была говорить и говорить, но Саймон засмеялся и, обняв за плечи, притянул ее к себе. Они вместе зашагали обратно к дому. Этот бесхитростный дружеский жест очаровал Оливию.

Оливия стояла под душем и думала о Ромео и Джульетте. Одеваясь, вспоминала Антония и Клеопатру. О Скарлетт и Ретте Батлере она думала за завтраком, а завтрак Сюзанна приготовила великолепный. В кабинет Натали она поднималась, размышляя о Гвинет и Брэде.

Ее и Саймона нельзя назвать трагическими фигурами, но сегодня утром ей почему-то взгрустнулось. Работа не развеяла ее печали. Оливия реставрировала более поздние фотографии Натали, и мысли ее то и дело возвращались к противоречию между тем, что было и что могло быть.

Натали сразу же заметила перемену в ее настроении, когда поднялась в кабинет.

— Вы чем-то встревожены. Я могу вам помочь?

Оливия закрыла баночки с тушью и вздохнула:

— Нет. Я думала о том, где буду работать осенью. Лето пролетит быстро. — Она вытерла кисточки и сменила тему. — Я рада, что Сюзанна приехала. Она приятный человек. — Если Сюзанна и имела что-то против Оливии и Саймона или самой Натали, то никак этого не показывала. Она была со всеми приветлива и мила. — И она прекрасно готовит.

— Да, гораздо лучше меня, — согласилась Натали. — Я готовила, когда дети были маленькими, но моя кухня далеко не изысканна. Для меня это была просто еще одна обязанность домохозяйки.

— Но у вас была кухарка, — возразила Оливия, с удовольствием поддерживая разговор.

— Пока дети росли — нет. В то время, кроме меня, это не мог сделать никто. Выручали консервы. Мои дети выросли на спагетти. Мальчикам было все равно, но мне кажется, Сюзанна именно тогда поклялась кормить своих будущих детей более разнообразно. И до сих пор верна своему слову. Для нее кулинария — это искусство. Для меня — тяжелая повинность. Я наняла кухарку, как только мы смогли это себе позволить. У меня и без кухни было полно дел.

Те первые годы после войны были для нас тяжелыми. Мы получили деньги от продажи фабрик и взяли ссуду в банке, затем решили, какие сорта будем выращивать. Александр съездил в Европу и вернулся с саженцами, но ждать урожая было пока рано. Мы экспериментировали. Жили надеждами на будущее процветание, продавая кукурузу и картофель, чтобы расплатиться за одежду, бензин, машины. Наша жизнь почти ничем не отличалась от довоенной.

Разница была лишь в настроении. Во время Депрессии все были подавлены. В войну боялись за жизнь близких. Но после победы, поднакопив денег на продаже военной продукции и инвестировав свои сбережения в мирное производство, люди воспрянули духом.

Я жила надеждой. На мне лежала ответственность за виноградник.

Но лидером у нас считался Александр. Во всех неудачах он был готов обвинять себя, хотя мы с Карлом переживали гораздо больше.

Александр стремился сделать Асконсету имя и добыть ему славу лучшей винодельческой фермы. Мы же с Карлом просто хотели вырастить виноград.

— Александр так и не догадался о ваших чувствах к Карлу? — спросила Оливия.

— Нет.

— Значит, вы умело скрывали их?

— Скрывала? — переспросила Натали. — То, что мы почти все время проводили вместе, было полностью оправданно, и у Александра это не вызывало никаких подозрений. В середине пятидесятых Карл стал управляющим фермы. Он делал то, чего не хотел и не умел делать Александр. Карл работал на винограднике, что позволяло Александру разъезжать по Европе, участвовать в дегустациях вин в Нью-Йорке, встречаться в Ньюпорте с друзьями. Александр доверял Карлу. А я не давала ему повода для ревности.

Вот это большой вопрос.

— О, я вижу, вы хотели бы меня кое о чем спросить, — догадалась Натали.

Оливия покачала головой:

— Нет, это меня не касается.

— Но вы задаетесь этим вопросом.

— Наверное, об этом захотят узнать ваши дети. — Наверняка Сюзанна была почти уверена, что все эти годы у ее матери был роман с Карлом за спиной отца.

— Ну так мой ответ — нет, никогда, — сказала Натали, вздернув подбородок. — Я ни разу не изменила своему мужу. Ни разу за все время нашей совместной жизни. Да, я проводила больше времени с Карлом, чем с Александром, но это же работа, наше общее дело. Карл и я были, так сказать, в одной связке. Что бы там ни думали дети, я ни разу не нарушила клятву супружеской верности.

— А вам хотелось ее нарушить? — спросила Оливия. Она подумала о Саймоне и о своем влечении к нему. То же, наверное, было между Карлом и Натали.

Натали задумалась, нахмурившись, потом вздохнула:

— Я не могла себе позволить даже подумать об этом. Приходилось видеть в нем только партнера по работе.

— Целомудренный брак.

— Нет, — быстро возразила Натали, потом, подумав, согласилась. — Да, что-то в этом роде. Все же это было лучше, чем ничего. Я привыкла довольствоваться тем, что есть. — Она посмотрела в глаза Оливии. — Но я ни разу не нарушила клятву верности, — повторила она. — Я твердо решила сохранить брак с Александром.

— И у вас это получилось?

— Да, но это было непросто. Во время войны Александр чувствовал себя в своей стихии. Он мог говорить о ней бесконечно, особенно о военной разведке. Поначалу я думала, что его привлекали в ней секретность и риск. Но потом мне открылось и другое. Он во всем любил аккуратность, ратовал за жесткий распорядок и внешний лоск. Словом, вел себя как старший по званию. — Она многозначительно взглянула на Оливию.

— О Боже! Он мечтал превратить семью в казарму. Но как вы с этим справлялись?

— Мне пришлось во всем ему потакать. Я содержала дом в чистоте и завела в нашей семье строгий распорядок. Завтрак я подавала ему в столовой, а рядом клала свежую газету. За обедом ему первому я отрезала лучший кусок мяса и следила за тем, чтобы дети не шумели, когда он отдыхает. Они это помнят. Они сердились и обижались на меня, но я всего лишь исполняла его прихоти. Я позволяла Александру командовать и отдавать распоряжения, прекрасно понимая, что через минуту мой муж переключится на другое и забудет о них. Да, это была игра. Но мне удалось добиться своего. Александр не проявлял недовольства, а я могла работать с Карлом над созданием виноградника. — Она улыбнулась. — Остальное не так уж и важно.

Оливия выжидательно молчала, затем не выдержала и рассмеялась:

— Неужели вы собираетесь на этом закончить?

Натали спокойно улыбнулась:

— У вас есть все факты. Я любила Карла, но Александр об этом не догадывался. Я всячески ублажала мужа. Он умер, искренне веря в то, что являлся центром моей жизни. Если дети прочитают эти записки, то, возможно, одобрят мой нынешний брак с Карлом.

— Но вы ничего не рассказали о пятидесятых, — возразила Оливия.

— А что вы хотели бы узнать?

— Как рос и развивался виноградник. Я хочу знать, какую роль в этом сыграли вы и Карл. И хочу, чтобы вы рассказали о шестидесятых, о том, как достраивался Большой дом, как был построен винный завод. Хочу услышать, привлекали ли вы детей к работе, и если нет, то почему. Как они относились к тому, что их мать работает, когда другие женщины просто сидят дома? Что произошло между вами и Брэдом? — Она умолкла. Натали с умоляющим видом прижала палец к губам. — И почему его не пригласили на свадьбу? — тихо спросила Оливия.

Глаза Натали наполнились слезами.

— Что случилось? — прошептала Оливия.

Натали сидела не шевелясь, но не проронила ни слезинки. Наконец она глубоко вздохнула:

— Это старая история.

Зазвонил телефон.

Оливия словно не слышала звонка.

— Его нет на более поздних фотографиях. Я думала, он уехал из дома.

Натали взглянула на фотоснимки, которые реставрировала Оливия, но телефон зазвонил снова, и она попросила:

— Возьмите, пожалуйста, трубку.

— Алло?

— Оливия, это Анна-Мари. Ваш друг снова позвонил сюда. У него для вас важное сообщение, и он очень расстроился, когда я отказалась соединить его с вами.

Оливия потерла лоб. Неужели Тед до сих пор не успокоился? Она ведь была с ним предельно откровенна, даже груба. Но кто же это еще, если не он?

— Вы уверены, что это тот же мужчина?
— Абсолютно. Я узнала его по голосу.
— Он обещал приехать?
— Нет, но кто знает... Если у него есть номер телефона, он достанет и адрес. Может, позвонить в полицию?

Оливия как-то угрожала Теду сделать то же самое, но не стала портить ему карьеру.

— Тед страшный зануда, но он не опасен, — успокоила она Анну-Мари. — Если он снова позвонит, кладите трубку.

— Ваш тайный воздыхатель? — спросила Натали, когда Оливия закончила разговор.

— Мой бывший воздыхатель. Бедняга Тед! Звонит с работы и, вероятно, посматривает на часы. — Она невольно обратила взгляд на настенные часы. — О Господи! Я опоздала. Надо было отвезти Тесс в яхт-клуб.

В ответ на извинения Натали махнула рукой.

— Я все равно пока больше не собираюсь ничего рассказывать.

— Мы еще вернемся к этому разговору, — сказала Оливия.

Оливия сбежала по лестнице в холл и выскочила на улицу, удивляясь, почему Тесс не напомнила, что пора в яхт-клуб. Наверное, ждет ее у машины. Впрочем, Тесс до сих пор неохотно ездит на занятия, хотя парусный спорт ей нравится.

Но дочери не было ни на ступеньках, ни у машины, ни в саду.

Оливия огляделась вокруг. На дороге ее нет, на винограднике тоже. Во всяком случае, незаметно среди подросших кустов. Впрочем, так же как и Саймона.

— Ее отвезла Сюзанна! — крикнула с порога Джилл.

Оливия поднялась на веранду.

— Сюзанна? Боже, она не обязана была это делать.

— Да нет, она была только рада, — сказала Джилл, присаживаясь на ступеньку. — Она все равно собиралась за покупками, и им было по пути. «Как в старые добрые времена», — сказала Сюзанна. Ей так хочется внуков.

— Тесс решит, что я ее совсем забросила.

Джилл улыбнулась:

— Мы все свалили на Натали — сказали Тесс, что Натали держит тебя в кабинете и нам придется позаботиться о ее занятиях.

— Будто у вас нет других дел, — заметила Оливия, присаживаясь рядом. — Ты ведь пропадаешь в офисе весь день.

— Меня никто к этому не принуждал. Мне нравится работать.

Оливия чувствовала в Джилл родственную душу: они обе не принадлежат к клану Сибрингов, обе сражаются с проблемами, которые по плечу разве что мужчинам. — Ты уже говорила с Грегом?

— Да, мы говорили, но не о том, о чем должны были говорить.

— Это вполне в духе Сибрингов. Я стала невольной свидетельницей встречи Натали и Сюзанны. Все было так мило, и ни слова о том, что тревожит обеих. — И мягко добавила: — Как ты себя чувствуешь?

— Лучше. Здесь хорошо.

— И даже в офисе?

— Да. — Она задумчиво смотрела на виноградник. — Я всегда любила Асконсет.

— А Грег? Нравится ему здесь хоть немного?

— Да, но это напоминает любовь-ненависть. Он рос под родительским давлением.

— Как это?

— Он должен был быть лучше всех. Ты же знаешь, как родители настраивают детей.

— Если честно, то нет, — сказала Оливия. — Моя мать знала, что я блистать не буду, и не ждала то меня успехов. Она уехала, бросив меня на произвол судьбы.

— То есть если бы ты проявила недюжинные способности, она бы осталась. Это я и называю родительским давлением.

Оливия не ожидала такого поворота.

— Но здесь совсем другое. Мы с мамой были никто, у нас не было ни положения, ни состояния. А у этой семьи есть все — имя, деньги. Это налагает на детей большую ответственность.

— Я не согласна. Каждый из нас стремится заслужить одобрение родителей. С именем, без имени — какое это имеет значение? Мы хотим радовать наших родителей. И Грег не был исключением. От него много ждали, особенно Натали, но, черт возьми, он не первый, кто вынужден идти по стопам старшего брата.

— Брэда?

— Да.

— Ты знала его?

— Я? Его и Грег-то не застал. Между ними было восемнадцать лет разницы. К тому времени, когда родился Грег, Брэда уже не было. Я думаю, это даже хуже. Натали растила Грега по образу и подобию идеала.

— Натали? А Александр?

Джилл нахмурилась.

— Нет, — протянула она. — Его воспитывала Натали. — Она вскинула голову, услышав звук подъезжающего автомобиля. — А вот и Сюзанна.

Дочь Натали подъехала на машине с эмблемой Асконсета. Это что-нибудь да значит, подумала Оливия.

Она подошла к машине.

— Простите, Сюзанна. Я совершенно забыла про время. Спасибо, что отвезли Тесс.

Сюзанна небрежно отмахнулась:

— Все в порядке. Просто нам было по пути. — Она открыла багажник, битком набитый пакетами с продуктами.

— Она расстроилась, что меня нет? — спросила Оливия, беря у нее из рук сумку.

Сюзанна взяла пакет.

— Нет. Она расстроилась, что не поедет со мной по магазинам. Насколько я поняла, парусный спорт ее не увлекает.

— Нет, она любит кататься на яхте. Но у нее не ладятся отношения с другими детьми.

Джилл подошла к ним, желая помочь, но Сюзанна схватила ее за руку.

— Тебе нельзя поднимать тяжести, — шепнула она и опасливо покосилась на Оливию.

— Она все знает, — сказала Джилл, выбирая пакет полегче. — И поклялась хранить тайну. Мы говорили о Брэде.

— А, непогрешимый Брэд, — вздохнула Сюзанна, продолжая выгружать продукты. — Он разве что по воде пешком не ходил, а так был все равно что святой.

— Его здесь нет, и все же он здесь, — заметила Оливия.

— И всегда здесь был, — отозвалась Сюзанна и направилась к дому. — Но Грегу пришлось хуже, чем мне. Я девочка. Никто не ожидал, что я буду похожа на него или он на меня. Брэд никогда не мыл посуду, не убирал постель, не гладил рубашки. Господи, как же мы ссорились с ним из-за этого! Мама всегда ставила его чуть выше меня. Ужасно обидно.

— Но вы назвали своего сына в честь него, — заметила Оливия, поднимаясь за ней по ступенькам.

Сюзанна пожала плечами:

— Так уж заведено в нашей семье — первенец должен носить имя Брэда. Так было в каждом поколении. Но мой Брэд умеет и мыть посуду, и готовить. Уж я об этом позаботилась. — Пройдя через веранду, она оглянулась на Оливию. — Джилл жалуется, что при виде еды ее тошнит, поэтому вся надежда на вас, Оливия. Что нам приготовить на ужин — мясо под маринадом, картофель с чесноком и салат или же запечь лосося, а к нему подать рис и овощи?

Оливия улыбнулась.

— Запечь лосося, — сказала она, радуясь, что с ней обращаются почти как с родной сестрой.

Лосось удался на славу — нежный, сочный, ароматный. Сюзанна подала его на подносе с гарниром из риса и обложила со всех сторон тушеными цуккини и тыквой. Пили шардонне из Асконсета. На десерт был шоколадный мусс.

Оливия настояла на том, чтобы они с Тесс помыли посуду и прибрали на кухне — как еще отблагодарить Сюзанну за то, что та подвезла сегодня Тесс? Когда же все тарелки были перемыты, стол вытерт и верхний свет погашен, Оливия поднялась наверх, взяла в кабинете Натали свою папку и быстро вернулась на кухню. Сюзанна составляла меню на завтра.

Оливия положила перед ней папку.

— Это я успела перепечатать. Надо еще подредактировать, но читать уже можно. Если хотите, посмотрите. Это мемуары Натали.

Она вышла, прежде чем Сюзанна успела сказать хоть слово. Но когда вскоре вернулась за стаканом молока для Тесс, ни Сюзанны, ни папки на кухне уже не было.

Глава 23

С наступлением августа погода заметно улучшилась. Сухих солнечных дней стало больше, воздух постепенно прогрелся. Виноградные лозы вытянулись, листья стали темно-зелеными. Волосы Оливии отросли и теперь развевались на ветру.

— Солнце и жара, — смущенно заметила она, когда Саймон сделал ей комплимент. — Что хорошо для винограда, хорошо и для волос.

— И откуда ты только все знаешь? — усмехнулся он.

Если она что и знает, то только благодаря ему. Натали с головой ушла в подготовку к предстоящей свадьбе, а Карл каждую свободную минуту проводил с Тесс на корте. Ему, похоже, нравилось с ней играть, особенно с тех пор, как у нее стало получаться. Тесс теперь почти не пропускала подачи и время от времени подбрасывала Карлу трудные мячи, заставляя тем самым бегать по площадке. Девочка внимательно прислушивалась к его советам. Их занятия проходили около часа дня и после яхт-клуба, а иногда и после обеда до сумерек.

Сегодняшний день обещал быть особенно жарким с самого утра.

И почему, спрашивается, она гуляет с Саймоном по утрам, когда так беззащитна перед его обаянием? Потому что они друзья, решила Оливия, успокаивая себя этой мыслью. Им есть о чем поговорить, будь то ее работа, учеба Тесс или котята Бака. Любимой темой их разговоров был виноград.

Нельзя сказать, что соблазн полностью исчез. Оливии часто приходилось отводить взгляд от его загорелого лица, темно-голубых глаз, мускулистых бронзовых плеч. Но Саймон помогал ей отвлечься от запретных мыслей. Он больше не смотрел на ее губы и грудь, а смотрел либо в глаза, либо себе под ноги.

— Август и сентябрь — время созревания, — говорил он, шагая с ней рядом по тропинке между рядами виноградных кустов. — Если виноград получит вдоволь солнца и тепла, то сырая погода июня и июля не скажется на урожае.

— Значит, дожди никак не повлияют на вкус винограда? — спросила Оливия, чтобы его разговорить. Ей нравилось, когда он рассказывал о своей работе, — темно-голубые глаза светились добротой и воодушевлением.

— На виноград влияет все. Поэтому урожаи разных лет отличаются друг от друга. Дождь полезен, если солнца достаточно. Если виноград не дозревает, это другой разговор.

— Что вы из него делаете?

— Виноградный сок или розовое столовое вино.

— А если дождя не будет весь август и сентябрь?

— Нежелательно, конечно. Если почва высохнет, листья закроют поры, чтобы сохранить накопленную влагу. Процесс фотосинтеза замедлится, и виноградные гроздья недополучат сладости. — Он наклонился и раздвинул листву. — Видишь этот столбик?

Оливия сама ни за что бы не заметила его. Узенький столбик в три фута высотой был расположен вплотную к столбам, на которых была натянута проволока.

— Это искусственное орошение, — пояснил он. — Сюда поступает речная вода. Если почва пересыхает, мы увлажняем ее, не поливая кусты сверху, а подпитывая влагой снизу. Мы редко прибегаем к подобному способу, но иногда он нас выручает.

— А как же жара? Разве она не может погубить урожай?

— Может, конечно. Мы посадили сорта, которые растут в прохладном климате, как у нас на побережье. Если лето жаркое, они быстрее созревают. С этим я справляюсь.

— А с чем ты справиться не сможешь? — спросила Оливия.

— С ураганом, — ответил он. — Говорят, нас ждет трудный год.

— Ураган нагрянет сюда, в Асконсет? — За все семь лет пребывания в Кеймбридже ей приходилось всего несколько раз наблюдать бурю.

— В Карибском море уже было два урагана в этом году.

— Но здесь их не бывает?

— Бывают иногда. Не хочу накликать беду, — заметил он, — но ты спросила, и я ответил.

— И как вы защищаете виноградник от урагана?

— Да никак. Мы просто следим, чтобы кусты были сильными, здоровыми, — словом, делаем все, как обычно в августе. Подвязываем, опрыскиваем, смотрим, не появились ли насекомые-вредители. Опрыскивать тоже нужно осторожно — сейчас допускаются далеко не все химикаты.

Во время сбора урожая Оливии уже здесь не будет. Она пожалела, что не сможет принять в этом участие.

— Как ты определяешь, когда собирать виноград?

— На вкус и с помощью специального прибора — рефрактора. Он контролирует содержание сахара и кислоты в винограде. Мы собираем урожай, когда это соотношение оптимально. Если это соотношение достигается только для одного сорта, мы собираем его отдельно.

— Используете машины?

— Если ожидаются заморозки, то, чтобы ускорить процесс, мы иногда прибегаем к их помощи. Но я предпочитаю делать это вручную. Мы нанимаем рабочих. В этом году придется нанимать больше, чем обычно, — ведь двое уволились. — Он взглянул на нее. — Кстати, как тебе новая кухарка?

— Сюзанна? — полушутя-полусерьезно переспросила Оливия.

— Нет. Та, которую наняла Натали.

— А, Фиона. — Оливия подыскивала подходящие слова. — Молодая... энергичная. Она считает себя непревзойденной кулинаркой и не хочет делить свои обязанности с Сюзанной, хотя у той получается гораздо лучше. Сюзанна пытается помочь ей советом, но Фиона слышать ничего не хочет. По правде сказать, я не думаю, что она задержится в Асконсете надолго.

— А Сюзанна? — осторожно спросил Саймон.

— Она пока не заговаривает об отъезде. По-моему, ей здесь нравится. Но она в этом ни за что не признается.

— До свадьбы осталось меньше месяца. Есть известия от Грега?

— Я говорила с ним вчера вечером, — сказала Джилл Сюзанне. Завтрак закончился, и они сидели во дворе за чашкой кофе. — Он в Далласе со своим клиентом.

Сюзанна откинулась на спинку кресла. Ее разморило от жары.

— Он приедет сюда? — Вопрос не в том, что он должен разделить с ней вину. Сюзанну больше не терзали угрызения совести. Она чувствовала себя прекрасно, поскольку занималась любимым делом и ее кулинарные изыски нашли восторженных почитателей. Но Джилл недовольна его отсутствием.

— Пока не собирается.

— А на свадьбу приедет?

— Говорит, что нет, — ответила Джилл. — Мне кажется, он не прав, но стоит мне сказать ему об этом, как он встает на дыбы. А ты?

Марк задал ей тот же вопрос полчаса назад.

— Если тебя интересует, изменила ли я свое мнение о свадьбе, то ответ — нет. Мама и Карл влюблены друг в друга, это ясно, но как теперь выглядит ее брак с отцом? Я останусь здесь лишь до тех пор, пока не решится вопрос с кухаркой.

— Фиона не справляется.

Сюзанна знала это лучше других.

— Может быть, все дело во мне? Как только я уеду, она станет полновластной хозяйкой на кухне и дело пойдет на лад.

— Да, Фиона обрадуется, но вот обрадуемся ли мы? И откуда она только надергала все эти немыслимые рецепты? Одно дело — новшества, но еда должна быть вкусной. Неудивительно, что ее ресторан закрылся. Сюзанна, тебе надо остаться еще ненадолго.

Сюзанна и сама была не прочь остаться. Когда дети были маленькими, она все лето проводила в Асконсете. Детям нравилось здесь — солнце, чистый воздух, океан. И дедушка с ними играл во всякие игры.

А вот бабушка — никогда, подумала Сюзанна. Александр таскал их на плечах и играл с ними в мяч. Конечно, он делал это в соответствии с собственным распорядком и нередко наказывал расшалившихся внуков, но он же и возил их в яхт-клуб и покупал им конфеты. Дети с удовольствием проводили бы здесь каждое лето, если бы Сюзанна этому не воспротивилась. Она не могла позволить себе отдохнуть, поскольку мать, ее пример для подражания, никогда не сидела без дела. То работала в саду, то разбирала шкафы вместе с Марией, то встречалась с бухгалтером, то уезжала на ленч с друзьями. Она все время находила себе занятия, которые мешали ей побыть с Сюзанной и детьми. Сюзанна чувствовала себя лишней в родном доме.

И теперь все по-прежнему — ничего не изменилось. Со дня ее приезда Натали поговорила с ней от силы минут двадцать. Да, она больше не ездит в город с друзьями и не планирует предсвадебные вечеринки. Она работает в кабинете или в офисе — отвечает на телефонные звонки. Безусловно, почистить ковры или привести в порядок клумбы — дело важное. Но ведь Сюзанна приехала к ней повидаться. Если Натали не обращает на нее внимания, зачем ей здесь оставаться?

— Я задержусь ненадолго — пока Фиона не наберется опыта, — сказала она. — Мама тут не помощница. У нее и без того забот хватает.

— Натали работает над новым вариантом этикеток для вин Асконсета. Это очень важный маркетинговый ход. И она полностью поглощена его разработкой.

Сюзанна усмехнулась:

— Ну да, ей хочется так думать.

— Но это правда, — настаивала Джилл. — Я вижу ее в офисе каждый день. Она занимается маркетингом — и занималась задолго до смерти Александра. Она всегда была в курсе всех дел. Ты читала записи Оливии?

Сюзанна закрыла глаза и подставила лицо солнечным лучам.

— Нет.

— Обязательно прочитай. Эта история проливает свет на многое.

— Видишь ли, мой отец уже не скажет своего слова.

Джилл молчала, и Сюзанна была довольна, что последнее слово осталось за ней. Но когда та вновь заговорила, в ее голосе звучала спокойная уверенность, которая не понравилась Сюзанне.

— Это не борьба за лидерство. Натали не собиралась очернить и принизить Александра. Она просто рассказывает о том, какую роль сыграла сама в становлении Асконсета. Мы всегда знали о роли Александра, потому что он любил говорить о себе. А Натали только сейчас решила открыться. Ты должна прочитать ее воспоминания, Сюзанна.

— Ферма развивалась медленно. Александр повсюду говорил о нашем винограднике, но на самом деле мы все еще нетвердо стояли на ногах и молились об успехе нашего предприятия.

Но реклама была необходима. И внешний облик тоже много значил. В этом я была согласна с Александром. В начале пятидесятых мы надстроили верхние этажи у Большого дома. Стройка обошлась нам в круглую сумму, но у нас было двое детей и становилось тесно. Мы поместили фотографию обновленного дома на наших буклетах, предвосхищая будущий успех и процветание, к которому неуклонно шли все эти годы. И кстати, мы уже продавали виноград.

Первый хороший урожай дал шардонне. Мы посадили один акр, потом два, четыре. Мы не собирались пока сами производить вино и продавали виноградный сок в Европу.

Почему это вас удивляет? Европейские виноградники не всегда дают хороший урожай и тоже зависят от погоды. В последнее время виноградари научились бороться с неблагоприятными условиями, но в пятидесятые эта зависимость была все еще слишком сильна. В неурожайные годы наши заказчики смешивали свежий сок с нашим и производили неплохие вина. Нам хорошо платили, и мы имели возможность покупать новые сорта.

Как же нам удавалось прокормиться? Мы по-прежнему продавали картофель и кукурузу.

Но вы правы, этого недостаточно для большой семьи: оплаты поездок Александра, покупки сельхозтехники, удобрений и пестицидов.

Я провела не одну бессонную ночь, вынашивая свой план. А потом снова не спала ночами — вдруг все рухнет в одночасье? К счастью, этого не случилось. Идея пригородов пришлась как раз кстати.

Вернемся немного назад. В нашем городе жил один парень — ровесник моего брата и Карла. Он приезжал к нам, когда погиб Брэд, потом тоже ушел на войну, но получил тяжелое ранение и вернулся через год ослепшим на один глаз. Хотя он всех убеждал, что может сражаться, его отправили домой. Мы встречались в ресторане. Я поделилась с ним своими мечтами возродить виноградник, а он поведал мне, что хочет построить город.

Да, город. Ни больше ни меньше. Генри Селиг не мелочился. Многие смеялись над ним, но я — никогда. Мы оба были своего рода фанатиками.

Когда война закончилась, я потеряла его из виду. Он перебрался в Нью-Йорк, а я была слишком занята своими проблемами. Потом он снова вернулся, и его мечта начала приобретать реальные очертания. Вернувшиеся с войны вчерашние студенты колледжей с женами и детьми и приличной зарплатой были не прочь купить собственный дом в пригороде, где их дети могли бы играть, а жены — выращивать цветы.

Генри умел строить и планировать застройку сотен таких домов. И знал, где это надо делать. По дороге в Провиденс было рассеяно несколько маленьких поселков, а остальная земля продавалась. Пригородные поселки разрастались во всех штатах. Почему бы им не вырасти и в Род-Айленде?

Генри нужны были только деньги на покупку этой земли и строительных материалов.

У меня были деньги. Немного, конечно, но ведь я была одна из многих инвесторов. В свое время я взяла их в банке и отложила на черный день. Депрессия научила меня заботиться о будущем.

Нет, Александр об этом ничего не знал.

Почему?

О Господи, как же мне объяснить? Наверное, я решила, что заслуживаю личного вознаграждения. Кроме того, я не до конца доверяла ему и боялась, что он истратит эти деньги. Мне хотелось иметь личные сбережения.

Я не сказала Александру о планах Генри Селига. И Карлу тоже ничего не говорила. Я работала не меньше других мужчин на благо Асконсета и заслужила вознаграждение.

Это оказалось очень выгодным вложением денег. За год первый квартал домов был построен и все до одного раскуплены. Мои вложения вернулись ко мне в пятикратном размере. Я снова положила исходную сумму в банк, присовокупив долю прибыли, а остальное опять инвестировала в проект Генри. Успех не заставил себя ждать. Все повторилось сначала. Генри меня не подвел ни разу. Он строил дома, потом начал строить офисные учреждения и магазины. До сих пор я получаю дивиденды с тех инвестиций.

Страшно ли мне было? Не то слово. Я понимала, что в случае провала мои сбережения пропадут безвозвратно. Но потом, когда пришел успех, перестала бояться.

Правда, поволноваться нам все же пришлось. В свое время в Нью-Йорке Генри познакомился с театральной публикой — режиссерами, актерами и актрисами, драматургами,

Когда Генри вернулся в Род-Айленд (и уже получил от меня деньги), Джо Маккарти и его комитет обвинили некоторых из них в причастности к коммунистическому движению. Имя Генри всплыло в ходе расследования. Поговаривали даже, будто ему придется предстать перед судом и давать показания. Но до этого не дошло. Вероятно, маккартисты поняли, что, даже если у Генри есть друзья с левыми взглядами, он капиталист до мозга костей и его присутствие превратит суд в посмешище. Однако несколько месяцев прошли в тревожном ожидании.

Впрочем, все хорошо, что хорошо кончается. Маккартизм осудили, Генри разбогател, а я получила возможность значительно улучшить нашу жизнь. Мы снова надстроили Большой дом и заново его обставили. Наняли кухарку и стали ходить на вечеринки. Потом наняли помощника на ферму, распахали целинные земли и посадили новые сорта винограда. Мы купили новую технику и расширили ангар. И наконец, стали разливать вино в бутылки.

Скорее всего мы добились бы того же без моих денег, но с бо́льшим трудом. А так все получилось быстрее и проще. И я рада, что смогла сделать это для Асконсета. — Натали покачала головой. — Странно, я давно уже не вспоминала об этой истории. И с Александром мы ее никогда не обсуждали.

— Потому что это был бы удар по его самолюбию? — спросила Оливия.

— Потому что это не относилось к делу. Я могла бы вложить в десять раз бо́льшую сумму в виноградник, но, если бы мы не работали от зари до зари на полях, не применяли новых, прогрессивных методов подвязки растений и борьбы с вредителями, у нас бы ничего не вышло.

Натали умолкла.

Оливия привыкла к таким перерывам в повествовании. Они давали ей возможность собраться с мыслями. Кажется, Натали кое-что упустила. Оливия пересмотрела записи, но не могла сказать, что именно.

— Опишите какой-нибудь самый обычный день в Асконсете.

Натали улыбнулась:

— Когда речь идет о детях или выращивании винограда, дни не похожи один на другой. То же самое, если занимаешься бизнесом, о котором даже не имеешь понятия и все для тебя внове.

— И это сделали вы, а не Александр.

Натали подумала с минуту.

— Если вы хотите знать, как распределялись роли, то я говорила, чтó делать, а Карл — как делать. Александр же был нашей рекламой. У него это отлично получалось. Он путешествовал, изучал рынок. Когда мы выпустили первую партию вин, мы уже знали, кому будем их продавать. Да, Александр не умел обращаться с деньгами и ничего не смыслил в сельском хозяйстве, но он был мощным пробивным орудием.

— А каким он был с детьми? — спросила Оливия и тут же поняла, чего ей не хватает. В истории Натали отсутствует личная жизнь.

— О, детей он очень любил, — сказала Натали, но ее улыбка быстро померкла. — Правда, поначалу ему было нелегко, я уже говорила вам. Когда он вернулся с войны, они его не узнали. Но прошел год или два, дети подросли, привыкли к нему, а Александр — к ним. Он, наверное, решил, что они не очень отличаются от взрослых. Он играл с ними, они его любили. Хотя он настаивал на строгом распорядке, проводила в жизнь его идеи только я. Я была в их глазах «плохой», а он — «хорошим». Кроме того, он подолгу путешествовал, а когда возвращался, всегда привозил им подарки. — Она вздохнула с улыбкой. — Они его обожали, и он был счастлив, а это, в свою очередь, облегчало мне жизнь.

— Вам было тяжело?

— Морально или физически?

— Жить на маленькой ферме у побережья.

— В пятидесятых стало легче. У нас появились стиральная и посудомоечная машины, пылесос, отопление и электроплита с термостатом, два автомобиля, три телевизора. Словом, мы зажили неплохо.

— Вы были счастливы?

— Да, очень.
— Счастливы по-настоящему?
— Да... — задумчиво повторила Натали. — Вы хотите знать про мои отношения с Карлом?
— Да, и с Александром, и с детьми. Вы рассказали о винограднике. Теперь мне бы хотелось услышать о вашей семье.
— Виноградник всегда был для меня источником радости. И сейчас, стоит мне там оказаться, я наполняюсь энергией и жаждой жизни.
— С Карлом?
— С ним или без него, — ответила она, потом поправилась: — С ним, конечно, лучше. Он любит Асконсет, так же как и я. И так же предан ему, гордится своей работой.
— И вы любите его.
— Да.
— А Александр? И ваш брак с ним?
— Нам было непросто. Видите ли, разные взгляды на жизнь... Порой меня это раздражало, порой злило. Я хотела, чтобы он стал... стал...
— Похожим на Карла?
Натали вздохнула и утвердительно кивнула.
— Конечно, он был совсем другой. И я строила нашу семейную жизнь, заботясь о том, чтобы нужды каждого из нас удовлетворялись. Правда, ссор нам не удавалось избегать, хотя и непродолжительных. Словом, можно считать, что наш брак удался. И я была счастлива, Оливия. Александр не Карл, но Карл тоже был в моей жизни. У меня было все лучшее, о чем я мечтала. Да, мне приходилось порой делать то, что нравилось Александру, но ведь мне это тоже нравилось. Вечеринки, званые обеды, поездки в Нью-Йорк в театр. Нет, я не мученица. И никогда ею не была.
— А вы были счастливой матерью? — спросила Оливия, не услышав этого ни разу от Натали.
Вот и сейчас она молчала, потупив взгляд. Потом подняла глаза и промолвила:
— Я люблю своих детей, переживаю за них... — голос ее дрогнул, — но с годами мы как-то отдалились друг от друга.

— Почему?

— Я все время была занята. В пятидесятые и шестидесятые мы стали вести светскую жизнь — вступили в яхт-клуб, устраивали приемы. Все это требовало времени, а львиную долю времени отнимал виноградник. Когда дети подросли, я уже не работала на полях, зато у меня появилось много других обязанностей.

— Но вы же были все время вместе, — возразила Оливия. — Вы физически присутствовали рядом.

Натали усмехнулась:

— Физически — рядом, мыслями — далеко-далеко. Я... я сожалею, что не уделяла им достаточно внимания. Мне кажется, они до сих пор в обиде на меня за это.

Оливия не могла с этим не согласиться. Сюзанна тоже говорила о том, что мать выделяла одного Брэда.

— А Брэд?

— Брэд — мой первенец.

— Знаю.

— Грег родился восемнадцать лет спустя. Все изменилось к тому времени. Ферма процветала, мы разбогатели.

— Рождение Грега стало сюрпризом?

— Нет, мы хотели ребенка, — возразила Натали не слишком уверенно. Почувствовав это, она поправилась: — Я люблю Грега и любила с первой минуты его появления на свет. Я пристально слежу за его успехами и карьерой, хотя он об этом не догадывается.

— Но вы спорили, заводить ли третьего ребенка?

Натали кивнула:

— Мне было тридцать шесть. Мой день был и так заполнен до предела.

— Тогда почему?..

— У нас с Александром был тяжелый период.

— И вы решили родить ребенка во спасение брака?

— Знаю, знаю! — встрепенулась Натали. — Люди вашего возраста считают, что это не самый лучший повод. Но это не так, Оливия. Александр хотел ребенка. Он говорил, что не застал своих детей маленькими и жалеет об этом. И был счастлив, когда я забеременела. Так у нас появился Грег.

Грег, который не знал своего старшего брата.

Оливия тихо спросила:

— Что же случилось с Брэдом?

Натали подняла на нее печальные глаза.

— Брэд родился в те черные дни, когда мужчины уходили на войну. Нас было много таких — юных испуганных матерей, оставшихся без поддержки мужей. Мы образовали что-то вроде женского клуба и потом еще долго встречались после войны.

Схватки длились у меня почти целый день, но когда наконец родился Брэд, я была счастлива. Он был тихим, милым ребенком. Когда ему исполнился месяц, он стал улыбаться, причем осмысленно, как мне казалось. Он словно чувствовал, как мне тяжело, и хотел меня подбодрить.

С той поры так и повелось — Брэд тонко чувствовал малейшие оттенки моего настроения. Когда мне было одиноко, он тянулся ко мне ручонками. Стоило мне загрустить, он улыбался мне, измазанный рисовой кашей. Как было не засмеяться вместе с ним? Его улыбка примиряла меня с целым светом. Этот ребенок был для меня бесценным даром. Я каждое воскресенье в церкви благодарила за это Бога.

Сюзанна родилась два года спустя. Роды прошли гораздо легче, и у меня уже был опыт по уходу за маленькими. Между Брэдом и Сюзанной никогда не было ревности и ссор из-за меня. Конечно, Брэд никогда не был обделен вниманием с моей стороны.

Сюзанна считает, что ей досталось меньше ласки и любви. Возможно, она права. Девочка не требовала многого, и я воспринимала это как должное. Она спокойно делала то, что от нее требовалось, — ела, спала, росла. Я узнавала в ней себя.

Брэд был другой. Перед ним, как перед мальчиком, открывалось множество возможностей. И способности у него тоже были. Он научился читать в четыре годика, прекрасно учился в школе, но не кичился этим. Обладая врожденной скромностью и добротой, он притягивал к себе друзей, был заводилой всех детских игр.

Добавлю вот еще что. Сюзанна воспринимает все несколько однобоко. Да, Брэд был моим любимчиком. Да, я уделяла ей меньше внимания. Но ведь и она была любимицей отца. Александр был гораздо строже со старшим сыном. Брэд мог бы это подтвердить, если бы находился сейчас здесь. Но его нет, и вы хотите знать почему...

Дайте мне минуту. Потерять ребенка — самое большое горе для матери. Тяжело об этом говорить.

Все случилось так неожиданно. Брэд всегда отличался отличным здоровьем. Никогда не болел, не простужался. Он был подвижным, сильным, крепким мальчиком для своих десяти лет. Когда же ему исполнилось одиннадцать, спустя месяц он слег с высокой температурой.

Мы страшно перепугались. Вокруг свирепствовала эпидемия полиомиелита. Мы отправили Сюзанну к знакомым, у которых не было детей. Нам оставалось только надеяться, что мы ошиблись.

Жар продолжался шесть дней, потом появился еще один симптом болезни. Ошибки не было. Наш мальчик не мог ни поднять голову от подушки, ни пошевелить рукой или ногой. Классический случай полиомиелита. Я сидела с ним весь день, прикладывала нагретые полотенца к его ногам, но все тщетно. Ему становилось все тяжелее дышать, и мы отвезли его в госпиталь.

Я никогда не забуду его беспомощный взгляд, обращенный ко мне, умоляющий облегчить его страдания. Он знал, что с ним. И знал, что его ждет. Он уже все понимал.

Помните эту недавнюю катастрофу, когда разбился самолет международного авиарейса? Все пассажиры погибли. Но в те несколько минут, пока самолет стремительно терял высоту, все они знали, что произошло. А их родственники ничем не могли им помочь.

Я пережила с Брэдом то же самое. Он слабел с каждым днем, с трудом дышал, с трудом открывал глаза, но все усилия были напрасны. Его тело умерло до того, как угасло его сознание. Это было... самое ужасное испытание за всю мою жизнь.

Натали умолкла. Несколько минут она сидела в кресле, устремив неподвижный взгляд в пространство. Потом, не говоря ни слова, поднялась и вышла из комнаты.

Оливия еще долго сидела не шевелясь. Она не стала ничего записывать. Наконец, оставив блокнот и карандаш на компьютерном столике, пошла искать Тесс.

Глава 24

Натали потеряла Брэда, Саймон — Лиану. Смерть ребенка — что может быть трагичнее? Да, все мы когда-нибудь умрем, но умереть на заре жизни — какая несправедливость судьбы!

У Оливии возникло непреодолимое желание обнять Тесс, прижать ее к своей груди. Тут она вспомнила, что девочка сейчас на занятиях в яхт-клубе, и готова была поехать туда и ждать на пристани, если бы в этот момент Сюзанна не позвала ее к телефону.

Нервы Оливии были взвинчены, и она решила, что с Тесс что-то случилось. Бросившись к дому, она взлетела по ступенькам на веранду. Должно быть, вид у нее был испуганный, потому что Сюзанна поспешила успокоить ее:

— Это опять Анна-Мари.

Опять? Мысли Оливии вернулись к Теду, что ее отнюдь не успокоило. Если он снова осмелился позвонить сюда, придется принять меры.

Она вошла в холл и взяла трубку.

— Я слушаю.

— Тут приехал один человек. Он хочет вас видеть.

Оливия закрыла глаза и приложила руку ко лбу.

— Ростом пять футов, худощавый, с короткими тёмными волосами?

— Нет, — тихо ответила Анна-Мари. — Примерно шести футов роста, грузный мужчина лет шестидесяти. Это он всё время звонил. Я узнала его по голосу.

Оливия встрепенулась. Если это не Тед, то, может быть, его друг?

— А как его зовут?

— Он не говорит.

— Тогда и я не встречусь с ним, пока он не назовёт своего имени.

Анна-Мари что-то спросила у мужчины, который, очевидно, находился там же, в офисе.

Оливия плохо слышала их разговор. Обменявшись недоуменным взглядом с Сюзанной, она увидела, как Натали, бледная и печальная, спускается по лестнице в холл.

— Он говорит, вы его не знаете. У него к вам какое-то поручение от вашей матери, — сказала Анна-Мари.

Сердце Оливии отчаянно заколотилось. Так вот кто звонил все эти месяцы!

— Спросите, откуда он. Посмотрите его документы. — Прикусив губу, она бросила тревожный взгляд на обеих женщин, которые внимательно слушали, стоя рядом.

— Он из Чикаго, — доложила Анна-Мари. — Зовут Томас Хоуп. У меня его водительское удостоверение.

— Я сейчас приеду, — дрогнувшим голосом сказала Оливия и положила трубку. — Он знает мою маму, — сообщила она Сюзанне и Натали, выходя на веранду.

Они сели к ней в автомобиль, несмотря на её протесты. В конце концов Оливия сдалась, рассудив, что они имеют полное право сопровождать её. Натали и Сюзанна посвятили её в частную жизнь семьи Сибрингов, а теперь узнают и её тайну. Кроме того, с ними ей будет гораздо спокойнее. Этот человек может оказаться кем угодно — мошенником, шантажистом и даже вором.

Она сумеет защитить себя. Но Оливия была тронута, что женщины решили с ней поехать.

По дороге к офису все трое молчали. Руки Оливии дрожали. Крепко вцепившись в руль, она пыталась угадать, что ей прислала мать. Конечно, лучше всего, если бы она приехала сама, но, подъехав к стоянке, Оливия никого не заметила в автомобиле с номером Иллинойса.

Она припарковалась и вошла в офис. Томас Хоуп сидел в приемной вместе с Анной-Мари. Едва она появилась в дверях, он резко обернулся к ней.

Это был действительно рослый, грузный человек отнюдь не угрожающего вида. Скорее раздражен, чем сердит. Впрочем, едва взглянув на нее, человек улыбнулся.

— Я Оливия, — с вызовом произнесла она.

— Кто бы сомневался! Вы просто ее копия. И упрямство тоже — заставили меня тащиться сюда и не отвечали на мои звонки. Но я обещал вашей матери исполнить поучение. — С этими словами он протянул ей объемистый конверт.

Оливия растерянно уставилась на него. В свое время этот конверт мог бы полностью изменить ее планы на лето. Кэрол, наверное, приглашает их встретиться где-нибудь в Сан-Франциско, в Диснейленде. А может быть, в конверте мемуары Кэрол, вроде тех, что диктует Оливии Натали? И Оливия прочитала бы их на два месяца раньше, если бы не была так уверена, что ее преследует Тед. А если в конверте генеалогическое древо, имена родственников и предков?

Оливия никак не решалась взять письмо дрожащими руками.

— Почему она сама не привезла его?

— Она умерла два месяца назад. Мне с трудом удалось узнать ваш номер телефона.

— Умерла?!

— У нее была больная печень. Я разыскал два адреса в Кеймбридже, но в одном месте сказали, что не знают, где вы, а в другом отказались дать мне номер телефона.

— Умерла?.. — переспросила Оливия, совсем забыв о том, что этот человек провел в пути два дня.

Томас Хоуп все еще протягивал ей конверт.

— Там свидетельство о смерти и банковские счета. В машине у меня коробки.

Оливия не взяла конверт, и он положил его на стол Анны-Мари и вышел в коридор, столкнувшись в дверях с Саймоном.

— Кто это? — спросил Саймон, оглядываясь.

Оливия тоже хотела это знать. Она выбежала на улицу к стоянке. Томас Хоуп открывал багажник автомобиля.

— Откуда вы знаете мою мать? — спросила она.

— Мы жили вместе.

— Вы были женаты?

Он поднял маленькую коробочку.

— Не на Кэрол.

— На другой женщине?

— Моя жена не давала согласия на развод, — ответил он, вынимая коробку побольше. — Кэрол это знала. Я всегда был с ней честен. Куда это отнести?

— Болезнь печени... Какая болезнь?

— Какая бывает от пьянства. Разве вы не знаете, что она пила?

— Нет. Она получала мои письма?

— Все, что у нее было, находится в этих коробках. Так куда их отнести?

— Я их отнесу, — сказал Саймон, забирая коробки.

— Почему она не ответила мне? — продолжала спрашивать Оливия.

Томас Хоуп потянулся за другой коробкой.

— Наверное, считала, что не имеет на это права.

Не имеет права? Мать всегда имеет право!

— Она знала о Тесс?

— Да, знала.

Оливия оторопела.

— Как она могла знать и даже ни разу не повидаться с ней?

Саймон подхватил обе коробки и направился в офис.

Томас захлопнул багажник.

— Вот и все. Незадолго до смерти Кэрол перебрала все вещи. В этих коробках — фотографии и книги. Когда ей становилось лучше, она вязала, и здесь есть несколько связанных ею вещей. Она передала их вам. — Он нащупал в кармане ключи. — Завещания Кэрол не составила. Поверьте мне на слово, я привез вам все, что у нее было.

Он открыл дверцу, сел в машину и завел двигатель.

«Подождите! — чуть не крикнула Оливия. — Какая она была? Как выглядела? Что делала? Где работала? Вспоминала ли обо мне? Любили ли вы ее?»

Но она продолжала молча стоять как вкопанная. Хоуп развернул автомобиль и выехал на дорогу. Саймон подошел и встал рядом.

— Может, это розыгрыш? — проговорила Оливия, глядя на Саймона. — Вдруг она хочет посмотреть на мою реакцию?

Подошла Натали с конвертом в руке.

— Здесь свидетельство о смерти.

Оливия нехотя взяла конверт и медленно распечатала его. Вместе с другими бумагами там лежала газетная вырезка с кратким некрологом. В числе ближайших родственников были названы только Оливия и Тесс.

Оливия перечитала вырезку, горечь утраты и странная опустошенность захлестнули ее с новой силой.

— Я всегда надеялась, что у нас были и другие родственники.

Натали ласково тронула ее за плечо.

— Мы чем-нибудь можем помочь? — спросила Сюзанна.

Чем тут поможешь? Ничего уже сделать нельзя, да и звонить некому. Остается только сказать об этом Тесс, которая никогда не знала свою бабушку. Кэрол не стала частью их жизни. Оливия говорила о ней всегда в прошедшем времени, чтобы не заронить надежду в сердце дочери. А сама до сегодняшнего дня надеялась, что когда-нибудь три женщины разных поколений воссоединятся в счастливую семью.

Но мечта так и осталась мечтой. Оливия внезапно осознала это с отчетливой ясностью, и ей захотелось... сделать хоть что-нибудь. Она перевела отчаянный взгляд с Саймона на Сюзанну и Натали.

— Я... мне надо пробежаться, — сказала она и направилась к своему автомобилю.

Саймон склонился к боковому стеклу.

— Как ты? — спросил он с такой нежностью, что ей захотелось плакать.

Оливия улыбнулась сквозь слезы:

— Все нормально. — Она завела двигатель и, резко развернувшись, выехала со стоянки. Несколько минут спустя она подъехала к Большому дому, взбежала по ступенькам наверх, переоделась у себя в комнате в шорты и майку, спустилась вниз и побежала по дороге.

Горячий воздух и полуденное солнце накалили мощеную дорогу, и от нее веяло жаром. Оливии было тяжело бежать — кололо в боку, болели ноги, но она не обращала внимания на боль, рассудив, что это лучше, чем сидеть в бездействии, окаменев от горя. Пот тек по ее лицу, и она вытирала его ладонью.

Так она пробежала мимо дома Саймона, потом еще милю-другую, повернула на тропинку, ведущую на побережье. Тропинка постепенно сужалась и наконец исчезла в каменистых утесах.

Оливия побежала по валунам вдоль берега. Вдали на водной глади виднелось несколько яхт. Наверное, Тесс находится на одной из них. Но сейчас Оливия не готова с ней говорить о произошедшем. Волны разбивались о скалы, и соленые брызги долетали до нее, освежая разгоряченное лицо.

Она замедлила бег и остановилась, тяжело дыша. Опустилась на камни и разрыдалась, прижавшись лбом к коленям.

Оливия не помнила, когда плакала в последний раз. Но так не плакала ни разу — горько, навзрыд.

— Оливия...

Она уткнулась в колени, но не могла унять слез. Саймон ничего больше не сказал — просто сел рядом и обнял.

Прошло немало времени, прежде чем она перестала всхлипывать у него на груди, обессилев от горя и отчаяния.

— Быстро же ты бегаешь, — пробормотал Саймон, и она бы рассмеялась, если б могла.

— Она не должна была... умирать, пока... мы не встретились с ней, — прерывисто сказала Оливия. Он погладил ее по голове, взъерошив ей волосы. — Я хотела, чтобы она увидела Тесс, полюбила ее... И меня... И мы бы тоже полюбили ее.

— Конечно.
— Я ничего о ней не знала. Не знала, что она пила.
— Оливия, все кончено. Не терзай себя.
— Господи, все напрасно! — воскликнула она, внезапно рассердившись и на себя, и на мать.

Он не спорил с ней, продолжая гладить по голове. Оливия взглянула на него.

— Она меня не любила.
— Это не так, — возразил Саймон.
— Откуда ты знаешь?
— Мать не может не любить своего ребенка. Но иногда ей трудно выразить свою любовь.
— Почему?
— На то есть свои причины.
— Все дело во мне. Я появилась не вовремя и все делала не так.
— Нет, ты тут ни при чем.
— Откуда тебе известно?

Он крепко обнял ее и сказал:
— Я не знал твою маму. Но я знаю, что матери всегда любят своих детей. Взять, к примеру, тебя и Тесс. Ты любишь ее, хотя она далеко не ангел и характер у нее не мед, но ты не променяешь ее на все сокровища мира. Вот что такое материнская любовь. Твоя мама тоже любила тебя. Если она не показывала свою любовь, то причины в ней, а не в тебе.

Оливии хотелось верить Саймону, глядя в его глаза — такие же синие, как небо в предрассветные часы. Ей хотелось верить ему и никому другому.

— Может быть, если бы она увидела меня такой, какой я стала, какие люди меня окружают, увидела, что я заботливая мать, что у меня есть работа... может, она полюбила бы меня хоть немного...

Но Кэрол Джонс умерла. Так говорилось в свидетельстве о смерти. Так сказал Томас Хоуп. Бессмысленно сомневаться в его словах. И изменить ничего нельзя — не помогут даже фантазии, излюбленный способ ухода от реальности.

Сердце Оливии сжалось от боли, и ей снова захотелось обнять дочку.

— Я должна идти, — прошептала Оливия, высвобождаясь из объятий Саймона и вытирая слезы с лица. Он был рядом, и это придавало ей уверенности, как и ранее присутствие Натали и Сюзанны.

Что ж, раз изменить ничего нельзя, пусть будет так, как есть.

Вечером они с Тесс открыли три коробки. Там оказались фотографии Кэрол и Оливии, отдельно — фотографии только Оливии, а также ее школьные тетрадки (вероятно, лучшие, судя по оценкам), бирочка из роддома — такая крошечная, что Оливия с трудом могла представить, что она висела у нее на щиколотке, — и осколок гипса, который она носила, когда сломала руку в семилетнем возрасте.

В одной из коробок они обнаружили подсевший корсаж. Оливия надевала его под выпускное платье — платье, которое Кэрол не покупала ей и так и не увидела.

— И как она все это сохранила? — выдохнула Тесс, перебирая вещи. — Вот молодец!

Оливия не стала возражать. Может, Саймон и прав — мать действительно любила ее, но обстоятельства помешали им встретиться. И если Кэрол пропустила собственный выпускной вечер, потому что была беременна, наверное, ей не хотелось участвовать в празднике Оливии. И все же сохранить корсаж, выудив его из кучи старья, было и в самом деле очень мило с ее стороны. Так что пусть Тесс думает, что так оно и было.

— Да, она молодец, — сказала Оливия, обнимая дочь.
— Не плачь, мама. Не люблю, когда ты грустная.
— Я так счастлива, что у меня есть ты.
— Ой, не прижимай меня так крепко — мне больно!
— Прости, — сказала Оливия и отпустила Тесс. — Что у нас еще есть?

В коробках лежали две вязаные шерстяные шали — одна зеленая, другая голубая. Оливия похолодела — откуда мама могла знать их любимые с Тесс цвета? Она обшарила дно коробки в поисках записки, но ее там не оказалось.

Тесс вытащила сумочку на молнии с дешевой бижутерией и пришла от нее в полный восторг. Кроме того, в коробке оказался ежедневник с металлической застежкой.

— Открой его, мама.

Оливии не хотелось читать дневник при дочери, и она отложила его в сторону. Но любопытство победило, и она все же расстегнула застежку. Первая страница была пуста. Вторая и третья тоже. Оливия пролистала до конца, но в ежедневнике не было ни строчки.

— Ничего? — разочарованно протянула Тесс.

Оливия снова пролистала книжечку и осмотрела титульный лист. На нем было аккуратно выведено чернилами от руки: «Кэрол Джонс».

— Зачем ей был нужен дневник, если она в нем ничего не записывала? — удивилась Тесс.

Оливия тоже подумала об этом. Ну как можно сначала подать надежду и тут же ее отобрать? Не хочется думать, что Кэрол могла поступить так жестоко.

Ей вспомнились слова Саймона: «Твоя мама тоже любила тебя. Если она не показывала свою любовь, то причины в ней, а не в тебе».

— Наверное, она тоже страдала дислексией, — предположила Оливия. — Ты тоже не очень-то любишь писать.

— Я буду писать в этой тетрадке.

Значит, пустой ежедневник может обрести вторую жизнь?

— Видно, она положила его сюда для тебя.

Тесс радостно встрепенулась:

— Правда?

— Да, я так думаю, — сказала Оливия. И действительно, лучшего наследства для Тесс нельзя было и представить.

Дочь обрадованно прижала ежедневник к груди.

Оливия достала из коробки последнюю вещь — маленький кожаный фотоальбом на две фотографии. Тесс, затаив дыхание, смотрела на снимки.

— Кто это? — прошептала она.

Эти лица были незнакомы Оливии. На снимках Натали она их тоже не встречала. Да и глупо было воображать себя родственницей Сибрингов. Пришло время взглянуть правде в глаза.

— Может, это моя бабушка?

— И твой дедушка. В день свадьбы.

Оливия тоже так подумала. Но ее внимание привлекли в первую очередь лица. Мужчина и женщина улыбались.

— У них добрые лица, — сказала Тесс.

Оливия кивнула, сглотнув подступивший к горлу комок.

— Как ты думаешь, они еще живы?

— Судя по тому, что написано в некрологе, нет.

Но Тесс не теряла надежды:

— Может, в конверте есть адрес и мы их найдем?

Содержимое конверта они еще не разбирали. Если Кэрол и оставила им письмо, то оно могло быть только там.

Оливия так боялась не обнаружить письма, что готова была спрятать конверт и никогда его не открывать.

Но здравый смысл возобладал. Да и сколько можно играть в прятки с судьбой?..

Вскрыв конверт, она достала оттуда водительское удостоверение Кэрол и страховой полис, а также банковский счет, закрытый три года назад. В конверте оказались газетные вырезки, одна из которых рассказывала о выставке фотографий, «реставрированных Отисом Турманом и Оливией Джонс».

Было здесь и свидетельство о смерти родителей Кэрол. Они умерли уже после рождения Тесс.

Не на шутку разозлившись на мать, Оливия достала из конверта последний документ, завернутый в чистый лист бумаги, — банковский счет.

И счет был открыт. Последняя запись сделана три месяца назад, то есть за месяц до смерти Кэрол. Но внимание Оливии привлекла не дата, а сумма.

— Сто пятьдесят три доллара? — выдохнула Тесс.

— Нет, дочка. Сто пятьдесят три тысячи долларов. И еще мелочь, — промолвила Оливия.

Тесс озадаченно поправила очки.

— Вот это да! Как много!

— Да, много. — Оливия прижала руку к груди и с трудом перевела дух. Обняв Тесс, она сказала: — Твоя бабушка оставила нам эти деньги в наследство. Теперь ты сможешь получить хорошее образование.

— А хорошая одежда?
— Одежду я куплю на свои деньги. На бабушкины деньги ты будешь учиться.
— Она так написала?
— Нет, но она бы рассудила именно так.
— А одежду тебе мы тоже купим?
— Нет, это деньги на учебу.
— А на поездку — для тебя?
— Нет.
— Почему?

Когда Тесс заснула, Оливия поняла, почему она не возьмет ни цента из денег Кэрол для себя. И тогда ей вдруг захотелось выговориться.

Сунув банковский счет в карман шортов, она вышла из дома и побежала по тропинке через лес. Луна освещала ей путь к домику Саймона. По дороге Оливия старательно разжигала в себе гнев, и когда она поднялась на крыльцо, ее всю трясло от ярости.

Саймон лежал на диване и читал. Увидев ее через застекленную дверь, он мигом вскочил с дивана. На ходу поправляя очки, он бросился открывать дверь.

Протиснувшись мимо него в коридор, Оливия протянула ему банковский счет и, скрестив руки на груди, смотрела, как он читает. Саймон пробежал глазами текст и хотел было что-то сказать, но, взглянув ей в лицо, передумал и слегка кивнул головой.

Оливия только этого и ждала.

— Я просто вне себя! — воскликнула она. — Как она могла со мной так поступить? Неужели она думала, что мне нужны ее деньги? Где она была последние двадцать лет? Или она не знала, что упущенное не вернуть? Не смотрела семейные телепередачи? — Оливия решительно подбоченилась. — И откуда у нее эти деньги? Мне бы очень хотелось знать! Она не сделала карьеру, не выиграла в лотерею. Раз ее погубило пьянство, она потратила кучу денег на спиртное. Так откуда у нее эта огромная сумма? — Она потерла лоб. — От родителей? Маловероятно. Из записей в банковском счете следует, что эти деньги она копила в течение многих лет, откладывая небольшие суммы. — Оливия подошла к окну, тяжело дыша. — Наверное, она начала копить их, еще когда я была маленькой. Да, это очень мило, но как жестоко! Я должна была покупать себе одежду на собственные деньги, а для этого мне приходилось работать в супермаркете по семь дней в неделю, без выходных, после школы. И все потому, что, по ее словам, у нас не было лишних денег. Я сама покупала себе и джинсы, и рубашки, и белье, и даже лифчики! Эти деньги должны были быть потрачены на ребенка, а она клала их на счет в банке!

Оливия помнила тот стыд, который довелось ей испытать в бельевом отделе, когда она покупала свой первый бюстгальтер. Мать должна была быть рядом с ней, подсказать ей, как правильно его выбирать. Нет, Оливия никогда не отправит свою дочь одну — это же сугубо женская покупка, и она сделает ее вместе с Тесс.

Оливия вышла в коридор. Бак лежала в корзинке, котята резвились рядом. Оливия рассеянно посмотрела на них.

— Хорошо, хорошо, — пробормотала она, повернувшись к Саймону. — Дети должны знать цену деньгам, но, черт возьми, мне же пришлось выпутываться самой! Хотя бы раз она дала десять долларов на свитер или пошла со мной и купила тот несчастный лифчик! Никакой помощи, а ведь в моей жизни бывало всякое. Когда родилась Тесс, мне срочно пришлось переезжать на другую квартиру, потому что прошлые хозяева не хотели слышать детский плач по ночам. В новой квартире не было холодильника, а мне приходилось кормить Тесс искусственным питанием. Пришлось покупать холодильник и потом в течение двух лет платить по двадцать пять долларов в месяц, потому что за него заломили цену вдвое большую, чем он стоил на самом деле. — Глаза Оливии наполнились слезами. — Неужели трудно было мне помочь?

К примеру, прислать одежду для ребенка! В Атланте я гуляла с Тесс в старенькой развалюхе из «сэконд-хэнда», а другие мамаши гордо везли своих чад в новеньких детских колясках. Как я хотела, чтобы и мой ребенок был одет не хуже других! Ну что бы ей прислать внучке свитер или купить дешевый билет на самолет и прилететь в гости? Но нет, — горько усмехнувшись, продолжала Оливия. — Она была слишком занята — копила деньги. Кстати, откуда они у нее? Вдруг она их украла? Или же эти деньги ей швырнул какой-нибудь грязный клиент, воспользовавшись интимными услугами? — Она передернулась от отвращения.

Саймон шагнул к ней.

— Оливия...

Она взглянула ему в глаза.

— Мне не надо ее денег, Саймон. Я никогда в них не нуждалась. Я хотела только любви и заботы. Да, очень трогательно, что она собирала вырезки о моей работе с Отисом, но почему так и не позвонила? Мой номер там напечатан. Все эти годы я давала объявления в газетах, надеясь, что она меня разыщет. Но нет, она ни разу не похвалила меня, ни в детстве, ни потом. Я все время стараюсь ободрить Тесс, даже когда у нее не все получается. Но раз девочка старается, значит, заслуживает похвалы. А я — я не заслуживаю хотя бы слова одобрения? — Она прерывисто вздохнула. — Нет, дело не в деньгах. Просто она меня никогда не любила.

Саймон обнял ее и прижал к себе.

— Девочка моя, она любила тебя. Просто ее любовь выражалась в другом — не так, как тебе того хотелось. — Оливия попыталась мотнуть головой, но его ладонь легла ей на затылок. Его глубокий низкий голос успокаивал, лаская слух. — Да, она любила тебя. Забудь о деньгах. Подумай о Томасе Хоупе. Она взяла с него обещание, что он передаст тебе эти вещи. И он ей пообещал, хотя для него это было непросто. Чикаго далеко, но он добрался сюда, чтобы исполнить ее последнюю просьбу, ее завещание. Последняя воля священна, ее признает и суд, и закон. И твоя мать пожелала, чтобы у тебя осталось кое-что на память о ней.

— Это не завещание, — пробормотала Оливия, но уже менее уверенно.

— Предсмертная просьба женщины, которая так и не захотела встретиться с дочерью и внучкой, может считаться завещанием. Она могла бы выбросить все эти вещи. Но ей хотелось, чтобы ты их сохранила. И деньги — она могла бы пожертвовать их на благотворительные цели, но решила переслать их тебе. Какая разница, откуда они у нее, как она их заработала? Не все ли равно?

— Нет, не все равно, — упрямо буркнула Оливия, но поняла, что он прав. Это теперь не имеет никакого значения.

— Каждый из нас считает, что лишь он один знает, как лучше поступить, — тихо продолжал он. — Я четыре года проклинал Лору за то, что она вовремя не заметила ту лодку, но ведь не я был тогда у руля. Я ничего не мог сделать. И до сих пор не знаю, смог бы что-нибудь сделать или нет, окажись я на ее месте. Бесполезно казнить себя и говорить, что, будь я там, этого бы не случилось. — Голос его дрогнул, стал хриплым. — Меня не было там, Оливия, и Лора сделала все, что было в ее силах. Так же и твоя мама. Мы можем строить догадки и предположения, но это ничего изменит. Так мы только очерним их память. — Он глубоко вздохнул.

Оливия обвила его руками за шею. Он гораздо сильнее ее — и телом, и духом. Он понял, что она чувствует сейчас, и поддержал в тот момент, когда в душе ее образовалась страшная, холодная пустота. Мечты о встрече с матерью развеялись в прах. И только Саймон помог ей опять собраться с силами, чтобы жить дальше.

Он здесь, он рядом. Его тело излучает силу и тепло. А может, он просто еще один сон, несбыточная мечта, на которую у нее нет никаких прав, но которая внезапно заполнила пустоту в ее душе?

Оливия не заметила, сама ли она подняла голову или он приподнял ее лицо, но их губы слились. Он с ней. Она может коснуться его груди, плеч, губ. От него пахнет кофе.

Саймон тихо прошептал ее имя. Она поцеловала его.

— Мы не должны этого делать, — прошептал Саймон, глядя на нее с каким-то непонятным отчаянием. — Сейчас не время. Ты расстроена.

— Но мне так одиноко, — прошептала она, мысленно моля Бога о том, чтобы это не кончалось. Она столько раз оставалась одна. Пусть хотя бы раз ее сон останется с ней!

И он остался. Саймон обнял ее — так, будто собирался остаться с ней навеки. Он поцеловал и раздел ее бережно и нежно, и она почувствовала себя соблазнительной и желанной.

Он донес ее на руках до постели и, ложась рядом, спросил, предохраняется ли она, потом сам об этом позаботился. И она полностью доверила ему свое тело, как только что доверила душу. Никому еще она не отдавалась с такой страстью, и никто не доставлял ей такого наслаждения. И после, когда печаль и сожаление должны были бы вернуться в ее сердце, там было только ощущение полноты и счастья.

Они не говорили. Слова казались неуместными — смерть ее матери незримо витала над ними. Но они были близки трижды, прежде чем он собрался проводить ее до дому.

На следующую ночь Саймон ждал ее, прислонившись к старому клену. Придет ли она и хочет ли он сам, чтобы она пришла? Вопреки всем сомнениям он испытывал непреодолимое плотское желание. Она была не похожа ни на одну из знакомых ему женщин. Не женщина — легкокрылый эльф. А эльфы, как известно, умеют заворожить мужчину.

Когда она наконец вышла, он взял ее за руку и повел к себе в дом, где они снова были близки, и это было так же, как в первый раз, даже еще прекраснее — и так же неуместно и неправильно. Но это же ненадолго, и он заслужил этот миг удовольствия. В его жизни было слишком много горя. У него нет никаких надежд, он не строит планов на будущее. Он перестал задумываться о будущем четыре года назад. Но ему было приятно узнавать, какие ласки ей нравятся, и слышать, как его имя срывается с ее губ, сливаясь со вздохом наслаждения. И даже обратный путь к дому, который они проделали в молчании, был для него как продолжение близости.

И как теперь не надеяться на следующее свидание? В этот раз они даже не дошли до его дома. Она выбежала к нему в одной ночной рубашке, и он занимался с ней любовью, прислонившись спиной к клену, — она такая легкая, что ему не стоило никакого труда поднять ее. Так он любил впервые и сказал бы ей об этом, если бы не был так смущен.

Они понимали и чувствовали друг друга без слов. Когда взошло солнце, реальность вернулась.

Для Саймона август был связан с ожиданием урагана, бушевавшего на Атлантическом побережье. Этот ураган, не первый и не последний за сезон, по прогнозам, обещал стать самым сильным. Саймон давно следил за его неумолимым приближением к Род-Айленду.

Что ни говори, а думать об урагане легче, чем думать о том, что Оливия скоро уедет из Асконсета.

Глава 25

Сюзанна давно не разлучалась с Марком так надолго. Когда она с детьми проводила лето в Асконсете, он часто навещал их по выходным. Но этим летом Марк запланировал деловую поездку на время ее пребывания в Род-Айленде — иначе ему пришлось бы ехать осенью. Хотя они каждый день созванивались, Сюзанна всерьез подумывала о том, чтобы слетать домой повидаться с ним, пока он не уехал.

Ее желание исполнилось. Сюзанна только спустилась в прохладный винный погреб, где собиралась выбрать подходящее вино к копченому окороку, как вдруг на лестнице послышались шаги. В коридоре было темно, но ошибки быть не могло. На ступеньках стоял Марк и с улыбкой смотрел на нее.

— И что же эта красотка делает в холоде и темноте? — спросил он.

Она рассмеялась. Это не привидение — это и в самом деле он. Сюзанна сразу забыла про вино и крепко обняла его за шею.

— Ждет, когда ее спасет прекрасный принц, — ответила она, целуя его. — Ты прочел мои мысли.

— Я соскучился по тебе.

— А как же Детройт?

Он улыбнулся:

— Я передумал в последний момент — в аэропорту. И до сих пор об этом не жалею. — Он обнял ее и с напускной суровостью заметил: — Не люблю, когда ты здесь задерживаешься.

— Охотно верю, — ответила она. — Ты похудел. Я оставила тебе тонны еды — ты, наверное, ничего не ел?

Он положил руки ей на плечи.

— Ты должна была сказать, что тебе тоже не хочется здесь задерживаться.

— Да, не хочется. Но раньше ты вызволял меня отсюда гораздо скорее.

— И опять ты говоришь не то, — поддразнил он ее. — Ты должна сказать, что ненавидишь Асконсет, что тебе наплевать, что говорит Натали, что ты не хочешь плясать под ее дудку и работать в ее команде.

— Не хочу — и что с того? Но я никогда не говорила, что ненавижу Асконсет. По правде сказать, мне здесь даже нравится.

Он коснулся ее щеки.

— Я ожидал услышать другое, но все равно бы не поверил. Ты выглядишь отдохнувшей, загорелой и посвежевшей.

— Август выдался солнечным и жарким. А отдых мне только снится. Я уволила уже вторую кухарку, которую наняла мама.

— Уволила?

— Эта Фиона — сущее наказание! Теперь я сама этим займусь. Мама ничего не понимает в кулинарии и нанимает кого попало. Мне придется потратить не меньше недели, чтобы найти подходящую женщину.

— А кто будет готовить, пока ты ее ищешь?
— Я сама. Мне это не трудно.
— И тебе это нравится?
— Всегда нравилось.
— Ты должна найти применение своим способностям.
— Но как?
— Подумай. Чем бы ты хотела заняться, если бы у тебя была возможность осуществить свою мечту?

Сюзанна подумала, потом сказала:
— Я бы открыла ресторан... если бы мне было тридцать четыре года.
— Но ты и сейчас можешь открыть ресторан, — возразил Марк.

Но Сюзанна была реалисткой.
— Нет. Ресторан будет отнимать у меня все время. А мне уже пятьдесят шесть.
— Не так уж и много.
— Да, но зачем в моем возрасте такие хлопоты?
— В таком случае открой маленький ресторанчик. Или закусочную. Пусть каждое утро там подается завтрак, а обед — раз или два в неделю. Можешь осуществить свою мечту прямо здесь, в этом городе. Тогда у тебя будет сезонный наплыв посетителей. Зимой ты закроешь свое заведение, и поедем куда-нибудь отдыхать.

Сюзанна задумалась. Он, похоже, говорил серьезно.
— И будем здесь жить? Не шути так, Марк. Мы же ньюйоркцы.
— У нас нет летнего загородного дома. Давай проводить лето в Асконсете.
— Ну да, конечно. Будем здесь жить и наблюдать, как мама развлекается с Карлом.

Марк убрал руки с ее талии.
— Ты живешь в Асконсете уже несколько недель. Неужели ты не изменила своего отношения?
— Свадьбу никто не отменял. Слава Богу, у мамы есть поставщик продуктов. Мне не придется готовить праздничный обед.

— Перестань, Сюзанна.

— Я по-прежнему считаю, что этой свадьбы быть не должно.

— Ты читала ее воспоминания?

Сюзанна вздохнула. Она не раз пожалела, что рассказала Марку про эту дурацкую книгу. Он теперь спрашивает ее об этом при каждом удобном случае.

— Нет, у меня и без того есть что почитать.

Он прикусил нижнюю губу. Она хорошо знала этот жест. Сейчас он скажет то, что ей совсем не понравится. Сюзанна поспешила его опередить:

— Только не говори, пожалуйста, что другие книги могут подождать.

— Но это так, — мягко возразил он. — Воспоминания важнее.

— Для мамы. Но не для меня.

— А должно быть и для тебя. Она все-таки твоя мать.

— Она совершает ошибку.

— Ошибку? — спросил он. — Выходя замуж за Карла? И что это изменит, кроме того, что ей будет не одиноко? Почему это так тебя беспокоит?

Сюзанна нахмурилась. Муж всегда и во всем ее поддерживал, и теперь его слова больно ее ранили.

— А почему ты спрашиваешь об этом?

— Потому что люблю тебя. Потому что знаю, какая ты на самом деле — любящая, заботливая, великодушная.

— Она моя мать, — возразила Сюзанна. — С родными все по-другому.

Он кивнул:

— Да, я понимаю. Но нельзя пренебрегать здравым смыслом.

— Ты хочешь сказать, что я им пренебрегаю?

— Нет. То есть частично. Во всяком случае, когда дело касается твоей матери. Впрочем, это даже не отсутствие здравого смысла, а некоторая ограниченность. И это меня пугает.

— Почему? — спросила Сюзанна. Что-то в его тоне насторожило ее. — Это касается только мамы и меня. При чем тут ты и я?

— Нет, нас с тобой это тоже касается, — спокойно проговорил Марк. — Я стал все чаще задумываться о грядущей старости. Что я буду делать, когда уйду на пенсию? Можно, конечно, праздно сидеть и дряхлеть, как мои родители, но тогда смерть настигнет скорее. А я хочу жить, Сюзанна. Я хочу попробовать что-нибудь новое.

Он никогда так раньше не говорил с ней.

— И что же именно?

— Не знаю. Может, буду преподавать. Или займусь живописью. А может, стану путешествовать. Не знаю, Сюзанна. Я просто не хочу замыкаться в себе. И твое сердце тоже должно быть открыто всему новому, иначе как мы будем жить? Я не собираюсь заставлять тебя делать то, что тебе не по душе. Но мир велик, и мы обязательно найдем то, что интересует нас обоих. Надо всего лишь продолжать жить. Подъезжая к дому, я видел, как Карл играет в теннис с какой-то девчушкой, и он показался мне гораздо моложе своего возраста. Это потому, что он ведет активную, насыщенную событиями жизнь. Мне бы хотелось, чтобы наша старость была такой же. Но это зависит не только от меня. Если ты не можешь принять перемены в жизни твоей матери, что же говорить о нас?

— Перемены переменам рознь, — заметила Сюзанна.

— Конечно, — согласился Марк. — И мы не знаем, что нас ждет. Нашим детям это может не понравиться, но значит ли это, что мы сделали неправильный выбор? Что хорошо для нас, не обязательно подходит для них. И то, что хорошо для Натали, вызывает у тебя раздражение. Но она же не просит тебя выйти за Карла. — Он перевел дух и добавил: — А вдруг я умру раньше тебя? Если это случится и после моей смерти ты встретишь мужчину, с которым будешь счастлива, что в этом плохого? А если дети тебя осудят, то это будет говорить об их ограниченности.

Сюзанна скрестила руки на груди.

— Ты намекаешь на меня?

— Поговори с ней, Сюзанна. Или прочитай ее книгу. Ты должна это сделать.

* * *

Как-то странно все складывается, размышлял Саймон.

Вот, к примеру, погода. С одной стороны, она сейчас просто идеальная. Солнце наполняет виноград сладостью, плесень больше не появляется. С другой стороны, этот ураган, зародившийся над Атлантикой, неумолимо приближается к Род-Айленду.

Сюзанна. С одной стороны, она доверяет ему виноградник, как доверял ее отец. С другой стороны, она говорит с ним только о винограднике, подчеркивая, что он не является членом ее семьи.

Оливия. Она принесла в его жизнь страсть, какой он раньше не знал. Она не похожа на Лору, и он не собирается их сравнивать. Но она уезжает через три недели.

Тесс. Настоящий сорванец, хотя и милая девчушка. Вон она, крадется между рядами кустов.

— Я знаю, что ты здесь, — сказал он довольно громко. — Тебе что-то нужно или просто так пришла?

Она замерла на мгновение, потом спросила:

— А откуда вы узнали, что я здесь?

— У тебя большущие оранжевые кроссовки. Это теперь модно?

— Да такие носили еще в прошлом году! — сообщила она, просунув голову между ветками. — А у модных кроссовок подошва еще толще. Но мама мне такие вряд ли купит. — Она нагнулась, собираясь пролезть под проволокой.

Он окликнул ее:

— Осторожнее, ты заденешь виноград. Обойди с другой стороны.

Тесс бегом обогнула ряд и через несколько секунд стояла перед ним, засунув руки в карманы шортов.

— Ну вот, теперь это похоже на виноград, — одобрительно заметила она. — А как они на вкус?

— Вот и попробуй. — Он сорвал самую крупную виноградину с куста.

Она сунула ее в рот и поморщилась.

— Кислый.

— Вчера он был кислее. А завтра будет слаще.

Тесс оглядела кусты, которые давно ее переросли.

— А вы опять их прореживаете?

— Нет. Просто хожу и проверяю, не клюют ли птицы виноград.

— А если клюют, что будете делать?

— Стрелять из пушки.

— Стрелять в птиц? — в ужасе воскликнула девочка.

— Да нет. Распугаю их выстрелами. Это не настоящая пушка, а машина, которая издает холостой выстрел каждые пять минут.

Тесс поправила курчавую прядь волос, упавшую на лицо. Она робко поглядывала на него сквозь стекла очков, явно не решаясь задать следующий вопрос.

— Ну что? — спросил он.

— Вы уже решили, куда денете котят?

— Пока нет.

— А вы не бросите их у дороги?

— Я же сказал тебе, что нет.

Она ойкнула, резко выдернула руку из кармашка и тут же снова сунула ее туда с деланно-безразличным видом.

— И сколько их там у тебя? — спросил Саймон.

— Кого? — наивно переспросила она.

Он вздохнул и присел перед ней на корточки.

— Это Брюс, да?

Тесс каждого котенка звала по имени, убеждая всех, что если произойдет ошибка и мальчик вдруг окажется девочкой, имена можно будет не менять. Бак так Баком и остался.

— Тирон, — заговорщически прошептала она.

— Дай-ка взглянуть.

Она вытащила котенка из кармана и чмокнула в пушистое темечко.

— У него коготки как иголочки, но он такой милашка, — сказала она и улыбнулась.

Саймон смотрел на нее во все глаза.

— Тебе кто-нибудь говорил, что у тебя очаровательная улыбка?

Тесс покраснела.
— Дети таких вещей не говорят. И я им не улыбалась.
— Даже когда рассказывала о котятах?
Тесс прижала котенка к щеке.
— У одной девочки тоже есть кошка и целых шесть котят.
— Вот оно что. Значит, этой девочке больше повезло.
— Да у нее все лучше получается, — заметила Тесс, помрачнев. — И не только у нее. Никто из них не будет скучать, когда я уеду.
— Будут, вот увидишь.
— Да, только потому, что по сравнению со мной они все на первом месте. А у меня ничего не получается.
— Что именно у тебя не получается?
— Не могу справиться с румпелем — все время забываю, откуда дует ветер, и перекидываю парус, вместо того чтобы идти по ветру. Из-за этого в прошлый раз мачта чуть не ударила одного из ребят.
— Ну, с терминологией, я вижу, ты освоилась.
— Я не глупее других! — ощетинилась было Тесс, но тут же смягчилась. — Все это так сложно. Приходится все время следить за своими действиями. Теннис проще — мячик летит через сетку, и ты по нему бьешь, вот и все.
Саймон одинаково хорошо владел обоими видами спорта.
— Да, мячик летит, и ты ударяешь по нему ракеткой. Всегда одно и то же. А этот плоский скучный корт? Нет, океан куда интереснее. Настроение его меняется с каждой секундой. Как только ты освоишься с управлением яхты, тебе не придется все время напряженно соображать. Теннис для тебя сейчас проще, потому что ты дольше тренируешься.
— Я смогу играть в теннис везде. А вот заниматься парусным спортом...
— Это зависит от того, где ты будешь жить.
— Понятия не имею, — еле слышно пробормотала она.
— Ты теперь многому научилась, Тесс. Твои друзья очень удивятся, когда узнают, что ты умеешь играть в теннис и кататься на яхте.
— Теннис — да, а яхта — вряд ли.

— Просто надо побольше тренироваться. Я мог бы тебе помочь.

Слова сорвались у него с языка так неожиданно, что он опешил.

Тесс не верила своим ушам.

— Правда? Вы поможете мне научиться управлять яхтой?

— Да, конечно, — неуверенно промямлил он. — То есть я хотел сказать, что ты должна спросить разрешение у мамы — вдруг она будет против?

— Она согласится! — радостно воскликнула Тесс. — Обязательно согласится!

— И... и еще яхта. У нас не такая, на какой вас учат кататься в клубе.

— У миссис Адельсон в точности как моя учебная. Сет мне показывал. — От радости Тесс не могла стоять спокойно на месте. — Он тоже может пойти с нами. Сет не слышит шума волн, и его надо подергать за руку, чтобы он перекинул парус, но он классный парень. — Тесс бросилась по тропинке к дому.

— Куда ты? — окликнул ее Саймон.

Девочка крикнула на бегу:

— Спрошу маму. Если она разрешит, поговорю с миссис Адельсон. Если она согласится, давайте прямо сегодня!

— Нет, не сегодня! Сегодня я не могу! — прокричал он.

— Тогда завтра! — отозвалась она.

— Не знаю... ураган обещают... и котенок хочет домой! Но Тесс его не слышала. Она была уже далеко.

Оливия по ошибке загрузила в стиральную машину с отбеливателем темно-красную футболку Тесс с эмблемой Асконсета, в результате чего та стала ярко-оранжевой. Но Тесс не расстроилась, а, наоборот, обрадовалась, сказав, что футболка теперь подойдет к ее оранжевым кроссовкам.

Сегодня утром она натянула и то и другое. Оливия смотрела из окна, как Тесс мелькает среди зелени, направляясь в виноградник прямо к Саймону, который был виден издалека. Она не слышала, о чем они говорили, но бросаться на выручку Тесс не было нужды. Она доверяла Саймону. Наконец Тесс вприпрыжку побежала обратно к дому.

Оливия взяла со стола три конверта, которые принесли сегодня с утренней почтой. Два — из школ, согласных принять Тесс. Одно — предложение о работе для самой Оливии.

Школы в Хартфорде и Провиденсе. Работа — в Питсбурге. Да, сложная штука жизнь.

— Вы Оливия?

Она обернулась. В дверях стоял мужчина, как две капли воды похожий на Александра в молодости.

— А вы, наверное, Грег, — сказала она, невольно улыбаясь.
— И как это вы догадались? — усмехнулся он. — Я ищу свою жену. Вы знаете, где она?
— Час назад была в офисе.

Он коротко кивнул в знак благодарности и вышел, чуть не столкнувшись в дверях с Тесс.

— Саймон согласился покататься со мной на яхте! — крикнула она с порога. На лице ее цвела радостная улыбка. — Сет тоже будет с нами, но надо спросить миссис Адельсон. Ты позвонишь ей, мама? Ну пожалуйста! Саймон меня научит, и у меня все получится. Как это здорово!

Оливия не на шутку испугалась, и не потому, что Ахмед вдруг угрожающе зашипел. Саймон уже четыре года не плавал на яхте, и Сильвия знала почему.

— Он предложил тебе покататься?
— Да, сегодня или завтра.
— Так и сказал?
— Ну я же не сама придумала! — возмутилась Тесс, но тут же присмирела. — Я знаю о несчастном случае. Мне рассказал один мальчик из нашей группы. Но Саймон тут ни при чем. Его там не было. Я не боюсь с ним плавать.

Оливия это понимала. Но почему согласился Саймон? Что значит его внезапное желание выйти в море после стольких лет?

Ахмед беспокойно заходил кругами вокруг Тесс.

— Так ты позвонишь? — спросила дочь.
— Как только ты отнесешь котенка обратно к маме.

Тесс вскинула брови.

— Ему у меня хорошо.

— Отнеси его обратно, и я позвоню миссис Адельсон.

— Хорошо, бегу! — Она бросилась было к двери, потом вернулась и крепко обняла Оливию.

Оставшись одна, Оливия отложила три конверта — она разберется с ними потом.

— Вверх по лестнице, вторая дверь направо, — сказала Анна-Мари Грегу.

Он кивнул и, шагая через две ступеньки, поднялся на второй этаж, потом прошел по коридору с новым ковровым покрытием серого цвета. Стены тоже подновили — теперь они светло-серые, а мебель — на удивление современная, выдержана в темно-красных тонах. Да, Асконсет сильно изменился, с тех пор как он приезжал сюда в последний раз. Можно подумать, это офис одного из его клиентов-политиков.

Вторая дверь направо была открыта. Джилл сидела за столом, но ее заслонял мужчина, который склонился вместе с ней над столом, обсуждая какие-то бумаги. Грег негромко постучал по ручке двери, привлекая внимание.

Джилл подняла голову, их глаза встретились, и Грег вспомнил тот день, когда впервые встретил ее в офисе своих спонсоров. Он думал, что время ослабило их взаимное притяжение, но, оказывается, ошибался. По крайней мере в отношении себя. Насчет Джилл он не был так уверен.

Грег обнял ее одной рукой за плечи, а другую протянул ее собеседнику — главному менеджеру Асконсета.

— Как дела, Крис?

— Прекрасно — благодаря твоей супруге. Она нас просто спасла. — И добавил, обращаясь к Джилл: — Ты не говорила мне, что приедет Грег.

— Я и сама не знала, — откликнулась Джилл неопределенным тоном, который мог выражать и удивление, и радость, и негодование. Когда-то Грег умел читать в ее душе как в раскрытой книге, но теперь.

— Мы можем вернуться к этому позднее, — сказал Крис. — Оставляю тебя с мужем. — И ушел, прикрыв за собой дверь.

Джилл опустила глаза. Почувствовав ее внутреннее сопротивление, Грег убрал руку с ее плеча и тихо спросил:
— Над чем работаешь?
— Расширяю рынок наших вин. Натали и ее рекламное агентство разрабатывают новую кампанию под девизом «Настоящий Асконсет», что включает и маркетинг, и продажи. Мы должны добиться признания нашей марки и потеснить калифорнийские вина. — Она отпила из бутылки с минеральной водой и покосилась на него. — Зачем ты приехал?
— А ты как думаешь?
— Хочешь расстроить свадьбу Натали?
— Это попутная цель, а главная — ты.
Она поморщилась:
— Неудачное сравнение.
— Я думал, ты бросишься мне на шею и скажешь, как здорово, что я приехал, и как ты рада меня видеть.
— Как здорово, что ты приехал, — спокойно проговорила Джилл, отвернувшись к окну.
— Но ты не рада меня видеть.
— Рада. Но... не готова к твоему приезду.
— Я твой муж. С каких это пор тебе надо готовиться к встрече со мной?
Она встретилась с ним взглядом:
— С тех пор как я поняла, что не только хочу быть с тобой, но еще и работать. Мне нравятся мои занятия здесь. И я счастлива так, как не была счастлива с того момента, как бросила работу и вышла за тебя замуж. Нам надо серьезно поговорить о моей работе.
Грег оторопел, услышав ее заявление. Но он слишком устал, чтобы читать между строк.
— Повтори, пожалуйста, все это в нескольких словах.
— Я беременна.
Ее слова не сразу дошли до его сознания.
— Беременна?.. — Этого он никак не ожидал. Джилл ушла от него. Они не виделись более двух месяцев. — Ты беременна?
— То есть жду ребенка.

Ну, он-то понимает, что это значит. Другое дело, что для него это явилось сюрпризом. Если между ними и заходил разговор о детях, то они всегда говорили об этом как о далеком будущем. И вдруг это стало реальностью. При мысли о том, что он скоро станет отцом, Грегу захотелось обнять Джилл.

Но она смотрела на него холодно и отчужденно, и он лишь коротко спросил:

— Когда ты родишь?

— В феврале. Я забеременела в мае.

Грег быстро подсчитал. В мае он почти все время провел в командировках. И только один раз — в выходные — они были вместе.

— На побережье Делавэра?

Она кивнула:

— Ты был такой усталый...

— Не усталый — замотавшийся. Меня беспокоило, что избирательная кампания пошла не так, как предполагалось. — Он взъерошил волосы. Беременна! Вот это да! У них будет ребенок! — И когда ты об этом узнала?

— Перед тем как поехала в Асконсет.

— В начале июля? И до сих пор молчала?

— Не хотела говорить об этом по телефону.

— Ты могла бы прилететь в Вашингтон.

— Нет. Мне надо было подумать.

— Только не вздумай сделать аборт! — в ужасе воскликнул он. — Я хочу, чтобы у нас был ребенок!

Она улыбнулась — в первый раз.

— По крайней мере хоть это радует.

— Если не аборт, то развод? Так? Никогда! Раньше надо было соображать — зачем ты тогда забеременела?

— Какой же ты негодяй! — выкрикнула Джилл со слезами на глазах и вскочила с кресла. — Зачем я забеременела? Разве я одна виновата в этом? Ты хоть раз предохранялся? Нет! У тебя и в мыслях такого не было! — Она распахнула дверь и вылетела из комнаты, но секунду спустя вернулась и громко захлопнула дверь. — И нет такого закона, который запрещал бы разводиться беременным женщинам! Так что уясни себе, Грег: я вполне могу обойтись и без тебя!

— Ты хочешь подать на развод? — крикнул он.

— Нет! Не хочу! Я сама не знаю, чего хочу. Но наша жизнь должна измениться!

Ну, это уже что-то. Хоть какая-то надежда.

Он потер затылок.

— В каком смысле измениться?

— Я уже говорила тебе, — сказала она, прислонившись к двери и с вызовом глядя на него. — Я больше не позволю собой пренебрегать. Надоело все время быть на вторых ролях. Я не хочу быть бесплатным приложением к твоей работе.

Итак, ей нужно внимание. Как будто он сидит без дела и у него куча времени!

— Но как иначе я смогу обеспечивать семью?

— Все можно устроить, Грег. Посмотри на себя — лето в самом разгаре, а ты бледный, усталый, у тебя круги под глазами, морщины. Ты изводишь себя работой. Неужели тебе это нравится?

— Я устал, потому что жена меня бросила.

— О, не надо! Ты был таким еще до моего отъезда.

— А сейчас устал еще больше. Джилл, возвращайся домой.

— Я останусь здесь.

— Здесь? Но почему?

— Потому что здесь я нужна. Я чувствую себя на своем месте. Мне нравится ощущать себя личностью, Грег.

Он закрыл глаза и пробормотал:

— О Боже, какой бессмысленный разговор!

Его жена стоит перед ним, такая близкая и одновременно такая далекая. Красавица блондинка, в каждой черточке которой видна порода. Она держится с достоинством без высокомерия. Это и привлекло его в ней с первого дня их знакомства.

— Незаметно, что ты беременна, — тихо сказал он.

— Под одеждой незаметно.

— Тогда сними одежду — я посмотрю.

Она смерила его холодным взглядом, и он невольно отступил.

— Тебе не стоило так говорить, — процедила она.

— Прости, я не то хотел сказать. Для меня это... так ново... мой ребенок... наш ребенок. Разве я не имею права посмотреть, как ты теперь выглядишь вместе с ним?

— Такая близость возможна только между любящими людьми.

— Мы любим друг друга. — Она же совсем недавно говорила ему это по телефону, а теперь смотрит на него как на врага. Нет, это не ненависть — только злость. — По крайней мере я тебя люблю.

— Нет, Грег. Ты любишь только себя. — Она открыла дверь, давая ему понять, что разговор окончен. — Мне надо работать.

Грег не привык, чтобы его выставляли. Первым его побуждением было остаться. Черт подери, он приехал сюда только из-за нее, а каких трудов ему стоило добраться в эту дыру! Сначала на автомобиле до Балтимора, потом на самолете до Провиденса, а оттуда снова на автомобиле до Асконсета. Он приехал всего на пару дней — его ждут клиенты.

Но внутренний голос подсказал ему, что сейчас не время враждовать. Надо подождать, пока она остынет. Остается только выяснить последний вопрос.

— Что я буду делать, пока ты работаешь?

Она ответила не раздумывая, как будто ждала этого вопроса.

— Иди к маме, поговори с ней. И спроси ее, что такое настоящая любовь. А еще лучше — почитай ее книгу. Ты узнаешь, на какие жертвы может пойти человек ради дорогих ему людей.

Грег почесал затылок. Ему так хотелось обнять Джилл, сказать ей, что все образуется, но теперь он и сам в этом сомневался.

Она отвернулась, не желая больше смотреть на него.

Ему оставалось только уйти.

Глава 26

В тот вечер Саймон обедал вместе со всеми. С приездом Марка и Грега соотношение сил изменилось не в пользу Карла, и Саймон решил быть рядом с отцом, если понадобится поддержка. То же и с Оливией. Она может почувствовать себя чужой среди Сибрингов, а в его лице обретет союзника.

За столом сидели девять человек. Сюзанна то и дело вскакивала, подавая блюда. Саймон знал, что она прекрасно готовит, но сегодня она превзошла саму себя. На первое — густой суп с кукурузой и моллюсками, на второе — запеченное мясное филе с зеленью и жареным картофелем, горячий салат из шпината с грушами и сыром. На десерт подавалось крем-брюле.

Все нахваливали еду, обсуждали вкус и аромат красного вина каберне совиньон двухлетней выдержки, бутылку с которым откупорил Карл. Говорили и об урагане «Хлоя», который набирал силу, приближаясь к североатлантическому побережью.

Грег избегал обращаться к Джилл напрямую. Марк не разговаривал с Сюзанной. Грег и Сюзанна ни разу не обратились к Карлу.

Но Саймон напрасно беспокоился за Оливию. Все охотно с ней разговаривали, и она отлично справлялась со своей ролью своеобразного буфера. Он откровенно забавлялся, наблюдая, как Оливия ведет себя с Сибрингами. Их высокомерие ее абсолютно не раздражало — она засыпала их вопросами в свойственной ей непосредственной манере, и Тесс от нее не отставала. По правде сказать, таких странных людей, как мать и дочь, он еще не встречал.

Все присутствующие были настроены вполне благодушно — никто не пытался затеять ссору. Обед прошел спокойно, без сучка без задоринки.

Однако внутреннее напряжение было так велико, что Саймон невольно вздохнул с облегчением, когда обед закончился и он вышел на веранду.

Отец вскоре присоединился к нему, но заговорил не о Сибрингах, а о «Хлое».

— Серьезный ураган.

— Возможно, — согласился Саймон. — Он идет по зоне низкого давления вслед за «Бо», который уже иссяк. А вот «Хлоя» и не думает сдаваться. Флориде она не угрожает, если только не поменяет направление, что маловероятно. Говорят, она двинется к северо-западу от Бермуд, набирая силу, а уж потом обрушится на землю.

— Где?

— Здесь. — Об этом сообщил Национальный центр по отслеживанию ураганов. — Но кто знает, ураганы непостоянны. «Хлоя» может зависнуть над Бермудами и там же исчезнуть. — Он взглянул на притихший виноградник. Деревья и кусты словно затаились перед бурей. Даже птицы умолкли.

Впрочем, еще рано. Ураган пока далеко. Но сделать уже ничего нельзя — остается только ждать и молиться.

Опершись о перила веранды, Саймон спросил отца:

— Ты скучаешь по маме?

Карл посмотрел вдаль.

— Она была мне не только женой, но и другом.

— Ты чувствуешь себя виноватым перед ней, потому что снова женишься?

— Виноватым? — Карл покачал головой. — Нет. Я старался быть ей хорошим мужем. Думаю, Ана была счастлива. Но вот уже четыре года, как ее нет с нами.

— Чем меньше любишь, тем легче жить, наверное. И не так страшно все потерять в одночасье.

— Ты можешь приказать сердцу не любить? — тихо проговорил Карл. — Я не могу. А от горя и утрат никуда не деться — такова жизнь. Я это рано понял.

— Когда Натали вышла замуж за Эла?

— Во время войны я глубоко запрятал свои чувства. Меня наградили медалями за храбрость, которая в действительности была сродни отчаянному безрассудству. Мне было все равно, что случится со мной, потому что Натали меня больше не ждала.

— И что же заставило тебя измениться?

Карл глубоко вздохнул:

— Смерть, которая царила повсюду. Я не был среди тех, кто освобождал лагеря, но видел эти ужасные снимки, слушал рассказы прошедших через этот ад. — Саймон вдруг подумал, что отец редко рассказывал о войне, а если и рассказывал, то какие-нибудь забавные истории, вспоминая, например, бары в Марселе. Но сейчас в голосе отца слышалась боль. — Я всегда задавал себе вопрос: что хуже — когда погибает вся семья или когда погибают все, кроме одного? — Карл помолчал, потом взглянул на Саймона. — С течением времени я понял, что, потеряв Натали, все же продолжаю жить. То же и с твоей мамой. Утраты приносят боль. И с каждой новой потерей ты вновь ее ощущаешь. Но со временем ты учишься принимать боль философски.

— Когда же наступает этот момент?

Карл пожал плечами:

— У всех по-разному. Это как простуда. Одни выздоравливают почти сразу. Другие — через неделю. Но наступает день, когда ты понимаешь, что снова можешь дышать, жить, работать.

— Да, но ты наверняка постараешься не общаться с больным ангиной. Зачем снова рисковать?

Карл улыбнулся:

— А если этот больной упадет от слабости на твоих глазах, неужели ты оставишь его лежать и равнодушно пройдешь мимо?

— Пример не совсем удачный, — возразил Саймон.

— Я всего лишь хочу сказать, что иногда риск бывает оправдан. Если бы я замкнулся в себе и никогда не женился, у меня не было бы Аны и тебя. Да, я потерял Ану и хотел навсегда оградить себя от того, что снова могло бы причинить мне боль. Но я счастлив, что у меня появились силы начать жизнь заново. Разве ты не видишь?

Сюзанна прислонилась к двери, выходящей на веранду. Никакая усталость не сравнится с тем напряжением, которое царило за столом. Натянутая улыбка не сходила с ее лица, а сердце ныло от необходимости притворяться, будто ничего не происходит.

Она хотела подышать на веранде прохладным вечерним воздухом, но заметила там Карла и Саймона. Решила вернуться на кухню, но тут услышала голос Карла и... осталась.

Подслушивать Сюзанна не собиралась, но и уйти не могла. Она слышала все до последнего слова и, оказавшись наконец на кухне, продолжала размышлять об этом, убирая со стола.

Нет, ее поразило не то, что говорил Карл, а как он говорил. Не оправдывался и не гордился. Ни разу не упомянул об Александре или винограднике — только о Саймоне, Ане и Натали. Эти люди значили для него больше всего. И его голос был таким же, каким она помнила его с детства.

Карл Берк был от природы молчалив и не привык бросать слов на ветер.

Поднявшись наверх, Сюзанна прошла к себе в спальню. Увидев вещи Марка, она невольно вздохнула. Ее всегда больно ранили их размолвки. Он гораздо лучше ее — добрее, великодушнее, мудрее.

Мысленно упрекая себя за черствость и прямолинейность, Сюзанна взяла с полки конверт с рукописью, который сунула между двумя глянцевыми томами «Кулинария и вина», и спустилась вниз. Марк читал в гостиной. Он молча поднял на нее глаза.

Сюзанна открыла дверь в отцовский кабинет, пристроилась в углу кожаного дивана и, заручившись таким образом поддержкой прошлого, отложила в сторону журналы, вынула рукопись из конверта и принялась читать.

Глубокой ночью Грег поднялся с кровати. Джилл, кажется, спала. Она лежала спиной к нему на другом краю постели.

Ее дыхание было спокойным и ровным. Грег уже несколько часов прислушивался к нему и думал о том, что Джилл теперь рядом, а он не может к ней даже прикоснуться. И это гораздо хуже, чем быть в разлуке. Все в ней, начиная от ночной рубашки до молчаливой отрешенности, словно говорило: «Не смей меня трогать».

Зачем он остался в Асконсете? Неужели ему нравится, когда его унижают? Почему не уехал сразу?

А уехать он мог только вместе с Джилл. Жизнь без нее в Вашингтоне стала невыносимо одинокой, безрадостной. И дорога домой покажется в тысячу раз длиннее — ведь там его никто не ждет. А теперь, узнав о ребенке, он тем более не сможет оставить ее здесь.

Заснуть он тоже не мог, как ни пытался. Накинув халат, он отрыл сумку в поисках книги или журнала, но, кроме своих отчетов, ничего не нашел. Нет, довольно с него отчетов.

На туалетном столике он увидел пухлый конверт. Читать это Грег тоже не собирался. Тем не менее взял конверт и спустился в кухню.

Там он заглянул в холодильник, забитый продуктами. Его собственный холодильник в Вашингтоне опустел, как и квартира без Джилл. Грег подогрел себе молока и выпил, надеясь избавиться от бессонницы и от необходимости читать мамины мемуары.

Но сон не шел.

Наконец, решив, что заняться ему все равно нечем и никто его не увидит, Грег вынул из конверта рукопись и углубился в чтение.

Оливия проснулась на рассвете. Она сидела у окна, пока Саймон не появился во дворе, потом спустилась вниз и догнала его уже в винограднике.

Взявшись за руки, они побежали по тропинке к лесу. Едва очутившись под прикрытием деревьев, Саймон подхватил ее на руки и уложил на мягкий мох.

Оливия видела его во сне, а теперь он целовал ее наяву. Она вскрикнула, когда он овладел ею, но не от боли, а от переполняющего ее восторга. Сколько бы они ни занимались любовью, она каждый раз испытывала ощущение счастья и полноты бытия. Она должна была бы уже привыкнуть к нему, к запаху виноградных листьев и влажного мха. Но близость с ним не могла наскучить Оливии — каждый день привносил что-то новое в их страсть, делая ее более глубокой и чувственной.

Сегодня ее удивили слова Саймона. По негласному уговору они никогда не затрагивали будущее, и Саймон до сих пор твердо придерживался этого правила. Но сегодня, лежа с ней рядом на траве, он вдруг тихо попросил:

— Останься здесь подольше.

Она повернула голову. Он смотрел в небо, и его суровый профиль внезапно показался ей беззащитным и робким.

— Здесь? В Асконсете?

— Ты неплохо зарабатываешь. Зачем торопиться?

— Я должна ехать, — сказала Оливия. — Тесс скоро в школу. А мне надо наконец где-то обосноваться.

— Почему не в Провиденсе? Тесс могла бы заниматься с Сэнди.

— Но у меня нет работы в Провиденсе. Меня приглашают в Питсбург.

Он повернулся к ней.

— Ты мне ничего об этом не говорила.

Ей стало неловко за свою скрытность.

— Я еще ничего не решила.

— Работа хорошая?

— Да. Предлагают работать в музее. А для Тесс поблизости есть приличная школа. Сейчас ее не возьмут — классы переполнены, — но в середине года место наверняка найдется. Там она пройдет собеседование, а пока будет ходить в обычную школу.

— Питсбург...

Оливия и сама повторяла это название тысячу раз, хотя оно по-прежнему звучало непривычно.

— Повторяю: еще ничего не решено.

— И чего ты ждешь?

— Что мне предложат что-нибудь получше, — ответила она и села, застегивая ночную рубашку. — Хотелось бы найти работу где-нибудь поблизости. И Тесс должна поступить в хорошую школу. Подожду еще неделю. Если ничего нового не подвернется, поедем в Питсбург. Никогда там не была, но мне рассказывали о нем много хорошего.

— И что там хорошего? — спросила Тесс.
— Там приятно жить, много магазинов. Рестораны на воде. А ты знаешь, что в центре Питсбурга встречаются три реки? У них есть «Стадион трех рек». Футбольные команды — «Пингвины» и «Сталевары», бейсбольная — «Пираты». Детский парк, птичник, Музей авиации. Еще там находится институт Карнеги и Храм науки. И зоопарк!

Они лежали в постели Оливии. Когда Оливия вернулась, то застала там Тесс с блокнотом. Девочка делала наброски. Она поинтересовалась, где была ее мама, и Оливия сказала, что гуляла. Потом, подумав, добавила, что ей предложили работу.

— А «Макдоналдс» там есть?
— И не один.
— А «Пидманс»?
— Нет, «Пидманс» только здесь.
— Они ведь нас уже знают. Мне очень там нравится.
— В этом и отличие маленького города от большого. В большом городе трудно сразу со всеми познакомиться. А помнишь Кеймбридж, кафе, где мы познакомились с менеджером? А магазин йогуртов?

— Почему мы не можем остаться здесь? — спросила Тесс, и у Оливии сжалось сердце.
— Потому что здесь у меня нет работы.
— Ты ее найдешь.
— Да, но фотореставратор тут никому не нужен.
— Ты писательница.

Ну конечно, писательница! Каждая строчка рождается в муках.
— Только на лето.

И больше никогда. Оливия понятия не имела, довольна ли Натали результатами их сотрудничества. Натали ничего не говорила о рукописи Оливии. Наверное, даже ее не читала.

— Я хочу учиться в Бреймонте у миссис Адельсон, — заявила Тесс. — Она лучше всех репетиторов.

— Ты многому у нее научилась, и теперь тебе будет легче учиться в другой школе.

Тесс приуныла. Она сдвинула бровки и насупилась, и Оливия уже приготовилась к буре. Но девочка подняла на мать печальные глаза и сказала:

— Мне здесь очень нравится, мама. Я хочу остаться.

— Я тоже, радость моя, — начала Оливия, но Тесс вырвалась из ее объятий и убежала в свою комнату. — Я тоже, — шепотом повторила Оливия, отложив блокнотик Тесс и застилая постель. — Но я не могу притворяться. Это не моя семья. Работа завершена. Пора уезжать.

С блокнотом в руках она присела к окну. Как все-таки жаль, что она не Сибринг, что у нее нет здесь постоянной работы, что Саймон Берк, похоже, не настолько дорожит ею, чтобы уговорить остаться.

Оливия подумала о матери. Она понемногу привыкла к мысли, что Кэрол больше нет, и почти смирилась с этим. Может, Саймон прав и Кэрол по-своему любила ее. Денег хватит на учебу Тесс в частной школе и в колледже, а потом и в Академии изящных искусств. Девочка так талантлива.

Оливия с улыбкой открыла блокнот. Наброски виноградника и Большого дома, коты, Бак с котятами. Портреты Оливии, которую юная художница в зависимости от настроения изображала то красавицей, то злой ведьмой. Вот Карл с теннисной ракеткой, а вот парадный портрет Натали. Саймон прореживает листву винограда, Саймон в рабочих перчатках чинит сетку, Саймон с котенком, Саймон читает книгу, и очки сползли у него на нос.

Набросков Саймона было больше всего — почти весь блокнот. Оливия не на шутку встревожилась. Яснее ясного, девочка привязалась к нему. Вот поэтому надо поскорее уехать в Питсбург, чтобы Тесс забыла его. С глаз долой — из сердца вон.

Им лучше вдвоем — она и Тесс. Им так спокойнее. Только Оливия может дать дочери любовь и заботу. Больше никто.

***

Саймон шел по тропинке между рядами виноградных кустов, проверяя, не появились ли где повреждения или вредители. Ему надо было отвлечься — иначе он бы весь день просидел в офисе, следя за сводками погоды и сообщениями о приближающемся урагане. Но все было в порядке. Почва рыхлая, достаточно влажная, виноградные кисти налились соком. Сладость придет через две-три недели, если ураган не помешает.

Насчет «Хлои» у Саймона были самые мрачные предчувствия. Ураган набирал силу и неумолимо надвигался. В соответствии с последними сообщениями по факсу, его отнесли к третьей категории, скорость ветра — сто пятнадцать миль в час. Через двое суток «Хлоя» достигнет побережья Род-Айленда.

Пока Карл и Натали следили за продвижением урагана по телевизору, Саймон взял из Интернета снимки со спутника, обменялся сообщениями с друзьями, которые желали ему удачи.

Он бы построил над виноградником деревянный навес, если бы это было возможно. Но виноград, переживший дождливую весну, прохладное лето и теперь набиравший силу, был беззащитен.

Глава 27

Твердо решив порвать с Саймоном, Оливия не вышла на следующее утро. Она даже не стала смотреть, появился ли он, и все утро посвятила составлению схемы адресов, по которым рассылала свои резюме. Затем принялась вычеркивать адреса с заведомо отрицательными ответами, а остальные предстояло еще обзвонить.

Она спустилась вместе с Тесс вниз, только когда обычно собирались все обитатели дома. И в самом деле, все уже смотрели телевизор на кухне, каждый со своего места. Оливия не стала спрашивать, изменила ли «Хлоя» направление, — ответ был и так ясен.

Все молились только о том, чтобы ураган повернул прочь от Род-Айленда. Рассеянно раскладывая яйца-пашот на мелко нарубленные мясо и овощи, оставшиеся от ужина, присутствующие негромко переговаривались.

Оливии никогда еще не приходилось есть такое вкусное блюдо, хотя на него пошли остатки запеченной вырезки. Она хотела поблагодарить Сюзанну, но та, как и другие, была занята своими мыслями, так что Оливия решила ее не беспокоить.

То же и с разговорами об урагане. Все старались делать вид, что жизнь идет как обычно.

Джилл поехала работать в офис. Сюзанна отправилась в магазин за покупками. Тесс засела вместе с Сэнди в кабинете и приступила к занятиям. Оливия поднялась на чердак, чтобы разложить фотографии.

Несколько минут спустя к ней присоединилась Натали. Об урагане не поступало новых сообщений, и она, следуя примеру остальных, рада была еще немного оттянуть встречу с неминуемым. Натали проделала огромную работу, назвав имена всех запечатленных на фотографиях, включая и ту неизвестную женщину, о которой столько думала Оливия.

Ее звали Джун Элленбаум. Она была подругой Натали и ее брата и умерла от воспаления легких в начале сороковых годов.

Узнав об этом, Оливия печально улыбнулась. Погладив мурлычущего Ахмеда, она призналась:

— Я часто смотрела на ее снимки, когда реставрировала фотографии вместе с Отисом, и представляла, что она моя бабушка или двоюродная бабушка — словом, дальняя родственница.

Натали помолчала, потом спросила:
— А теперь?
Оливия провела ладонью по шелковистой голове Ахмеда.
— Теперь — нет. Наверное, я повзрослела. Самообман ни к чему путному не приведет. Он мешает мириться с неизбежным.

Снова воцарилось молчание. Наконец Натали промолвила:

— Оставайтесь у нас, Оливия. Оставайтесь после нашей свадьбы.

Оливия вскинула голову.

— Простите, как вы сказали?

— Тесс пойдет в школу в Бреймонте, а вы будете моей постоянной помощницей.

«Самообман ни к чему путному не приведет».

— Вам не нужна помощница. Ни сейчас, ни потом. — Оливия так и не получила оценку своей работы из уст Натали и боялась спросить ее об этом.

— Но мне действительно необходим человек, на которого я могла бы положиться. У меня для вас всегда найдется работа.

— Зачем я вам?

— Я хочу, чтобы вы остались в Асконсете.

Оливия должна была бы радоваться. Совсем недавно она только о том и мечтала, чтобы получить подобное предложение от Натали. Но теперь твердо решила не поддаваться иллюзиям. Этому научила ее смерть матери.

— Мне предложили работу в Питсбурге. — Оливия рассказала Натали о вакансии в музее.

Натали спокойно улыбнулась:

— А теперь у вас есть предложение и из Асконсета.

— Но работа в Питсбурге связана с реставрацией. Я это умею и люблю.

— А здесь вы будете работать с людьми. Это вы тоже умеете. — Натали улыбнулась и серьезно заметила: — Оливия, ты мне нужна. Здесь, в Асконсете. У меня никогда не было личной помощницы. А ты столько сделала для меня!..

— Не так уж много. Писательница из меня никудышная.

— Прости, но я читала твою рукопись.

Оливия постаралась скрыть волнение.

— Правда?

— Ну конечно. Неужели нет? Я читала твои черновики на всех стадиях работы над книгой.

— Я этого не знала. — Оливия, затаив дыхание, следила за лицом Натали, надеясь на ее одобрение.

Но увидела только удивление.

— Как, я не сказала тебе? Наверное, закрутилась и забыла. У меня столько забот.

Оливии вдруг пришло в голову, что с тем же самым приходилось сталкиваться и Грегу с Сюзанной. Но она не родственница Натали и не станет выжидать.

— И каково ваше мнение?

— Прекрасно! — сказала Натали, все еще недоумевая по поводу собственной забывчивости. — А ты сомневалась?

— Да, сомневалась. Я никогда не писала ничего подобного!

Натали улыбнулась:

— Мне понравилось. Ясный слог, изящный стиль. Время и чувства схвачены очень верно. Вряд ли кто-либо другой справился бы с работой лучше тебя.

Оливия была на седьмом небе от счастья.

— Спасибо! Вы слишком добры, но я все равно рада это слышать.

— Я так говорю не из вежливости, а вполне искренно. Ты прекрасно поработала над книгой и помогла мне и в другом. Я ведь не молодею с годами. Мне бы хотелось, чтобы рядом со мной был человек, который четко фиксирует детали, а у тебя это хорошо получается. Ты сможешь работать здесь, со мной, или в офисе. Там тоже требуется помощь. Или на винном заводе. Будешь связующим звеном между винным заводом и офисом.

Оливии отчаянно хотелось поверить в эту сказку, но надо быть реалисткой.

— Вы переоцениваете мои возможности.

— Вовсе нет. Твоя беда в том, что ты не знаешь себе цену. Разве ты не видишь, как много ты сделала для меня, как облегчила мою работу? Мне семьдесят шесть лет. Конечно, я нуждаюсь в посторонней помощи. Ты помогаешь тактично, ненавязчиво, и я не чувствую себя немощной старухой.

— Вы выглядите гораздо моложе своего возраста, это каждый скажет.

— Я говорю серьезно, Оливия. Хотелось бы, чтобы Асконсет перешел моим детям, но у них не лежит душа к виноделию. И у их детей тоже, если судить по количеству визитов моих внуков за лето. Никто из них так и не приехал. А ты здесь, и тебе не все равно. Останься, Оливия.

— Я не могу.
— Почему?

Она не могла объяснить. Как объяснить свой страх перед чересчур заманчивым предложением?

Натали вздохнула:

— Подумай о том, что я тебе сказала. Я должна идти в офис, но наш разговор еще не окончен. Ты была добра ко мне. Твои вопросы и искренняя заинтересованность помогли мне рассказать о том, что угнетало и терзало меня все эти годы. Это очень важно для меня, поверь.

— Дверь в комнату Брэда все еще закрыта, — сказала Оливия, и Натали вздрогнула.

— Не понимаю.

— Ничего не изменилось. Значит, моя работа прошла впустую. Сюзанна и Грег по-прежнему в обиде на вас, а дверь закрыта. — Натали опустила глаза. — Почему закрыта дверь? — спросила Оливия. Она никогда раньше не позволяла себе такой настойчивости. Чего она сейчас добивалась? Хотела причинить Натали боль? Заставить взять обратно свое предложение? Проверить, насколько искренни похвалы?

Как бы там ни было, Оливия гораздо охотнее говорила о Натали, чем о себе, а история Брэда так и осталась для нее загадкой.

— В той комнате все осталось так, как при его жизни? — Натали кивнула. — Вы часто туда заходите?

Натали слегка поджала губы, и на лице ее обозначились скорбные глубокие морщинки, которые обычно всегда маскировались улыбкой.

— Очень редко.
— Вы не все мне рассказали о нем?

Натали приложила пальцы к губам, как будто хотела разгладить эти морщинки. И в самом деле, когда она убрала руку, на ее лице была печальная улыбка, а морщинки исчезли.

— История ребенка, чья жизнь оборвалась так внезапно, всегда таит в себе тайну. Но эта история не для книги.

Во время ленча все сгрудились у телевизора. Поздно делать вид, что ничего не случилось.

Репортаж велся с пляжа неподалеку от Ньюпорта.

— Как видите, — сказала журналистка, оглядываясь через плечо, — прибой выглядит как обычно, но все указывает на то, что обстановка скоро изменится. «Хлоя» уходит из района Бермудских островов и направляется на северо-запад. Теперь ее ждут на южном побережье Новой Англии. По последним прогнозам, ураган достигнет побережья завтра в полдень. «Хлоя» — мощный ураган. Первое облако — предвестник урагана — появится сегодня вечером над горизонтом. Те из вас, кто помнит ураганы «Глория» в 1985 году или «Донна» в 1960-м, уже знают, что делать. Тех, кто хочет знать, как подготовиться к шторму, мы приглашаем вместе с нами посетить местное отделение Красного Креста...

Натали приглушила звук и повернулась к остальным.

— Я помню «Глорию» и «Донну». Помню и «Кэрол» с «Эдной» в 1954-м — одну за другой. Обычно электричество отключается. У нас есть карманные фонарики и специальные фонари на случай урагана, но надо проверить их исправность и запастись батарейками. Грег, не займешься ли этим? Если территорию затопит, нам понадобится вода в бутылках. Сюзанна, возлагаю это на тебя. А еще консервированные продукты — на случай, если отключится холодильник. Кстати, о холодильнике — установи самую низкую температуру и старайся пореже его открывать. На окнах у нас ставни, так что обшивать их досками не надо. А вот кресла и столы со двора следует перенести в дом. Марк, это твоя задача.

— Будет сделано, — с готовностью откликнулся Марк.

Сюзанна и Грег промолчали. Оливия решила, что они станут обвинять мать в излишней осторожности. Но они не возразили ни слова, и Оливия не на шутку забеспокоилась. Очевидно, им хорошо известно, что такое ураган. А может, они просто устали. Коротко кивнув, Сюзанна занялась приготовлением сандвичей с курицей, а Марк и Грег вышли из комнаты.

— А что делать мне? — спросила Джилл у Натали.

Натали обняла невестку.

— А ты заботься в первую очередь о себе, — с улыбкой промолвила она. По-видимому, ей уже сообщили, что скоро она станет бабушкой. — Сиди, ешь сандвич и смотри телевизор. Если услышишь что-нибудь новое, сообщи нам.

— А я? — спросила Тесс. — Я тоже хочу помочь.

Натали склонила голову набок и вскинула бровь.

— Ты будешь связной между Саймоном и нами. Он следит за ураганом в своем офисе. Ему присылают последние сводки на электронный адрес. И ты передашь нам новости.

Оливия не стала бы поручать это Тесс. Она постаралась бы держать дочь подальше от Саймона и беспокоилась, конечно, не о нем.

— Саймон берет меня с собой на яхту, — сообщила Тесс Натали.

Натали в первую секунду испугалась, но тут же взяла себя в руки и улыбнулась:

— Не сегодня, надеюсь. Сегодня он очень занят.

— А почему ураганам дают женские имена?

— Не всегда. Перед «Хлоей» был «Бо». Мужские имена они стали использовать в семидесятых. А теперь чередуют мужские и женские.

— А кто это — они?

— Не знаю. Спроси у Саймона.

— Я знаю, — сказал Карл, входя в комнату. — Это комитет, созданный на Карибских островах. У них есть список имен на весь год. Список повторяется каждые шесть лет, если только не случается особенно разрушительный ураган. Тогда они удаляют его имя из списка.

— Привет, — с улыбкой пропела Натали и подставила ему щеку для поцелуя.

Карл поцеловал ее и нежно обнял за талию. Оливия мысленно вздохнула: до чего же приятная пара!

— Я задержался в клубе, — сказал он. — О яхтах уже позаботились.

Тесс была тут как тут:

— Почему ураганам дают имена на Карибах?

Карл слегка потрепал ее по головке.

— Потому что ураганы Атлантики чаще всего берут начало именно оттуда.

— Ураган дойдет до виноградников Калифорнии?

— Нет. Обычно он туда не доходит.

— Почему?

— Видишь ли, ураганы движутся с востока на запад. Те, что доходят до нас, зарождаются в Африке и набирают силу над Атлантическим океаном. А у Калифорнии на востоке только суша. Ураган не может зародиться над сушей.

— Почему?

— Ему нужна вода — теплая вода. Поэтому большинство ураганов приходит к нам в августе и сентябре. Атлантический океан лучше всего прогревается в эти месяцы.

— Что слышно в городе? — спросила Натали.

— Задраивают люки.

— Что это значит? — спросила Тесс.

Тут вмешалась Оливия:

— Прибивают гвоздями вещи, чтобы они не улетели, и заколачивают досками окна. Ступай на кухню — время ленча. — Она обратилась к Натали: — А чем я могу помочь?

Прищурившись, Натали мысленно пробежала свой список.

— Ты можешь обзвонить садовников-декораторов. Я хочу, чтобы Асконсет как можно быстрее оправился от последствий урагана. — Она вздохнула. — Как мне не хватает теперь Жуакина! Все эти службы скоро будут завалены работой, но не оставлять же ферму неубранной перед свадьбой. Постарайся добиться от них обещания, твердой гарантии, что они приедут. И еще позвони поставщику продуктов и флористу — убедись, что они ничего не забыли из-за всей этой суматохи вокруг «Хлои». Да, и художнику по шрифтам.

— Я направила ей факс со списком еще вчера, — сказала Оливия. — Она подготовит карточки через неделю.

— Отлично. — Натали прижала ладонь ко лбу. — Я ничего не забыла?

К обеду шторм усилился, и занятия в яхт-клубе отменили. Лекция о консервировании овощей, назначенная на вечер, тоже была отменена, чтобы люди успели подготовиться к урагану.

Телерепортерша, стоя у дамбы в Наррагансетте, то и дело убирала с лица растрепанную ветром прядь волос.

— Штормовое предупреждение. «Хлоя» достигнет побережья через сутки. По распоряжению губернатора штата завтра все государственные учреждения, а также многие частные предприятия будут закрыты. Останутся работать только спасательные службы. Национальная гвардия приведена в состояние повышенной готовности. В следующем выпуске мы подробнее расскажем вам о мерах, которые предпринимаются в нашем штате в связи с ураганом.

Шумно хлопнула входная дверь, и в кухню влетела Тесс. Навалившись на стол, выпалила:

— Саймон говорит, что центр минует нас. Он очень беспокоится.

Карл усмехнулся:

— Еще бы! Если ты находишься в центре циклона, то у тебя будет маленькая передышка между порывами ураганного ветра. Хуже всего тем, кто находится на расстоянии шестидесяти с лишним миль от центра. Там разрушения самые значительные.

Тесс поправила очки на носу и взглянула на него.

— Значит, нас заденет сильнее всего?

— Ничего, мы справимся, — заверил ее Карл.

— Саймон говорит, кое-кто уезжает отсюда подальше.

— Те, кто живет на побережье. Ураган может вызвать сильный шторм и большую волну.

— Как это?

— Это когда ураганный ветер поднимает волны на огромную высоту.

— На какую высоту?

— Все зависит от силы шторма. Саймон наверняка знает.

— Пойду спрошу у него, — заявила Тесс, но Оливия молча указала ей на стул. Девочка то и дело бегала в ангар — по поводу и без повода. Бедняга Саймон заслужил небольшую передышку.

— Сюзанна просила почистить кукурузу. — Оливия сняла с полки большой бумажный пакет и поставила его перед Тесс. — У тебя это здорово получается. А я пойду к Саймону.

Оливия вышла из кухни во двор. Небо потемнело, несмотря на дневное время. Воздух стал влажным, как перед грозой. Обогнув дом, Оливия побежала к ангару. На втором этаже горел свет. Скользнув в дверь, она поднялась наверх и бросилась по коридору к офису.

Саймон сидел перед компьютером, откинувшись в кресле и заложив руки за голову. Он ждал — и не обязательно ее, Оливию.

— Привет, — сказала она, приблизившись к нему. — Что новенького?

— Вот, смотрю картинки с радара. — Он привлек ее к себе за талию. — Прислали из национального центра. Да, оптимизма это не внушает.

Оливия всмотрелась в его лицо. Она изучила каждую его черточку и теперь не могла не заметить темные круги под глазами.

— Ты устал.

Он усмехнулся и бросил на нее выразительный взгляд.

— И это только начало.

Его ладонь опустилась ниже. Оливия твердила себе, что пришла сюда его ободрить и поддержать, что они с ним просто друзья.

— Сильными будут разрушения?

Он пожал плечами:

— Смотря с какой силой ударит ураган. Если он успеет ослабеть, то урон будет нанесен незначительный — упавшие листья и виноградины. Если больше — это уже серьезно.

— А в худшем случае?

— Скорость ветра будет более ста пятидесяти миль в час, и виноградник просто снесет.

— Снесет?

— Переломает кусты. Перед таким ветром ничто не устоит.

— А я слышала, что ураган на суше теряет силу.

— Да, но через несколько часов. Мы же встретим его прямо у океана, когда он в полной силе. Он принесет с собой не только ветер, но и дождь. Почва раскиснет; если виноградные кусты впитают слишком много воды, виноградины набухнут и треснут, а потом начнут гнить. Сок из такого винограда будет жидкий, а вино получится неважное. Не знаю, что хуже.

— А может, он все-таки переменит направление? — неуверенно заметила Оливия.

Саймон с сомнением покачал головой:

— Может, конечно, но если он не сделает этого в ближайшее время, мы скоро почувствуем на себе его первые порывы. «Хлоя» — мощная штука. Посмотри-ка. — Он нажал несколько клавиш, и на экране появилась фотография, на которой «Хлоя» предстала во всей своей красе — классический смерч с отверстием посередине. Саймон указал на ее ширину. — Триста миль.

— Такой широкий?

— Да.

Компьютер негромко звякнул, и Саймон подвел мышку к оконцу почты. Секунду спустя на экране появилось сообщение. Оливия прочитала его вслед за Саймоном.

— Кто такой Пит Г.?

— Мой друг из Национального океанического и атмосферного управления. — Он напечатал короткий ответ и отослал письмо.

— А что означает правый дифференциал?

— Ветер с правой стороны сильнее. — Он бросил на нее мрачный взгляд. — Как ни крути, дело серьезное.

Оливия оперлась о стол. Как бы ей хотелось предотвратить это!

— Мне очень жаль, Саймон.

Он улыбнулся:

— Ты ни в чем не виновата.

— Это несправедливо. Виноградник только-только просох под солнцем. Все складывалось так удачно.

— Все складывалось как нельзя лучше, — поправил он ее. — Солнце придает винограду сладость. Это все равно что вскипятить сироп. Чем больше влаги теряется, тем слаще и ароматнее сок. Самый ответственный момент созревания винограда каждый год приходится на сезон ураганов.

— И ничего нельзя сделать?

— Ничего.

— Мы высадились на Луне. Почему же не можем укротить ураган?

— Мы пытались засыпать йодид серебра в эпицентр циклона — существует специальная научная теория на этот счет, но она не оправдала ожиданий. Разработали и жидкое покрытие, которое должно помешать урагану уносить воду с поверхности океана, но чертова пленка не держится на волнах. Поговаривали и о том, чтобы сбросить ядерную бомбу в эпицентр, но это уже полная чушь. — Он перевел дух и, немного успокоившись, взял ее за руку. — Такова жизнь. Фермер — как игрок. Всегда рискует. Разве ты не знала?

Она покачала головой, глядя ему в глаза. Холодные и суровые, как ей казалось поначалу. Нет, они просто темно-темно-синие, их взгляд теплый, понимающий, сочувствующий. Они бывают нежными, добрыми, тревожными — в них запросто можно утонуть.

Оливии стало страшно, как в тот момент, когда Натали предложила ей работу в Асконсете.

Он слегка встряхнул ее.

— Не смотри на меня так.

— Я смотрю не на тебя, — возразила она. — Я смотрю сквозь тебя. И знаешь, что я вижу?

Он улыбнулся:

— Что же?

— Отражение монитора. Это бывает, когда слишком долго сидишь перед экраном компьютера. Он отражается в глазах. Так что теперь понятно, почему мы используем защитный экран. Идем в Большой дом. Тебе нужно немного передохнуть.

Он вскинул бровь:

— Передохнуть? Да ведь там разразилась настоящая холодная война, или ты не замечаешь?
Она рассмеялась:
— Ну, все не так плохо!..
— Никто ни с кем не разговаривает.
— Говорят про ураган. — Она потянула его за руку. — Идем. Идем со мной. Ты знаешь больше, чем они. Ты расскажешь нам, что творится вокруг, пока мы сидим и ждем.

Саймон вернулся вместе с Оливией, но рассказывать ему ничего не пришлось. Телевизионные программы то и дело прерывались сообщениями об урагане. Репортеры, специалисты, ученые готовы были ответить на любой вопрос, касающийся «Хлои».

В Большом доме было три телевизора: один, маленький, на кухне, среднего размера — в гостиной и большой — в кабинете. Обед накрыли в виде буфета, но никто даже не присел за стол. Все слонялись из комнаты в комнату с едой и питьем, изредка обмениваясь замечаниями. Супружеские пары держались холодно и отчужденно.

«Это все из-за урагана, — сказала себе Оливия. — Они встревожены».

Но в отношениях между родственниками чувствовалось нечто большее, чем просто тревога. Сюзанна скрылась на кухне, едва обед закончился. Грег ушел еще раньше. Натали задержалась чуть подольше, но выглядела рассеянной и, сославшись на усталость, отправилась спать. Саймон холодно взглянул на Оливию и ушел к себе. Джилл прилегла на диване в кабинете, скрестив руки на груди и отвернувшись от экрана телевизора. Марк устроился рядом в кресле, подперев рукой подбородок.

Напряжение росло, ожидание становилось невыносимым.

Сюзанна не спала и слышала, как Марк вошел в спальню. Лежа в темноте на кровати и повернувшись к нему спиной, она чувствовала, как прогнулся под ним матрас.

На минуту все затихло. Потом раздался тихий шепот:
— Сюзанна?

Она притворилась было, что спит, но у нее было неспокойно на душе и хотелось с кем-нибудь поделиться своими мыслями.

— Я не сплю, — сказала она и перевернулась на спину.

— Думаешь об урагане?

— Нет, о маме. Я дочитала ее книгу до середины. Она выставила себя выдающейся личностью.

— Она такая и есть.

— Ну уж... — протянула Сюзанна. — Послушать ее, так Асконсет ни за что бы не выжил, если бы не она.

Марк повернулся к ней, опершись на локоть.

— Правда? — спокойно спросил он, ничуть не удивившись.

— Не знаю. Так считает она. Или хочет, чтобы мы в это поверили. Ты слышал что-нибудь о вкладах в недвижимость?

— Твоего отца?

— Нет, матери.

Марк ответил не сразу.

— Я, помню, как-то говорил с ней об этом, и меня поразила ее осведомленность в этих вопросах. Она не упоминала о других вкладах, но я не удивлюсь, если ей приходилось частенько ими заниматься. Она говорила со знанием дела.

Это явилось для Сюзанны неожиданностью.

— Она никогда не говорила со мной о недвижимости.

— А ты спрашивала ее?

Сюзанна смерила его взглядом. Его лицо почти терялось в темноте, но глаза сверкали холодным блеском.

— Зачем?

— Значит, не спрашивала. А я, поскольку занимаюсь инвестициями в недвижимость, наверное, упомянул об этом, и вот завязалась беседа.

Сюзанна хотела поспорить. Но у Марка железная логика.

— Хорошо, — не сдавалась она. — Если бы тебе предложили определить, кто внес наибольший вклад в развитие виноградника, кого бы ты назвал?

Марк задумчиво уставился в потолок.

— Если речь о винограднике, то Карла, конечно.

— Почему не маму?

— Я дал бы ей приз за ведение бизнеса. А Карлу — за виноградник.

— А мой отец? Чем бы ты наградил его?

Марк подумал с минуту, потом сказал:

— Я бы премировал его за лучшую рекламную кампанию. Он добился в этом невероятных успехов. Скажи кому-нибудь про Асконсет — и сразу вспомнят Эла.

— Как ты думаешь, он был умен? Проницателен? Хитер? Был ли он хорошим бизнесменом?

— Да, он был умен. Я всегда считал, что ему надо было стать сценаристом. Он обладал редким драматическим талантом и даром слова.

— А бизнес?

Марк усмехнулся:

— Не знаю. Его инвестиции, которые он передал мне, так и не принесли дохода. Но я не хочу говорить плохо о покойном. Эл и сам смеялся над своей недальновидностью, а я, как видишь, выжил и без его вложений.

Сюзанна повернулась к нему.

— Почему я ничего об этом не знаю?

— О том, что я выжил?

— Нет, что инвестиции отца не принесли дохода.

Марк помедлил с ответом.

— А зачем мне было говорить тебе об этом? — спросил он наконец. — Какой смысл? Зачем унижать отца в глазах дочери?

— Потому что я должна была знать правду.

— А правда в том, что он был хорошим человеком.

— Правда в том, — возразила Сюзанна, чувствуя себя обманутой, — что он почти ничего не сделал для Асконсета.

— Разве так считает Натали?

— Натали этого не говорила, — возразила Джилл. Она лежала на спине, отодвинувшись от Грега как можно дальше, только чтобы не упасть с кровати.

Он сел в постели, чтобы хоть как-то сократить разделявшее их расстояние.

— Она на это явно намекает. Отец в ее книге выглядит каким-то недоумком.

— Грег, я читала ее книгу. Она вовсе не имела это в виду. По словам Натали, все считали, что виноградником заведует Александр, а на самом деле все было не так. Ты же вырос здесь. Ты помнишь, чтобы отец принимал важные решения?

— Я помню, что он рекламировал Асконсет повсюду.

— Правильно. У него это отлично получалось. Но он ничего не знал о винограде и не умел подводить баланс.

— Моя мать тоже не умела. Этим занимался бухгалтер.

— Хорошо, — спокойно согласилась Джилл. — Позволь мне перефразировать. Он не просматривал счета, представленные бухгалтером.

— А Натали?

— Натали их регулярно просматривала. Если ты внимательно читал ее книгу, ты это должен понимать.

Занавески тихо раскачивались от ветра, но в комнате было по-прежнему душно. Грег вскочил с постели и распахнул окно. Опершись о подоконник, он подставил лицо свежему соленому ветру, пахнущему грозой.

Немного успокоившись, он заметил:

— Она рассказывает об этом так, словно сделала все своими руками.

— И ты никак не можешь с этим смириться, — сказала Джилл, но ее раздражение тоже улеглось, и эта фраза прозвучала скорее как утверждение, чем вызов.

Ветер принес с собой запах листьев и земли и всколыхнул прошлое. В детстве Грег часто помогал сажать виноград, прореживать листву, собирать урожай. Ему было приятно вспоминать об этом.

Но он не помнил, чтобы отец находился с ним рядом.

— Хорошо, — сказал Грег. — Я готов кое с чем согласиться. Да, я допускаю, что отец потерял свой обувной бизнес, но ведь он был не единственным солдатом, который, возвратившись с войны, остался ни с чем. Допустим, Натали вкладывала деньги в недвижимость и передала Карлу бразды правления виноградником. Черт подери, она же была влюблена в него. Понятно, почему он ходил у нее в любимчиках.

Джилл приподнялась с подушки.

— Она всего лишь позволила ему управлять виноградником, потому что он лучше других знал, что надо делать. Это чистый прагматизм и больше ничего.

Грег наклонил голову.

— Может, она хотела наказать отца за то, что тот потерял фабрики? Она намеренно преуменьшает его роль, желая выставить себя и Карла в более выгодном свете.

— Она вовсе не принижает Александра, — настаивала Джилл. — Она позволила ему заниматься тем, что больше всего ему удавалось.

Грег выпрямился:

— «Позволила». Вот видишь, она позволила ему заниматься рекламой. Как будто он идиот, которого надо кормить с ложечки.

Джилл отвернулась к стене.

— Бесполезный спор. Ты безнадежный тупица.

Он подошел к постели.

— Я пытаюсь понять. Пытаюсь поделиться с тобой своими мыслями. Разве ты не этого хотела? Сама же говорила, что я должен быть с тобой более откровенным. — Она не пошевелилась, и он смягчил тон. — Послушай, я пытаюсь понять мамину точку зрения, но это противоречит всему, чему меня учили в детстве. Меня учили, что отец — самый умный и сильный. А теперь выходит, что он вовсе таким не был.

Джилл повернулась к нему.

— Нет, она пытается сказать совсем другое. Она старается доказать, что была сильнее, чем вы о ней думали. Неужели это так плохо?

— Нет, — ответил Грег. — Нет, конечно. Это многое объясняет. Если она на самом деле руководила Асконсетом, если была так поглощена работой, то мне понятно, почему у нее не оставалось на нас ни сил, ни времени. Я всегда ездил на каникулы вместе с отцом. У него были дела в Нью-Йорке и Филадельфии, но для меня эти поездки превращались в настоящий праздник. Я чувствовал себя... нужным ему. А мать... для нее я был обузой. Отец давал мне гораздо больше любви, чем она.

И ему не хватало этой любви, улыбки Александра, ободряющих похлопываний по плечу и крепких мужских объятий. Ему не хватало улыбки Джилл, ее рук на своей груди, ее взгляда — она всегда смотрела на него так, будто он для нее — все.

Как ему хотелось снова это вернуть! Но он не мог заставить себя сделать шаг первым, потому что боялся отказа. Риск слишком велик.

Порывы ветра усилились, и он закрыл окно. Бесконечно усталый, не в силах что-либо изменить, он опустился в кресло, надеясь уснуть.

Прошло около часа, а сон все не шел. Грег взял рукопись Натали и спустился вниз. Когда он дошел до последней страницы, ветер завывал по углам, свистел в кронах деревьев и в винограднике. Солнце уже встало, и ураган приближался.

Глава 28

Саймон почти всю ночь провел в офисе. Он принимал факсы и изучал последние снимки со спутников. Электронные сообщения с его компьютера летели в Майами, Атланту и Чарлстон, но ответные письма мало утешали. Ни словами сочувствия, ни советами тут уже не поможешь.

Он беспокоился за виноградник, за урожай, за Асконсет, за Оливию.

Саймон подремал всего час или два прямо на диване в своем офисе и вернулся к себе домой поздно ночью, чтобы закрыть ставни и принять душ. Котята расползлись по всему дому. Он чуть не наступил на двоих шалунов, когда готовил кофе на кухне. Он взял одного из них — Оливера, самого маленького. Теплый мягкий комочек с огромными доверчивыми глазками и смешными ушками, казалось, так и просил оставить его у себя.

Но котята вырастают, превращаются во взрослых котов и кошек и умирают спустя несколько лет. Он и так уже привязался к Баку, то есть к ней, к Бак. Не хватало теперь привязаться к ее детям.

То есть привязаться еще больше, чем сейчас.

Привязанность — вот в чем проблема. И что ему делать? По мнению Карла, он сам должен почувствовать, когда отхлынет боль утраты. Не так-то это просто. Хорошо, котенка еще можно оставить. Но удерживать Оливию и Тесс ему нельзя, тем более что они твердо решили уехать.

Выйдя на улицу, он тут же позабыл обо всем, кроме «Хлои». Она неумолимо приближается сюда. С каждым часом это становится все заметнее. Ветви деревьев неистово бьются под порывами шквального ветра. Время рассвета давно наступило, а вокруг темно, как ночью.

Вернувшись в офис, Саймон прочитал факс, потом скачал снимки урагана из Интернета и просмотрел недавно пришедшие электронные сообщения.

Все сходились в одном, и эта новость встревожила его не на шутку.

— Она сухая, — объявил Саймон, входя в кухню и плотно прикрывая за собой дверь.

Оливия вырезала ложечкой шарики из мякоти дыни. Прервав свое занятие, она вскинула голову.

— О чем это ты?

— О «Хлое». Она потеряла влагу, столкнувшись с другим тропическим циклоном.

Сюзанна прекратила взбивать тесто для блинчиков.

— А ветер стих?

— Нет, усилился. — Чертыхнувшись себе под нос, он провел рукой по волосам. — Сухой ураган! Поверить не могу. О них ходят легенды. На моей памяти это впервые. Говорят, такое случается раз в столетие.

— А сухой ураган хуже или лучше? — спросила Оливия.

— Ни то ни другое. Возникает другая проблема. Нам не надо беспокоиться о ливнях, которые затопят виноградник. Но от сухого урагана листья могут задохнуться.

— Задохнуться?

— Сухой ураган проносится над океаном, а отсутствие влаги удерживает соль. После того как стихнет ветер, листья будут покрыты толстым слоем морской соли, их поры закупорятся и растение не сможет дышать. Листья засохнут и опадут, а без листьев виноград не вызреет. Так что весь урожай может пропасть.

— Но виноград должен зреть еще целый месяц, — сказала Сюзанна.

— Как будто я не знаю, — пробурчал Саймон.

— А что можно сделать? — спросила Оливия. — Надо же как-то спасать виноград. Нельзя же дать ему погибнуть.

— Мы должны его помыть, — ответил Саймон и взялся за телефон, набирая номер. — Как только ветер стихнет, мы станем поливать из шлангов каждый листочек.

Оливия и Сюзанна переглянулись. Работа предстоит нешуточная.

— Кому ты звонишь? — спросила Сюзанна.

— В пожарную службу, — ответил Саймон. — Джек? Это Саймон Берк. Говорят, что надвигается сухой ураган. Как только он пройдет, нам понадобятся насосы и шланги. Сможешь помочь?

Саймон позвонил не только в пожарную службу. Пока все завтракали блинчиками, которые Сюзанна еле успевала подкладывать на блюдо, он обзвонил всех знакомых, у которых могли найтись грузовики, баки для воды и шланги.

С каждым новым звонком он, казалось, обретал уверенность. Оливия налила ему апельсинового сока в бокал, кофе в чашку и даже намазала маслом и джемом блинчики у него на тарелке, поскольку у него не было ни секунды свободного времени. Потом он ушел.

Все уже проснулись, телевизор был включен, а ветер стучал в закрытые ставни.

Тесс, напуганная темнотой и воем ветра, жалась к матери.

Натали беспокоилась за Карла, который отправился вместе с Саймоном собирать добровольцев, вызвавшихся помочь отмыть листья винограда после сухого урагана, и поэтому сидела рядом с телефоном.

Грег держался особняком — он положил на колени «ноутбук» и с угрюмым и сосредоточенным видом смотрел на экран.

Сюзанна как заведенная пекла блинчики, а остальные так же торопливо их поедали. Наконец она подала кофейный кекс, давая понять, что завтрак окончен и до ленча следует перерыв. На ленч она готовила жареную рыбу с тостами. Едва тарелки были помыты и убраны в шкаф, Сюзанна поставила в духовку курицу. Аромат чеснока и тимьяна поплыл через в кухню в коридор. В этот момент вернулись Карл и Саймон, впустив на секунду через дверь свирепый ветер.

Оливия вполне разделяла то облегчение, которое отразилось на лице Натали. Она и сама с ужасом представляла себе, как на грузовик падает дерево, или оборвавшийся провод ударяет их током, когда они переходят улицу в городе, или порыв ветра уносит их в неизвестном направлении. «Хлоя» бушует над Асконсетом, и лучше держаться всем вместе. Оливии было спокойнее, когда Саймон здесь, у нее на глазах. Теперь она могла успокоить и Тесс.

Сюзанна сварила еще кофе и поставила кофейник на поднос вместе с овсяным печеньем, которое успела испечь в перерыве между курицей и рыбой. По телевизору показывали гнущиеся от ветра деревья, огромные морские волны, шторм, затопленные прибрежные постройки. Отломанные ветки с силой стукались о стены дома, и испуганные кошки разбегались по углам, а все остальные бежали наверх, чтобы посмотреть, не разбилось ли чего.

Лампа мигнула раз, другой. Перед обедом она мигнула еще раз и погасла. В доме воцарилась темнота и тишина — только ставни постукивали да завывал ветер.

Через несколько минут принесли фонарики и аварийные лампы. Все собрались на кухне вокруг радиоприемника на батарейках, окруженные аппетитными ароматами. Оливии это напомнило те семейные фотографии, которые она реставрировала у Отиса. Она вспомнила, как рассматривала лица, убогую хижину, нищую обстановку, как завидовала близости этих людей друг к другу.

Время и обстоятельства переменились, но сейчас всех, кто находится в кухне, объединяет то же чувство сплоченности. Зажженная лампа отбрасывает на лица тусклый свет, запахи пищи приносят с собой уют и покой. Она среди дорогих ей людей, за деревянным столом, посреди которого стоит радиоприемник. Тесс прильнула к матери, та обняла дочь. Саймон незаметно сжал руку Оливии в своей.

Ее фотоаппарат не смог бы запечатлеть этот момент, но он навсегда остался в ее памяти, обрамленный в драгоценную рамочку. В это мгновение действительность показалась ей как никогда заманчивой.

Но реальность многогранна, и, кроме подобной идиллии, в ней есть место всему остальному. Во-первых, виноградник. Ветер, что есть силы сотрясавший ставни и стены, бушевал на плантации. Судьба винограда висит на волоске. Об этом ни на секунду не забывал ни один из присутствующих.

Во-вторых, в доме назревает буря, не имеющая ничего общего с «Хлоей». Грег все больше отдаляется от домочадцев. Он сидит в кухне вместе со всеми, но сам по себе, хотя и не может больше работать за компьютером. А Сюзанна поглощена стряпней, и по всему видно, что на этот раз она все делает без особого удовольствия.

Чем это вызвано? Тревогой за судьбу Асконсета? И это люди, всеми способами старавшиеся не связывать свою работу и жизнь с вином и виноградником!

Вряд ли такое возможно, подумала Оливия. Наверное, они прочитали книгу Натали.

По лицу Натали она поняла, что угадала. Натали, несгибаемая и волевая, когда дело касалось виноградника, робко и нерешительно поглядывала на детей.

А дети? Взглянули они на мать хоть раз? Нет. Даже когда Натали что-то говорила и все оборачивались к ней, Сюзанна и Грег не удостаивали ее взглядом. Все это должно вот-вот спровоцировать взрыв.

Тревога, напряжение, затаенное недовольство — все назревало в течение дня, грозя разрушить хрупкое затишье.

Оливия убеждала себя, что происходящее не имеет к ней никакого отношения. Она здесь чужой человек, Сибринги разберутся и без нее. Поэтому она читала вместе с Тесс в кабинете, играла в гостиной и ходила с ней в туалет, чтобы девочке было не страшно одной. Но стоило Оливии отлучиться, как Натали тут же принималась ее искать. Сюзанна была рада, что ей помогают мыть посуду. Тесс вскрикивала каждый раз, когда с крыши срывалась полоска шифера и с силой ударялась о стену. Оливии хотелось быть рядом с Саймоном. Одним словом, кухня больше всего подходила для того, чтобы переждать ураган вместе со всеми.

Голоса радиоведущих заполняли томительные секунды ожидания, рассказывая какие-то смешные истории, призванные отвлечь внимание от «Хлои». Саймон снова вышел было, но почти сразу вернулся, вымокший и недовольный тем, что ему не удалось добраться до виноградника.

— Правильно сделал, что вернулся, — сказала Натали, и Саймон кивнул, но Оливия чувствовала, что мыслями он там. Как, должно быть, ему тяжело сидеть здесь, в тепле, когда его питомцы гнутся под ветром и теряют драгоценные листья.

Она осторожно выглянула на улицу сквозь ставни, но там все заволокло непроницаемой серой пеленой, превратившись в непроглядный мрак.

Обед прошел в молчании, скорее чтобы как-то убить время, чем утолить голод. Они ведь целый день только и делали, что ели. Нервы у каждого были на пределе. Заточенные в замкнутом пространстве дома, все были вынуждены еще час провести в ожидании. К вину никто не притронулся. Раздавалось лишь легкое постукивание серебряных приборов о фарфоровую посуду. Жалюзи трепетали от ветра, ревущего снаружи.

После десяти вечера разразилась гроза.

Тесс заснула в кабинете, завернувшись в вязаный платок. Джилл читала в гостиной. Марк разгадывал кроссворд в соседней комнате. Саймон вышел посмотреть виноградник.

Оливия сидела на кухне и слушала радио вместе с Натали. Сюзанна натянула пластиковую пленку на блюдо со свежеиспеченными булочками. Вошел Грег, чтобы выпить воды, и она предложила ему булочку. Он отказался и открыл холодильник.

Поставив блюдо на стол, Сюзанна промолвила:

— Ну вот, делать больше нечего. Что теперь?

Можно было пойти спать, но по радио сообщили, что ураган вот-вот стихнет. Как только это произойдет, придется поливать виноградник из шлангов, и понадобится помощь каждого. Это может случиться через полчаса или через два часа. В любом случае спать сейчас нельзя.

— Можешь почитать что-нибудь, — предложила Натали с самым невинным видом, но ее слова стали последней каплей.

Сюзанна в упор взглянула на мать.

— Уже читала, спасибо. Все напечатанное Оливией прочла до последней странички.

Грег настороженно повернулся к ним.

Оливия поднялась, чтобы уйти, но Натали придержала ее за руку и слегка покачала головой:

— Останься. Мне нужен союзник.

— Зачем тебе союзник, если ты написала правду в своей книге? — съязвила Сюзанна. — Неужели правда нуждается в защите? Если это правда, конечно.

— Это истинная правда.

Грег встал рядом с сестрой.

— Правда или нет, не важно. Твоя жизнь достойна осуждения.

Натали гордо выпрямилась.

— Почему?

— Потому что если это правда, то ты всю свою жизнь лгала нам и себе.

— Ты читал мою книгу?

— Да. И она рассказывает о жизни, построенной на лжи.

Натали покачала головой:

— Нет, я никогда не лгала.

— Тогда это повесть о том, что было скрыто под завесой молчания, — возразила Сюзанна. — Ты не говорила нам всей правды.

— А это все равно что солгать, — добавил Грег.

— Ты хранила секреты.

— И обманывала отца.

Оливия встала:

— Мне не следует здесь находиться. Вы должны переговорить об этом втроем, без посторонних.

— Сядь, Оливия, — тихим голосом приказала Натали.

Оливия села.

Натали обратилась к сыну:

— И что я должна была сказать твоему отцу? Что вышла за него замуж из-за денег? Что любила другого? Что если бы не моя мать, умолявшая меня выйти за него замуж, я бы ждала Карла? Ради чего говорить все это?

— Ради правды, — сказал Грег.

— Быть честной еще не значит быть милосердной. Стал бы твой отец счастливее, узнав правду? — Натали покачала головой. — Не думаю. Эта правда разрушила бы наш брак, который оказался не таким уж плохим.

— Но он был основан на лжи, — настаивал Грег. — Ты обманывала и нас с сестрой.

— А что мне надо было сказать вам? Что ваш отец никудышный бизнесмен? Что его затянувшаяся игра в разведчиков стоила ему обувной фабрики? Что он растерялся, узнав, что мы остались без гроша?

— У вас были деньги, — возразила Сюзанна. — Фабрики стоили немалых денег.

— Но ваш отец и не подумал об этом, пока я не подсказала.

Сюзанна не сдавалась:

— Тебе следовало рассказать нам все это. Почему мы должны читать книгу?

— Потому что мне тяжело говорить, — с горечью ответила Натали. — Потому что рассказывать детям об их собственной семье... не просто. Мне хотелось показать вам, что мои отношения с Карлом зародились давным-давно. — Она немного успокоилась. — Зачем унижать отца перед детьми? Вы любили его, и я была этому рада. Зачем говорить о его промахах и ошибках, когда он сделал столько хорошего? И что такого, если я заботилась о его авторитете в ваших глазах? Он был прекрасным человеком, я заявляю это со всей искренностью. То, что он умел делать, он делал хорошо.

— Ты манипулировала им, — с вызовом заметил Грег. — Ты решала за него, что ему делать.

— И нами ты тоже манипулировала, — подхватила Сюзанна. — Ты следовала только тебе известному плану.

Натали печально усмехнулась:

— Да не было у меня никакого плана. Как можно планировать, если у тебя ферма? Мне хотелось, чтобы Асконсет процветал. Это была моя цель. Я делала то, что считала нужным.

— Чтобы спасти виноградник. Неужели он был для тебя дороже всего на свете?

— Нет, Сюзанна. Я любила и Александра, и вас. Я дорожила своей семьей.

— Кто бы говорил, — буркнул Грег, скрестив руки на груди.

Натали замерла.

— Тебя никогда не было рядом, — продолжал он.

Сюзанна кивнула:

— Ты вечно где-то пропадала и всегда находила дела важнее, чем общение с детьми.

Оливии хотелось провалиться сквозь землю, только чтобы не присутствовать при этом разговоре.

— Натали, мне не стоит здесь находиться. Я пойду.

Натали смерила ее тяжелым взглядом.

— Ты хотела обрести семью. Вот и посмотришь, что это такое. Семья — это стена непонимания и взаимных обид. Ты учишься приспосабливаться и прощать то, что никогда не простишь даже самому лучшему другу. С другом можно порвать отношения, а с родственниками ты связана семейными узами.

Оливия не нашлась с ответом и продолжала сидеть.

Натали повернулась к Сюзанне.

— Ты не права. То, что я делала, я не считала более важным, чем все остальное. Я просто работала.

— Я этого не знала! — возразила Сюзанна. — Я думала, ты ходишь на вечеринки. Как ты могла позволить мне думать так? Я делала все, чтобы заслужить твое одобрение, и поступала так, как ты того хотела. Наверное, ты все эти годы считала меня никчемной бездельницей.

— Нет, — горячо заверила ее Натали, — никогда! Я хотела, чтобы твоя жизнь была проще и легче, чем моя. Мне пришлось нелегко в твои годы.

— Ты могла бы и не работать, — возразил Грег. — Отец нашел бы способ прокормить семью. Может, если бы ты не взяла инициативу в свои руки, он был бы более энергичным и деловым.

Плечи Натали поникли.

— Может быть. Может, я ошибалась и вы, мои дети, выбрали бы другой путь в жизни. Но я правда верила в то, чем занималась. Обвиняйте меня, если хотите, но мне это было необходимо. И я не жалуюсь, что мне было тяжело. Я просто говорю, что так было.

— Ты слишком много на себя взвалила, — укоризненно заметил Грег. — Ты рисковала. Твои инвестиции могли пропасть, а виноградник — погибнуть. И отец мог догадаться о твоих тайных планах.

— О каких таких планах? — возмутилась Натали, выпрямившись. — Я пыталась всего лишь превратить Асконсет в процветающую ферму.

— Ты пускалась в рискованные авантюры, даже не посоветовавшись с отцом.

Натали вздохнула:

— Ваш отец не интересовался ни инвестициями в недвижимость, ни виноградником. Ему было интересно только одно: рассказывать о войне и своих подвигах. И рисковала не только я одна — он рисковал не меньше меня.

— Такова война.

— Такова жизнь, — поправила Натали. — Удача не приходит сама собой. Необходимо рисковать, чтобы ее поймать. Даже сейчас. Мы могли бы давно успокоиться и почивать на лаврах, говоря всем и каждому, что добились успеха и создали себе имя. А мы развертываем новую рекламную кампанию. Да, это стоит больших денег. Да, это рискованно. Но надо идти вперед. Жизнь — это непрерывное развитие и стремление к лучшему.

— Мама, тебе уже семьдесят шесть лет, — сказала Сюзанна.

— Ну и что?

— Когда это кончится?

— Когда я умру, не раньше. А пока у меня хватит сил, я буду идти вперед.

— И рисковать, — мягко добавила Сюзанна.

Натали слегка улыбнулась:

— Милая, благодаря этому я чувствую себя молодой. Риск вызов — вот что продлевает мне жизнь. Не надо бояться нового. Но я с удовольствием удалюсь на покой, если кто-то из вас захочет взять семейный бизнес в свои руки. Однако вы пока не изъявляли желания.

— Мы тебе не нужны, — сказал Грег. — У тебя есть Саймон

Оливия с грохотом отодвинула стул и встала.

— Я ухожу. Разговор слишком далеко зашел, и я... я...

— Ну что ты? — нахмурилась Натали. — Не хочешь слушать? Едва заслышав имя Саймона, ты пытаешься сбежать Хватит прятаться, Оливия. Настало время делать выбор.

Оливия оторопела. Дрожа, она опустилась на краешек стула.

Натали обратилась к Грегу.

— Саймон ни на что не претендует, — сказала она с неожиданной убежденностью. — Он выполняет ту же роль, что и его отец, но виноградник никогда не принадлежал Карлу Он принадлежит мне.

Грег не сдавался:

— Если то, о чем ты пишешь в книге, правда, Карл — равноправный владелец виноградника. Ты и Карл — главные действующие лица. А отец был в вашей тени. Вы, наверное, смеялись над ним!

— Если бы Карл позволил себе смеяться над твоим отцом, — холодно процедила Натали, — я бы его уволила. Александр был моим мужем. Я никому бы не позволила насмехаться над ним и сама этого никогда не делала. Я любила его. Если бы мне удалось привить ему любовь к земледелию, я бы это сделала, но его все это не очень интересовало. У него не хватало терпения сидеть на ферме и изо дня в день ухаживать за виноградом. Он был общительным человеком, и я выделила ему ту часть работы, которая требовала умения общаться с людьми. И он был счастлив и доволен своей ролью. Он чувствовал себя значительной фигурой и считал, что прожил жизнь не зря. Я дала ему все, что могла дать.

Грег обиженно заметил:

— Он дал тебе имя, в то время как Карл бросил тебя и ушел на войну. Благодаря отцу у тебя появилась цель в жизни. Он заслужил гораздо большего. Он имел на это полное право.

Слова Грега больно задели Натали. На лице ее резко обозначилась каждая морщинка, голова мелко затряслась от ярости.

— Имел право? Имел право, говоришь? Я бы советовала тебе с осторожностью употреблять это выражение. Человек изначально не имеет права ни на что. Он должен заслужить награду, будь то деньги, уважение или любовь, дом или машина. Или виноградник. — Глаза ее горели гневом. — Имел право! Да твой отец разрушил все мои надежды, и все-таки я осталась с ним. Я работала, чтобы возродить виноградник, даже если это отнимало драгоценные минуты общения с тобой и Сюзанной. Я работала, потому что он не хотел и не умел. И я дала ему больше, чем любая другая на моем месте. Имел ли он на это право? Не думаю. Если он так считал, то глубоко ошибался. И если внушил тебе это, то сделал двойную ошибку. Ты не имеешь права владеть тем, что не заслужил, и прежде всего это касается твоей жены!

«О Боже!» — мысленно охнула Оливия. Разгорается самая настоящая ссора. Оставаться здесь просто неприлично, но у нее не хватило смелости уйти. Она притихла в надежде, что о ней забудут.

Опершись ладонями о стол, Натали в упор смотрела на сына.

— Ты считаешь, что Джилл принадлежит тебе целиком и полностью. А что ты сделал, чтобы заслужить ее? Дал ей свое имя? Жилье, в котором она коротает время, пока ты работаешь? Деньги, одежду, пищу? Очнись, Грег! Времена переменились. Ей ничего этого от тебя не нужно. Она сама в состоянии заработать себе на жизнь. Ты имеешь право только на вторую попытку, потому что она поклялась быть тебе верной женой и должна дать тебе еще один шанс. Насколько я вижу, ничего другого ты не заслужил. И никогда ничего не получишь, если будешь считать, что все тебе чем-то обязаны. Тебе никто ничем не обязан, Грег. И меньше всего Джилл. Если она тебе нужна, сражайся, борись за нее. Заслужи ее.

Ее слова попали в цель, потому что Грег как-то сник и замолчал.

— Ну зачем ты так? — укоризненно промолвила Сюзанна.

Мать нахмурилась и сложила руки на коленях.

— Это надо было сказать. Я не жалею, что это сделала.

Оливия была согласна с Натали. Она готова была зааплодировать и записать каждое ее слово. А потом дать почитать Джилл. И описать, какой побитый вид был у Грега.

Грег наконец обрел дар речи и дрожащим голосом произнес:

— Хорошо. Я приму к сведению твои слова. Но нам надо затронуть еще один вопрос.

— Какой же? — спросила Натали.

— Брэд. Почему ты любила его больше нас?

Оливия бросила быстрый взгляд на Натали, которая словно окаменела.

— Он был моим первенцем.

— И это все? — скептически добавила Сюзанна.

Натали хотела что-то сказать, но нахмурилась и смущенно потупилась.

Загнана в угол, подумала Оливия, затаив дыхание.

Сюзанна не унималась:

— Он был твоим любимчиком. Ты никогда не наказывала его. Он был идеалом — и при жизни, и после смерти. Нам с ним было не сравниться.

— Я всегда знал, что отец любил меня, — добавил Грег. — Но в отношении тебя я не был так уверен.

— О, я любила вас. Я любила вас обоих, — выдохнула Натали со слезами на глазах.

— Но Брэда ты любила больше, — возразил Грег.

Натали еще пыталась отрицать это:

— Нет... просто это потому, что он... умер. — Она опустила глаза. — Эта потеря... не знаю, как я ее пережила.

— Потому что он был сыном Карла? — тихо спросила Сюзанна.

Оливия замерла. Она не слышала ни шума ветра за окном, ни стука ставен. В комнате воцарилась мертвая тишина. Натали не произнесла ни слова.

— По времени вроде бы все сходится, — задумчиво промолвил Грег. — Если ты была с Карлом перед тем, как он ушел на войну, то есть за месяц до свадьбы с отцом... Ты скрыла этот месяц.

«Если ты была с Карлом». Оливия никогда не решилась бы спросить об этом. Она ждала, что ответит Натали.

Сюзанна тоже принялась размышлять вслух:

— Помнишь Барби Эпгар, мою подругу детства? Ее мать говорила, что та родилась гораздо раньше, чем было указано в документах. Война все перепутала. Эпгары все время шутили по поводу того, когда же им отмечать день рождения Барби.

— Брэд был так похож на тебя, — сказал Грег матери. — Стоит посмотреть на фотографии. Те же черты, тот же цвет волос. Кто мог знать, что его отцом является не Александр?

— Джереми и Брида, — ответила за брата Сюзанна, — они были здесь. Они могли подозревать о несоответствии в датах, но если верить твоей книге, они уговаривали тебя выйти замуж за отца. А Карла хотели женить на какой-то девушке из Ирландии. Твой отец был болен. К тому же он слишком надеялся на деньги Сибрингов. А твоя мать умерла до окончания войны. Так что тайну некому было раскрыть.

— После рождения Брэда в течение нескольких лет рядом не было никого, — сказал Грег. — Отец и Карл ушли на войну. Кто мог знать об этом?

Все взгляды обратились к Натали. Оливия переживала за нее, но, как и остальные, хотела услышать ответ.

Натали ничего не отрицала, умоляюще глядя на них. Оливия готова была броситься ей на выручку, но тишину внезапно прорезал звук открывающейся двери.

На пороге стоял Карл и не сводил глаз с Натали. Лицо его было искажено болью.

— Это правда? — спросил он резким, каким-то чужим голосом.

Натали приложила руку к губам и не проронила ни слова.

— Ты ничего не знал? — спросила Сюзанна Карла. Он покачал головой — отрешенно, будто во сне. — Ты должен был знать, что это возможно! Разве ты не догадывался?

Карл все еще смотрел на Натали. Он хотел что-то сказать, но передумал и закрыл глаза, склонив голову. Оливии было тяжело смотреть на страдания этого доброго, мягкого человека. Она взглянула на Сюзанну и Грега, надеясь, что кто-нибудь из них сжалится над ним. К их чести надо сказать, они смотрели на Карла с явным сочувствием. Карл ничего не знал об этом, как не знал и Александр.

Он провел ладонью по лицу. Потом, все еще в некотором замешательстве, взглянул на Сюзанну.

— Я приучил себя держаться на расстоянии. Так было нужно. Когда я узнал, что твоя мать вышла замуж за другого, я... мой мир рухнул в одночасье. Мне оставалось только сражаться. И я сражался, чтобы помочь своей стране победить. Когда же вернулся, то был вынужден каждый день видеть кольцо у нее на пальце. Видеть Брэда и тебя. И я твердил себе: значит, так надо. Дело сделано. Ничего изменить уже нельзя.

— Как ты мог оставаться здесь? — тихо спросил Грег.

Взгляд Карла прояснился.

— Как я мог остаться, спрашиваешь ты. Лучше спроси, как я мог уехать и бросить ее. Александр все еще был на войне, а у нее на руках двое детей, больной отец и нищая ферма. Я сказал себе, что останусь до возвращения Александра, но с самого начала мне стало ясно, что фермерство не его стихия. И я не смог бросить Натали и Асконсет.

— Как ты мог смотреть в глаза моему отцу? — спросила Сюзанна.

— А почему я не мог бы смотреть ему в глаза? — вопросом на вопрос ответил Карл. — Я ни разу не скомпрометировал его жену. Наши романтические отношения закончились до замужества Натали. Мне нечего было скрывать, нечего стыдиться. —

Он взглянул на Натали. — Я и не подозревал, что Брэд мой сын. Может, если бы я знал об этом, то действовал бы иначе. И мне было бы неловко смотреть в глаза Элу. Но я ничего, ничего не знал. Я был в Европе, воевал и мечтал вернуться домой и жениться на любимой девушке. Потом письма перестали приходить. О свадьбе я узнал последним. А Брэд... — В его глазах отразилась невыносимая боль. Он тяжело вздохнул.

В этот момент входная дверь распахнулась, и в коридор вошел Саймон, промокший и усталый.

— Ветер стих. Идемте.

Глава 29

Саймон, конечно, понял, что напряжение в кухне вызвано не только и не столько ураганом. Но сейчас его волновало другое. Надо торопиться — виноградник может погибнуть.

— Кто-нибудь мне поможет? — спросил он, с тревогой вглядываясь в обращенные к нему лица.

Первой очнулась Натали.

— О Господи, конечно! Откуда начинать?

— Будем идти сверху вниз, а начнем с каберне. Донна уже там. Она расскажет, что делать. — Он вынул из кармана измятый мокрый клочок бумаги. Лучше бы Натали осталась дома на телефоне. Это легче для нее. — Эти люди могут нам помочь. Надо их обзвонить.

— Этим займется Оливия. Я иду на улицу.

Карл сердито пробурчал:

— Пусть Оливия выполняет физическую работу.

Натали обернулась к нему:

— Может, я и натворила ошибок за свою жизнь, но заботу о винограднике ошибкой не считаю. Я иду туда, Карл, и если умру, спасая кусты, значит, так угодно Богу. — Она прошла мимо Саймона к двери.

— Что случилось? — спросил Саймон Карла.

Карл насупился и вышел вслед за Натали. За ними последовал Грег.

— Я позову Марка, — пробормотала Сюзанна и направилась в гостиную.

Саймон и Оливия остались вдвоем.

Он провел руками по волосам, потом обтер руки о шорты, но все — шорты, руки, волосы — было мокрым и покрыто солью, как и виноградные листья.

— Что тут без меня произошло?

— Потом узнаешь, — сказала Оливия. — Ну как ты?

У него екнуло сердце. Давно никто не спрашивал его об этом.

— Устал немного, — сказал он, едва заметно улыбнувшись. — Почти не спал всю ночь.

— А долго придется работать сегодня ночью?

— Несколько часов, если мы не опоздали. Ничего, я продержусь. — Он протянул ей листок. — Начни с пожарной службы. Они обеспечат освещение. Где Тесс?

— Спит в кабинете. Я разбужу ее, когда пойду, чтобы она не оставалась здесь одна.

— Возьми ее с собой, — предложил Саймон и вдруг понял, что для него это сейчас так же важно, как виноградник. Виноград — его детище, а Тесс — дочка Оливии, и они обе ему нужны.

Оливия с сомнением взглянула на него, и Саймон вспомнил, каким черствым и грубым показал себя при первой их встрече. Он до сих пор не мог себе этого простить.

— Она может нам помочь, — сказал он. — Это не опасно, просто утомительно, но она сильная и сообразительная девочка. А лишняя пара рук увеличивает шансы винограда на выживание. — Оливия молчала, и он добавил: — Она будет рядом.

«Рядом с домом? Рядом с остальными? Рядом со мной?» Саймон и сам не знал, что имел в виду.

Но Оливию его слова убедили. Она кивнула, и он улыбнулся — впервые за этот вечер.

— Я приведу ее, — сказала Оливия.

Но Саймон решил сам пойти за ней. Он помнил, как радостно улыбается ребенок, получая подарок. Тесс, конечно, не шесть лет, и это не рождественское утро, но он знал, что она обрадуется такому доверию взрослых. И ему хотелось видеть ее улыбку.

— За Тесс схожу я, — сказал он, направляясь к кабинету, — а ты начинай обзванивать всех по списку.

Оливия, конечно же, последовала за ним в кабинет. И если бы она не была уже влюблена в него, то непременно влюбилась бы сейчас, глядя, как он осторожно снял с Тесс платок и легонько потряс ее за плечо. Наблюдая за этой трогательной сценой, она чувствовала, как к ее горлу подступает комок. Да, она любит его. И не пытается это отрицать. Ей нравится в нем все — внешность, ум, манеры. И вот теперь Тесс. Тесс — центр и средоточие ее жизни. Оливия никогда не смогла бы по-настоящему полюбить мужчину, который бы не разделял ее обожания. А Саймон любит Тесс — это видно. Она не слышала, что он ей прошептал, но сонное личико девочки озарилось улыбкой. Тесс откинула платок и вскочила с дивана, воодушевленная и готовая тотчас помчаться на выручку винограднику.

Такой Оливия ее еще не видела. Хотя нет. Тесс так же радовалась, когда Саймон обещал взять ее с собой покататься на яхте. Но сейчас не до развлечений. Если виноградник удастся спасти, Тесс будет знать, что ее помощь тоже сыграла свою роль. Неплохой итог летних каникул.

Вот только одно «но»: девочка все больше привыкает к Саймону. Сердце Оливии давно уже отдано ему, но пусть Тесс избежит этой участи. Только как этого добиться, если Саймон берет Тесс за руку, ведет на кухню, дает ей чистое полотенце, чтобы она сунула его за пояс шортов? «Это чтобы протирать очки, — говорит он ей. — Я сам так делаю». Если бы у Оливии была возможность выбрать отца для Тесс, она бы не колеблясь выбрала Саймона.

Зажав в руке листок с номерами телефонов, Оливия с тяжелым сердцем смотрела им вслед. Она выдержит. Должна выдержать. У нее нет другого выбора.

А Тесс? Если ее привязанность к Саймону еще больше окрепнет?

Что ж, пусть девочка знает, что такие мужчины, как Саймон, существуют на свете.

Поначалу Сюзанна хотела остаться на кухне и готовить кофе и сандвичи для тех, кто придет помогать спасать виноградник, тем более что с газовой плитой это займет больше времени, поскольку электроплита отключилась.

Но ей необходимо хоть ненадолго выйти на улицу и подышать воздухом, размять затекшие руки и ноги. Донна дала ей шланг и поставила обливать ряды кустов. Работа была простая, а Сюзанне сейчас как раз требовалось отдохнуть от размышлений.

Марк находился в следующем ряду. Сначала Сюзанна не заметила его в темноте, но когда приехали пожарные машины и зажглись прожекторы, она увидела не только Марка. Весь виноградник засиял — это свет прожекторов отразился в брызгах струй, вырывающихся из шлангов. Вода омывала листочки, покрытые слоем соли. Ветер стих — остался легкий океанский бриз. Сюзанна быстро промокла, но было тепло, и она не замерзла. Да и спасение виноградника того стоило.

Сюзанна почувствовала прилив энергии, работая над спасением того, что значило для нее больше, чем она хотела себе признаться. Думая о том, что мать трудится где-то рядом, она еще больше воодушевилась. Там, на кухне, кое-что произошло — изменилось ее отношение к матери. Сюзанна прочитала книгу Натали, но все поняла, только когда увидела боль в глазах матери, скорбь Карла, обиженного Грега, который так же жаждал ответов, как и она, Сюзанна, — и у нее словно открылись глаза. Впервые она увидела в Натали обыкновенного человека, не лишенного недостатков. И обида Сюзанны растаяла как-то сама собой, позволяя ей теперь взглянуть на историю матери открыто и честно и признать, что это история выдающейся женщины.

Сюзанне захотелось перечитать книгу и получше понять ту женщину, которой была ее мать, — женщину, несмотря на все ошибки и просчеты, воплотившую в жизнь свою мечту.

Асконсет — прекрасное место. Сюзанна просто забыла, как здесь хорошо. Стоя среди виноградных лоз и вдыхая аромат влажной земли и свежей речной воды, орошавшей листья, Сюзанна думала о матери, которая в свои семьдесят шесть так же энергична, как в молодости. И ей захотелось стать похожей на Натали.

Грегу казалось, что он держит три шланга: один разбрызгивает воду, а два других — его мысли о Натали и о Джилл. Когда из Хаффингтона прибыл грузовик с прожектором и осветил плантацию, Грег заметил в соседнем ряду жену. Да, он собственник, с этим ничего не поделаешь. Но он заботливый муж, а это звучит гораздо лучше.

Подтащив за собой шланг, он осторожно прополз под кустами на животе, как учил его Карл, чтобы не повредить гроздья. Встав рядом с Джилл, он стал поливать свой ряд с ее стороны. Ему приходилось почти кричать, чтобы она услышала его сквозь шум воды.

— Хочешь, я подержу твой шланг?
— Нет! — прокричала она. — Я не устала!
— А ты уверена, что тебе можно этим заниматься?
— Неужели ты думаешь, что я буду делать то, что может повредить моему ребенку? — огрызнулась Джилл.

Он не стал возражать. Конечно, она не допустит ничего, что повредило бы малышу. Как бы ни был Грег зол на Натали за то, что та упрекала его в эгоизме по отношению к собственной жене, он понимал: если хочешь быть отцом ребенку, надо измениться.

Да, из него выйдет хороший отец — как Александр. И даже лучше, потому что он будет настоящим кормильцем семьи. Это позволит Джилл проводить больше времени с детьми в отличие от Натали.

Джилл хочет работать. Надо будет это обсудить — впрочем, так же как и его собственную работу. Нельзя все время быть в отъезде — какой из тебя тогда отец? Да и муж тоже. Но Натали он об этом не скажет. Если он и изменит свой график, то только потому, что хочет быть вместе с Джилл, а не потому, что так советует ему мать. Какое она имеет право требовать от него? Она далеко не святая. По правде сказать, ему было даже отчасти приятно видеть ее страдания там, на кухне.

Но ее упреки жгли его, как ядовитое жало. Она никогда еще не говорила с ним в таком тоне. Никогда не ругала его. В детстве она не баловала его вниманием, и это само по себе было наказанием.

Что, если он ошибался? Может, она и правда была всего лишь... занята делом?

Справедливости ради стоит признать, что ей действительно удалось превратить Асконсет в райский уголок. Здесь выращивается гораздо больше сортов, чем десять лет назад. Плантация разрослась.

— Видела, что творится на подъезде к Асконсету? — окликнул он Джилл. — Там выстроилась огромная очередь машин. Кажется, весь город приехал нам помогать.

— Это дань уважения твоим родителям, — сказала она, явно пытаясь уколоть его, но вместо раздражения Грег почувствовал сожаление и грусть. Да, он во многом ошибался.

— Это дань уважения Натали и Карлу. А мой отец почти ничего не сделал для Асконсета.

— Неправда! — укорила его Джилл. — Просто он делал не то, что ты думал. Если бы никто не занимался продажей и рекламой, Асконсет бы ни за что не выжил!

Она двинулась к следующему кусту.

Он последовал за ней. Они стояли спинами друг к другу, и он тщательно следил, чтобы каждый листочек был обмыт, но мыслями вернулся в Вашингтон на восемь лет назад, когда впервые познакомился с Джилл. Теперь она стала прежней — такой, какой он ее полюбил: напористой, дерзкой, смелой.

Их брак превратил ее в молчунью.

Нет. Это он сам задавил ее своими бесконечными претензиями. Он хотел, чтобы она любила его безгранично, несмотря ни на что, — так, как его никогда не любила собственная мать.

«О, я любила вас обоих». Эти слова Натали принес легкий бриз с побережья. Он снова слышал ее дрогнувший голос и видел слезы в ее глазах. Он никогда раньше не видел мать такой. И ему захотелось поверить ей. Наверное, когда он сам станет отцом, он сможет взглянуть на нее совсем другими глазами. История Брэда предстала совсем в ином свете. Что бы чувствовал он сам, оказавшись на месте матери?

Ему хотелось поговорить об этом с Джилл. Какими они будут родителями? Ведь это гораздо важнее, чем все политические и избирательные кампании. Но как непросто говорить о том, что тебя больше всего волнует, о личных отношениях. И не известно, каким будет ответ Джилл. Да, риск есть, конечно.

«Все хорошее сопряжено с риском». С этим высказыванием Натали нельзя не согласиться.

Он рисковал, создавая свое дело. Но ему удалось добиться успеха и заслужить уважение клиентов и коллег.

Теперь осталось направить свою энергию на создание домашнего очага.

Оливия отправила бы Тесс в постель в два часа ночи, если бы девочка запросилась спать, но об этом не могло быть и речи. В джунглях виноградника Тесс отыскала Сета и мальчика из своей яхт-группы. Оба приехали помогать вместе с родителями. Дети по очереди держали шланг, подменяя друг друга, когда уставали руки, и отмывали ряд за рядом, трудясь наравне со взрослыми, но не забывая и о том, чтобы хоть немного подурачиться.

И только перед рассветом Оливия наконец убедилась, что виноградник спасен. Она видела, как радостно засияли усталые глаза Саймона, который энергично тряс руки знакомым и друзьям, благодаря их за помощь. Прожекторы выключили, шланги смотали и погрузили в машины. Насосы отсоединили от пожарных машин. Саймон и Донна полили последние кусты, после чего Донна с семьей тоже отправилась домой.

К тому времени, как солнце поднялось над горизонтом и озарило поле битвы, на ногах были только Оливия, Саймон и Карл. Они стояли на веранде Большого дома, глядя на разгром, учиненный «Хлоей». Двор был завален мусором, и хотя в основном это были ветки дубов, сосен и кленов, среди них попадались и виноградные лозы.

Оливия смотрела, как Саймон (откуда только взялись силы!) поспешил к плантации рислинга. Четкие ряды нарушали большие проплешины.

— Неужто все плохо? — спросила она Карла.

Тот устало вздохнул:

— Потери довольно велики. Но это неизбежно — такой ураган не проходит бесследно. А вот соль не погубила ни одного куста. Словом, могло быть и хуже. Мы посадим новые кусты — нам уже приходилось это делать. — Помолчав, он продолжил: — Могу я спросить тебя кое о чем, Оливия?

Саймон скрылся из виду, и Оливия взглянула на Карла. Его глаза так похожи на глаза Саймона. Только они старше на сорок лет и в лучиках усталых морщинок.

— Натали рассказывала тебе про Брэда? — хрипло промолвил он. — Она говорила, что он... мой сын?

Сердце Оливии болезненно сжалось.

— Нет, не говорила.

Он посмотрел вдаль, на виноградник.

— А ты сама не догадалась?

— Нет. Я чувствовала, что в истории Брэда есть какая-то недосказанность, но об этом даже не думала. — Она помолчала. — А вы? Вы не догадывались?

Карл не ответил. Оливия так и не поняла, слышал ли он ее вопрос. Карл по-прежнему смотрел вдаль невидящим взглядом. Когда он наконец повернулся и пошел в дом, она заметила на его глазах слезы.

В душе у Карла росла обида на Натали за все годы, что ему пришлось прожить без нее, играя роль второй скрипки при Александре и веря в то, что Брэд — сын другого мужчины.

Но, поднимаясь по лестнице наверх, он увидел Натали у двери в комнату Брэда, и весь гнев его куда-то исчез. Она стояла в длинной ночной рубашке, расшитой кружевами, склонив голову и опустив руки, и выглядела такой печальной и беззащитной, что его обида и злость растаяли сами собой. Он любил ее более семидесяти лет. Он верил ей все эти годы. И даже после того, как она вышла замуж за другого, он верил в ее любовь к нему, Карлу.

И вот теперь это...

Его одежда промокла насквозь, он смертельно устал, все тело ныло. Но внутренняя боль заставила забыть об усталости.

Карл подошел к Натали и прислонился к стене.

— Я мечтал, чтобы он был моим сыном. Вернувшись сюда после войны, я часто смотрел на него, пытаясь отыскать в нем свои черты, но видел только тебя.

Ее голос дрогнул:

— Между вами всегда было взаимопонимание, которого у него не было с Элом.

— Александр знал?

— Нет. Он был против того, чтобы я чересчур опекала Брэда, но не догадывался, почему я это делаю. — Она зябко обхватила плечи руками и прошептала: — Да, я баловала его. Брэд — единственное, что у меня было от тебя. А потом я потеряла и его.

По ее щеке скатилась слеза. Карл вытер ее щеки и взял ее лицо в ладони.

— Ты никогда не теряла меня. Я всегда бы с тобой.

Натали подняла на него заплаканные глаза.

— Я хотела сказать тебе о нем, Карл. Ты и представить себе не можешь, как часто я собиралась раскрыть тебе эту тайну. Но каждый раз говорила себе, что это принесет нам еще больше горя. — Она прижала платок к лицу. — Я часто смотрела на вас и видела, как ты любишь его. И тогда решила, что правда разобьет нашу семью и причинит боль Брэду, моему мальчику. Судьба позволила мне любить его. И я любила его всем сердцем, потому что та же судьба не позволила мне любить тебя. — Она снова поднесла платок к лицу.

Карл задумался. Что бы изменилось, узнай он правду? Натали права. Ее брак распался бы, но сделало бы это Карла счастливым? А Брэда, который счел бы себя виноватым в распаде семьи? И прожил бы он дольше, если бы знал, что его отец — Карл?

Трудно сказать. Единственное, в чем Карл был уверен, так это в том, что Натали любила его все эти семьдесят лет, как он любил ее.

Прижав ее к себе, он обнял ее, и она заплакала у него на груди. Когда она немного успокоилась, он поцеловал ее в лоб и тихо проговорил:

— Все прошло. Давным-давно. Мы ничего не можем изменить. Мы можем только идти вперед.

Он заглянул ей в глаза и увидел в них безграничную любовь и понимание. Натали еще постояла, набираясь сил и решимости в его объятиях, потом, взяв его за руку, осторожно открыла дверь в комнату Брэда.

Войдя в холл, Оливия заметила открытую дверь в конце коридора. Проходя мимо, она увидела в комнате Натали и Карла. Они стояли спиной к ней перед полочками, на которых были разложены любимые игрушки одиннадцатилетнего мальчика, так рано ушедшего из жизни. Она поспешила прочь. Довольно и того, что ей уже пришлось видеть и слышать. Эта скорбь — слишком личная.

Поднявшись к себе, она сначала вошла в комнату Тесс, которая мирно посапывала в кровати. Оливия задернула шторы, чтобы дневной свет не беспокоил дочку, и приняла душ. Выходя из ванной, она увидела в своей комнате Саймона. Он сидел на подоконнике, бессильно опустив руки и свесив голову. Ее пронзила жалость к нему.

Стараясь хоть как-то его приободрить, она шутливо заметила:

— Мне кажется, коснись я тебя пальцем, ты рухнешь на пол от усталости.

— Да, — сказал он без улыбки. — Я смертельно устал. Так устал, что не могу заснуть, а если и засну, то на час-два, не больше. Надо будет приводить в порядок ферму. — Он поднял на нее глаза. — Я... ничего не могу. Я только хочу обнять тебя.

У нее перехватило дыхание. Ни один мужчина прежде не говорил ей таких слов.

Мысленно спрашивая себя, что же ей делать со своим сердцем, которое замирает при одном взгляде на Саймона, она разобрала постель, а он тем временем пошел в душ. Он мылся всего несколько минут и тут же вышел, вытирая волосы и обмотав полотенце вокруг бедер. Бросив одежду на пол, он лег в постель и крепко обнял Оливию. Все было так, как он сказал, — он не снял полотенца. Близости не было. Саймон прижал ее к себе и уснул почти мгновенно.

Оливия заснуть не могла — как можно потерять хотя бы один миг этого счастья? Она лежала, ощущая каждой клеточкой своего тела его прикосновение, запах, размеренное дыхание. В конце концов она задремала и проснулась, только когда он перевернулся на спину.

Тогда она села в постели, обхватив руками колени, и стала смотреть на него. Он лежал рядом с ней — человек, о котором она мечтала всю жизнь.

Но она мечтала не только о нем, и почти все ее мечты сбылись. Нашла мать. Обрела финансовую независимость. Подыскала школу для Тесс. Теперь у нее есть работа, и даже в некотором роде семейная.

Так много перемен произошло с ней за это лето, и перемен неожиданных. С деньгами, школой и работой все понятно. Но Саймон...

Она смотрела на его широкие мускулистые плечи, покрытые ровным загаром. На них выступили веснушки, а руки более загорелые, чем спина. Одну руку он заложил за голову, другая лежит на простыне ладонью вверх. Оливия внимательно рассматривала каждую ссадину и мозоль на его ладони, потом приложила свою руку для сравнения.

Его рука гораздо больше и сильнее, чем ее. Как его тело и его воля. Ведь он до сих пор не сломал эту стену, которую воздвиг вокруг себя после гибели жены и дочери. Но Оливия, уставшая от этой стены, теперь была готова ее разрушить.

Но как это сделать, она не знала. И поэтому решила сделать то, что всегда делала в трудную минуту. Потихоньку одевшись, она побежала к офису Натали. Очутившись там, села в глубокое кресло.

На другом возлежал Ахмед. Обычно он гордо восседал в присутствии Оливии, как и положено благородному персу. Но сегодня, переутомившись за ночь, он спал вместе со всеми, вальяжно развалившись и положив голову на вытянутые передние лапки с острыми когтями. Оливия хотела было погладить его, но передумала.

Ей сейчас так хочется нежности и мягкости. Но если она попытается взять кота на руки, он тут же вырвется и убежит.

— К счастью, кошки не похожи на мужчин, — заметила Натали, входя в комнату. — Мужчин можно приручить. Кота — нет.

— Вы думаете? — спросила Оливия.

— Уверена. — Натали подошла к ее креслу и положила руку на спинку. — Прости, если была резка с тобой вчера. Просто я очень переживаю за тебя, Оливия. За тебя и за Тесс. Вы принесли с собой что-то новое, чего раньше не было в Асконсете. Я это предчувствовала, еще когда впервые увидела вас на фотографии.

Оливия насторожилась.

— На какой фотографии?

Натали ответила не сразу и только молча смотрела на нее с виноватой улыбкой.

— Что за фотография, Натали?

— На которой ты вместе с Тесс. На вас костюмы танцовщиц.

— Эта фотография висела над моим столом в мастерской Отиса. Когда вы там были?

— Когда впервые обратилась к Отису, предложив ему реставрировать мои снимки. Я остановилась у него дома на выходные, и он показал мне мастерскую. Тогда я впервые увидела эту фотографию. Вы выглядели такими жизнерадостными и одновременно такими беззащитными.

Оливии пришла в голову странная мысль. Должно быть, на лице ее отразился испуг, потому что Натали поторопилась развеять ее сомнения:

— Нет, Оливия, нет. Я не придумала эту работу только ради тебя. Мне нужна была помощница, и я вспомнила о тебе, зная, что Отис уходит на пенсию. Но я не думала, что такая работа тебя заинтересует. Ведь это же только на одно лето.

— Вы не хотели познакомить меня с Саймоном?
— Нет, — поспешно ответила Натали.
— О, Натали! — укоризненно протянула Оливия.
— А если и да, что с того? Какое это имело бы значение, если бы он тебе не понравился или ты ему? Я не могла заставить вас сойтись друг с другом. Все, что зависело от меня, я сделала: свела вас вместе. Остальное вы сделали сами.

Оливия не стала спорить. За то, что произошло, несут ответственность только они с Саймоном.

Натали обошла кресло и встала перед Оливией.
— Забудь пока о Саймоне. Мое предложение не имеет к нему никакого отношения. Я сама хочу, чтобы ты осталась. Ты отлично справилась со своей работой и оказалась идеальной помощницей.

— Вы могли бы нанять профессионального журналиста.
— И получила бы книгу, стилистически безупречную, но лишенную любви и личного отношения, которое ты в нее вложила. Ты написала книгу так, как я сама бы это сделала. Ты существенно облегчила мне жизнь, не говоря уже о том, что твоя дочка вытащила старину Карла на теннисный корт.

Она отодвинула кресло у компьютера и села.
— Итак, посмотрим, что у нас есть. С одной стороны, у тебя будет работа, школа для Тесс, люди, которым ты небезразлична. С другой — ты рискуешь, потому что, если что-нибудь пойдет не так, как тебе хотелось бы, тебя ждут боль и разочарование.

Оливия кивнула:
— Да, это верно.
— Ты можешь избежать риска.
— Как?
— Уезжай. Будешь работать в Питсбурге. Начнешь все сначала. Никакого риска. — Натали встала и направилась к двери.

Оливия бросилась за ней.
— И что же?

— Это все.
— Нет, наш разговор не закончен.
— Я свое слово сказала. Ты знаешь мое мнение.
— Уговорите меня остаться! — взмолилась Оливия, но Натали уже ушла.

Все верно, она не может убедить ее остаться. Никто не может, даже Саймон. Окончательное решение за ней, за Оливией. И рисковать будет она сама.

Остаться? Уехать? Остаться? Уехать? — спрашивала она себя снова и снова, пока не разболелась голова. Как все-таки непросто сделать выбор! Ночь без сна, а тут еще эта проблема.

Оливия пошла к себе, надеясь немного вздремнуть рядом с Саймоном, но постель была пуста.

«Очень даже вовремя», — подумала она. Тесс скоро проснется. Незачем ей видеть их в одной постели. Не стоит ее обнадеживать.

Впрочем, вполне возможно, что Тесс, наоборот, обрадуется их отъезду. Она только недавно стала привыкать к Саймону. Наверное, она все еще относится к нему настороженно. Ведь Оливия всю жизнь безраздельно принадлежала ей. А какой ребенок захочет делить любовь матери с незнакомым человеком?

Забравшись в кровать, Оливия улеглась на то место, где недавно спал Саймон, и натянула на себя покрывало. Его запах окутал ее.

Она настолько устала, что ей не составило труда вообразить, будто он снова рядом. Успокоенная этой мыслью, она тут же уснула.

Оливия проспала до обеда. Проснувшись, она чуть не подскочила на кровати. Так поздно!

Тесс в кровати не было. Наверное, уже куда-нибудь убежала. Ничего, за ней присмотрят Сюзанна, Джилл, Карл или Натали.

Чувствуя себя виноватой, Оливия открыла дверь в коридор и увидела на ней клочок бумаги.

Ошибки быть не может — это почерк Тесс.

«Ушла кататься на яхте с Саймоном», — говорилось в записке. Сердце Оливии заколотилось в груди, как пойманная пташка.

Оливия остановила автомобиль у яхт-клуба и выбежала на пристань. Она уже перебрала в уме все возможные причины, побудившие Саймона отправиться с Тесс на парусную прогулку.

Он мог это сделать просто потому, что ему не хочется пока заниматься виноградником, пострадавшим после бури.

Вполне вероятно и другое: Саймон хочет выполнить обещание, данное Тесс. Как только он это сделает, будет свободен. Как-никак он не плавал на яхте уже четыре года, а сегодня после урагана океан спокоен и кроток.

Возможно, он взял с собой Тесс в обмен на то, что она не будет мешать ему работать, или не станет приставать с расспросами, или поможет пристроить котят в надежные руки.

А может, это своеобразное прощание?

Оливии не хотелось прощаться. Стоя на пристани и вглядываясь в даль, где маячили веселенькие яхты, на любой из которых могли быть Саймон и Тесс, Оливия вдруг поняла, что не сможет с ним расстаться.

Закусив губу, она побрела обратно к стоянке. У яхт-клуба полным ходом шла уборка — на яхтах подметали палубу, открывали окна, заколоченные на время урагана, убирали камни, ветки, песок. Несколько лодок покосились на стапелях, с некоторых снесло мачты, выбило стекла, поломало сиденья.

Нет, Оливия не могла и не хотела прощаться. Повернувшись, она побежала на пристань. Усевшись там, принялась ждать.

Несколько яхт подошли к пристани, но Саймона и Тесс в них не оказалось.

Причалила еще одна лодка, потом другая. Оливия знала этих людей — они из города. Она помахала им рукой.

Наконец она увидела Саймона и Тесс и встала, чтобы получше их рассмотреть. Они заметили ее и радостно заулыбались, махая руками, а Оливия заплакала — внезапно, неудержимо. Просто так, без повода.

— Привет, мама! — звонко крикнула Тесс, не спуская глаз с парусов, которыми управляла.

Саймон наклонился и сказал ей что-то, она повернула румпель, и яхта бочком подошла к пристани. Тесс все это проделала мастерски — как будто всю жизнь плавала на яхте.

— Ты видела нас, мама? — восторгалась Тесс. — Видела, как далеко мы уплыли? Наша яхта все время килевала — вот здорово! — Она хотела было прыгнуть на пристань, но Саймон велел сначала все убрать.

Когда же они управились, Тесс заметила на соседней пристани своего приятеля. Положив тоненькие ручки на плечи Саймону, она с важностью заявила:

— Саймон, ты был великолепен. Благодарю. — В следующую секунду, вновь превратившись в десятилетнюю девчонку, она выпрыгнула из лодки на пристань, одарила Оливию счастливой улыбкой и понеслась бегом к ожидавшему ее товарищу по клубу.

Оливия села на причал, свесив ноги.

Саймон облокотился о ее колени.

— Почему ты плачешь?

Ее глаза снова наполнились слезами. Она обняла его за шею.

— Не уезжай.

— А я никуда и не уезжаю.

— А вдруг? Вдруг однажды тебе все надоест и ты уедешь?

Он убрал светлую прядь у нее со лба.

— От тебя я никуда не уеду.

— Меня это пугает.

— А ты думаешь, я не боюсь? Я уже раз потерял все, что мне было дорого в жизни. Мне знакома боль утраты. — Он нахмурился и легонько провел пальцем по ее руке. — Когда я шел к тебе, я видел Натали и отца в комнате Брэда. Для них это тоже было нелегко. Я восхищаюсь их смелостью. — Он поднял на нее глаза. — И хочу, чтобы мы взяли с них пример.

Оливия и сама этого хотела — больше всего на свете.

— А у нас хватит храбрости на такой шаг?

— Думаю, да, — сказал он и вслед за тем произнес заветные слова, которых она давно ждала.

Глава 30

— Посвети-ка сюда, дочка, — попросил Саймон, зажав во рту гвозди.

Тесс вскочила и направила прожектор так, чтобы свет упал на то место, где они работали. Затем вернулась и, взяв горсть гвоздей, стала подавать их ему по несколько штук. Они прибивали пол в будущей гостиной с высоким потолком и застекленной крышей. Эту комнату Саймон пристроил к своему дому. Другая пристройка — спальня — была уже готова благодаря друзьям из города.

— Ваше время истекло, — заметила Оливия, появившись на пороге в сопровождении трех кошек. Бак и два подросших ушастеньких и глазастеньких котенка, Оливер и Тирон, следовали за ней неотступно. Пока не стих стук молотка, ни один не дерзнул пройти в комнату. — На сегодня, наверное, хватит.

— Еще пару футов, — сказал Саймон и протянул руку к груде кленовых дощечек. — Короткую, Тесс. — Та подала ему доску, и Саймон приколотил ее, предварительно подогнав в желобок предыдущей.

Оливии надо было бы настоять, чтобы они закончили на сегодня. Уже поздно, да и погода промозглая, ноябрьская. Хотя стены обшиты досками и утеплены, здесь еще прохладно — комната пока не прогрелась. То же и в спальне, но там можно укрыться под пуховым одеялом. Кроме того, Тесс еще не сделала домашнее задание. Она теперь училась в Бреймонте и была совершенно счастлива, но в школе требования оказались высокими. Учителя прекрасно понимали проблемы детей, больных дислексией, и не делали им никаких поблажек. Работать, работать и работать — вот девиз тех, кто хочет победить свой недуг.

Но что же делать, если Тесс так нравится ощущать себя частью созидательного процесса, а Саймон охотно принимает ее помощь? И он не просто берет ее повсюду с собой, а приучает девочку к труду, будь то полив виноградника, сбор урожая, яхта или строительство.

Большего Оливия и не желала для своей дочки. Саймон бережно хранил трудовые традиции и прививал Тесс любовь к работе.

Оливия нащупала в кармане джинсов кольцо и вынула руку, чтобы снова на него полюбоваться. Оно было прекрасно — платиновое кольцо, подаренное в честь помолвки. Крупный бриллиант безупречной формы в обрамлении более мелких камней. Изысканное произведение искусства во всех отношениях: драгоценные камни красовались на броши, которую Карл подарил Ане, когда родился Саймон. А еще раньше брошь принадлежала матери Карла.

Обладать фамильной вещью и самой стать наследницей семейных традиций — об этом Оливия могла только мечтать. Кольцо у нее уже два месяца, а она все еще никак не привыкнет к нему и то и дело трогает его, чтобы убедиться, что оно по-прежнему у нее на пальце. А скоро появится и другое. Оставшиеся камешки с броши украсят платиновое обручальное кольцо.

Ее обручальное кольцо. В это невозможно поверить!

Свадьба назначена на День благодарения. Столько времени требовалось Оливии, чтобы осознать, что ее отношения с Саймоном существуют на самом деле и так же реальны, как это кольцо! Правда, она не может ежеминутно вытаскивать их из кармана и любоваться. Любовь нельзя потрогать руками — это нечто неуловимое. К Оливии, которая всегда считала себя слишком заурядной и недостойной такой любви, осознание собственной значимости пришло не сразу.

Взять, к примеру, работу Саймона. Урожай давно собрали, а у него столько дел в винограднике — надо и обработать почву, и подсадить новые кусты взамен погубленных «Хлоей», и выкорчевать старые, которые давно не плодоносят. Он время от времени задерживался там допоздна. В первый раз, когда это произошло, Оливия перепугалась не на шутку: что, если он передумал и теперь решил погрузиться в работу? Во второй раз она перенесла его позднее возвращение уже более спокойно. В третий раз даже села заниматься с Тесс, используя свободный час.

А четвертого раза не было. Оливия поняла, что Саймон, несмотря на свою занятость, хочет проводить с ней как можно больше времени. И ее недоверие постепенно растаяло. Они стали еще ближе друг другу — настоящими друзьями. Были единодушны во всем, будь то пристройка к дому или воспитание Тесс. Подолгу беседовали, делясь друг с другом самыми сокровенными мыслями, смеялись и все больше и больше влюблялись друг в друга.

Натали настаивала на пышной свадьбе, но Саймон и Оливия не разделяли ее желания. Им хотелось устроить небольшое семейное торжество. Рассылать официальные приглашения они тоже не стали, а просто обзвонили тех, кто был им дорог и кого они хотели бы видеть на своей свадьбе.

Сюзанна и Марк обязательно приедут. Они купили домик на побережье неподалеку от Асконсета: Сюзанна каждую неделю приезжает туда из Нью-Йорка и занимается отделкой комнат и меблировкой.

Отношения Сюзанны и Натали значительно улучшились. Правда, старые обиды еще дают о себе знать. Но Сюзанна вместе с семьей приехала на свадьбу Натали и Карла, что стало большим шагом к примирению с матерью.

Грег вел себя более сдержанно. Он приехал на свадьбу и был приветлив, но инициатива наверняка исходила от Джилл. Сразу же после свадьбы она уехала с ним в Вашингтон, вероятно, выполняя условия их взаимного уговора. Она продолжала заниматься маркетингом для «Асконсета» уже из Вашингтона, но от Грега несколько недель не было никаких новостей. Потом он позвонил Карлу — видимо, так для него было проще. Сообщил, что у них с Джилл все наладилось, что они были у адвоката и теперь покупают вещи для будущего малыша. Грег попросил Карла передать Натали, что они приедут на осенний праздник урожая, и они и в самом деле приехали. Отношения Грега и Натали заметно потеплели и стали более искренними. Мать и сын поговорили обо всем — об Александре, о Джилл и ребенке, об изменениях в работе Грега, которые позволят ему теперь больше времени проводить в Вашингтоне с женой. Джилл, ставшая подругой Оливии, пообещала приехать к ней на свадьбу.

— Ну вот, — объявил Саймон, — на сегодня все.

Тесс указала на оставшийся незаконченным кусок пола.

— Я думала, мы дойдем вон до того места.

— Я тоже на это надеялся. Ничего, доделаем завтра. — Он присел на корточки. — Посмотри-ка, сколько нам сегодня удалось сделать. Потрясающе!

Но Тесс уже заметила кошек, подползла к ним и уселась рядом по-турецки. Оливер сразу же прыгнул к ней на колени, взобрался на плечо и принялся покусывать длинный курчавый локон.

— А домашнее задание? — напомнила Оливия, пока Саймон собирал инструменты.

— Ах ты, милашка, — проворковала Тесс, поглаживая котенка.

— Домашнее задание! — строго повторила Оливия.

Тесс бросила на мать сердитый взгляд, встала, подошла к Саймону и чмокнула его в щеку, а потом гордо прошествовала мимо Оливии в коридор.

Саймон поднялся и подошел к ней, стряхивая стружки с джинсов.

— Прости, я не виноват.

Оливия улыбнулась:

— Не извиняйся. — Она обняла его за талию и заглянула в глаза. — Пусть ты будешь хороший, а я плохая. Я рада, что ты ей нравишься.

— Она настраивает нас друг против друга.

— Это только начало. Подожди — скоро у нее начнутся свидания с мальчиками, а потом она станет учиться водить машину.

— Ничего, справимся, — сказал он, обнимая Оливию за плечи. — Знаешь ли ты, — промолвил он, глубоко и удовлетворенно вздохнув, — как я счастлив?

Оливия не отвечала. Она не знала, что отвечать, когда он так говорил. Его слова были слишком искренними, слишком правдивыми. Она растроганно улыбнулась.

Он улыбнулся ей в ответ.

— Тебе нечего мне сказать?

Она покачала головой.

— Неужели женщина, у которой всегда наготове острое словцо, внезапно лишилась дара речи?

Она снова покачала головой и улыбнулась, чтобы скрыть слезы счастья.

— Хочешь пойти погреться? — спросил Саймон.

Каким непробиваемым брюзгой он показался Оливии в первый день знакомства и как он изменился! Он само совершенство, и она его не заслуживает, но ни за что от него не откажется. Подумав так, Оливия кивнула.

По вопросам оптовой покупки книг
«Издательской группы АСТ» обращаться по адресу:
*Звездный бульвар, дом 21, 7-й этаж
Тел. 215-43-38, 215-01-01, 215-55-13*

Книги «Издательской группы АСТ» можно заказать по адресу:
107140, Москва, а/я 140, **АСТ – «Книги по почте»**

Исключительные права на публикацию книги
на русском языке принадлежат издательству АСТ.
Любое использование материала данной книги,
полностью или частично, без разрешения
правообладателя запрещается.

Литературно-художественное издание

Делински Барбара
Сладкое вино любви

Редактор Е.В. Горбунова
Художественный редактор О.Н. Адаскина
Компьютерный дизайн: Е.А. Коляда
Компьютерная верстка: Р.В. Рыдалин
Технический редактор Н.К. Белова
Младший редактор А.С. Рычкова

Общероссийский классификатор продукции
ОК-005-93, том 2; 953000 — книги, брошюры

Гигиеническое заключение
№ 77.99.11.953.П.002870.10.01 от 25.10.2001 г.

ООО «Издательство АСТ»
368560, Республика Дагестан, Каякентский район,
с. Новокаякент, ул. Новая, д. 20
Наши электронные адреса:
WWW.AST.RU
E-mail: astpub@aha.ru

Отпечатано по заказу ЗАО НПП «Ермак»

Отпечатано с готовых диапозитивов
в ОАО «Рыбинский Дом печати»
152901, г. Рыбинск, ул. Чкалова, 8.